왕의 딸로 태어났다고 합니다

I

왕의 딸로 태어났다고 합니다 Ⅰ

비츄 장편 소설

초판 1쇄 찍은 날 | 2016년 6월 24일
초판 8쇄 펴낸 날 | 2020년 6월 12일

지은이 | 비츄
펴낸이 | 예경원

기획 | CL프로덕션
편집책임 | 박우진
편집 | 이즈플러스

펴낸곳 | 예원북스
등록번호 | 제396-2012-000132호
등록일자 | 2012. 7. 25
WFN | 제3-001호

주소 | 경기도 고양시 일산동구 호수로 646-24 위너스21Ⅱ빌딩 206A호 (우)10401
전화 | 031-819-9431 팩스 | 031-817-9432
E-mail | yewonbooks@naver.com

ISBN 979-11-5845-557-6 04810
979-11-5845-558-3 (set)

※ 이 도서의 국립중앙도서관 출판시도서목록(CIP)은 서지정보유통지원시스템 홈페이지(http://seoji.go.kr)와 국가자료공동목록시스템(http://www.nl.go.kr/kolisnet)에서 이용하실 수 있습니다.

왕의 딸로 태어났다고 합니다

I

비츄 장편소설

윤앤

Contents

프롤로그

나는 중, 고등학교 시절 왕따를 당했다. 집단 폭행을 당하거나 강제 성추행을 당한 건 아니었지만 아이들은 나를 싫어했었다. 그때 나는 그 이유를 몰랐다. 나는 공부도 제법 잘하는 편이었고 성격도 제법 괜찮은 편이었다고 생각했었다. 대학교 2학년 때, 나는 그 이유를 알 수 있었다. 참 늦게도 알았다.

"아, 김수희? 걔 꼬리 치기 전문이잖아."

"맞아. 어우, 재수 없어 진짜."

대학교에 들어와서 꽤 친해졌다고 생각했던 동기들이 나누던 대화를 몰래 엿들었을 때의 그 참담한 심정이란 이루 말할 수 없었다. 그런데 난 억울하다. 그때까지만 해도 난 모태솔로였다. 아아, 안 돼. 이런 걸 변명이랍시고 하다니. 슬프다.

어쨌든 나를 남자들에게 꼬리 치는, 꼬리가 백만 개쯤 달린 여우라고 했다. 23살 때까지는 내가 그런 줄도 몰랐다. 20대 중반이 넘어가면서 그 말의 의미를 조금씩 깨닫기 시작했다. 나는 딱히 의도하지 않았었는데 경제력을 갖춘 남자들이 접근해 왔다. 사달라고 한 적도 없는데 명품 백을 사준다거나 필요한 화장품을 사준다거나. 처음엔 부담스러워서 거부했다. 그런데 나이를 먹을수록 오히려 그런 걸 즐기게 됐던 것 같다.

대학 시절 동기들이 말했던 것처럼 나는 어쩌면 꼬리가 백만 개쯤 달린 불여시였을지도 모르겠다. 그러나 26살이 되고 나서 마음을 고쳐먹었다. 아마도 진수를 만나게 되면서 그랬던 것 같다. 그 사람은 돈도 없고 딱히 잘생기지도 않았다. 하지만 나를 아끼고 사랑해 주었다. 그 사람과 같이 있으면 행복해 죽을 것 같지는 않았어도 언제나 편안하고 좋았다. 수많은 남자에게 대시를 받고 선물 공세를 받을 때보다 단칸방에서 그와 함께 오순도순 밥을 먹는 게 더 좋았다. 나는 26살 무렵의 그때가 내 인생에서 가장 행복했던 시절이라고 단언할 수 있다.

그런데 내 인생이 망가졌다. 과거에 나를 좋아한다고, 심지어 사랑한다고 병적으로 쫓아다녔던 남자가 나를 찔렀다. 가질 수 없으면 같이 죽잔다. 내가 들었던 말은 그 말밖에 없었다. 으슥한 밤거리였고 뭔가 날카롭고 차가운 것이 나를 찔렀다. 한 번이 아니었다. 아팠다.

흐흐흐 하는 기분 나쁜 웃음소리와 함께 끈적끈적한 음성이 들려왔다.

"사랑해. 너를 사랑한다고."

시야가 흐릿해졌다.

"네가 나쁜 거야. 날 허락했으면 이런 일도 없었잖아."

남자의 말은 들려오지 않았다. 온몸에 힘이 풀렸다.

'안 돼…….'

누군가의 얼굴이 떠올랐다.

'싫어…….'

나는 살고 싶었다. 아까 진수가 보낸 문자가 떠올랐다.

[오늘 일찍 퇴근해서 된장찌개 끓여 놨어. 얼른 와. 보고 싶어.]

진수가 집에서 기다리고 있을 거다. 나는 그 집으로 돌아가야만 한다. 몸을 일으켜 보려고 했지만 소용없었다. '나도 네가 보고 싶다'고 한마디 해야만 했다.

'살고…… 싶어.'

나는 아직 진수에게 사랑한다고 단 한 번도 말해준 적이 없었다. 진수가 눈에 아른거렸다. 사실 그렇게까지 사랑한다고 느끼지는 못했었다. 그런데 마지막 순간이 오니 그가 너무 보고 싶었다. 차가운 쇠붙이가 내 몸을 찌를 때의 고통보다 진수를 볼 수 없을 것 같다는 그 허무함과 절망감이 날 더 아프게 했다.

남자의 목소리가 또 들려왔다.

"사랑해."

눈물이 주르륵 흘러내렸다. 나는 죽는다. 그건 확실히 느꼈다. 하지만 그 말 한 마디는 하고 싶었다. 나는 나를 찌른 남자를 향한 온갖 저주의 말을 퍼붓는 것 대신, 또 비명을 지르는 대신 다른 한마디를 겨우 꺼냈다.

"진수야, 사……."

그 이후로 나는 잠에 빠져들었다.

정말로 잠이었다. 나는 아무래도 죽지 않은 것 같다. 저 높이 보이는 천장, 아마도 최신식이라 짐작되는 간접 LED등, 뉴에이지풍의 따뜻한 멜로디의 선율, 보드랍고 따스한 감촉, 코끝을 간질이는 은은하고 달콤한 향수 냄새. 다 좋다. 다 좋은데 문제가 하나 있다.

'우리 집이 아니잖아.'

정신이 번쩍 들었다. 납치를 당한 것 같다. 머릿속이 텅 비어버렸다. 소리를 빽 질렀다.

"으애앵! 응애애! 응애!"

뭐야, 이거?! 말이 안 나와. 멍해졌다. 그제야 나는 내가 어떤 상태인지 알게 됐다. 믿을 수 없다. 이건 꿈이다. 눈을 꾹 감아봤다. 그리고 다시 떴다. 여전히 꿈이다. 손을 꼬집어 봤…….

'손이 잘 안 움직여.'

몸이 내 몸 같지가 않다. 나는 알 수 있었다. 나는 아기가 되어 있었다. 말도 안 되는 일이 벌어졌다.

그런데 어디선가 목소리가 들려왔다.

"또 계집아이라니. 부끄러운 줄 알도록 해라."

그 당시엔 몰랐는데 저 인간이 내 아버지란다.

제1장
이상한 세계, 가족, 그리고 약혼자

"또 계집아이라니. 부끄러운 줄 알도록 해라."

그 말을 들은 이후로 약 3일 정도가 지났다. 나는 요람이라 짐작되는 곳에 누운 채 3일을 보냈다. 내가 무슨 말을 하려고 하면 응애응애! 하고 울음이 터져 나왔다. 그래서 아예 입을 꾹 다물었다. 그랬더니 주위에서 병원에 데려가 봐야 하는 것 아니냐며 호들갑을 떨어서 이젠 가끔씩 때 되면 울어준다.

이제 난 나를 안다.

'나는 환생 비스무리한 걸 했고 갓 태어난 아가다.'

나는 상황을 파악할 수 있었다. 뭐 이런 말도 안 되는 경우가 다 있나 싶다. 그런데 꿈은 확실히 아니었다. 나는 나의 엄마라는 사람과 언니라는 사람을 봤다. 거울을 본 적은 없지만 똘망똘망하다느니, 귀엽다느니 하는 말은 몇 번 들었다. 한국어는 아니었다. 하지만 무슨 뜻인지는 자연스레 알게 됐다. 하기야 다시 태어난 마당에 뭐가 일어난들 이상하지 않겠어.

다시 며칠이 지났다. 나는 현실에 순응했다. 차라리 마음대로 움직이지 못하는 아가라서 다행이다. 살해당한 충격에 이어 이런 일이 벌어졌다. 만약 내가 자유롭게 움직일 수 있는 몸이었다면 자살을 했을지도 모를 일이다.

엄마라는 사람이 내 옆에 앉았다.

"네가 사내아이였으면 참 좋았을 텐데."

이봐요. 내 어머니로 짐작되는 분, 당신 속이야 어찌 됐든 엄연히 여자아이가 맞습니다만.

며칠간 푹신하고 보드라운 비단 요람 안에서 바깥을 관찰한 결과, 이 세상은 평범한 세상이 아니었다. 있을 건 다 있다. TV도 있고 냉장고도 있고, 하여튼 집 안에 있는 건 지구와 비슷했다. 좋다. 생활 환경은 익숙하니까. 환생을 했는데 저기 중세 시대의 어디로 떨어졌으면 정말 답 없었을 거다. 엄청나게 비위생적이었을 거다. 길거리에 아무렇게나 똥, 아니, 볼일을 치르는 건 일상다반사였으니까 말이다. 그리고 TV와 컴퓨터가 없는 세상은 절망이다. 그런데 눈에 익숙한 물건들이 보이긴 했지만, 뭔가 달랐다. 그것이 무엇인지, 그때 나는 너무 어려서 알지 못했다.

또 며칠이 지났다. 그사이 아버지라는 인간을 한 번 더 봤다. 어린 아이의 뇌를 갖고 있어서인지 모르겠지만 기억력이 매우 나빠졌다. 하지만 그 인간의 얼굴은 뇌리에 또렷하게 박혔다.

일단 잘생겼다. 앞머리를 세워 올린 짧은 스포츠머리. 훤히 드러난 이마마저 잘생겼다. 일자의 짙은 눈썹, 무심한 듯 나를 내려다보는 시크한 검은 눈동자, 오똑한 코, 건강함이 감도는 붉은 입술에, 종이를 대면 베어버릴 듯한 날렵한 턱, 그 모든 게 너무도 완벽하게, 잘생겼다. 그런데 생긴 것과 달리 하는 짓은 너무 개차반이다.

"죄송한 줄 알면 다음번엔 사내아이를 낳도록 노력해라."

저게 말이야 막걸리야. 날 낳은 게 죄송해? 어째서? 나는 외치고 싶었다. '왜죠? 왜?' 하지만 그 말은 안 나오고 응애애! 하는 가여운 울음소리만 나왔다.

"시끄럽군. 계집아이는 이래서 문제야."

아뇨, 저기요. 제가 조카 키워봐서 아는데요. 남자애든 여자애든 애기 땐 다 울거든요? 그리고 울면 시끄럽거든요? 그리고 나는 상황 봐서 좀 울어줘야겠다 싶을 때만 울거든요? 아, 겁나 억울해.

시간이 좀 더 흘렀다. 비록 아직 걸음마도 못 뗐지만 많은 것을 알 수 있었다. 이곳은 다른 세상이었다. 그것도 남존여비 사상이 팽배한 괴상한 곳이었다. 이때까지만 해도 나는 그 이유를 알 수 없었고 설사 이유를 알았다 하더라도 21세기를 살아온 내게는 도무지 적응되지 않는 곳인 건 확실했다.

하기야 21세기 지구에서도 남존여비 사상으로 점철된 나라를 찾는 건 어렵지 않다. 당장 아랍권 국가만 하더라도 아버지나 오빠에 의해 딸과 여동생이 피살되는 명예 살인이 정당화되고, 일부다처제가 허용되는 국가가 더러 있긴 하다.

그런데 여기는 그보다 더 심하단다. 나는 놀라운 사실을 알 수 있었다.

"공주님, 맘마 드실 시간이에요."

내가 살던 시대와 아주 비슷하긴 한데, 여기엔 대통령이 아니라 왕이 있단다. 그리고 더 놀라운 건 나의 아버지란 사람이 왕이란다. 그것도 성군. 나라를 엄청나게 잘 다스리고 있다나 뭐라나. 그러니까 내 신분은 공주다. 금수저 물고 태어난 거다. 그냥 표면적으로만 놓고 보면 금수저 물고 태어난 게 맞다.

"수진, 나랑 놀아줘!"

젠장, 저 목소리. 또 들려온다.

"네, 왕자님."

나 배고프다고. 밥 달라고. 아니면 내 손에 쥐어주기라도 하든가. 나를 담당하는 가사 도우미 수진은 나를 그냥 버려뒀다. 왜냐하면 왕자님이 놀아달라고 했기 때문이다.

'내가 서러워서 진짜. 인간적으로 밥은 줘야 할 거 아냐?'

공주의 처절한 배고픔보다는 왕자의 심심함을 달래주는 게 훨씬 중요한 일이었다. 딸바보? 여동생 바보? 그런 건 이 세상에 없다. 어머니란 사람이 푸념처럼 중얼거린 말에 의하면 여성은 남성의 씨를 받기 위한 도구에 불과하단다.

'뭐 이딴 곳이 다 있어?'

여긴 한국이 아니다. 일부다처제가 허용되는 이상한 곳에 떨어졌다. 여기 정말 마음에 안 든다. 내 사고방식으로는 도무지 이해가 안 되는 곳이다. 과학기술도 굉장히 많이 발달한 곳인 것 같고 전쟁도 없는 것 같다. 왜 남존여비 사상이 팽배해 있는지 알 수가 없다. 보통 배불러지고 인구가 많아지고 잘살게 되면 여성의 인권이 높아지는 게 당연한 것 아니었던가.

'치사하고 더러운 세상!'

한낱 갓난아이인 내게 지금 무슨 힘이 있겠는가. 하지만 이 세상을 바꾸고 싶다는 생각이 들었다. 이게 실현 가능할지 불가능할지는 일단 둘째 문제로 하고서 말이다. 나는 일명 '맘마'가 담긴 젖병을 쳐다봤다.

'내가 치사하고 더러워서 여기 바꾸고 만다!'

내 배에서 꼬르륵 소리가 났다. 절대 배고파서 이런 결심한 거 아니다.

나의 이복 오빠 중 한 명이라는 꼬맹이 자식이 말했다.

"내 말 안 들을 거야? 감옥 가고 싶어?"

물론 나한테 말한 건 아니고 나를 돌봐주는 가사 도우미 수진에게 한 말이다. 수진은 동네북이다. 내게는 이복 오빠가 3명이 있단다. 그중 둘째와 셋째는 진짜 망나니다. 내가 배고파 울든 말든 상관 않고 시시때때로 찾아와 수진에게 놀아달라고 졸라댔다. 둘째인 김환석은 올해 5살, 셋째인 김환성은 올해 4살이란다.

나는 엉금엉금 기어갔다. 김환성은 그래도 내게 상당히 호의를 보이는 오빠라는 꼬맹이다.

"형! 얘 봐! 지렁이처럼 꿈틀대!"

"못생긴 달팽이다!"

두 꼬맹이는 낄낄대고 웃었다. 나는 그 말을 못 알아들은 척하고 방긋방긋 웃었다. 나는 내 위치와 처지를 안다. 여긴 남존여비의 세상이다. 신분제도 있다. 공주라도 얄짤 없다. 남자인 오빠한텐 까불면 안 된다. 나는 까르르 웃었다.

"형! 애 웃어! 귀엽다!"

그때, 둘째인 김환석이 짐짓 엄한 목소리로 말했다.

"여자 따위한테 귀엽다라는 말 쓰는 거 아니야. 버릇 나빠져."

빠직! 만약 내 이마에 힘줄이 있다면 튀어나왔을 거다. 여자 따위라니. 그리고 성별을 불문하고 아기는 귀엽지 않은가.

김환석의 엄한 목소리에 김환성은 수긍했다.

"아, 맞다. 미안, 형아."

이딴 것에 순순히 순응하지 말란 말이다. 그래도 난 방긋방긋 웃었다. 까르르 웃음도 토해 줬다. 나는 아무것도 모르는 겨우 26살의 어린 아가다. 아주 선을 넘지 않는 이상, 지금은 무슨 짓을 해도 용서받을 수 있다. 첫째 타깃은 김환성이다.

나는 열심히 엉금엉금 기었다. 그리곤 김환성이 가지고 노는 장난감 중 김환성에게 멀리 떨어져 있는 빨간색 스포츠카 모형을 집어 들었다. 어후, 무거워. 뭐가 이렇게 크고 무겁냐. 그래도 내색하지 않았다.

나는 또 열심히 엉금엉금 기어서 장난감을 김환성에게 전해 줬다. 그리고 까르르 웃는 것도 잊지 않았다.

"뭐야, 형 애 근데 귀…… 는 아니고 그러니까 좀…… 뭐라 그래야 돼? 강아지 같아."

"그럴 땐 개."

그딴 못된 거 가르치지 마라. 강아지 같다와 개 같다는 어감이 분명 다르다고! 아니, 그건 틀린 거야! 어쨌든 나는 비록 걸음마도 못 하는 핏덩이 아가지만 얘들부터 내 편으로 만들어야겠다. 형인 김환석이 자기 옷으로 내가 김환성에게 전해 준 장난감을 슥슥 닦았다.

"여자는 천박해. 병균 옮는다."

죽여…… 가 아니라. 크흠, 너 나중에 두고 보자. 나 깨끗하다고. 엉엉. 내가 서러워도 얘네 내 편으로 만들고 만다. 황당한 건,

"형아는 천재야."

라면서 김환성이 감탄하고 있다는 거다. 한숨만 나온다. 아직도 갈 길이 멀었다.

시간이 좀 더 흘렀다. 걸음마까진 힘들고 이제 갓 일어서게 되었을 무렵, 나는 아버지란 인간과 처음으로 마주 보게 되었다.

아버지란 작자가 말했다.

"일찍 걷기 시작하는군."

좋아. 내게 관심을 가졌어. 나는 최대한 예쁘게 웃어 보였다. 꺄르르 하고 의도한 건 아닌데 내가 들어도 귀여운 소리가 튀어나왔다. 나의 어머니라는 강서영 씨가 대견하다는 듯 말했다.

"참 의젓해요."

"그래 봐야 계집아이일 뿐이지."

좋아, 아버지 당신. 잘생겨서 봐주려고 했는데 아무래도 선을 넘었어. 이제부터 당신의 호칭은 개차반이다.

"예하흐안(개차반)!"

나는 두 팔을 벌리고 일어섰다가 넘어지기를 반복했다. 그러면서도 꿋꿋하게 아버지란 작자를 향해 걸어갔다.

"당신을 많이 좋아하는 것 같아요. 아빠를 알아보나 봐요."

풀썩. 넘어졌다. 에이 씨, 이제 슬슬 무릎이 쑤셔 오네. 또 일어섰다가 풀썩. 다시 풀썩. 7번 정도 넘어졌을 때 나는 개차반에게 가까이 다가갈 수 있었다.

"예하흐안(개차반)!"

말로는 욕하고 행동으론 사랑을 표현했다. 개차반의 다리에 매달려 꺄르르 웃었다. 비웃으면 안 된다. 생존 본능에 가까운 행위였다. 정말 그런지는 좀 더 확인을 해봐야겠지만 일단 분위기로 보아 이 세계에서 여자는 남자가 '죽어'라고 말하면 죽어야 하는 그런 보잘것없는 존재였다. 그리고 이 남자는 왕이었고. 잘못 걸리면 죽는 건 일도 아니다. 21세기 한국이라면 있을 수 없는 일이지만 하여튼 여긴 그랬다.

개차반은 무표정한 얼굴로 날 쳐다보다가 이내 말했다.

"오늘은 사내아이를 잉태할 준비를 하고 기다리고 있도록 해라."

그 말에 우리의 강서영 씨는 활짝 웃었다. 마치 성은을 받기라도 하는 것처럼.

"네! 저 꼭 노력할게요."

노력은 개뿔. 그게 어디 여자 맘대로 할 수 있는 일이냐! 여기 과학도 발달한 것 같은데 왜! 왜 이따위야. 순간 화가 치솟았지만 나는 내 처지를 안다.

나는 온몸으로 애교를 방출했다. 하루 종일 누워 있거나 일어서 있거나 넘어지는 거나 자는 것밖에 할 수 없는 나는 머릿속으로 애교를 많이 연습했다. 나이 먹어서 하면 추태지만 아기가 하면 귀엽잖아……. 아마도 귀여울 거다. 아직 거울은 못 봤지만.

나는 열심히 말했다. 그리고 표정은 최대한 사랑스럽게 지었다.

"나흔 새히(나쁜 새끼)!"

개차반이 강서영 씨를 쳐다봤다.

"이 계집애가 뭐라고 하는 거지?"

"아빠가 많이 보고 싶었다고 하는 것 같아요. 저거 보세요. 방긋방긋 웃고 있네요."

"귀찮군. 떼어내라. 나는 이만 가볼 테니."

이름하여 내 애교 대폭발 작전은 참담하게 실패했다. 하지만 아직 기회는 많다. 나는 어리다. 아직 걸음마도 시작하지 못했다.

'아직 시작도 안 했어.'

그날 밤.

나는 얼굴이 화끈화끈해지는 신음을 들어야만 했다. 강서영 씨 그렇게 안 봤는데 아주 요물이네. 사실 화끈화끈하진 않았고 조금 즐겼다. 하지만 나의 비루한 몸뚱이는 그 신기한(?) 장면을 미처 끝까지 보지 못하고 잠들어 버리고 말았다.

그리고 그다음 날. 나는 내 인생 최초의 희망이자 구원의 동아줄이 되어주실 나의 큰오라버님을 만나게 되었다. 그리고 그분 덕택에 나는 이 세계에 대한 걸 조금 알 수 있었다.

"이 아이가 제 동생인가요?"

나를 처음 본 남자 사람 생명체 중에 이토록 따뜻한 말을 해준 사람은 단언컨대 없었다.

"방긋방긋 웃는 게 정말 예쁘네요."

김환석과 김환성은 그냥 꼬맹이들이다. 4살, 5살이니 그냥 귀여운 수준. 그런데 이 남자 사람 생명체는 그래도 좀 남자 냄새가 나는 것이 보는 내가 흐뭇할 지경이다. 물론, 난 변태가 아니다. 나는 1살이 채 되지 않은 풋풋하고 귀여운 아가다.

이 첫째 오빠라는 녀석은 중학생 정도 되어 보였다. 아버지 개차반의 유전자가 워낙 훌륭해서인지는 모르겠지만 참 잘생겼다. 무슨 묘사가 필요하랴. 그냥 잘생겼는데.

이름은 김형석. 첫째 왕비의 아들이란다. 이, 이봐, 날 그렇게 따뜻한 눈으로 쳐다보면서 안지 말라고. 13살한테 심쿵 하고 싶지 않아.

"귀여워요."

"감사합니다, 왕자님."

나의 어머니인 강서영 씨는 가슴을 가리고서 정중히 고개를 숙였다. 참고로 강서영 씨는 세 번째 왕비다. 강서영 씨가 밖으로 나갔고 나는 이 잘생긴 꼬맹이와 밀폐된 공간에 함께 있게 됐다. 내가 육체 나이가 워낙에 어려져서 그런지 조금 두근대긴 한다. 이거 경찰서 갈 일 아니다. 그냥 단순히 설레는 거다. 누구라도 이렇게 품에 안겨서 얼굴을 마주보고 있으면 설렐걸? 진짜야. 내가 26살의 나이와 신체를 갖고 돌아왔더라도 이러고 있으면 조금 설렜을 수도 있어. 정말이야. 아니, 정말이에요. 나 변태 아닙니다. 믿으세요.

흠흠. 그냥 농담이고, 확실히 잘생긴 건 맞다. 그때, 나를 안아 든 요 녀석이 우수에 가득 찬 눈으로 날 쳐다보면서 이렇게 말했다.

"사내아이로 태어났으면 참 좋았을 텐데."

그리고 독백을 이어갔다. 내겐 일말의 경계심도 보이지 않았다. 당연하다. 나는 어리고 풋풋한 1살의 귀여운 아가니까.

"아가야, 이 세상은 여자들이 살기엔 너무 힘든 세상이야. 오빠는 내 동생이 그런 험난한 세상을 살아가야 한다는 사실이 못내 가슴 아프구나."

어쭈, 13살 주제에 제법이야. 오빠는 나를 안아 든 상태로 침대에 앉았다. 나는 13살 꼬맹이에게 손을 뻗으며 꺄르르 웃어줬다. 이 정도의 팬서비스는 해줘야지. 나의 애교가 마음에 들었는지 오빠는 피식 웃고는 내 머리를 살살 어루만졌다.

"여자는 이 세상을 움직일 힘이 없어. 그러나 나는 네가 그런 힘을 가지게 되면 좋겠다는 생각을 해본단다."

"어흐해허(너 잘생겼어)!"

"나도 뭐…… 껍데기만 남자지. 같은 처지여서 슬프네. 세상이 왜 이렇게 된 걸까?"

그때, 강서영 씨가 다시 방 안으로 들어왔다. 그녀는 따스한 목소리로 말했다.

"왕자님, 그런 말씀 하시면 안 됩니다. 제1왕자 아닌가요?"

"마력 한 움큼 없는 저는 만약 왕자가 아니었다면 진작 버려졌거나 죽었겠죠."

"그런 말씀 마세요. 마음을 강하게 가지세요. 왕자님은 누가 뭐래도 이 왕국의 첫째 왕자입니다. 저는 언제나 왕자님을 응원하고 있어요."

얘기를 들어보니 이 귀염둥이는 마력이란 걸 가지고 태어나지 않았단다. 모르긴 몰라도 이 세상은 마력이라는 것이 있는데 그게 엄청나게 중요한 역할을 하고 있는 것 같았다. 그리고 그 마력이 이 세상을 움직이는 가장 큰 힘이라는 것 같았다. 나는 처음 듣는 생소한 단어에 고개를 갸웃하며 끼히? 끼히잇? 하고 괴상한 소리를 냈다. 내가 듣기엔 괴상하고 남들이 듣기엔 귀여운 뭐 그런 소리다.

귀염둥이가 말했다.

"앞으로 또 한동안 어머니를 뵙지 못하겠네요. 저는 그 사실만으로도 많이 외롭고 슬플 것 같습니다."

"……."

강서영 씨는 그 말에 상당히 감격한 듯했다. 눈물까지 글썽거린다. 이 시대에는 저 정도의 말만 해도 희대의 로맨티스트가 되겠구나 싶다. 워낙에 여성 인권이 바닥인 곳이니까. 귀염둥이가 나가고 난 뒤 강서영 씨는 휴지로 눈가를 닦았다. 그리고 나를 안아 들었다. 그리고 독백을 시작했다. 아니, 내가 뭐 임금님 귀는 당나귀 귀 하고 외친 거기 대나무야? 왜 자꾸 나한테 얘기를 해? 그러다 내가 다 알아들으면 어쩌려고.

"첫째 왕자님은 이제 또 제국에 볼모로 잡혀가겠지요."

마력은 없지만 신분은 제1왕자인 김형석. 볼모로 잡기에 아주 쉽고 간편한 대상이란다. 제국에서도 대우 자체는 섭섭지 않게 해주고 있다고는 하나 그래도 어린 나이에 가족들 품에서 떠나 볼모 생활을 한다는 게 쉽지만은 않을 터. 그러고 보니 13살 감성에 어울리지 않는 우수에 가득 찬 눈동자가 떠올랐다.

"아흐해허(잘생겼어)!"

어차피 지금의 내가 할 수 있는 건 아무것도 없다. 잘 걷지도 못하는데 뭘. 내가 지금 할 수 있는 거라곤 그 엄청난 잘생김과 잘남과 따뜻한 마음씨에 감탄하는 것뿐.

시간이 좀 더 흘렀다.

나의 두 오빠는 여전히 귀찮고 짜증이 났다. 그래도 셋째인 김환성은 나한테 마음을 많이 열었다. 나를 귀여워하는 것이 눈에 훤히 보였다. 역시 꼬맹이다.

"물어왓!"

김환성이 외쳤다. 나는 꺄르르 웃으면서 네 발로 열심히 기었다. 걸음마도 가능하긴 한데 아직은 기는 게 더 빠르고 편하다. 김환성이 던진 작은 헝겊 인형을 주워 들고 꺄르르 웃으며 김환성에게 가져다줬다. 김환성은 아주 흡족한 미소를 지었다.

"오구, 잘했는데? 아주 뛰어난 개야."

김환석은 그 옆에서 시크한 눈으로 환성을 쳐다봤다.

"개라는 표현도 아까워."

김환성은 고개를 갸웃했다.

"그럼, 개새끼?"

야이, 뭐 이딴 것들이 다 있어. 내가 열심히 너희들 비위 맞춰주면서 지금 속으로 칼을 갈면서 꺄르르 웃고 있는 거 안 보여? 몰라? 아, 모르지 참. 어쨌든 나는 졸지에 개새끼 소리를 들었다.

"어이오 애해히(너희도 개새끼)!"

말은 저리 해도 나는 방긋방긋 웃었다. 웃음이 내 필살기다. 이것 말고 할 수 있는 게 없다는 게 슬프고 가슴 아프지만 나름대로 노력 중이다. 이들에게도 호감을 쌓지 못한다면 이들보다 더 개차반인 왕이란 작자한테는 어림도 없을 거다. 내 주위의 사람에게도 호감을 얻지 못한다면 이 세상을 어떻게 바꿔.

김환성은 사뭇 진지한 얼굴로 내게 지시했다.

"야, 그거 아냐. 월! 월! 이렇게 해야지."

이 쪼끄만 자식이. 자꾸 뭐래. 그딴 거 시키면 누가 할까 봐.

"워! 오오(월월)!"

……했다. 하고 말았다. 엉엉, 내 자존심.

어머니인 강서영 씨는 책 읽는 걸 좋아한다. 나는 강서영 씨가 책을 읽을 때마다 칭얼대며 무릎에 앉기를 원했다. 나도 보기 위해서다. 내 세상의 전부인 이 방 안에선 바깥 세상에 대해서 알 수 있는 게 별로 없었다. 하지만 강서영 씨가 읽는 책을 같이 보면서 지식을 쌓을 수 있게 됐다. 글은 읽을 수 있냐고? 말도 알아듣는데 글은 못 알아볼까.

그리고 기회가 왔다. 종이와 펜을 발견했다. 이 순간, 이유는 모르겠는데 진수가 너무 보고 싶었다. 발달이 안 된 어린아이의 몸이라서 그런지 몰라도 난 기억력이 매우 나쁘다. 그러나 진수의 얼굴은 도저히 잊히지가 않았다. 나도 모르게 손이 움직였다.

보고 싶어.

삐뚤빼뚤하고 알아보기 힘든 글씨였지만 어쨌든 글씨는 맞았다. 나는 분명 한글을 쓰려고 했는데 이상한 글자가 나왔다. 하여튼 내가 읽을 수 있는 걸로 보아 글씨가 맞긴 맞았다. 그리고 강서영 씨는 굉장히 놀랐다.

"설마……."

강서영 씨가 들고 있던 토끼 인형―아마도 내게 주려고 했던 것 같다―을 땅에 떨어뜨렸다.

"네가 쓴 거니?"

"꺄하!"

나는 종이를 들어 올리고 밝게 웃었다. 이걸 보라는 듯 또 글자를 썼다.

엄마.

강서영 씨는 입을 쩍 벌렸다.

예쁘다.

강서영 씨는 눈을 동그랗고 뜨고 나와 내가 쓴 글씨를 번갈아 쳐다보았다. 도저히 믿을 수 없는 일이 벌어졌다. 아직 걸음마도 제대로 못 뗀 아이가 글씨를 쓴다니. 아, 이거 너무 천재성을 드러내면 좀 그런가.

마니마니.

그래서 일부러 맞춤법도 좀 틀려줬다. 이 정도만 해도 내가 결코 평범한 아이가 아니라는 걸 알 수 있겠지. 이 세상은 남자 중심의 사회다. 여자는 아무것도 할 수 없다. 그간 얻은 지식에 의하면 '마력'

이라는 것이 가장 큰 역할을 했다. 아무래도 내게도 마력이라는 건 없는 것 같다. 이가 없으면 잇몸으로라도 살아야 한다. 사실 내가 뭐 뛰어난 천재인 건 아니지만 일단 이 정도면 충분히 천재처럼 여겨질 수 있을 거다.

그때, 목소리가 들려왔다.

"이게 뭐지……?"

내가 살면서 최고의 개차반이라 인정한 남정네의 목소리다.

'개차반!'

개차반의 목소리였다. 다른 말로 내 아버지. 왕이었다. 왕이 내가 쓴 글씨를 발견했다. 이봐, 어서 감탄해 봐. 나는 여타 다른 여자 생물체와는 달리 엄청난 잠재 능력을 가지고 있는 아이라 이 말이지.

"이 글씨를 이 계집아이가 쓴 것인가?"

강서영 씨가 대답했다.

"……네."

"도대체 알아볼 수가 없군."

야, 1살짜리가 글씨를 쓴다는 것 자체, 아니, 일단 글씨 비슷하게 그렸다는 걸 중요하게 생각해야지. 뭐 그딴 반응을 보여? 너는 천재였어? 앙?

나는 몰랐다. 재 천재 맞았다. 여긴 다른 세상이다. 내 기준으로 생각하면 안 되었다. 당시엔 몰랐지만 재도 1살 때부터 글을 썼단다. 뭐 저런 사기적인 인간이 다 있어? 나는 속으로는 욕하면서도 저 작자의 다리춤에 매달렸다. 팔을 마구 뻗으며 까르르 웃어줬다. 누가 봐도 귀여울 장면이다.

"귀찮군."

개차반은 발을 슬쩍 털어내서 나를 떨쳐 버렸다. 나는 엉덩방아를 찧고 넘어졌다. 하지만 굴하지 않으리. 7번 넘어져도 8번 일어서리라. 이 인간은 내 최대 난관이지만 이 인간을 잡으면 내가 내 뜻을 펼치기도(?) 좋을 거다. 두고 봐라. 당신 언젠가 꼬시고 만다.

"꺄흐히히!"

나는 밝게 웃으며 또다시 개차반에게 기어갔다.

"울지 않는군. 계집아이라 빽빽대며 시끄럽게 굴 줄 알았는데."

"당신을 닮아 아주 영특한 것 같아요."

"그래 봐야 계집이지."

저 개차반은 여전히 날 무시했다. 너 기다려라. 내가 금방 꼬셔 줄게.

그리고 3년이 지났다. 다시 말해 난 4살이 됐다.

이제 7살이 된 셋째 오빠, 김환성이 내 방을 찾아왔다. 강서영 씨가 말했다.

"왕자님, 그건 좀……."

"흥. 어머니가 상관할 일 아냐."

"……."

야, 배는 달라도 네 어머니거든. 넌 어떻게 되먹은 게 첫째 오빠랑 그렇게 다르냐. 이 재수 없는 자식이.

강서영 씨는 아무런 말도 못 했지만 나는 아니다. 내가 말했다.

"안 해줘요."

적어도 지금 이 순간만큼은 내가 갑이다. 그건 확실했다. 그래, 적어도 이 순간만큼은.

'너 딱 걸렸다.'

조련. 시작해 보자. 꼬맹이가 졸라대기 시작했다.

"아바마마께서 절대 안 된다고 했어요. 저도 혼난단 말이에요. 아바마마 너무 무서워요."

나에겐 절대 핑계가 있다. 아바마마다. 개차반이고 남성 우월주의로 점철된 자식이지만 어쨌든 좋은 핑계가 되어주었다.

"정말 이렇게 나올 거야?"

"죄송해요, 오라버니. 어쩔 수 없어요. 저는 아바마마의 명령을 어길 수가 없어요."

"딱 한 번만 해줘!"

"저번에도 그렇게 말씀하셨잖아요."

"그땐 그때고!"

꼬맹이는 꼬맹이답게 억지를 부렸다. 이 누나 따라오려면 한참 멀었다, 꼬맹아. 나는 타협안을 제시했다.

"그럼 이렇게 해요."

"어떻게?"

꼬맹이는 돌연 진지한 표정을 지었다. 그리고 진지하게 말했다.

"초코바는 안 돼."

어이고, 두야. 나 그런 거 관심 없거든. 아참, 참고로 말하면 아무리 왕자라고 해도 초코바는 마음대로 못 먹는다. 아버지란 작자가 하루에 1개 이상 못 먹게 규제를 엄격히 하고 있다.

김환성은 아주 비장했다.

"절대 줄 수 없어. 이것만큼은."

네네, 마음대로 하세요. 지금 하려는 거 그렇게 거창한 거 아니다. 내가 하려는 건 그냥 글씨 쓰기 숙제를 대신해 주는 거다. 김환성이란 요 꼬맹이는 몸으로 하는 건 굉장히 잘했는데 글씨 쓰기에는 영 소질이 없었다. 듣기로는 검술의 천재라나 뭐라나. 어쨌든 머리는 별로 안 좋은 게 확실했다.

"여기에 사인만 하면 돼요."

"빈 종이잖아?"

"싫으면 말구요."

빈 종이다. 나는 계약 사기를 치기로 했다. 아무 내용도 안 적었다. 나중에 적으면 된다. 당연히 사기다. 말도 안 되는 거다. 어차피 이걸로 거창한 무언가를 하겠다는 생각은 없다. 일단 왕자의 사인을 받아놓는 것만으로도 만족하기로 했다. 글씨 조금 대신 써주고 자필 사인을 얻어낸 거다. 강서영 씨가 지금 나를 보는 눈빛이 심상치 않기는 했지만 그건 나중에 '엄마 사랑해요!'라고 말하면서 안기면 되는 문제다. 쉽네, 이거.

그리고 하루가 더 지났다. 나는 생각지도 못한 일에 다리가 풀려 주저앉을 뻔했다.

'한진수……?'

그토록 보고 싶어 했던 얼굴이, 여기에 있었다.

내가 처음부터 진수를 좋아했다거나 사랑했던 건 아니었다. 사실 우린 뜨겁진 않고 미적지근한 관계라고 생각했었다. 더 솔직히 말하면 내가 진수를 좋아하는 것보다 진수가 나를 좋아하는 게 훨씬 컸다고 생각했다. 그 사이코의 칼에 찔렸을 때 나는 그게 틀렸다는 걸 깨달았다. 나는 나도 모르는 사이 진수를 아주 많이 좋아하고 정말 사랑했던 것 같다. 그 어떤 고통보다도 진수를 잃을 것 같다는 허무함이 나를 무던히도 괴롭혔었다. 그 짧은 순간에 마음속으로 진수를 보고 싶다고 수천 번은 외쳤다. 다른 말을 하거나 다른 생각을 떠올리기엔 진수를 떠올리고자 하는 그 마음이 너무 컸었다.

'틀림없어. 진수야.'

틀림없다. 정말 진수다. 내 기억 속의 진수보다는 훨씬 어렸다. 나이는 어림잡아 17살 정도 되어 보인다. 나의 사랑스런 첫째 오라버니인 김형석 또래로 보였다. 그러니까 나보다는 13살 정도 많아 보인다.

"이 아이가 제 약혼녀군요."

그러나 기억 속 진수와 눈앞의 이 남자는 나를 보는 눈빛이 너무 달랐다. 그래서 가슴이 아파왔다. 얼굴은 진수와 똑같은데.

'진수야…….'

강서영 씨가 내게 속삭였다.

"상희야, 어서 인사하지 않고 뭐 하니? 네 지아비 되실 분인데."

나는 엉겁결에 허리를 숙였다.

"안녕하세요? 저는 김상희라고 해요. 나이는 4짤이어요."

나는 말을 굉장히 빨리 시작했다. 당대 여아들 중에서는 최고로 빠른 속도란다. 발성기관과 구강 구조가 잡히자마자 나는 말을 시작했으니 굉장히 빠르다고 볼 수 있겠다. 쓰는 어휘 역시 4살 꼬마와는 어울리지 않는다. 겉모양은 이래도 속은 이제 30살이 되어간다. 그래서 아버지란 작자도 나를 보며 가끔 놀라곤 한다. 계집애치고는 제법이라는 말도 들은 적이 있다. 엣헴.

"오빠. 머싯쪄여(멋있어요)."

근데 아직 발음은 잘 안 된다. 제길, 편하게 발음하면 발음이 샌다.

한진수가 말했다.

"나는 한진수다."

이름이…… 한진수란다. 한진수. 내가 그토록 사랑했던 이름. 그러나 그 진수는 아니다. 진수라면 나를 알아보지 못할 리 없다.

"하지만 나는 사랑하는 사람이 있다."

"……."

쿵. 뭔가 이상한 소리가 들려왔다. 심장에서 난 소리 같다. 강서영 씨는 내심 짐작했다는 듯 별말 하지 않고 가만히 기다려 주었다.

'나는 어려. 어리니까 물어봐도 괜찮아.'

"사랑하는 사람?"

아무것도 모르는 척, 고개를 갸우뚱하면서 최대한 귀엽게 물었다. 이유는 모르겠는데 눈물이 날 것 같은 이상한 기분이 들었다. 손을 꽉 말아 쥐었다. 눈물이 나오지 말라고 아프게 꽉 쥐었다.

"물론 너와 결혼은 하겠다. 이미 약혼은 성사됐고. 하지만 내게 사랑받을 생각 따윈 접어두는 게 좋을 거야."

강서영 씨가 옆에 있음에도 불구하고 이곳의 한진수는 말을 아무렇게나 내뱉었다. 이건 이상하거나 무례한 일이 아니다. 만약 아버지란 작자가 있었어도 이런 말은 할 수 있다. 일부다처제가 일상화된 곳이고, 바람이라는 것 자체가 성립되지 않는 세계다. 그러니까 한진수의 입장에서 이 말은 '내일은 김치찌개를 먹을 거다'라고 말하는 것과 별반 다르지 않다는 거다. 내 입장에선 그래도 결혼을 해주겠다라고 말해주는 것을 감사히 여겨야 한다. 말도 안 되지만 그게 바로 이 세상이다.

나는 밝게 웃었다.

"헤헷, 나 저 오빠랑 겨돈해(결혼해)?"

나는 내 처지를 안다. 남자들에게 잘 보여야 한다. 나는 남자들의 노리개로만 살아가고 싶지 않다. 내가 이곳에 떨어진 이유는 모르겠지만 만약 이유가 있다면, 이곳을 바꾸라고 그래도 누군가 선심 써서 왕의 딸로 태어나게 해주지 않았을까 하는 생각이 든다. 하지만 나는 아직 아무것도 할 수 없다. 그래 봐야 4살 꼬맹이다. 발음도 제대로 안 되는.

"기뻐!"

기쁘지 않다.

"감사합니다!"

허리 숙여 인사했다. 어른들이 말하는 배꼽인사다. 한진수는 물끄러미 나를 쳐다보다가 강서영에게 인사하고서는 밖으로 나가 버렸다.

나는 강서영 씨로부터 한진수에 대한 얘기를 더 들을 수 있었다. 한진수는 뛰어난 남자라고 했다. 이 세계에서 뛰어나다 함은 바로 마력을 많이 가지고 태어난 사람을 뜻했다. 그건 다른 말로 재능이었다. 한진수는 천재라고 했다. 마력의 절대량도 높고 순도도 높으며 회복률이 굉장히 높아 이 세계 발전에 이바지할 수 있는 100년에 한두 명 나올까 말까 하는 천재란다.

저쪽 세계의 진수와는 많이 달랐다. 저쪽의 진수는 좀 어딘가 모자란 구석이 있었다. 8년이 넘도록 나를 쫓아다녔다. 처음에는 친구라는 이름으로, 나중에는 애인이란 이름으로, 더 나중에는 남편이란 이름으로. 정말 맹했다. 내 입으로 이런 말하긴 좀 그런데 어쨌든 나밖에 모르는 바보였다.

'마음이 이상해.'

정말 우연히 이름이 같고 얼굴이 같다. 말도 안 되지만 나는 이미 말도 안 되는 일을 겪고 있는 중이다. 말도 안 되는 일 하나쯤 더 생긴다고 해도 못 믿을 거 없다.

'이상해.'

불을 껐다. 잘 시간이다. 나는 소리 죽여 울었다…… 라고 하고 싶었는데 4살인 이 몸은 내 마음대로 컨트롤하기가 좀 힘들었다. 자꾸 흐느끼는 소리가 새어 나갔고 이왕 이렇게 된 거 그냥 대놓고 울기로 했다. 강조하지만 나는 어린 아가다.

여전히 왕자들에게 시달림을 당하는 우리의 송수진 양이 내게 달려왔다.

"무슨 일이에요, 공주님!"

"귀신 봐쪄! 귀신이 막 나를 막막 쫓아와쪄! 힝!"

나는 부끄럽지 않다. 부끄럽지 않다. 절대 부끄럽지 않다. 이건 정말 절대 무조건 하여튼 부끄럽지 않은 거다. 그래, 부끄럽지 않다. 나는 아가니까. 나는 아가니까!

……엉엉, 망했어. 쪽팔려.

송수진 양은 나를 굉장히 조숙한 아이로 봤다고 했다. 어유, 우리 공주님. 맨날 어른인 것 같았는데 이제 보니 또 아가시네. 귀엽기도 하셔라 하고 나를 꽉 껴안아준 그 이후로부터 나는 본격적인 작업(?)에 들어갔다.

"쪼코렛! 쪼코렛 주떼여!"

그럴 때면 마음 약한 송수진 양은 초코바 혹은 초콜릿을 주곤 했다. 그리고 난 이걸 고이 잘 숨겨 놨다. 셋째 오빠 김환성을 조련할 아주 훌륭한 도구다. 김환성은 벌써 7살이나 되었음에도 불구하고(?) 초콜릿에 죽고 못 산다. 개차반이 억지로 강제해서 그런지는 몰라도 하여튼 초코바에 강렬한 집착을 보이는 새로운 생명체다.

"오다버니, 저는 강아지 가튼 거에여?"

김환성은 진지한 얼굴로 정정해 줬다.

"개 같은 거야."

야이, 오빠라는 자식아. 이런 걸로 진지해지지 마.

"오다버니가 강아지같이 귀여워해 주면은, 나는요 오다버니한테 쪼코렛을 주 껀데!"

아, 내 손발. 내 손발 어디 갔어. 말하는 내가 오그라든다. 마치 뜨겁게 달궈진 맥반석 위에 던져진 말린 오징어가 된 느낌이다. 하지만 다시 한 번 말하지만 나는 4살 꼬맹이다. 우리의 송수진 양은 나를 흐뭇하게 쳐다보고 있었고 김환성은 근엄한 얼굴을 하다가 헤-하고 풀려 버렸다.

"초콜렛? 그게 진짜야?"

"응! 나는 초콜렛이 이~ 따만큼 이써여."

"내 동생은 강아지만큼 귀여워!"

"강아지만큼?"

내가 고개를 갸웃하자 초코바가 걸렸을 때에만 눈치가 백단으로 변하는 김환성이 재빨리 말을 바꿨다.

"강아지보다 훨~ 씬 더 귀여워."

"헤헷, 우디 오빠가 더 머시쪄여."

아, 내 자존심. 망했어. 망했다고. 7살 꼬맹이 비위 맞춰줄라고 정말 갖은 애를 다 쓴다. 쪽팔려 죽을 것 같아. 어떡하지.

며칠이 지났다. 나는 송수진 씨로부터 새로운 소식을 들을 수 있었다. 내 내정된 약혼자인 한진수가 제국으로 마력 수련을 하러 떠난다고 했다. 지구식으로 말하자면 유학에 가까웠다. 내 첫째 오빠인 김형석은 제국에 볼모로 잡혀갔지만 한진수는 공부를 위해 떠나는 거다.

“우리 공주님 약혼자께서는 제국 마력학원에 최우수 성적으로 입학하셨다고 해요.”

“마력학원?”

“네, 공주님은 아직 모르시겠지만 제국 내 마력학원은 세계 최고의 엘리트 양성기관이거든요.”

알아, 나도. 나도 책 많이 읽었어. 내 비록 여자라는 누추한 신분을 갖고 있지만 나름대로는 공주이기 때문에 책 정도는 마음대로 읽을 수 있다. 이 시대에 여자들이 할 수 있는 거라곤 TV를 보거나 책을 읽는 게 전부였고 나는 강서영 씨에게 부탁해 책을 많이 구할 수 있었다. 그중 대다수가 어린이 동화 혹은 어린이 세계 명작이라는 게 좀 짜증 났지만.

“우리 공주님, 내일은 예쁘게 단장하셔야겠어요.”

“예쁘게? 나 예쁘게 해주 꺼야?”

“그럼요! 우리 공주님 지아비 되실 분 환송 파티가 있는데 공주님이 제일 예뻐야 하지 않겠어요?”

나는 와아! 신난다!를 외쳐 주었다. 내가 이러면 송수진 양은 굉장히 행복해한다. 하기야 송수진 양 눈에 내가 얼마나 예쁘겠어. 말 잘

들어, 애교 잘 피워. 게다가 셋째 오빠 김환성을 쥐락펴락해. 송수진 양의 눈에는 내가 아마 보물일 거다.

아참, 내 위로는 굉장히 많은 이복 언니가 있다. 하지만 4년 동안 단 한 번도 본 적이 없다.

그렇게 생각해 보면 또 짜증 나는 게 오빠라는 것들이 왜 그 수많은 언니한테 안 가고 꼭 내 방에 와서 '물어왓!'을 시키는 거냐고. 제기랄. 짜증 나네. 나랑 같이 놀면 재밌단다. 당연하지. 내가 너희들 비위 맞춰주느라고 얼마나 고생하는데. 김환석은 쿨하고 시크한 척하지만 그래 봤자 꼬마다. 겉으로 내색은 안 해도 나한테 분명 호감을 갖고 있다. 당연히 남녀로서의 호감이 아니라 말 그대로 호감.

방문이 열렸다. 망할 놈의 셋째 오빠 김환성이다.

"물어왓!"

"오빠!"

나는 대놓고 인상을 썼다.

"가 아니고 오라버니!"

김환성은 실실 웃었다. 아니, 웃었다는 말도 아까워. 쪼갰다. 갑자기 방문을 열고 들어와 헝겊 인형을 던지며 '물어와'가 뭐냐. 너 진짜 죽고 싶냐. 나쁜 자식. 엉엉. 김환성이 실실 웃으면서 말했다.

"오빠도 괜찮다니까?"

"그대도 체통과 품위가 있자나여!"

"그런 발음으로 말해봤자 그런 거 하나도 안 느껴지거든? 발음 안 돼?"

"너무해여. 오빠당 안 노라."

김환성은 꼴에 오빠라고 내 머리를 슥슥 쓰다듬고는 깔깔대며 웃었다. 내 반응을 보는 게 재미있단다. 당연하지. 너 좋아하는 반응 보여주는 건데.

"다른 애들은 재미없어. 내가 뭐라 말하면 잔뜩 쫄아서 눈치만 막 본다니까?"

그게 당연한 거야, 꼬맹아. 여긴 그런 세상이잖아. 나도 너희들 재미있게 만들어주지만 선은 넘지 않으려고 얼마나 노력하는데. 꼬맹아, 네가 누나의 이 절박한 심정을 아니? 아니, 아마 모르겠지. 제길.

"그럼 나 간다!"

아니, 도대체 왜 온 거야. 이 자식아. 너 검술인지 뭔지 열심히 하느라 바쁘다며. 진짜 바쁜 거 맞냐?

하지만 난 공손히 허리를 숙였다.

"다녀오세요."

문이 벌컥 다시 열렸다.

"그럼 진짜 다시 온다?"

"……."

문이 닫혔다. 그리고 또 열렸다.

"물어왓!"

헝겊 인형을 던졌다. 아오, 저 자식. 그냥 죽여 버릴…… 흠. 그게 아니라 패버리고 싶다, 진짜. 김환성은 낄낄대며 웃다가 나갔다. 나는 송수진 양을 쳐다봤다. 우리 중요한 얘기하고 있었다고. 내 약혼자님의 환송 파티 얘기. 자, 그럼 그 얘기를 시작해 보실까?

송수진 양이 나를 쳐다봤다. 애정 가득한 얼굴로 나를 쳐다보는 게 뭔가 불안하다. 어, 어. 가까이 오지 마. 오지 말라고. 송수진은 나를 껴안았다. 볼로 내 얼굴을 마구 비볐다.

"공주님, 너무 귀여우셔요."

저리 가. 젠장. 숨 막혀. 우리에겐 중요한 얘기가 남아 있잖아!

한진수는 고려 왕국에서 촉망받는 인재다. 한진수 스스로도 그걸 안다. 제국 마력학원에 수석 입학하는 쾌거도 이뤄냈다. 이제 1주일 후면 제국으로 출발한다. 바라고 바라왔던 일이다. 그런데 켕기는 게 있다.

'그 꼬맹이…….'

이상했다. 느낌이 정말 이상했다.

'내가 도대체 왜 그런 말을 했을까.'

침대에 누워 몸을 뒤척거렸다. 나에게 사랑하는 여인 같은 게 있을 리 없다. 약혼녀는 이미 내정되어 있고 왕국의 엘리트로서 교육받고 커오느라 여자 같은 건 신경 쓸 수도 없었다. 그럴 시간도 없었고 그는 살아오면서 여자를 만나본 적이 거의 없다.

'그런데 나는 도대체 왜…….'

그 꼬맹이한테 사랑하는 여인이 있다고 말을 해버렸다. 이유를 알 수 없었다. 그냥 그렇게 말해야 할 것 같은 기분이었다.

'왜 낯이 익은 거지?'

그 이유를 모르겠다. 머리가 복잡했다. 그 꼬맹이를 본 이후로 며칠 동안 잠을 제대로 못 잤다.

'내일…… 환송 파티에 나오겠지. 그래도 내 약혼녀니까.'

한진수는 그제야 뭔가 마음이 진정되는 것 같은 요상한 느낌을 받았다.

'제길, 기분이 정말 이상하군.'

억지로 잠을 청했다. 내일은 환송 파티가 있는 날이다. 제대로 자두지 않으면 왕국의 많은 어르신 앞에서 좋은 모습을 보이지 못할 거다.

그런데 잠이 오질 않았다. 정말 이상했다. 뜬눈으로 밤을 새웠다.

그리고 환송 파티가 시작되었다.

이곳의 파티는 내가 생각하는 파티의 모습은 아니었다. 화려한 건 맞다. 저 천장 높이 떠 있는 황금빛 샹들리에가 찬란한 빛을 사방으로 뿌려 대고 있었고 아마도 대리석이라 짐작되는 바닥은 그 빛을 받아 번쩍이며 빛났다. 반투명한 크리스탈 재질의 원형 탁자가 수십 개가 놓여 있고 그 위엔 보기만 해도 군침이 도는 수많은 음식이 놓여 있었다. 거기에 오케스트라의 감미롭고도 힘찬 음악이 홀 전체를 감싸고 휘도는데 가만히 앉아 있기만 해도 뭔가 춤을 춰야 할 것 같은 그런 분위기였다. 한국이라면 상위 1퍼센트의 재벌가 아들들은 이런 파티를 즐기지 않을까 싶었다.

문제는 '아들들'만 파티를 즐긴다는 거다. 아니, 저 시커먼 남정네들끼리 뭐하는 짓이야…… 는 아니고 사실 다들 미남이다 보니 눈은 즐겁다. 흐흐. 원칙적으로 파티 자체는 남자들끼리 진행된다고 했다. 홀 가장자리에는 유리창으로 가로막힌 대기실이 있었는데 이곳이 바로 여자들의 자리다. 여자들은 감히 파티에 참여하지 못하고 대기실 의자에 앉아 다소곳하게 대기해야 한다고 했다. 이게 이곳의 파티 문화란다.

아니, 이럴 거면 왜 3시간 동안 옷을 입혔다 벗겼다 난리를 친 건데. 나도 모르게 입이 댓 발 튀어나왔다. 뭘 기대한 건 아니지만 4살짜리한테 3시간 동안 인형 놀이를 시키고, 거기에 또 2시간 넘게 제자리에 가만히 앉아 있으라는 게 말이 되냐? 앙? 삐뚤어질 테다.

"공주님은 정말 조숙하시군요. 소문은 들었지만…… 소녀는 감탄했답니다."

대략 14살 정도로 보이는 여자아이가 내게 말을 걸어왔다. 들어보니 무슨 남작가의 딸내미라는 것 같다. 여자의 적은 여자다. 나는 지난 생에서 그걸 배웠다. 하지만 나는 아직 여자가 아니다. 아가다. 방긋방긋 웃었다.

"언니 이뻐!"

이름은 에밀리아라고 했다. 정식으로 자기소개를 했는데 남작인 찰스의 7번째 딸이란다. 이곳이 이상한 곳이란 걸 다시 한 번 깨달았다. 뭔가가 뒤죽박죽인 세상이다. 일단 왕국의 이름은 고려다. 거기에 귀족들은 공작, 후작, 남작, 자작 등의 명칭을 갖는다. 또 한국식 이름도 있고 서양식 이름도 있다. 심지어 중국식, 일본식 이름까지 역사책에 많이 나온다.

"공주님은 겨우 1살 때에 글을 떼셨다고 들었는데…… 사실인가요?"

"글……?"

이냔아, 머리 치워라. 우리 진수 안 보인다. 진수 좀 보자. 이제 멀리 간다는데.

"네, 글씨요."

"헷."

나는 부끄러운 듯 입술을 살짝 깨물고 밝게 웃었다. 약간 바보 같은 모양새를 보여줬다. 자, 이 정도면 됐지. 비켜라, 이놈! 나는 진수를 좀 더 봐야겠다.

진수는 단연 군계일학이었다. 한국에서와는 달랐다. 한국에선 그렇게 잘난 얼굴은 아니었다. 그런데 이곳에서 본 진수는 정말 멋있다. 단순히 잘생긴 게 아니라 특유의 아우라가 있다. 콩깍지가 씌었다고 해도 할 말은 없지만 어쨌든 내 눈엔 그래 보였다.

'예전과는 정말 반대가 되어버렸네.'

한국에서는 진수가 날 먼발치에서 오랫동안 쳐다봤다고 했다. 나는 그 사실을 나중에 알게 됐다. 사귀고 난 이후로도 언제나 진수가 내게 사랑한다고 좋아한다고 고백해 왔었다. 나는 속으로는 기뻐도 겉으로는 티를 많이 안 냈다.

'정신 차려. 쟤는 한진수가 아냐.'

유리창 하나만 넘어가면 진수의 손이라도 잡을 수 있을 것 같은데.

'아냐. 쟤는 진수가 아니라고.'

이 유리창 하나만 넘어가면 진수가 '어디 갔다 이제 왔어?' 하고 따뜻하게 물어줄 것 같은데.

'진수가 아니라니까!'

이 유리창 하나만 넘어가서 내가 '미안해. 좀 늦었지. 얼른 밥 먹자'라고 말해주고 싶은데.

'정신 차려.'

이 유리창 하나만 넘어가서 내가 '사랑해' 하고 말해주고 싶은데.

"공주님?"

목소리가 들려왔다. 에밀리아가 나를 부르는 목소리였다.

"어디 편찮으신 건 아니죠?"

"아, 아냐. 나는 완전 튼튼해!"

있지도 않은 알통을 보여주었다. 그때, 진수에게 누군가가 접근하는 게 보였다. 진수 옆에는 진수와 키가 거의 비슷하고 뽀얀 피부를 가진 잘생긴 녀석이 하나 붙었다. 다리를 꼬고 앉아 티를 마시는데 제법 귀티가 났다. 저 상태로 사진을 찍어 잡지 메인에 올려도 될 것 같다.

그런데 분위기가 영 이상하다. 간간히 진수를 끈적끈적한 눈길로 쳐다보는 것도 그렇고 단발보다 약간 짧은 긴 머리카락을 귀 뒤로 쓸어 넘기는 모양새하며, 혀로 입술을 살짝살짝 핥는 것하며. 뭐랄까, 약간 여성 같은 느낌의 남자라고나 할까?

'어, 어딜 가까이 붙는 거야!'

그 남자는 진수의 뒤로 걸어가 어깨동무를 하는 듯하더니 이내 앉아 있는 진수의 목에 팔을 감았다.

'아냐. 저건 우정이야. 저건 남자들이 흔히 하는 스킨십이라고.'

그 남자는 진수의 귓가에 뭔가를 속삭이고 있었다. 뭔가 야릇한 모양새긴 했다. 굳이 말을 저런 식으로 해야 하냐고. 무슨 중요한 얘기길래! 아씨, 뭔가 불안해.

진수가 일어섰다. 진수가 피식 웃는 게 보였다. 진수가 피식 웃자 남자는 또 밝게 웃었다. 그리고는 또 진수를 덥석 안았다. 애교를 부리는 것 같은 모양새였다. 원래 남자들 안 저렇잖아. 아냐, 여긴 남자들 위주의 이상한 세상이야. 저런 일이 일어날 수도 있어. 그래, 그런 걸 거야.

"나는 사랑하는 사람이 있다."

난데없이 진수의 그 말이 떠올랐다.
'미쳤어? 아무리 이 세상이 다른 세상이라고 해도…….'
괜히 불안했다.

"물론 너와 결혼은 하겠다. 하지만 내게 사랑받을 생각 따윈 접어두는 게 좋을 거야."

진수가 또 피식 웃었다. 그러자 남자는 또 행복한 모습으로 활짝 웃었다.
"에밀리아 언니."
"언니는 빼고 에밀리아라고 불러주세요, 공주님."
"응 언니! 힝…… 자꾸 언니가 나와. 응!"
내 모습이 귀여웠는지 에밀리아도 방긋 웃고 말았다.
"에밀리아도 내 약혼자님 알아?"
"그럼요. 제국 마력학원 수석 입학에 빛나는 왕국의 자랑이신 걸요."
"그럼 약혼자님 옆에 저 남자는……."
에밀리아의 미소가 짙어졌다. 어라, 요것 봐라. 쪼끄만 게 혹시 뭐 질투라도 하는 거야? 하는 듯한 미소였다. 나쁜 의도가 있는 것 같지는 않은데 날 마냥 꼬맹이로 보는 것 같다…… 는 사실이지. 망했어. 젠장.

곽기현이 일어섰다. 그리고 10년지기 친구인 한진수의 뒤로 걸어가 그의 목을 감싸 안았다.

"우씨, 진수야. 네 약혼녀 왔다. 짜증 나. 진수는 내 건데!"

한진수는 피식 웃었다.

"개소리하면 죽는다."

"개소리라니. 이 엉아는 진심인데. 아, 우리 예쁜 진수를 공주님한테 빼앗기지 않을 방법 같은 건 없을까?"

"……."

"야, 진수야. 우리 그 공주님 보러 갔다 올까?"

"……뭣 하러?"

"에이, 그래도 너가 결혼할 사람인데 얼굴이라도 한 번 더 보고 가면 좋지. 가자. 가자."

한진수가 일어섰다. 그러자 곽기현은 눈을 게슴츠레 뜨고 한진수를 쳐다봤다.

"수상해. 원래대로면 계집 따윈 관심 없어, 이러고 안 갈 놈인데. 왜 갑자기 가겠다는 거야? 그새 마음이 변했어? 나 진짜 질투한다?"

한진수는 또 피식 웃었다. 하여튼 기현이 놈이랑 같이 있으면 심심하진 않다.

"까불지 말고. 말 그대로 한번 보고나 오는 거니까."

그런데 이유는 모르겠다. 괜히 심장이 뛴다. 겨우 4살짜리 보러 가는 건데 왜 이렇게 기분이 이상한지 모르겠다. 설레는 게 아니다. 미래에 결혼할 사람이라 그냥 조금 기대가 되는 것뿐이다. 그렇게 생각했다.

에밀리아가 호들갑을 떨었다.

"이, 이쪽으로 오고 계세요."

"으, 응!"

나도 좀 당황했다.

"안녕하시어요. 김상희라고 해여."

최대한 발음을 똑바로 해보려고는 했으나—김환성이나 송수진 앙 앞에선 일부러 발음을 더 짧게 한다—역시 아주 똑바로 나오지는 않았다.

"이야, 공주님. 예쁘시네. 아, 이거 좀 경계해야겠는데요."

경계? 날 왜 경계해? 당신이 어째서? 왜죠?

진수는 말없이 날 쳐다보기만 했다.

"……."

남자는 또 말했다.

"저는 곽기현입니다. 곽씨 후작가의 막내아들이에요. 나이는 17살. 진수랑 동갑이요. 라이벌끼리 처음 인사하네요."

"라이발?"

나는 고개를 갸웃했다. 라이벌이 뭔지 모른다는 것처럼. 그러자 곽기현이란 녀석은 친절하게 설명해 줬다.

"음, 그러니까 경쟁자라는 뜻이랍니다."

경쟁자라니. 너 잊고 있나 본데, 나 쟤 약혼녀야. 야, 한진수. 뭐라고 말 좀 해봐. 왜 부정도 안 하는 거야.

한진수는 여기에 왜 온 건지도 모를 만큼 어이없이 또 나가 버렸다. 나한테 이 남자를 보여주기 위해서 온 것 같다는 기분이 들 정도였다.

"나는 사랑하는 사람이 있다."

그 말이 계속 떠올랐다. 아니야. 아닐 거야. 그런데 곽기현이 한진수에게 또 팔짱을 꼈다. 한진수는 딱히 뿌리치지는 않았다. 기분이 정말 묘했다. 이상했다.

이 세계는 마력으로 움직이는 사회라고 해도 과언이 아니다. 자동차를 움직이는 것에도 역시 마력석이 필요하다. 마력석은 마력을 채워야 사용이 가능하다. 그리고 마력석에 마력을 채우는 건 오로지 남자만이 가능한 일이다. 남자만 마력을 타고나기 때문이다.

제국으로 향하는 자동차 안에서 곽기현이 말했다.

"계집애 주제에 그래도 제법 똑똑하네."

"……."

"우릴 보고 그렇게 기죽지도 않고. 공주라서 다르긴 다른가? 그래도 다른 계집애들보다는 좀 나은 것 같긴 하더라."

곽기현은 혼자서 실컷 떠들었다. 원래 익숙하다. 혼자 떠들고 한진수는 가끔 피식 웃거나 고개를 끄덕이는 것. 이게 일상적인 대화 패턴이었다.

그러다가 한진수가 입을 열었다.

"……마."

"뭐라고?"

"함부로 입 놀리지 말라고."

"무슨 소리야 그게?"

"어쨌든 내 아내가 될 사람이고 왕국의 공주다. 그렇게 함부로 평가하고 재단할 사람은 아니라는 뜻이야."

"야, 너 왜 그래?"

곽기현은 오히려 한진수를 이해할 수 없다는 듯 고개를 갸웃했다. 이 정도 말은 여자에게 해도 된다. 그렇게 모욕될 것도 없다. 게다가 지금은 단둘만 있는 자리가 아니던가. 어차피 운전수에게는 소리가 들리지 않고.

"……."

한진수는 창밖을 쳐다봤다. 곽기현이 어이없어하는 것도 이해가 된다. 사실 곽기현의 말이 예의에 크게 벗어난 건 아니었으니까. 보통 때라면 그저 고개를 끄덕이고 말았을 거다.

'나는 도대체 왜…….'

이유를 모르겠다. 순간 화가 났다.

'도무지…… 모르겠다.'

창밖의 풍경이 빠르게 뒤로 멀어지고 있었다.

시간이 흘렀다. 나는 이제 7살이 됐다. 발음도 제법 잘된다. 둘째 망나니―전체 왕자 서열로는 셋째고 망나니 중에는 둘째다. 첫째 오빠는 망나니가 아니니까―김환성이 내 방문을 벌컥 열었다.

"야! 똥개! 나 드디어 나이트 됐다!"

"오라버니!"

나는 활짝 웃었다. 노크 따윈 밥 말아 먹었니? 나도 이제 7살 어엿한 숙녀라고. 하지만 본심과는 상관없이 기쁘게 웃어줬다. 그리고 총총걸음으로 걸어가 환하게 웃고 있는 우리의 망나니를 꽉 껴안아줬다.

"소녀는 기뻐요!"

"그럼! 그렇지? 나는 역시 대단해. 암, 그렇고말고."

그래, 대단한 너는 이제 10살 꼬맹이이며 왕국 최연소 나이트가 되었지. 그래, 대단한 건 대단한 거야. 그 대단한 꼬맹이가 내게 사정했다. 군침을 꿀꺽 삼키는 소리가 여기까지 들렸다.

"초코바 하나만 줘."

"안 돼요. 어제도 하나 드렸잖아요."

"그래도…… 줘. 초코바 줘. 초코바 줘."

"싫어요."

"왜! 나 사고도 안 치고 똥개 새끼라고도 안 부르는데!"

"그래도 싫어요."

자, 넌 내 노예…… 가 아니고 초코바의 노예다. 하지만 이것만 해도 엄청난 거다. 왕자가 달라는데 공주가 대놓고 싫다고 하는 건 상상도 할 수 없는 일이다. 하지만 김환성도 나도 이상하다는 생각을 하지 않았다. 자연스럽다는 뜻이다.

그때, 나는 생각지도 못한 누군가를 만나게 됐다. 복도에서 우리의 이야기를 들은 모양이다.

“안녕하세요? 김서희입니다. 잠시 할 말이 있어 들렀습니다.”

처음 보는 여자다. 예쁘다. 좋은 유전자를 물려받은 것 같다. 아마 내 수많은 언니 중 한 명이겠지. 여긴 남자보다 여자가 훨씬 많이 태어나는 세상이고 오빠는 세 명뿐이지만 언니는 아주 많다고 했으니까. 나는 7살이 되면서 언니라는 사람들을 몇 번 봤었다. 아마 내가 모르는 언니도 많을 거다.

그런데 김환성의 표정이 싹 변했다. 10살짜리라고는 생각이 안 될 정도로 냉기가 폴폴 풍겼다. 솔직히 좀 무서울 정도였다.

“너 뭔데? 왜 끼어들어?”

제2장
딸바보? 그리고 소녀식

이름 김서희, 나이 12세. 나보다 5살이 많고 김환성보다 2살 많은 나의 배다른 언니란다. 나는 도대체 배다른 언니가 몇 명이나 있는지 모르겠다. 지금 이 꼬맹이도 완전히 처음 보는 꼬맹이다. 그래도 역시 개차반의 유전자를 물려받아서 미모는 제법 괜찮았는데 눈꼬리가 찢어져 있어서 약간 사나운 인상이기도 했다.

“너 뭔데? 왜 끼어들어?”

“우연히 목소리를 들었습니다. 저 아이가 감히 제3왕자님께 너무 무례한 것 같다는 생각이 들어…….”

김환성이 인상을 더 찡그렸다. 대놓고 적의를 풀풀 풍기고 있다.

“뭐가?”

“저 아이의 발언은 예의에 어긋나는 것이라 생각하여…….”

자신만만하게 들어왔던 김서희는 김환성의 싸늘한 태도에 질렸는지 목소리가 점차 작아졌다.

"그러니까 넌 내 똥개 새끼가 버릇없다고 훈계하는 거냐?"

야, 김환성. 죽고 싶냐. 똥개 새끼. 그거 하지 말라고 그랬지. 똥개도 서러운데 똥개 새끼가 뭐냐. 오늘 처음 보는 이복 언니 앞에서 똥개 새끼 소리 듣고 싶지 않아. 엉엉.

그런데 난 따질 수도 없는 것이,

"아이 씨, 재수가 없으려니까. 야, 내가 안 혼내고 가만히 있는데 네가 뭔데 나서? 너 진짜 한번 맞아볼래?"

라고 말하는 왕국 최연소 나이트. 둘째 망나니의 기세가 너무 무서웠다. 여태까지 내 앞에선 저런 모습을 단 한 번도 보인 적이 없다. 소문에 의하면 독기로 똘똘 뭉쳐 있는 아이라 최연소 나이트가 될 수 있었다는데 여태까지 실감이 안 났었다. 내가 느끼기에도 무서운데 저 여자애는 아마 느끼는 압박감이 더 심할 거다.

"꺼져. 너 내 눈앞에 또 띄면 그땐 죽여 버릴 거야. 알았어?"

"죄송…… 합니다."

김서희는 허리를 푹 숙였다. 마치 왕과 신하처럼 위계질서가 확실했다. 나는 다시 한 번 느꼈다. 이곳은 지구가 아니다. 지금 이 상황은 그렇게 어색하지 않은 상황이다. 그래, 내가 떨어진 세상은 이런 세상이다.

김서희가 나가려고 했다.

"아, 잠깐."

"……예?"

"너 나 없을 때 내 똥개 괴롭히면 진짜 가만히 안 둔다. 내 똥개는 내 거야. 나만 괴롭혀."

"……명심할게요."

아니, 그딴 거 명심하지 말고 명령도 하지 마. 내가 왜 똥개냐고. 나 똥개 아니라고. 내겐 김상희라는 예쁜 이름이 있다고, 이 자식아. 김서희는 밖으로 나갔다. 그리고 밖에서 약간 흐느끼는 소리가 들려왔으나 무감각한 김환성은 그것에 신경도 쓰지 않는 것 같았다.

'그래 봤자 12살 꼬맹인데…… 왜 애를 저렇게 만들어 놔?'

속으로는 생각했지만 따지진 못했다. 김환성과 아주 많이 친해지긴 했지만 그래도 지켜야 할 선이 있다. 그 선을 넘어가는 순간, 나도 저런 취급을 받게 될지도 모른다.

"오라버니, 저를 언제까지 똥개라고 부를 거예요?"

김환성은 몸을 빙그르 돌린 다음에 활짝 웃었다. 잇몸까지 훤히 드러나 보이는 저 미소를 보고 있노라면 아까 있었던 일이 어쩌면 꿈이 아닐까 싶었다. 이중인격인가?

"평! 생!"

"……진짜 평생…… 이요? 할아버지 할머니가 되어도요?"

"그러어엄! 난 똥개가 좋아."

이대로면 물어왓!을 시킬 거 같다. 이거 느낌이 불안하다.

"물어왓!"

그 느낌은 유효했다. 주머니에서 헝겊 인형을 꺼낸 김환성이 그걸 던졌다.

"오라버니, 저거 물어올까요, 초코바 하나 드릴까요?"

순간, 둘째 망나니는 심각한 고민에 빠져들었다. 고민하는 폼만 보면 어떻게 하면 우주를 정복할 수 있을까 정도 되는 스케일의 대단한 고민을 하는 것 같다. 망나니가 결정을 내렸다.

"둘 다!"

……제길. 망했다.

사실 셋째 오빠 김환성은 그냥 망나니다. 그런데 둘째 오빠 김환석은 망나니에 나쁜 놈이다. 김환성은 귀여운 구석이라도 있지 김환석은 귀여운 구석도 별로 없다. 정말 심각하고 진지한 얼굴로 강아지란 표현도 아깝다며 개라고 부르라던 놈이다. 덕분에 똥개 새끼라는 별명도 생겼지. 바드득.

'그나마 요즘은 똥개 새끼라 하지 않고 똥개라고 부르지만.'

어쨌든 항상 시크한 척하며 옆구리엔 책을 끼고 다니는 저 도도한 녀석은,

'도대체 제 방 놔두고 왜 내 방에서 책을 읽는 건데?'

내겐 눈길 한 번 주지 않으면서 꼭 내 방에서 책을 읽는다.

"오라버니, 녹차 타왔어요."

"……."

그래도 난 이놈에게 잘 보이기 위해 노력하고 있다. 나는 아직 7살이다. 할 수 있는 게 없다. 바깥 구경조차 해본 적이 없다. 하지만 머릿속으로 대충이나마 구상은 하고 있다. 내 주변 사람들, 특히 남자들부터 어떻게 공략하고 나면 어떤 식으로든 방법은 생길 거다.

야, 내가 이 고사리 같은 손으로 친히 녹차를 타줬으면 하다못해 고맙다는 말 정도는 해줘야 하지…… 않겠지. 그래, 여긴 그런 것 따윈 없는 곳이니까.

"다음부턴 물을 더 넣도록 해."

"입맛에 안 맞으세요?"

녹차가 거기서 거기지. 이 나쁜 놈아.

"어, 맛없어. 그냥 시녀 시켜."

"그래도 오라버니. 소녀의 정성이……."

"필요 없어."

정말…… 가차 없구나, 너.

"무슨 책을 그렇게 보세요?"

"……."

자세히 보니 수학책이다. 그러고 보니 나는 이곳에서 수학책을 본 적이 없다. 압도적으로 많이 본 게 어린이 동화책이고 그 다음이 역사책, 그 다음이 좀 이상한 로맨스 소설이다. 더 정확히 말하자면 남자들끼리 나와서 꽁냥꽁냥하는 그거. 내가 여기서 볼 수 있는 책은 그게 다였다. 그런데 여기…… 수학이 엄청 쉽다.

나는 공부를 못하진 않았다. 전교 1등쯤 하는 수재는 아니었지만 그래도 제법 잘했다. 적어도 수학은 반에서 5등 이내에 들었었으니까. 그러고 보니 옛날에 선생님이 말씀하셨던 게 기억이 난다. 지금의 지식을 가진 사람이 과거로 돌아간다면 세기의 천재가 될 수 있을 거라고 말이다.

'그리고 이곳의 문물은…… 마력을 기반으로 형성되어 있어.'

다시 말해, 마력이 발달한 대신 그 외 다른 학문의 완성도는 현저히 뒤떨어질 수밖에 없다는 거다. 뭐든지 뿅 하면 다 되는 마력이 있는데 굳이 수학 같은 학문을 발전시킬 필요가 없었을 것이다.

'아. 아는 척하고 싶다.'

아는 척하고 싶기는 한데, 그랬다가는 미운털 박힐 수도 있다. 김환석과도 그래도 많이 친해졌다고 생각은 하는데 그렇다고 또 함부로 나서기는 어렵다. 나는 여자고 저놈은 남자니까.

"오라버니는 정말 똑똑하신 것 같아요."

김환석은 무표정하려 애썼다. 그래도 입가가 씰룩거리는 것이 웃음을 억지로 참고 있는 것 같다. 이럴 때 보면 가끔 귀엽기도 하다. 강조하지만 이럴 때만.

"소녀는 어찌하면 오라버니의 똑똑함을 배울 수 있을까요?"

"불가능해."

"그건 알지만 소녀도 오라버니께 지식을 배워 보고 싶답니다."

"네 머리로?"

겨우 네까짓 머리로? 마력도 못 써서 머리 회전도 느린 네가? 라고 나를 무시하는 것 같은, 그것도 진심이 철철 담긴 눈빛을 보고 있노라니 콧김이 뿜어져 나올 것 같다.

그래도 며칠 뒤, 나는 김환석과 '0'에 관한 얘기를 나눌 수 있었다. 여기엔 '0'이라는 개념이 없다. 숫자 0. 사실 지구에서야 매일같이 쓰고 익숙해서 그렇지, 이 0이라는 개념도 만들어진 지 1,500년밖에(?) 안 됐다고 알고 있다.

그게 시작이었다. 나는 잘 기억도 나지 않는 피타고라스의 삼각형을 꺼내 들면서−이걸 증명하는 게 수행평가로 나왔었다−이곳엔 전혀 없는 개념인 '루트'. 즉 '√'를 고안함으로써 김환석이 나를 다시 보게 만들었다.

"……너 아주 멍청한 똥개 새끼는 아니었구나."

야, 이거 엄청 혁신적인 거라고. 아, 이럴 줄 알았으면 공부를 더

해놓는 건데. 열심히 공부해 놨으면 더 많이 알려주고 더 많이 호감을 쌓을 수 있었을 텐데.

"저는요. 오라버니처럼 꼭 똑똑해지고 싶답니다."

"꿈 깨."

그러던 어느 날. 내게도 기회가 왔다.

"뭘 하고 있지?"

개차반이다. 오랜만에 듣는 개차반의 목소리가 이토록 반가울 줄이야. 그리고 난 실제로 엄청 반가운 척을 했다.

"아바마마, 소녀는 아바마마를 뵈어서 하늘을 날아갈 듯이 기뻐요!"

나는 거울 보며 연습한 눈웃음을 열심히 짓고 방실방실 웃으면서 개차반에게 뛰어갔다. 그의 허리춤에도 오지 않는 작은 키를 가진 나는 개차반의 다리에 매달려서 정말 똥개처럼 얼굴을 그 다리에 비벼대며 애교를 피워 댔다.

자, 어떠냐. 지구식 애교다. 여기 딸내미들은 애교 못 부리잖아. 너 무서워서. 어때, 반응을 보여봐.

개차반이 반응을 보였다.

"……귀찮군."

나를 슬쩍 차서 던졌다. 저놈 입장에서 슬쩍 찬 거고, 나는 약 1미터 내지 2미터는 뒤로 내동댕이쳐져 엉덩방아를 찧었다. 나쁜 새끼. 엉엉, 난 자존심도 버리고 모든 걸 버렸는데 넌 실제로 날 차버렸어. 이 자식이, 네가 그러고도 아빠냐.

"헤헤, 소녀는 아버님이 정말 좋아요."

저 개차반은 나한테는 일말의 관심도 두지 않고서 김환석에게만 관심을 가졌다.

"그래, 무슨 일을 하고 있었지?"

그래도 단언컨대, 이 사건이 내 인생의 터닝 포인트라고 할 수 있었다. 김환석은 나쁜 놈이긴 한데 거짓말쟁이는 아니었다. 김환석은 여태까지 있었던 일을 개차반에게 말해줬다. 개차반은 약간이나마 흥미를 갖기 시작했다.

"그렇단 말이지."

개차반은 나를 물끄러미 쳐다봤다. 나는 또 방실방실 웃었다. 그때, 하필이면 김환성이 내 방으로 들어왔다.

"똥개가 꼬리를 흔들고 있다!"

……죽이고 싶다.

"너희가 저 아이의 방에 들락날락한다는 소문이 사실이었구나."

"네, 똥개랑 놀면 재밌어요."

"과연……."

개차반은 계속해서 날 흥미롭다는 눈빛으로 쳐다봤다. 나는 이곳 여자들과 다르다. 그렇게 기죽지 않고 먼저 다가선다. 애초에 이곳 여자들은 워낙에 억눌려져 있어서 이런 걸 할 줄 모른다. 대신 조심해야 할 것은 선을 넘지 말아야 한다는 것. 어쨌든 나는 이들이 보기에 새로운 종족(?)임에는 틀림없다.

개차반이 말했다.

"흥미롭군."

그리고 며칠이 지난 어느 날. 내게 왕국 최고의 수학자라는 남자가 찾아왔다.

그는 왕국 최고의 수학자치고는 지나치게 수학을 못했다. 이곳은 수학이 정말 발달이 안 된 나라였다.

"허…… 그것이 정말입니까? 이 말이 사실이라면 정말 엄청난 것을 발견하신 겁니다. 제가 증명을 해보도록 하겠습니다. 이럴 수가…… 허…… 이럴 수가……."

내가 알려준 건 별거 아니다. 중학교 때 다들 달달 외우는 2차 방정식 근의 공식이다. 그런데 이 세상에는 없던 개념이었던 것 같다.

좋아. 등비수열, 등차수열의 합 공식 같은 거랑 뭐, 시그마랑 구분구적법, 미적 정도만 대충 떠오르는 대로 말해놓으면……!

'좋았어!'

이들은 '개념' 자체가 없어서 그렇지 머리 회전은 나보다 훨씬 빠르다. 애초에 마력이란 것이 두뇌를 활성화시켜 주는 듯했다. 그러니까 일단 개념만 잡아주면 증명이나 확인 같은 건 알아서 해준다는 소리였다. 마치 명령어만 주면 그 명령을 알아서 잘 실행하는 슈퍼컴퓨터 같은 느낌이랄까?

나는 개차반과 함께 자리를 가질 수 있었다. 처음이었다. 내게 같이 저녁을 먹자고 한 것은, 무려 7년의 내 인생 중 처음. 아, 감격……이 아니지. 아이 씨, 정신 차려. 이런 걸로 감격하기엔 너무 슬프잖아. 개차반과의 식사 자리에서 요 수학자란 아저씨는 내 칭찬을 어마어마하게 해줬다. 왕국 최고의 천재가 나타났다고 했다.

"공주님이 고안하신 발상은 여태껏 그 누구도 하지 못했던 발상입니다. 외람된 말씀이지만…… 남자로 태어나셨다면 분명 영웅이 되셨을 겁니다."
개차반은 고개를 살짝 끄덕였다. 감상은 짤막했다.
"그렇군."
좋았어. 기회다. 나는 냅킨으로 입가를 닦았다. 저 작자도 기분이 엄청 좋아 보인다. 인생은 타이밍이다. 내가 7년 동안 준비해 온 멘트가 있다. 기회가 없어서 사용하지 못했을 뿐.
"영웅이 되면은요! 아빠랑 결혼할 수 있어요?"
"푸우웁-!"
저 수학자 아저씨는 마시던 물을 뿜었다. 사래라도 들린 건지 캑캑거렸다. 수학자 아저씨야 사실 상관없다. 저 개차반이 어떤 반응을 보이느냐가 중요한데.
"당돌한 계집아이군."
다행히 화가 난 것 같지는 않다. 오케이. 작전 성공. 내가 이 '아빠'라는 단어를 사용해 보려고 얼마나 눈치를 봤는데.
"저는 아빠가 너무너무 너무너무 좋아요!"
그리고 나는 분명 봤다. 정말이다. 진짜로 봤다. 저 개차반. 지금 피식 웃었다. 웃었다고! 개차반이 말했다.
"나와 결혼하려면 백만 년은 이르다, 어린 계집."
……그게 딸한테 할 소립니까.
"그러면은요. 백만 살이 되면 아빠랑 결혼할 수 있어요?"
아깐 피식 웃었고 이번엔 씨익 웃었다. 그러다가 이내 크하하핫! 하고 호탕하게 웃기 시작했다. 그 웃음은 한참이나 계속됐다.
나는 조용히 고기 스프를 떠먹었다. 들어는 봤나. 딸바보라고.
어서 와. 딸바보는 처음이지.

이른바 '백만 살이 되면은요, 아빠랑 결혼할 수 있어요?' 사건. 나는 그날 밤 이후로 잠들기 전에 약 4차례 정도 이불에 하이킥을 하기는 했지만 그 사건을 계기로 개차반과 종종 식사를 하는 기회를 가질 수 있었다. 강서영 씨는 그런 내가 못내 대견한 듯 내 볼에 뽀뽀를 하곤 했다.

"엄마는 네가 정말 자랑스럽단다."

"응? 엄마는 내가 자랑스러워요?"

"그분과 식사를 같이한다는 건 아주 뜻 깊은 일이야."

이봐요, 어머니. 당신은 그러니까 내가 왕국 최고의 수학자와 학자들로부터 천재라고 칭찬을 받고 있는 사실보다는 오로지 그 개차반과 함께 밥을 먹는 것 따위가 가장 뜻 깊고도 자랑스러운 일이라 이 말입니까?

"엄마, 해보렴, 엄마."

……김환성은 언제나 왈왈!을 시킨다. 그런데 강서영 씨는 매일 '엄마'를 시킨다. 이유는 그렇게 멀리 있지 않았다. 8살이 되면 엄마가 아니라 '어마마마'라고 불러야 한단다. 남자들은 8살이 되면 초등학교에 입학하게 된다. 그러나 여자에겐 먼 나라 얘기다. 아니, 전 세계 나라들이 아마 그럴 테니까 먼 나라도 아니고 먼 우주 얘기쯤 될 것 같다. 여자는 학교에 입학하는 대신 집안에서 '소녀식'이라는 걸 한다고 하는데 별게 있는 게 아니고 나 이제 8살 되었습니다, 하고 집안 어른들을 찾아뵙고 집안의 여식들끼리 함께 차를 마시는 게 다란다.

"엄! 마!"

나는 강서영 씨를 와락 끌어안았다. 내 이런 행동만으로도 강서영 씨는 금세 눈시울이 붉어진다. 이해는 한다. 강서영 씨를 비롯한 나의 수많은 어머니, 아니, 이곳 여자들은 아마도 외로움에 쩔어…… 아니, 사무치는 외로움을 한가득 안고 살아가고 있을 거다. 누가 그랬다. 여자들은 사랑받을 때 행복한 거라고. 여긴 사랑은 개뿔도 없는 곳이다. 극여존남비 세상에서 태어났다면 행복했을 텐데.

그때 방문이 벌컥 열렸다.

"물어왓!"

야이, 개…… 분위기 한참 좋은데. 김환성 너, 내가 언젠가 죽인다. 기필코 죽이고 말 거야. 엉엉. 더 수치스러운 건 난 저 헝겊 인형에게 쪼르르 달려가고 있다는 것.

"어라, 어머니도 있었네?"

"왕자님 오셨어요?"

"응. 똥개랑 놀려고."

김환성은 나를 일컬어 전혀 거리낌 없이 똥개라 부르며 왈왈!을 시켜 댔지만 강서영 씨는 아랑곳하지 않았다. 오히려 기뻐하는 것 같았다. 존귀하시고 높으신 왕자님께서 천박한 공주와 놀아주신다는 것만으로도 행복한 일이라고 생각하는 것 같다. 아니, 분명히 그렇게 생각하고 있을 거야.

"오라버니!"

너 기필코 죽이고 말겠지만…… 아직은 아니다, 젠장.

"오라버니 오셨어요!"

나는 헝겊 인형을 손에 든 채 김환성의—얘는 나보다 키가 많이 크다—허리를 꽉 붙잡고 방방 뛰었다. 김환성은 헤헤 하고 웃었다.

"너 진짜 똥개 같다. 완전 못생긴 똥개."

나는 김환성을 놓고서 한 발자국 멀어졌다.

"예쁘다고 해주셔요."

"예뻐야 예쁘다고 해주지."

"소녀는 오라버니께서 예쁘다고 해주실 때 정말 기쁘답니다."

좋아. 오늘밤도 이불에 하이킥 좀 해주겠네. 소녀는? 오라버니께서 어쩌고 저째? 수희야, 아니, 상희야. 너 참 갈 때까지 갔구나.

"예쁘다고 해줄까?"

"네!"

방긋방긋 웃었다.

"예쁘게 못생겼네."

기필코 못생겼다는 말은 포기하지 않는구나, 너.

"아 참, 너 밥 먹으러 오래."

흐뭇한 표정으로 우리를 쳐다보는 강서영 씨는 뜨악한 표정을 지었다. 아마 '밥 먹으러 와라'라고 말하는 잔심부름에 왕자가 직접 나섰다는 것에 충격을 받은 것 같다.

"와! 오라버니랑 밥 먹어요?"

"응. 너랑 나랑 아버지랑. 아참, 그리고 어머니도 오세요."

강서영 씨는 화들짝 놀라 손사래를 쳤다.

"제, 제가 어찌……."

저게 정상적인 여자의 반응이다. 적어도 이 세계에선 그랬다. 나도 지금은 7살의 탈을 쓰고 있어서 괜찮을지 모르지만 나중에 나이를 좀 더 먹으면 거절해야 한다. 물론 그렇지 않기 위해 열심히 노력해야겠지만.

"괜찮아요. 아버지가 허락하셨어요."

"저, 저기 그렇다면 잠시…… 화장, 아니, 아니, 그게 그러니까…… 네, 얼른 준비하고 가겠습니다."

강서영 씨는 감개무량한 얼굴과 표정으로 행복해했다. 얼씨구. 눈가에 어린 눈물까지 닦고 있다. 밥 한 번 같이 먹어주는 걸로도, 심지어 자기 남편인데도 저렇게 행복해하는 게 참 안쓰럽긴 했다. 개차반 그놈이 나쁜 놈이야 역시.

개차반, 강서영 씨, 김환성, 그리고 나. 이 넓은 직사각형 테이블에 앉은 건 딱 4명뿐이다. 개차반이 말했다. 아주 진지하고 고요한 음성이었다.

"아침에는 네 발, 점심에는 두 발, 저녁에는 세 발로 걷는 것이 뭐지?"

나는 고기 스프를 떠먹다 말고 고개를 갸웃했다. 김환성이 대답했다.

"똥개요."

"틀렸다."

어이없는 건 둘 다 진지한 표정이라는 거. 초등학교 3학년도 그 문제는 알겠다! 하긴 뭐. 여긴 지구가 아니니까.

"계집. 네가 말해봐라."

강서영 씨는 찔끔 놀랐다가 이내 개차반의 눈길이 나를 향하고 있다는 사실에 불안과 걱정의 눈빛을 보내기 시작했다. 이봐요. 강서영 씨. 아무리 여자 인권이 바닥이라지만 겨우 이런 질문 같지도 않은 것에 그렇게 쪼니까…… 아니, 위축당하니까 남자들이 여자를 얕잡아 보는 거예요, 는 개뿔. 사실 나도 좀 무섭다. 이게 뭐랄까, 남자들은 남자들 특유의 뭔가가 있다. 그들은 항시 마력을 운용하고 있다는데, 정확히 설명은 못하겠어도 여자들을 억누르고 위축시키는 뭔가가 분명 있었다. 세상이 이따위여서 그런지는 모르겠지만.

"시간을 조금만 더 주세요. 소녀가 열심히 생각해 볼게요."

"……."

나는 스푼마저 내려놓고 열심히 생각하는 시늉을 했다. 표정을 보아하니 내가 맞추기 힘들 거라고 진지하게 생각하고 있는 모양인데, 너무 쉽게 맞추면 오히려 역효과다. 저쪽에서 그렇게 어려운 문제를 냈으면 이쪽도 열심히 생각해 주는 척하는 게 예의 아니겠는가, 라고 포장은 하지만 사실 그건 아니고 잘 보이려고 하는 내 필사의 의지지. 제길, 서러워.

식사가 거의 끝나갈 무렵, 나는 아주 조심스레 입을 열었다.

"정답은 혹시…… 사람이 아닐까요?"

"……."

개차반은 나를 쳐다봤다.

"계집아이가 제법이군. 정말 제법이야."

나는 벌떡 일어섰다. 강서영 씨를 지나쳐 개차반에게 쪼르르 달려갔다.

"아바마마. 아주아주 어려운 문제를 맞췄으니 선물을 주시어요."

강서영 씨는 또 경악하는 표정을 지었다. 그녀의 목소리가 여기까지 들리는 것 같다. 안 돼, 상희야. 어떻게 그런 말도 안 되는 일을 벌이는 거니. 선물을 달라니! 여자는 남자한테 그런 말을 절대 하면 안 되는 거야! 강서영 씨의 절규가 머릿속에 웅웅 울렸다. 실제로 강서영 씨의 손이 바들바들 떨리고 있었다. 이 어머니야, 괜찮아요, 괜찮아.

개차반이 피식 웃었다.

"선물?"

"네! 저에겐 아주아주 아주 커다란 소원이 있답니다."

김환성이 한마디를 보탰다.

"초코바 10개!"

그딴 거 필요 없어. 너나 많이 드세요.

"무슨 선물을 원하지?"

"쓰담쓰담해 주세요!"

마침 의자 아래로 내려와 있어서 눈에 보이는 솥뚜껑 같은 손-지금의 내 눈엔 충분히 크고 무거운 손이다-아래로 파고들어 나는 거기에 머리를 비볐다. 아, 처량하다. 정말 처량해. 쓰담쓰담? 아아, 뭐라 말로 할 수 없지만 정말 내가 불쌍하고 가련하다.

그런 내 행동에 개차반은 또 호탕하게 웃고 있다. 강서영 씨는 불안해하며 눈동자를 이리저리 돌리고 있고 김환성도 낄낄대고 웃었다.

"쓰담쓰담이래. 쓰담쓰담이래. 쓰담쓰담!"

깔깔대고 웃는 김환성의 저 얼굴 한 대 패주고 싶다. 어쨌든 개차반은 계집아이치고 소원이 너무 거창하구나 하고 한껏 거드름을 피운 다음 내 머리를 쓰다듬어줬다. 머리 한 번 쓰다듬어주는 걸로 겁나 생색내네. 는 내 속마음일 뿐이고 나는 세상을 다 가진 듯한 행복한 미소로 개차반을 쳐다보며 활짝 웃어주었다.

"아빠!"

강서영 씨는 이제 울 것 같다. 공포에 질린 얼굴이다. 아빠라니. 왕자들도 7살 이후로는 아빠라고 불러본 적이 없다고 들었다. 여기서 아빠라 하는 건 정말 상상을 초월하는 일이다. 적어도 강서영 씨한테는 그럴 거다.

"상희는요. 아빠가 너무너무 좋아요."

자, 나는 7살이다. 7살이야. 그래, 7살이니까 괜찮아. 내가 속이 울렁거리는 건 착각일 거야. 7살이야. 정말 나는 7살이야. 수없이 속으로 세뇌했다.

강서영 씨를 힐끗 보니 '제발 그만둬, 상희야. 부탁이야'라고 내게 외치는 것 같다.

그러나 개차반의 웃음은 멈추지 않았다. 이봐요, 강서영 씨. 좀 이성적으로 생각해 봐요. 이 인간이 기분 나쁘면 이렇게 웃고 있을 리 없잖아. 물론 당신의 머릿속이 이해가 안 되는 건 아니지만 그렇게 시퍼렇게 질려 있으면 안쓰럽잖아.

개차반은 웃음을 멈췄다.

"그대는 어째서 그렇게 송장처럼 굳어 있지?"

"아, 아니어요."

아니긴 뭘 아니야. 내가 봐도 송장 같은데.

"확실히 이 계집아이의 행동은 별난 구석이 있지."

김환성이 또 첨언했다. 쓸데없이.

"똥개니까요!"

"하지만 나는 기분이 매우 좋군. 이 아이가 여아가 아니라 남아였다면 나라에 정말 큰 도움이 되었을 거야. 누군가 그러더군. 영웅이 되었을 거라고."

나는 개차반의 말을 잘랐다. 못내 억울한 표정을 지었다. 주먹을 불끈 쥐었다.

"영웅이 되어서 아빠랑 결혼했어야 했는데!"

강서영 씨는 기절 직전. 왕의 말을 자르다니, 이건 정말 큰일 날 일이다. 상식선에서는 그렇다. 말 그대로 미친 짓이지만 나는 나름대로의 선을 정해 놨다. 이 작자와 식사를 한두 번 한 것도 아니고. 충분히 용납될 만한 선에서만 입을 연다. 물론 이 줄타기가 쉬운 건 아니었지만.

내가 시킨 것도 아닌데, 개차반은 내 머리를 슥슥 문질렀다.

"오늘은 그대의 침실로 찾아가겠다. 준비하고 있도록 해라."

강서영 씨는 수줍은 얼굴로 고개를 끄덕였다.

왕궁에는 시녀가 아주 많다. 12명의 왕비, 그리고 30명에 달하는 공주를 위해 그들은 매일같이 바쁘게 움직인다. 그중에서 김상희 전담 도우미인 송수진이 버럭 소리를 질렀다.

"무슨 말도 안 되는 소리야?"

"아니, 생각해 봐. 왕께서 공주를 따로 부르셨다니까!"

송수진은 이상한 말을 들었다. 왕이 직접 김상희를 불러 밥을 먹자고 했단다. 이런 경우는 흔하지 않다. 적어도 이번 왕 대에서 그런 적은 없었다. 그래서 이상한 소문이 돌았다.

"쓸모없는 여아를 독살할 수도 있는 거지."

"이상한 소리 하지 마! 말이 씨가 되는 거 몰라? 우리 공주마마님이 얼마나 예쁘고 착하신데!"

"아니, 왜 그렇게 열을 내? 네가 그렇게 열을 내는 것 자체가 이상한 거 알지? 너도 그럴 수도 있다고 생각하고 있으니까 화를 내는 거잖아?"

"……."

안 돼. 그럴 리가 없어. 송수진은 입술을 깨물었다. 여자는 그런 존재다. 마음에 안 들면 식사 자리에 불러서 독살할 수도 있는 존재. 딸이라고 예외가 아니다. 왕이 물론 그런 나쁜 심성을 가졌다고는 생각하지 않지만 과거 역사책을 살펴보면 그런 선례는 얼마든지 있었다. 보통 왕자에게 맞먹으려 드는 공주들이 그렇게 독살을 당해 왔다.

하지만 며칠 뒤 송수진은 어깨를 펴고 다녔다. 그녀가 모시는 공주님인 김상희가 왕의 총애를 받고 있으며 왕자들과도 아주 친하게 지낸다는 소문이 파다해졌기 때문이다. 그런데 이 소문이 공주들에게까지 들어갔다. 공주의 숫자는 정확하게 33명.

33명의 공주 중 한 명인 김서희가 작게 말했다.

"얼마 후면 그 계집아이의 소녀식이 거행돼요."

"그때 본때를 보여줘야겠어요. 어디 한낱 계집애 따위가 고귀한 왕자님들과 함께 어울릴 생각을 하는 건지."

"네, 언니. 정말 꼴불견이더라구요. 버릇도 없고. 이럴 때야말로 공주들이 나서서 훈계를 해야 한다고 생각해요. 이제 8살이 되면 어엿한 소녀니까요. 제대로 된 길을 갈 수 있도록 언니들이 나서야 하는 것 아닐까요?"

"서희 공주의 말이 맞아요. 우리가 나서야 해요."

"맞아요. 소녀식 때 정신을 차리도록 도와줘야 한다고 생각해요. 그게 우리 공주들의 역할이에요."

아우레스력 1004년 1월 1일. 오늘은 33번째 공주 나 김상희의 소녀식이 있는 날이다. 나는 그동안—무려 7년—얼굴 한 번 보지 못했던 12명의 어머니와 32명이나 되는 언니와 인사를 할 수 있었다. 며칠 전에 내 밑으로 여동생이 한 명 더 태어났다는 것 같은데 그 아이는 보지 못했다. 소녀식이라는 건 그렇게 중요한 행사는 아니었다. 그나마 내가 왕족이라서 소녀식 구색이라도 갖추는 거지, 일반 사람들은 소녀식 같은 건 신경도 안 쓴단다.

내 세계는 굉장히 좁았다. 책으로 간접경험을 하기는 했으나 나는 내 방, 그리고 개차반이 이용하는 식당과 굉장히 제한된 몇몇 장소 외에는 가보질 못했다. 내겐 마음대로 움직일 권리도 없었으니까.

처음 둘러보게 된 왕성은 참…… 무지막지하게 컸다. 쓸데없이 커서 빈 방도 많단다.

"공주님, 인사드리세요. 넷째 왕비님이세요."

아, 벌써 힘들다. 왕비들의 방은 서로 굉장히 멀리 떨어져 있다. 더 정확히 말하면 아예 건물 자체가 다르다. 그 거리는 아무리 적게 잡아도 최소 200미터 이상은 떨어져 있었다. 그리고 건물 내에 들어가서도 한참을 움직여야 했다.

아참, 왕이 다스리는 세상이라고 해서 중세 시대 배경의 성을 떠올리면 좀 곤란하다. 현대식 건물이다. 에스컬레이터도 있고 엘리베이터도 있다. 이 모든 게 과학기술이 아니라 마력으로 구동된다는 게 신기하다면 신기한 점이지만.

'아…… 진짜 힘들어 죽겠네.'

나의 이 비루한 몸뚱이는 3시간의 여정을 버티기엔 너무 힘들었다. 마지막 12번째 왕비와 만나 인사를 나누자 정말 녹초가 되어버렸다.

우리 송수진 양은 뭐가 그렇게 신이 났는지 헤벌쭉 웃었다.

“이제 공주마마님들을 만나실 차례예요. 공주님은 총명하고 아름다우시니까 다른 공주님들도 예뻐하실 것이 틀림없어요.”

그건 네 생각이고. 송수진 씨, 당신은 참 착한데 좀 세상물정을 몰라. 내 위로 32명의 언니가 있다고 했지? 그렇다면 약 20명은 날 싫어할걸?

소녀식 이후로는 행동반경이 좀 넓어진단다. 그리고 공주들끼리 교류도 어느 정도는 허락된다고 했다. 그렇다면 내가 모르는 그들만의 세계가 이미 형성되어 있을 거다.

“수진, 도우미들 사이에서도 내 소문이 파다하게 났다면서?”

“그럼요! 공주님이 만약 왕자님이셨다면 정말 세계를 바꾸셨을지도 모르는 대천재라고들 하던걸요!”

그럼 얘기 끝이다. 좀 안타깝게도 나는 7살이 아니다. 세상 물정을 모르기엔 내가 나이를 너무 많이 먹었다. ‘아빠랑 결혼할래요’라고 말했던 건 절대 내가 아니다. 비록 밤마다 이불에 하이킥을 하고는 있지만 그건 절대 내가 아냐. 아니라고 엉엉.

소녀식의 하이라이트는 언니들과의 대면식에 있었다. 15세 이하의 공주들이 함께 참여하는 자리. 내 밑으로 태어났다는 여동생은 당연히 없을 테니 당연히 내가 막내다.

“언니들 안녕하세요?”

“네가 그 총명하다는 상희구나? 아, 너는 물러가도 좋아. 공주들끼리의 만남을 가져야 하니.”

와, 바글바글하네. 32명의 언니란 건 참.

‘그런데 표정이 왠지 심상치 않네?’

이미 왕궁에 소문이 파다하다는 걸 알고 있다. 내가 두 명의 왕자님과 아주 친하게 지내고 있다는 사실. 사실상 나는 왕자들의 방으로 가지 못한다. 그래서 왕자들–왕자라고 쓰지만 망나니들이라고 읽는다–이 내 방으로 온다.

간소하게 차려진 과자와 따뜻한 차를 먹으며 담소를 나누는 이 자리. 인사를 나누는 데에만 20분은 넘게 걸릴 것 같다.

그런데 7번째 공주 차례에서 뭔가 좀 꼬투리를 잡혔다.

"너는 위아래도 없니?"

"……네?"

7번째 공주는 화장실에 갔다 온 참이란다. 참고로 나한테 아무도 말도 안 해줬다. 척 보니 나이는 13살 전후가 될 것 같다. 어차피 내 눈엔 다 꼬맹이들이다. 나도 꼬맹이지만. 제길.

"지금 나 무시하는 거야?"

분위기가 차갑게 가라앉았다. 머리로는 긴장 안 해도 돼, 라고 생각한다. 요 녀석들은 아무리 봐도 꼬맹이들이니까. 문제는 내 몸도 꼬맹이라는 것. 게다가 숫자가 무려 32명이다. 저 중에 나한테 호의적인 여자애가 몇 명이나 있을까.

'내가 개차반이랑 밥도 같이 먹는다는 소문까지 돌았겠지.'

시기와 질투의 대상이 되고도 남는다.

'어휴 진짜, 이 꼬맹이 자식들.'

사건은 이랬다. 내가 7번째 공주 말고 8번째 공주에게 먼저 인사를 했다는 거다. 아니, 뭐 어쩌라고. 누가 7번째 공주고, 누가 8번째 공주인지 내가 어떻게 아냐고. 누가 나서서 소개해 준 것도 아니고. 가까이에 일렬로 앉아 있기에 일렬로 돌아가면서 인사했는데.

아마도 이 왕궁 내에 소녀식이라는 건 일종의 규율과 룰이 있는 것 같다. 신참(?)의 기를 꺾어놓고 위계질서를 세우고 싶어 하는 게 눈에 훤히 보였다. 무섭기도 하지만 또 한편으로는 가소롭기도 한, 이중적인 마음이 들었다. 공주들의 일진 놀이라고나 할까.

“정말 죄송해요. 몰랐어요.”

“너. 내 이름이 뭐야?”

“7번째 공주님, 강희영 공주님이셔요.”

그러자 강희영은 문득 당황한 기색을 내비쳤다. 혹시 몰라 열심히 달달 외워 왔다. 이름도 얼굴도 모르는 공주들의 이름을 32명이나 외워야 했는데 이게 얼마나 고역인지 아무도 모를 거다. 난 겨우 7살의 두뇌를 갖고 있다고.

강희영 공주는 테이블로 씩씩대며 걸어가서 아마도 뜨거울 것이라 짐작되는 차가 담긴 컵을 집어 들었다. 에이, 설마. 나한테 끼얹으려고? 저거 지금 모락모락 김 피어오르고 있잖아? 에이, 설마. 아니겠지…… 는 맞았다. 아니, 뭐 이런 개념 없는 계집애가 다 있어? 화상이라도 입으면 어쩌려고! 다른 언니들도 말리지 않고 있는 것으로 보아 아무래도 서로 간 합의가 있었던 것 같다.

안 피하려 했는데, 나도 모르게 그만 피하고 말았다. 드레스는 젖었지만 얼굴에 닿지는 않았다.

“버르장머리 없는 계집 같으니라고. 감히 피해?”

강희영은 씩씩대며 다가와 내 뺨을 때렸다. 이쯤 되자 나는 이제 무섭다기보다는 열불이 뻗쳤다. 아오, 내가 진짜. 이 꼬맹이를 쥐어 팰 수도 없고.

‘참자. 참자. 참자. 참는 게 이기는 거다.’

어차피 어느 정도 예상은 했다. 이곳은 남존여비의 세상이다. 지금이야 망나니들과 개차반에게 예쁨을 받고 있다고는 하지만 그것도 언제 끝날지 모른다. 문제를 일으키면 절대 안 된다. 문제를 일으켜도 될 때, 그때가 온다면 모르겠지만 지금은 참아야 할 때다.

강희영은 내 뺨을 때린 뒤 씩씩대며 말했다.

"너. 뭘 잘못했는지 읊어봐."

"언니께서 던진 물을 피했어요."

"또?"

"……잘 모르겠어요. 가르침을 주시면 꼭 고치도록 할게요."

강희영은 허- 하고 웃었다. 그러자 저 멀리 있는, 그러니까 서열상으로 약 25번째 이후쯤 되는 것 같은 공주들의 얼굴이 사색이 됐다.

"야, 최시연. 여기로 와봐."

최시연. 내 기억이 맞는다면 23번째 공주다.

"너. 교육 똑바로 안 시킬래?"

"……죄송해요, 언니."

얼씨구, 교육은 무슨. 나 오늘 여기 처음 왔거든요. 무슨 말인고 하니, 언니들에게 '잘 모르겠어요'라는 말은 하면 안 된단다. 그렇게 하면 안 되고, '알아보겠습니다'라고 대답을 해야 한다고 했다. 기가 차서 말도 안 나온다. 여기가 무슨 군대야? 군대냐고?

23번째 공주 최시연도 뺨을 맞았다. 이거 참, 분위기 한 번 아름답네. 겨우 10대 초중반 여자애들이 뭐 이리 군기를 잡는지 모르겠다.

"야, 너 뭐 잘못했는지 말해보라니까? 빨리 대답 안 할래?"

대답할 시간이나 줬냐? 줬냐고. 이 꼬맹이 자식아, 아오. 결국 최시연은 뺨을 한 대 더 맞았다. 한쪽 뺨이 붉게 부어오른 최시연이 내 대신 대답했다.

“언니 성함을 부를 때, 예의에 어긋나게 불렀어요.”

7번째 공주님, 강희영 공주님이셔요, 라고 대답했던 게 잘못됐단다. 강 ‘희’자 ‘영’자 공주님이라고 해야 하는데 실수로 강희영 공주님이라고 해서 이 사단이 났단다. 그 촌스러운 호칭은 뭐냐. 여기가 무슨 조선시대냐?

그때 첫째 공주 황세아가 손뼉을 두어 번 쳤다.

“조금 있으면 어마마마들 들를 시간이니까 적당히 하도록 해. 교육은 시연이가 제대로 하도록 하고.”

엄마들이 나타나면 또 어린이들로 돌아가겠지. 아, 볼도 얼얼하고 짜증도 나고. 이럴 때 우리 망나니는 안 나타나나.

예전에 김서희가 내게 뭐라 했을 때, 우리 둘째 망나니가 경고하던 게 기억났다. 좀 짜증 나는 망나니긴 한데, 어쨌든 절대갑에 있는 놈이고 아마도 내 편일 거다.

‘참아야 해. 이들도 내 편으로 만드는 거야.’

지금의 고비만 잘 넘기면 된다고 생각했다. 이들에게도 좋은 모습을 보여주면 언젠가 날 대하는 태도가 달라질 거다. 그건 분명했다. 시간이 얼마나 걸리느냐가 문제일 뿐.

‘그럼 차라리 망나니가 안 나타나는 게 나을 수도 있겠네.’

아마 모르긴 몰라도 이들이 평소에도 군기를 이렇게까지 잡을 거라고는 생각하진 않았다. 스스로 인지하고 있는지는 모르겠지만 시기와 질투가 뒤범벅된 눈으로 날 쳐다보는 것으로 보아 질투 때문에 더 군기를 잡고 있는 것 같았다.

홀의 문이 열렸다.

"물어왓!"

헝겊 인형이 날아왔다. 목소리도 들려왔다.

"똥개 새끼야! 어디 있어?"

둘째 망나니의 목소리가 홀 안에 웅웅 울렸다.

둘째 망나니는 고개를 갸웃했다. 둘째 망나니보다 키가 더 큰 첫째 망나니도 나타났다. 망나니 김환성이 고개를 갸웃했다.

"뭐야, 이 분위기?"

공주들이 우르르 달려가 인사했다. 제 몇 공주, 누구이어요. 왕자님, 안녕하시어요? 라고 인사하는 게 대부분인데, 김환성은 그걸 죄다 무시하고는 고개를 간간히 끄덕거리는 걸로 인사를 받았다. 저 망나니는 망나니답게 자기가 누군지조차 말도 안 했다. 나 몰라? 그건 모르는 놈이 잘못. 이런 논리로 무장된 놈이다.

김환성이 또 고개를 갸웃했다.

"너 옷 왜 젖었어?"

"……실수로 넘어져서 차를 뒤집어썼지 뭐예요?"

아이고, 이 꼬맹이들아. 너희들 침 넘어가는 소리가 여기까지 들릴 것 같다. 김환성은 뭐가 그렇게 웃긴지 또 깔깔대고 웃었다. 더 짜증 나는 건 내가 아까 이놈이 던진 헝겊 인형을 손에 들고 있다는 것. 저 빌어먹…… 이 아니라 하여튼 이 헝겊 인형 좀 안 던지면 안 되겠니? 부탁이야. 망나니야. 하긴 네가 내 부탁을 들어줄 것 같았으면 애초에 망나니도 아니었지.

첫째 망나니 김환석은 나를 힐끗 쳐다봤다. 낄낄대고 웃는 김환성과는 달리 김환석은 무뚝뚝하고 차분한 태도로 나를 쳐다보며 말했다.

"아버님께서 부르신다. 밖에 시녀가 대기하고 있으니 가도록 해."

"네, 왕자님."

나도 눈치는 있다. 여기서 오빠라고 부를 만큼 멍청하지는 않다.

"환성이 너도 같이 가도록 해."

"알았어, 형."

나는 개차반의 방으로 향했다. 나도 오예다. 일단 나름대로는 아주 약간은 좋은 이미지를 만드는 데 성공하지 않았을까 싶다. '저년 착한 척하네'라고 생각한다면 또 별수 없지만 나는 일단 내가 할 수 있는 최선을 다했다.

'그 개차반은 도대체 날 왜 부르는 거야?'

확실히 엄청난 특혜다. 시기와 질투를 받아도 뭐라 할 말이 없을 정도다. 이번 왕 대에서 소녀식 역사상 왕자들이 소녀식을 하는 홀에 들어왔던 적은 단 한 번도 없었다. 내가 처음이다.

좀 조용하게 걷는가 싶더니 김환성이 또 말했다. 헝겊 인형이 날아가는 게 보임과 동시에 말이다.

"똥개! 물어왓!"

……아…… 패고 싶다.

홀의 문이 닫혔다.

김환석은 테이블로 걸어가 옆구리에 끼고 있던 두툼한 책을 테이블 위에 올려놓았다. 그리곤 첫 번째 공주 황세아를 가리켰다.

"너."

"네, 왕자님."

황세아는 빠른 걸음으로 김환석에게 다가갔다. 김환석은 대뜸 발을 들어 황세아의 배를 걷어차 버렸다. 황세아는 끼약! 비명을 지를 뻔한 것을 겨우 참았다. 왕자님이 때리는데 공주 따위가 비명을 지를 수는 없는 법이니까. 그나마 다행인 건 왕자가 마력을 운용하지 않았다는 거다. 마력을 실어 발로 찼으면 공주의 상태가 저렇게 정상일 리 없으니까.

"내가 바보로 보여?"

"와, 왕자님…… 그게 무슨……."

김환석은 테이블 위에 엉덩이를 걸치고 앉았다.

"전부 꿇어."

그 말이 떨어지기가 무섭게 32명의 공주가 전부 무릎을 꿇었다.

"무슨 일이 있었는지 솔직하게 말하는 계집은 살려준다."

공주들의 얼굴이 창백하게 질렸다. 결국 제1공주 황세아가 사실대로 털어놨다. 김환석이 7공주, 그러니까 상희에게 차를 뿌린 강희영에게 가까이 걸어갔다. 강희영의 얼굴이 핼쑥하게 질리며 몸을 바들바들 떨었다.

김환석은 한쪽 무릎을 꿇고 앉아 강희영과 눈을 마주쳤다. 강희영은 바들바들 떨면서 겨우 입을 열었다.

"어, 언니가 시키셔서……."

"무, 무슨 말이야! 나는 그런 적 없어!"

김환석이 피식 웃었다. 강희영의 턱을 잡고 살짝 들어 올렸다.

"오늘은 경고만 하는 거야."

그리고 대뜸 주먹을 들어 강희영의 얼굴을 후려쳤다. 퍽! 소리가 났다. 김환석이 주먹을 털털 털었다.

"마력은 안 썼어."

김환석은 얼른 일어나려는–그게 예의니까–강희영의 얼굴을 발로 지그시 밟았다.

"또 이딴 짓 벌이면…… 그땐 정말로 죽일 거야."

그냥 빈말이 아니다. 왕자가 마음먹으면 공주 같은 건 얼마든지 죽일 수 있다. 이곳은 그런 세상이다.

김환석은 공주들을 둘러보면서 말했다.

"남의 똥개 새끼를 건드리려면 주인 허락을 맡아야지, 안 그래?"

한참이나 정적이 흘렀다. 아무도 말을 못 꺼냈다.

"정말 죽고 싶은 계집이 있다면 어디 마음대로 해봐."

그리고 홀을 나가 버렸다. 공주들은 무릎을 꿇은 상태로 나가는 왕자를 향해 공손히 절을 올렸다.

개차반은 역시 개차반이다. 사람을 불러놓고선 어딜 갔는지 코빼기도 안 보인다.

"형아, 뭐 하다 왔어?"

"똥."

넌 그 똥을 말하는데도 그렇게 무심하고 시크하게 말해야겠니.

"심심한데 물어왔이나 할까?"

제발, 멈춰 좀! 하지 말라고 말해줘. 첫째 망나니야. 너는 그래도 나이가 무려 11살이지 않니. 이 10살짜리 망나니보다 무려 한 살이

나 많잖아. 말려주렴. 부탁이니까.

그런데 잊고 있었다. 김환성은 그냥 망나니인데 김환석은 아주 나쁜 망나니 새끼다. 그런 김환석이 날 힐끗 쳐다봤다.

"똥개."

문을 열었다. 이건 문밖으로 따라 나오라는 얘기다. 똥개라는 그 한 단어 속에는 '똥개 새끼야, 내가 문을 열었으니 이쪽으로 어서 걸어와라'라는 많은 내용이 함축되어 있는 셈이다.

'설마…… 아니겠지……?'

족히 몇 백 미터는 되어 보이는 복도가 나왔다. 김환석이 있는 힘껏 헝겊 인형을 던졌다. 그리고 무심하고 시크한 표정으로 날 쳐다봤다. 저 자식, 분명히 마력 썼어. 마력 썼다고! 난 저 표정의 의미를 안다. 김환성이 뒤에서 신나서 외쳤다.

"물어왓! 똥개!"

그때 누군가 헝겊 인형을 주웠다. 날 불러놓고 30분 넘게 기다리게 한 개차반이었다.

제3장
남자들의 세계와 스케일

개차반은 아들들에겐 항상 따뜻하다. 개차반이 나를 손가락으로 가리키면서 말했다.

"애들아, 이건 개가 아니란다."

이봐요, 아버지. 이거라니. 나 사람이라고. 이거라니. 아, 내 자존심 엉엉. 하지만 자존심 같은 건 이미 없다.

나는,

"아바마마! 아바마마!"

라고 해맑은 미소를 지으며 개차반의 다리를 껴안았다. 그래도 예전보다 많이 나아졌다. 예전 같았으면 '귀찮군'이라고 말하면서 나를 툭 쳐 냈을 텐데, 이젠 그냥 가만히 놔둔다. 가끔 기분이 좋으면 저 손으로 내 머리를 슥슥 쓰다듬는다. 이만하면 엄청난 발전 아니겠어? 겨우 이런 걸로 기뻐해야 하는 시대상과 상황이 짜증 나긴 하지만 어쩔 수 없다.

김환석이 고개를 정중히 숙였다.

"아버님, 오셨어요?"

김환성은 헤헤거리면서 개차반을 맞이했다.

"아부지!"

8살이 넘으면 아버님 혹은 아바마마라고 불러야 하는 게 맞지만 김환성은 그런 예법 따윈 신경 쓰지 않는 듯했다. 개차반 역시 크게 신경 쓰는 것 같지는 않았다. 애초에 김환성의 길은 '나이트'로 내정되어 있고 나이트가 되면 왕실의 예법은 크게 중요하지 않다고 하니까.

"환석이도 마력 운용이 제법 익숙해졌구나."

"아직 미숙합니다."

김환성이 또 헤헤 웃었다.

"내가 던졌으면 저~ 끝까지 던졌을 텐데."

이 개차반이 나를 부른 이유는 별거 아니…… 지 않았다. 그냥 얼굴이나 한번 보려고 했다는 것은 핑계였고 나한테 편지가 한 통 와 있었다. 이게 진짜 문제다. 왜, 어째서, 무려 왕씩이나 되는 인간이 아들도 아니고 딸한테 온 편지를 직접 나한테 전해 주는 거냐고. 하늘이 노래지는 것 같다. 저 편지 혹시 무슨 반역 모의라든가, 밀고장 같은 거 아냐? 설마 그런 건 아니겠지.

개차반이 말했다.

"네 약혼자로부터 온 편지다."

곽기현과 한진수는 제국 마력학원에 입학했다. 그리고 같은 방에 배정됐다.

"야, 진수야. 도대체 뭘 쓰길래 그렇게 편지를 수십 번씩 썼다가 지워? 나한테는 편지 한 번도 써준 적 없잖아? 응응?"

곽기현이 칭얼거렸다.

"있어. 한 번."

"한 번밖에 없잖아! 자꾸 그러면 질.투.한.다!"

한진수는 피식 웃고선 곽기현을 살짝 밀쳤다.

"으악!"

곽기현은 비명을 지르며 날아갔다. 표현상으로 날아간 것이 아니라 실제로 몸이 붕 떠서 날아가 침대에 처박혔다.

"이 나쁜 자식! 마력을 쓰는 게 어디 있어!"

"마력으로 저항하면 되잖아."

"너랑 나랑 클래스가 같냐! 왕국, 아니, 제국에서도 탑으로 손꼽히는 재능을 가진 인간이랑 평범한 나랑 같냐고! 앙?"

곽기현은 인상을 잔뜩 찡그리고, 마치 어린아이들이 그러하듯 볼을 빵빵하게 부풀린 채 한진수를 쳐다봤다.

"흥이다."

"바쁘니까 조용히 해."

"다 알아 난. 너 약혼자한테 편지 쓰지?"

한진수가 움찔 멈췄다.

"그런 거 아냐."

“걔 소녀식 한다며. 그래서 편지 쓰는 거 아냐?”

“그런 거 아니라니까!”

곽기현이 몸을 일으켜 한진수에게 가까이 다가가 뒤에 섰다.

“헤에, 그럼 누구한테 보내는 걸까?”

“…….”

“혹시 나한테 쓰는 거야? 러브 레터?”

“죽는다.”

“아, 이 시크한 매력이 자꾸 날 빠져들게 하잖아.”

곽기현은 킥킥대고 웃다가 이내 아 알았어, 형. 마력으로 때리지 말아줘, 하고 다시 침대로 돌아가 누워서 휘파람을 불었다.

한참의 시간이 흘렀다. 제국 내에서도 천재라 칭송받으며 선생들이 가르치는 어려운 내용들조차 너무 빠르게 습득한다 하여 괴물이라 불리는 한진수는, 편지 한 장을 작성하는 데 무려 6시간을 보내야만 했다.

아침이 됐다. 곽기현이 눈을 비비며 일어났다.

“뭐야 너? 아직도 책상이야?”

한진수가 진지한 표정으로 물었다.

“너 그 계집애 폰 번호 모르지?”

“…….”

곽기현은 멍하니 한진수를 쳐다보다 물었다.

“애초에 여자들이 핸드폰을 갖는 것 자체가 말이 되냐? 걔네는 마력이 없어서 핸드폰도 못 쓰잖아. 너 왜 그래? 너 누구야?”

나는 개차반으로부터 편지를 전해 받았다. 개차반의 표정이 좀 심상치 않은 게, 정말 반역 모의 같은 게 있는 거 아냐 라는 생각이 들 정도였다. 아냐, 그럴 리가 없지. 나는 겨우 8살이라고.

"네 약혼자로부터 온 편지다."

약혼자. 나는 번뜩 정신을 차렸다. 진수다. 한진수한테 온 편지다. 진수와 똑같은 얼굴, 그리고 똑같은 목소리를 가지고 있는 그 사람한테서 편지가 왔단다. 그런데 어찌하여 하늘과도 같은 개차반님께서 이 편지를 들고 계신 겁니까, 라고 묻고 싶었지만 꾹 참았다. 공주는 왕에게 무언가를 질문하는 것도 쉽게 허락되지 않는다. 대신 밝게 웃었다.

"아바마마께서 저를 불러주셔서 소녀는 너무나 행복하답니다!"

개차반이 턱을 살짝 높이 들고 나를 내려다보았다. 안 그래도 큰 키가 더 커 보인다. 그 우쭐대는 모양새를 보고 있노라니, '당연하지. 영광스럽게 생각해야지'라고 온몸으로 주장하고 있는 것 같다. 가끔 느끼는 건데, 얘도 한 대 패주고 싶다.

"벌써 많이 친해졌나 보군."

"……그분께서 소녀를 어여삐 봐주신다면 저는 행복한 일이어요."

"확실히 괜찮은 녀석이다."

그런데 왜 표정은 별로 안 좋은지 모르겠다. 그걸 김환성이 일깨워줬다. 망나니인데 오늘은 좀 도움이 되네.

"아부지, 근데 왜 그렇게 표정이 썩었…… 아, 이게 아니지. 표정이 좋지 못해요?"

아참, 이곳의 신분제는 절대왕정이나 무슨 독재 정권처럼 엄격한 신분제 사회라고 보긴 힘들다. 왕자와 왕이라고 해도 공적인 자리가 아니면 '했사옵니다'와 같은 말투는 잘 안 쓴다. 시녀들도 공주들한테 약간은 편하게 대한다. 아주 지독한 신분제도 아니고, 또 그렇다고 자유가 보장되는 민주주의도 아니고 약간 어정쩡한 사회다. 어쨌든 김환성의 저런 말투는 문제 될 게 없다는 소리다.

"썩 내키지가 않는군."

"응? 무슨 말이에요?"

뭐야. 설마 너 벌써 딸바보 된 거 아니지? 딴 놈한테 딸 뺏기는 게 싫다거나…… 는 개뿔. 역시 그건 내 착각이자 과대망상에 불과했다. 제길.

"그놈 같은 아들을 낳았어야 했는데."

그 말에 나도 울고 환성이도 울었다. 참고로 환성이도 천재다. 천재인데 진수에는 좀 못 미치는 천재. 그나마 환석이는 정중하게 대꾸했다.

"제가 좀 더 정진하도록 하겠습니다."

"괜찮아, 괜찮아. 너희도 충분히 천재의 반열에 들어가니까. 그놈이 지나치게 잘났을 뿐."

그래, 젠장. 그놈은 잘났고 나는 한낱 천박한 계집아이다.

"소녀는 그러한 분과 약혼이 되어 있다는 사실이 정말 기뻐요."

개차반은 고개를 끄덕였다. 이마저도 마치 그럼, 내가 네 혼처를 아주 잘 골라줬다,라고 생색내는 것 같아서 재수 없었다. 개차반이 말했다.

"내일은 학자들과 만찬이 있으니 준비하도록 해라."

"네! 아바마마!"

개차반은 이제 나 따위는 귀찮다는 듯 손을 내저었다.

"오늘은 아바마마의 잘생긴 존안을 봐서 소녀는 아주 기쁘고 행복해요. 소녀는 설렌답니다."

저 자식, 성군이라고 알려진 주제에 아부 엄청 좋아한다. 원래 왕쯤 되면 아부를 좋아하나 보다. 나는 공손하게 인사하고 몸을 돌렸다. 그때, 개차반이 불렀다.

"잠깐."

"네, 아바마마. 말씀하시어요."

개차반은 약 3초 정도 고민하다가 이내 입을 열었다.

"이제부터 아바마마란 단어는 사전에서 지우도록 한다. 왕명이다."

이 자작 뭐래. 시크하고 도도하며, 또 똑똑하기까지 한 김환석이 내게 설명해 줬다.

"아바마마를 대체할 수 있는 다른 단어를 사용하도록."

나는 아주 잠깐이지만 순간적으로 패닉 상태에 빠졌다. 아바마마란 단어를 없애겠다니. 갑자기 왜?

……답은 정해졌다. 뭐야 재. 왜 저러는 거야. 무서워.

"아…… 빠……?"

그 말을 들은 개차반은 또 쿨하게 손을 휘 내저었다. 굳이 말로는 표현하지 않았지만 '귀찮으니 어서 꺼져라' 라고 몸으로 말해줬다.

……이거 뭐야. 나 좋아해야 해? 말아야 해? 뭐야. 모르겠어. 카오스야.

개차반의 말은 사실이었다. 그날 이후로, 공주들은 아바마마란 말을 사용할 수 없게 됐다. 왕이라더니, 스케일 한 번 컸다. '아빠' 소리

듣고 싶어서 아바마마란 단어를 지워 버리다니. 뭐 저딴 놈이 다 있어.

학자들과 나는 가끔씩 만남을 가진다. 나는 그때마다 내 얄팍한 지식을 꺼내야 했다. 다행히도 내가 화두만 꺼내놓으면 저쪽에서 알아서 잘 해석하고 정확한 결과를 내놓는다는 거다.

내가 이번에 말한 것은 '애덤 스미스의 보이지 않는 손'에 대한 개념이었다.

"오오……! 공주님은 역시 천재시군요!"

"수요와 공급에 대한 법칙이라……! 확실히……!"

이들은 마력에 길들어져 있다. 거짓말 조금 보태서 마력으로 불가능한 게 없는 세계다. 심지어 어떤 놈들은 하늘을 훨훨 날아다닌다고 했다. 내 눈으로 본 적은 없지만 개차반도 하늘을 날 수 있다고 한다. 그런 세계이다 보니 내가 학자들에게 개념만 던져 주면 결과치를 알아서 잘 끌어내준다.

개차반과 학자들과의 식사 자리.

"폐하, 공주님은 반드시 학교에 입학시켜야 한다고 생각합니다."

"그게 아니라면 개인 교사라도 붙여야 합니다."

"저라도 나서서 열심히 가르쳐 보겠습니다."

나는 남자들과 겸상을 할 수 있다는 것만으로도 행복한 처지이기 때문에…… 제길, 말하고도 슬프지만 어쨌든 그런 상황이라 조용히 앉아 있기만 했다. 다들 왕이 '한낱 계집이 무슨 공부냐?'라고 말할 거라 생각했는지 아주 열심히 자신들의 의견을 피력하고 있었다. 왕의 대답은 아주 쿨했다.

"그대들 뜻대로 하라."

그 자리에서 나는 여태껏 공주들은 단 한 번도 누리지 못했던 '수업'이라는 것을 받을 수 있는 기회를 획득할 수 있었다. 저 자식, 저번에 '아바마마'라는 단어를 그냥 지워 버릴 때부터 알아봤어야 했어. 이제부터 넌 쿨하고 시크한 개차반이다.

나중에 알게 된 사실이지만 한낱 계집아이인 나를 두고, 왕궁의 수많은 학자가 다툼을 벌였다고 한다. 서로 자기들이 가르치겠다고 말이다. 지구에서 가져온 개념들이 그들에게 신선한 충격을 준 것 같았다. 그 경쟁률을 뚫고서 나를 가르치게 된 사람은 '알렉스'인데, 내 인생의 또 다른 전환점이라고 할 수 있겠다…… 는 먼 훗날의 얘기고 일단 내겐 또 중요한 사건이 하나 더 일어났다.

"오라버니!"

왕자는 세 명인데, 그중 두 명은 망나니다. 나머지 한 명은 내가 유일하게 오빠로 인정하는 첫째 왕자 김형석이다. 정말 잘생겼다. 내 스타일이다. 제국에 볼모로 잡혀 있는 그는 몇 달에 한 번씩 왕국으로 왔는데, 잊지 않고 꼭 내 방을 찾았다. 오늘도 그랬다.

김환석은 내 방에서 열심히 책을 읽고 있는 중이었는데 어찌나 집중했는지 큰오빠가 온지도 모르는 것 같았다. 그러거나 말거나 나는 이 잘생기고 흐뭇하고 훈훈한 녀석에게 달려가 와락 안겼다. 그래, 좋아. 이거야 바로!

김형석은 나를 안은 상태로 살금살금 걸어가 책을 읽고 있는 김환석의 뒤에 섰다.

"어, 형님 오셨어요? 죄송해요. 몰랐네요."

김환석이 김형석의 품에 안겨 있는 나를 힐끗 쳐다봤다. 이유는 모르겠는데 김환석의 손에서 연필심이 부러져 있었다. 김형석은 흐뭇하게 웃었다.

"아냐. 형은 충분히 네 마음을 이해해."

"그게 무슨……?"

"자, 너도 안아볼래?"

"싫습니다. 병균 옮습니다."

김형석이 계속 흐뭇하게 웃었다.

"그럼 왜 요 녀석이 나한테 안겼을 때, 연필심이 딱 부러졌을까?"

"……우연입니다. 이 계집애는 똥개 새끼일 뿐."

……죽이고 싶다. 이 자식, 기어코 똥개 새끼란 단어는 버리지 않는구나. 그때, 또 방문이 열렸다. 아, 짜증 난다. 분명히 또 들리겠지.

"물어왓!"

헝겊 인형이 날았다.

"……는 안 되겠네. 형아한테 매달려 있네, 똥개. 형아 언제 왔어요?"

첫째 오빠 나이스다. 너는 정말…… 아, 잘생겼고 듬직해. 넌 최고야 정말. 내 오빠라서 고마워. 저 망나니들과는 다르다고. 엉엉. 내게도 이런 인간이 있어서 다행이야.

김환성이 헝겊 인형을 집어 올렸다.

"똥개, 산책 가자."

"네?"

"아부지가 허락해 줬어. 왕궁 밖은 안 되고 내가 수련하는 곳까지는 돌아다녀도 된대. 마침 형아도 있으니까 잘됐네. 다 같이 갑시다!"

산책하러!"

내 방, 그리고 개차반의 식당. 그리고 몇몇 건물이 전부였던 내 세상이 조금…… 넓어질 것 같다는 기분이 들었다. 김형석이 김환성의 머리를 슥슥 쓰다듬었다.

"가자."

그걸 본 나도 앙탈을 부렸다.

"오라버니, 저도 쓰담쓰담해 주셔요!"

오늘 밤, 이불에 하이킥은 또 하겠지만. 그래도 김형석은 아주 흡족하게 웃었다. 그래, 누나야 누나. 그 흡족한 미소를 계속 지어주렴. 망나니들을 보며 상처 입은 나의 마음이 힐링되는구나.

"저도 이제 아주아주 잘 걸을 수 있어요! 어른이 다 되었답니다!"

새로운 세상-그래 봐야 왕궁 내지만-으로 발걸음을 내딛었다. 그리고 귀여운 척했다.

"꺄!"

살짝 넘어지는 척했다. 첫째 오빠…… 가 잡아줄 거라 기대했는데 우리의 둘째 망나니 김환성이 날 얼른 일으켜 줬다. 마력 운용에 엄청난 재능을 보인다더니 과연 몸놀림은 재빨랐다.

"오라버니, 감…… 꺄!"

제길, 이 자식. 날 일으켜 주는 척하면서 넘어뜨렸다. 그리고선 신나서 낄낄대고 웃는데, 진짜 패고 싶다. 엉엉. 기필코 죽여 버리겠어. 하지만 나의 이 엄청난 살해 욕구는 얼마 지나지 않아 눈 녹듯 사라졌다.

'세상에…… 저게 인간이야……?'

김환성의 움직임을 봤다.

……살려주세요. 오빠, 다시는 망나니라 하지 않을게요.

나는 왕궁 안을 걷지…… 않고 편안하게 이동했다.

마력 바이클이라 부르는 것이 있다. 지구에는 없는 물건이다. 굳이 따지자면 내가 어릴 적 몇 번 타본 퀵보드나 씽씽카처럼 생겼다. 그보다는 훨씬 큰데, 마력으로 구동하는 특수한 이동 수단이다. 당연히 마력이 있는 남자만 사용 가능한 물건이다.

"큰오라버니는 이걸 어떻게 사용하시는 것이어요?"

아, 훈훈해. 정말 훈훈해. 나 지금 너한테 안겨 있는 게 아주 흐뭇하단다. 누나야 누나. 운전대(?) 정중앙에 박혀 있는 마력 흡수 장치에 손을 올린 김형석은 나를 보며 또 흐뭇하게 웃었다. 좋다, 이거 정말. 너란 존재는 누나의 유일한 희망이란다.

"마력석을 먹었단다."

"마력석을 먹어요?"

아, 그러고 보니 책에서 본 것 같다. 큰오빠처럼 아주 가끔, 마력을 사용하지 못하는 남자들이 태어나곤 한단다. 그러면 이들은 마력을 사용하기 위해 마력석이라는 것을 섭취한다고 했다. 마력석은 '알론'이라 불리는 특수 광물에 남자들이 자신의 마력을 불어넣어야 만들어지는, 이 세계 최고의 산물이라 할 수 있다. 이 세계의 모든 문물이 바로 이 마력석에 기반하고 있다. 쉽게 말해 지구에서는 청소기를 쓰려면 전기 콘센트에 꽂아야 하는데, 여긴 이 마력석을 꽂으면 된다.

큰오빠는 내 머리를 슥슥 문질렀다. 나는 또 헤헤- 웃었다. 가식적인 게 아니고 못내 흐뭇해져서 웃고 만 거다. 큰오빠는 또 다정한 목소리로 내게 말했다.

"마력석을 특별한 방식으로 정제하여 섭취하면 임시지만 마력을 사용할 수 있어요. 우리 꼬마 아가씨, 궁금증이 이제 풀리셨나요?"

그때, 저만치 압도적인 빠르기로 앞서 나갔던 둘째 망나니 김환성이 끼얏호! 꾸히히히!라는 괴상망측한 소리를 질러대며 공중으로 뛰었다. 공중 약 10미터쯤 되어 보인다. 저 높이, 나비처럼 훨훨 날아 망나니처럼 뛰어서 빙글빙글 돌았다. 공중에서 한 20바퀴는 돈 것 같다. 보는 내가 아찔했다. 나는 이 아찔함을 핑계로 첫째 오빠한테 꽉 안겼다. 그리고 걱정하는 척했다.

"두, 둘째 망……."

망했다! 나도 모르게 속생각이 튀어나올 뻔했다. 조심해야 해. 입단속, 입단속!

"오라버니! 조, 조, 조심하시어요! 소녀의 간담이 서늘해져요! 소녀를 일찍 죽게 하실 생각이신가요? 오라버니!"

"야! 똥개!"

저만치 하늘 높이 뜬 김환성이 나를 보며 외쳤다. 신기한 건 저 하늘 위에 둥둥 떠 있다는 것. 그런데 뭔가 불길했다. 불길함은 어김없이 적중했다.

"물엇!"

헝겊 인형이 날아들었다.

"그래도 많이 봐줬어!"

무슨 말이고 하니, 자기는 하늘에 둥둥 떠 있기 때문에 나 따위는 감히 범접할 수 없으므로 물어왓!이 아니고 단순히 물엇! 정도로만 쉽게 말을 해줬으니 너는 나에게 감사하며 또 감사해야 한다 라는 뜻

정도가 되겠다.

너…… 언젠가 내가 반드시 패주고 말겠어.

그런데 그 생각은 오래가지 못했다. 왜냐하면 김환성이 훈련하는 모습을 봤기 때문이다. 나는 여태까지 몰랐다. 김환성이 왜 천재라고 불리는지. 이 세계의 강함은 보통 마력에 대한 재능으로 결정된다고 했다. 물론 노력으로 그 재능을 극복하는 경우도 있다고는 하는데, 일단 보편적으로는 재능이 제일 중요했다.

'세상에…….'

김환성은 훈련이라고 하지 않고, 이왕에 연무장에 들렀으니 몸이나 풀고 가겠다고 한 건데 내가 보기엔 이건 지옥 훈련이다.

'총알을 피해……?'

물론 지구의 총은 아닐 거다. 이름은 잘 모른다. 기관총이나 뭐 따발총이나. 대충 그런 거 있잖아. 영화 주인공들이 들고 투다다닷! 막 쏴 대면 적들이 마구 쓰러지는 그, 딱 보면 엄청 세 보이는 거.

눈에 보이지도 않는 그 총알들을 피하거나 검을 뽑아 툭툭 쳐 내는데 내 눈에는 김환성의 모습이 거의 보이지도 않을 지경이었다.

'나…… 엄청 봐주고 있었구나, 쟤.'

나는 김환성이 나를 굉장히 많이 어여뻐해 주고 있다는 사실을 이내 깨달았다. 어렴풋이 알고는 있었는데 이건 상상 그 이상이었다. 김환성은 헝겊 인형을 던질 때 있는 힘껏 던지는 척을 했지만 아니었다. 만약 저놈이 마음먹고 있는 힘껏 던지면 비루한 몸뚱이를 가진 나는 그 헝겊 인형을 주우러 갔다 오는데 백만 년은 걸릴지도 모르겠다.

그래서 다짐했다. 나는 살아남기 위해서라도 저놈한테 잘 보여야겠다고. 물어왓 정도는 감당할 수 있어. 암, 그렇고말고. 물어왓은 사랑이야…… 아마도. 젠장.

이곳은 남존여비의 세상이다. 그것을 알 수 있는 단적인 예가 바로 공주들의 성이다. 일단 왕자들은 왕의 성을 딴 김씨다. 반면에 공주들은 성이 제각각이다. 뭔가 규칙성이 없다고? 그 말이 맞다. 규칙 같은 거 없다. 그냥 왕이 대충 짓거나 그마저도 까먹으면 어머니의 성을 따르게 된단다. 정말 개똥 같은 세상이다. 왕족이 이 정도인데 일반 서민들은 어떻겠어? 나는 왕궁 밖을 벗어나본 적이 없어서 모르겠지만 바깥세상은 정말 끔찍할 수도 있겠다는 생각이 든다. 얼핏 듣기로는 밖에서는 대낮에도 강간이 벌어지며 강간을 당했어도 하소연조차 할 수 없는 무시무시한 세상이라고 한다. 비록 똥개 취급당하긴 하지만 그래도 공주로 태어나서 다행이다.

'그런데 이건…….'

나는 몇 번이나 편지를 확인해 보고 또 확인해 봤지만 역시 내용은 변하지 않았다.

한낱 계집애 따위에게 이 몸이 몸소 나서 펜을 들었으니 그대는 하해와 같은 영광으로 알아야 할 것이다.

로 시작하는 이 괴상한 편지를 요약하자면 나처럼 엄청나게 대단하고 멋지신 분이 너에게 편지를 보냈으니까 닥치고 감사해라. 정도가 되겠다.

'얘 천재라며.'

그런데 어휘도 풍부하지 않고 문장도 거슬리는 것이 천재가 맞나 싶다.

'혹시 김환성처럼 싸움만 잘하는 거 아냐?'

아무래도 그런 것일 수도 있겠다는 생각이 들었다가 이내 또 고개를 저었다.

'확실히…… 계집 따위한테 편지를 보냈다는 것 자체만으로도 충분히 놀라운 일이야.'

슬프지만 그게 맞다. 남자가, 그것도 공작가의 자제가 여자에게 편지를 보낸다는 건 있을 수 없는 일이다. 아무리 공주여도 이런 대접은 꿈에도 못 꾼다.

진수의 편지를 읽고 심란해하고 있을 때 밖에서 인기척이 들렸다.

"공주님, 계십니까?"

나는 쪼르르 달려가 문을 열어줬다. 소개하겠다. 내 교육을 맡은 72세, 왕궁 내 최고령자 학자인 알렉스 씨다. 내 도우미인 송수진 양에게 들은 얘기인데 이 알렉스 씨는…… 크흠, 잠깐 헛기침 좀 하고. 큼큼, 이분은 게이란다. 여긴 뭐…… 세상 경험이 별로 없는 내가 알 도리는 없지만 게이도 꽤 많은 것 같았다. 아기는 여자를 통해 낳되 정신적인 사랑은 우월한 존재인 남자들끼리 한다나 뭐라나. 아, 확인된 얘기는 아니다. 우리의 송수진 씨가 얘기해 준 거니까. 애초에 난 송수진 씨 얘기는 좀 걸러 듣는 편이다.

얼마 전 송수진 양은 이렇게 말했다.

"어여쁜 공주님을 다른 외간 남자한테 보낼 수 없어서 동성애자인 알렉스 씨를 교사로 붙이신 거라는 소문이 파다하답니다!"

라고 말했다. 송수진 양은 이런 쪽 가십거리를 굉장히 좋아했고 자기가 듣고 싶은 쪽으로 듣는 경향이 강했으니까.

"알렉스 학자님!"

나는 내 머리 위에 있는 문손잡이를 잡고 약 30초간 낑낑대고 문을 열어줄 수 있었다. 문도 오질나게 무겁다. 남자들 위주의 세상이고 걔네는 마력을 쓰면 문도 잘 연다. 심지어 김환성은 손도 안 대고 연다. 이런 사소한 것 하나만 봐도 이 세계가 여자들을 얼마나 대충 생각하는지 알 법한 대목이다.

나는 알렉스 씨로부터 여러 가지를 배웠다. 그중에서도 특히 역사에 많은 시간을 할애했다.

"알렉스 학자님은 정말 모르는 게 없는 만물박사셔요!"

"어휴, 아닙니다. 저는 다 늙어가는 퇴물인걸요."

그렇게 말은 하지만 입이 귓가에 걸리는 알렉스 씨를 보며 나는 몰래 한숨을 쉬었다. 이곳 남자들은 천재이며 강한 것은 분명한데 또 단순한 구석이 있다. 애초에 나처럼 끼 부리는 여자가 없다 보니 그런 걸지도 모르겠지만. 아니, 8살짜리 끼가 끼인지 재롱인지는 모르겠다만. 젠장, 나도 끼 부리고 싶다고. 성숙한 여인의 향기를 풍기고 싶다…… 고 생각하는 나는 8살이다.

"공주님이 남자로 태어나셨다면 저 한진수 님과도 비견되는 천재로 명성을 날리셨을 텐데."

그러다가 문득 알렉스는 한쪽에 밀쳐둔 한지수의 편지를 보았다. 그리고 그는 이상한 점을 발견했다.

"이거 이상하군요. 제가 한 번 살펴봐도 될까요?"

"그러세요."

어차피 자기 자뻑밖에 없는 편지거든요.

알렉스는 허허- 하고 웃었다.

"이거 참. 정성 들여 쓴 편지인걸요?"

"네?"

"참…… 누가 쓴 건지는 모르겠지만…… 제가 복원해 드려도 될까요?"

"알렉스 학자님은 정말 대단해요. 어떻게 하면 저도 알렉스 학자님처럼 위대해질 수 있을까요?"

그래, 뭔지 모르겠지만 어서 해봐. 아부는 이미 익숙하니까. 나를 아부왕이라 불러다오. 그 상처투성이의 명성을 얻는 대신 밤마다 하이킥을 하겠지만.

알렉스는 마력을 써서 편지를 복원해 줬다.

날씨가 매우 추우니 옷을 따뜻하게 입고 다녀야 할 것이다.

네 소녀식을 진심으로 축하하며 그 자리에 함께하지 못함에 미안하다.

공주들 사이에 암묵적인 위계질서가 있다고 하는데 처신을 잘하여 부디 별일 없기를 바란다.

……와 같은 지극히 정상적인 내용들로부터 시작해서,

상히상히상히, 알라봉봉♡

나는 로리타가 아니다. 절대 아니다. 결코 아니다. 젠장. 나 왜 이러는 거냐 도대체.

정말 미치겠군. 내가 도대체 왜 이딴 걸 쓰고 있는 ㅁㅀㅂㅁㄱ재ㅕ
ㅗㅎ지ㅓㅗㅁㄹㅇㄱ호먼ㄱ호머ㅣㄱㅎ

……처럼 멘붕의 증거가 보이는 이상한 말까지. 이 아이의 정신세계가 좀 이해가 될 것 같기도 하다. 어차피 나는 보지 못할 거라고 생각했을 테니 아무렇게나 마구 휘갈겨 쓴 것 같다.

막상 복원을 해놓고 보니 알렉스도 민망한 모양이다.

"크흠…… 아무래도 공주님이 마력을 사용할 수 없다는 것을 알고 계시니 낙서까지도 마구 했던 모양입니다. 그나저나 한진수 님께 이런 모습이 있다는 건 의외군요."

알렉스가 흐음…… 하고 눈을 가늘게 떴다.

"이 편지를 작성한 시간은 약 6시간 정도로 보입니다. 수많은 고민의 흔적이 엿보이는군요. 공주님 정말 사랑받고 계시네요."

뭐야, 이거. 기쁘다기보단 뭔가 이상했다. 사랑하는 사람이 있다고 말하지 않았나? 그건 내가 아닐 거다. 그런데 이 편지의 내용은 다분히 나를 걱정하는 것처럼 보였다. 마치 오래된 연인에게 말을 하는 것처럼 말이다.

'뭐야…… 너…… 한진수 아니잖아.'

진수가 매일 했던 말이 있다.

'추우니까 옷 따뜻하게 입고 다녀!'

그렇게 말했었다. 연인들 사이에 다들 하는 말 아니냐고? 아니다. 얘는 심지어 여름에도 이렇게 말했다. 그럴 때마다 나는 무슨 과보호냐고 짜증 섞인 투정을 부리곤 했었다.

알렉스가 말했다.

"허허, 거참. 제국은 벌써 겨울이 왔나요? 여기는 아직도 무더운데."

머릿속이 조금 복잡해졌다. 알렉스 씨가 또 의미심장한 한마디를 더 던졌다.

"공주님은 지금 8살이신데…… 예전에 뵈었을 때는 분명 4살이셨을 텐데 참…… 그분도…… 으하하핫!"

이 게이 양반아. 거기까지만 말해! 더 듣고 싶지 않아.

왕은 황금색 의자에 앉았다. 중앙에는 레드 카펫이 길게 깔려 있고 그 좌우로 약 30여 명의 학자가 줄을 지어 섰다.

그들은 열과 성을 다해 진심으로 부탁했다.

"공주님에게는 마력이 정말 필요합니다."

"마력만 있다면 영웅이 되실 인재입니다."

"여자라는 것은 중요하지 않다고 생각합니다. 사실 이 시대가 이렇게 된 것은 여성이 마력을 구현할 수 없기 때문이 아닙니까?"

"공주님이 마력을 사용하신다면 왕국의 크나큰 복이 될 것입니다."

그들은 왕이 당연히 안 된다고 할 줄 알았나 보다.

"그래."

왕은 시크하게 대답했다. 그래서 오히려 학자들이 당황했다.

"예?"

왕은 학자들을 물리려다가 말고 순간 멈칫했다.

"잠깐, 그거 위험하지는 않겠지?"

"현재까지 연구에 의하면 위험하지는 않습니다. 다만, 평민 아이들을 대상으로 실험을 먼저 해봐야 할 것 같습니다. 물론 그 아이의 부모들에게도 적절한 보상은 제시하겠습니다."

아들도 아니고 딸을 사고파는 것은 그리 문제 될 것도 없는 일이다. 그냥 뺏어 와도 사실 할 말이 없는데 적절한 보상까지 해준다면 왕도 말릴 이유는 없었다.

왕은 고개를 끄덕였다.

"부작용은?"

"부작용이랄 것도 없는 것이…… 아무래도 남성의 마력을 꾸준히 섭취해야 하는 것이기 때문에……."

"돈은 상관없다. 비용은 문제가 되지 않아."

"그것이 아니라 남성성이 나타나게 될 수 있습니다. 남성의 성기가 생기거나 하지는 않겠지만, 중성화될 확률이 큽니다."

"그 말은…… 남자처럼 변한다는 뜻인가?"

"그렇습니다. 오히려 영광된 일이지요."

왕이 인상을 살짝 찡그렸다.

"기각. 그 계획 취소한다."

"……예?"

왕이 진지하게 말했다. 표정이 매우 진지했다.

"불허."

그 후 왕 앞에서 물러나온 학자들은 한 방에 모여 얘기를 나눴다.

"왕께서는 어째서……?"

알렉스가 확신에 찬 대답을 했다.

"딸을 잃고 싶지 않으신 거지요."

"그게 무슨……?"

아무리 뛰어난 학자들이어도 이해가 안 됐다. 천박한 여성이 무려 남성이 되는 거다. 물론 완벽한 남성은 되지 못하겠지만 그래도 수염도 날 것이고 키도 커지고 근육도 생길 거다. 좋은 일이 아닌가.

"당신들은 상희 공주님을 못 봐서 그래요. 나라도 반대합니다. 다른 방법을 찾아보죠."

"자세한 설명을 부탁드립니다."

"지금 제가 새로운 단어를 사전에 추가하려고 추진 중입니다."

"새로운 단어요?"

알렉스가 씨익 웃었다. 마력을 사용해서 칠판에 글씨를 썼다. 세 글자가 적혀 있었다.

딸바보.

학자들 모두가 놀랐다. 평생 동안 저런 말도 안 되는 단어는 처음 본다. 한 학자가 기함을 토했다.

"그 무슨 해괴망측한 단어란 말입니까!"

왕국의 제17공주 신수영이 나를 찾아왔다. 지난번 실수를 반복하지 않기 위해 나는 특별히 호칭에 신경을 쓰며 인사를 했다.

"신 '수'자 '영'자 언니 오셨어요?"

17번째 공주 신수영. 눈매가 동글동글하고 다른 공주들에 비해 젖살이 덜 빠져서 전체적으로 선한 인상을 갖고 있다. 아빠란 개차반의 유전자가 워낙 좋아서 외모만 놓고 보면 다들 연예인 저리 가라인데, 그중에서도 이 아이는 한 대 때리면 울 것 같은 그런 느낌의 아이였다. 때려보고 싶…… 응? 아니, 이게 아니지.

"그래, 네 시녀는 어디에 있니?"

내 시녀이자 전속 도우미인 송수진 양은 내 옆방에 있다. 내가 만약 마력을 사용할 수 있다면 인터폰 같은 걸로 그냥 부를 테지만, 내겐 마력이 없다. 내 방은 원룸 형식의 큰 방 하나와 작은 화장실, 그리고 또 하나의 작은 방으로 이루어져 있다. 그리고 그 작은 방은 벽면이 굉장히 얇다. 그 벽면을 세 번 두드리자 송수진 양이 바로 건너왔다.

"공주님, 부르셨어요? 제17공주님께서도 계셨군요?"

송수진은 고개를 숙였다. 17공주는 고개를 까딱 끄덕이고선 말했다.

"나는 홍차로 부탁해."

"우리 상희 공주님은 뭐로 드릴까요?"

"우유!"

녹차 같은 것도 좋지만 나는 아직 8살이다. 그리고 솔직히 말해 내가 지금 내세울 수 있는 게 아무것도 없다. 여자들치고 똑똑하다고는 하지만 마력이라는 사기성 짙은 능력을 갖고 있는 남자들보다 똑똑할 수는 없다. 그나마 내가 천재 취급을 받는 건 지구에 있던 개념을 갖고 왔기 때문이다. 그런 내게 남은 것은 내 비루한 몸뚱아리뿐이다. 슬프게도 그게 현실이다. 그렇다면 이 비루한 몸이라도 비루하지 않게 만들어야지. 카페인 많은 녹차보다는 내 성장 발육에 아주 도움이 되는 우유를 먹는 게 좋다.

"설탕 넣어드릴까요?"

"응!"

……은 거짓말. 그냥 설탕 넣은 우유가 맛있다. 내 몸이 어려져서 그런지 이렇게 달달한 게 좋다. 지금의 몸으로 아메리카노 같은 걸 먹으라고 했다간 토부터 할 것 같다.

"상희 너는 공주로서의 자각을 좀 더 갖춰야겠어."

"네?"

"차를 마셔야 기품이 사는 거란다."

얼씨구. 12살 꼬맹이가 기품이 있으면 얼마나 있겠니? 그냥 우리는 우리 나이대에 맞게 재롱부리고 끼 부려야 돼, 이 아가씨야. 뭘 모르네.

이 아이는 매우 단순한 이유로 나를 찾아왔다. 사실 나도 어느 정도 예상은 하고 있었다.

신수영이 말했다.

"나는 네 편이 되고 싶어."

"제 편이요……?"

무슨 말인지는 알겠지만 모르는 척했다. 원래 33명이었던 공주들은 이제 총 34명. 내 위로 32명의 언니가 있고 내가 33번째 공주고 내 아래로 한 명이 더 태어났다. 어쨌든 그 33명 중 약 20여 명은 제1공주인 황세아 파(?)이고 나머지 10여 명은 내 파(?)란다.

이것들아, 정신 차려. 우리들끼리 편 나누고 싸울 때가 아냐. 이 꼬맹이들아. 아니, 공통의 적 남자들이 있는데 왜 우리끼리 치고받아? 힘을 합쳐도 모자를 판에.

'뭐…… 어쩔 수 없나.'

만약 내가 지구에서 온 게 아니고 애초에 여기서 태어났다면 저들과 똑같은 사고방식으로 살고 있을지도 모른다.

"내가 이 방에 찾아온 것을 언니들이 알게 되면…… 나는 아마 적이 될 거야."

그래요. 적이 된다 쳐요. 그럼 무슨 문제가 생기는데? 아무런 힘도 없는 공주들끼리 팀 나누고 이래저래 싸우면 뭐 이득 있니? 아니면 불이익이라도? 그냥 공주들끼리 시기하고 좀 심하면 예전처럼 때리고 그러고 말겠지. 어차피 티 나게 때리지도 못하는데, 어휴 참.

이 아이는 내게, 어떻게 하면 왕자님들의 총애를 받을 수 있는지 그 비결을 물어왔다.

"소녀는 언니께서 말씀하시는 바가 무엇인지 잘 알겠답니다."

하지만 그걸 어떻게 말해주니. 물어왓! 하면 물어와서 헤헤거리고, 개차반의 다리에 매달려 재롱 피우고, 시크하고 도도한 김환석에게 아부하며 꼬리 살랑살랑거리는 거…… 아, 눈물이 앞을 가리네, 젠장. 또 생각났다. 백만 살이 되고 나면은요, 아빠랑 결혼할 수 있어요? 그건 내가 아냐. 내가 아니라고. 으아아아! 이불킥! 이불킥! 이불킥!

"그래? 그 방법을 나한테도 알려줄 수 있겠니?"

나의 굴욕적인 시간들을 알 리 없는 신수영이 애절하고 다급한 목소리로 물었다.

"하지만…… 그건 저도 잘 모르겠어요. 특별한 방법이나 비결이 있다고는 생각하지 않아요."

아니다. 특별한 방법이 있다. 이 시대의 남자들은 단순한 구석이 있다. 워낙 상위자로 군림하고 있다 보니 단순화된 것 같다. 그러니까 끼 부리면 어느 정도는 넘어온다. 그런데 그런 방법을 알려준다고 해서 바로 써먹을 수 있는 것도 아니거니와.

'무엇보다도 얘를 덜컥 믿을 수는 없어.'

지금 나는 재롱을 가장한 끼를 부림으로써 우리의 망나니들과 개차반의 환심을 사고 있다. 그런데 이게 자연스런 행동이 아니라 내가 일부러 의도한 거라는 것이 밝혀진다면? 모르긴 몰라도 모가지 뎅겅 날아갈 거다. 감히 남자들을 조종하려 한 거니까. 이 세계에선 절대 말도 안 되는 일이다. 어디 감히 공주 따위가.

'차라리 우리 둘째 망나니나 좀 나타나면 몸으로라도 보여줄 수 있을 텐데.'

그러고 보니 둘째 망나니가 출근할 시간이 다 됐다. 나와라, 망나니. 얍!

'어라……?'

그 순간 문이 열렸다. 물어왓! 소리가 들리지 않은 걸로 봐서 둘째 망나니는 아니었다. 그렇다면 문제는 더 크다. 둘째 망나니는 그냥 망나니지만 첫째 망나니는 망나니에 나쁜 놈을 더해야 한다.

역시나 지금 내 방문을 연 놈은 첫째 망나니였다. 저놈은 진지하고 시크하게 내 욕을 하는 놈이다. 귀여운 구석도 없는 놈!

"환석 오라버니, 오셨어요? 소녀는 오라버니의 얼굴을 볼 때면 가슴이 두근두근하답니다."

놈은 나를 힐끗 보더니 진지하게 말했다. 이딴 걸로 진지하지 말아줘. 부탁이야.

"죽을 날이 멀지 않았군."

그리고 한마디를 덧붙였다.

"그거 죽을병이다."

"오, 오라버니……!"

그게 무슨 개소리야? 너 한번 얻어맞아 볼래? 나 이제 8살이거든. 하지만 나는 금세 울상을 지었다. 나의 울 듯 말 듯한 당황한 표정을 보자 그제야 만족한 듯 첫째 망나니는 흡족한 얼굴로 고개를 끄덕였다.

"제2왕자님, 안녕하시어요? 소녀는 제17……."

"비켜. 거치적거려."

와. 저 싹퉁 머리 보소. 그래도 왕자라고 대접해 주려고 하는데 그냥 툭 밀치고 지나가 버렸다. 아주 그냥 패버리고 싶다. 그런데 이상한 건 신수영의 얼굴이 하얗게 질려 있다는 거다. 마치 귀신이라도 본 것처럼. 진정해, 아이야. 저놈이 아주 성질이 더러운 건 맞지만 그래도 설마 여자를 막 패거나 하지는 않겠…… 아니, 아냐. 저놈은 그러고도 남을 놈이야. 나는 한 번도 못 봤지만.

"오라버니, 제가 어깨를 주물러 드리겠어요!"

이럴 땐 주물러 드릴까요? 하면 안 된다. 그럼 귀찮아 꺼져. 라고 말할 게 뻔하다. 그니까 아예 선수를 쳐야 한다. 나는 의자를 하나 놓고 그 위에 올라가서 요 고사리 같은 손으로 김환석의 어깨를 조물딱거렸다. 김환석은 내게 신경도 쓰지 않고 역사책을 읽었다. 그래도 집중력 하나는 끝내주는 놈이다.

문득, 놈이 말했다.

"아우레스력 8년에 무슨 일이 일어났었지?"

아우레스력 8년엔 4왕자 스티븐이 3왕자 클리언을 독살한 것이 밝혀져 마력을 폐지당하고 종신형에 처하게 되는 왕자의 난이 발생했었다. 그 내용을 또박또박 말해주었다.

내 대답에 만족한 듯 망나니는 고개를 끄덕이며 책을 읽었다. 이때가 기회다.

"소녀가 열심히 생각해 봤는데 환석 오라버니는 정말 아는 게 많은 것 같아요. 저어어어어엉말 대단하시어요!"

"……."

"소녀는 어떻게 하면 오라버니처럼 총명한 아이가 될 수 있을까요?"

아, 팔이 정말 아팠다. 이 나쁜 놈은 그만하라고 말도 안 했다. 애초에 마력을 쓰는 놈이다 보니까 이 정도로도 여자는 힘들다는 걸 인지 자체를 못 하는 것 같다.

"꿈 깨라."

"역시…… 그렇죠? 소녀는 오라버니가 정말 자랑스럽답니다."

나는 헤헤 하고 웃었다. 이 자식아, 표정 관리 좀 똑바로 해라. 너 입가 씰룩거리는 거 다 보인다.

제17공주 신수영은 오늘 충격을 받았다. 너무 충격을 받아서 움직이지도 못했다. 김환석의 악명은 공주들 사이에서도 유명하다. 인사를 제외한 다른 말이라도 꺼내면 빰을 맞을 수도 있다. 실제로 지난 33공주 김상희의 소녀식 때 7공주 강희영은 주먹으로 맞았고 1공주 황세아는 발로 차였다. 그런 무시무시한 놈인데, 33공주와는 곧잘 대화를 나눴다. 사실상 대화로 보기에는 좀 어렵긴 했다.

"죽을 날이 멀지 않았군."

"그거 죽을병이다."

“꿈 깨라.”

그러나 신수영이 보기엔 신세계였다. 김환석이 공주와 이렇게 많은 말(?)을 섞을 수도 있다는 사실을 신수영은 처음 알았다.

거기에 더욱 충격적인 건,

“아우레스력 8년엔 4왕자인 스티븐이 제3왕자님인 클리어님을 독살하였던…… 무시무시한 사건이 일어났다고 배웠답니다.”

라는 무슨 외계어 같은 걸 김상희 공주가 알고 있었다는 거다. 신수영의 입장에선 충분히 외계어다. 여성에게 교육은 사치다. 여성은 그저 몸 건강하게 커서 아들을 낳으면 된다. 신수영도 그렇게 알고 있었다. 그런데 김상희 공주는 아니었다.

‘언제 저런 공부를…….’

김상희는 8살임에도 불구하고-그래서 신체 발달도 덜 됐다-밤늦게까지 공부한다. 어쩔 수 없다. 마력으로 공부하는 남자들을 따라가려면 마력 없는 김상희는 결국 노력에 노력을 더해야 한다.

그 이후에도 몇 가지 이어지는 질문들을 김상희는 막힘없이 대답하다가 가끔 하나씩 모르는 것이 나오면 김환석에게 물어봤다. 그리고 김환석을 추켜세워 올려줬다. 신수영은 문득 이상함을 느꼈다.

‘왠지…… 김상희는 저 문제의 답도 알고 있을 것 같은 느낌이야.’

그 느낌은 맞았다. 김상희는 너무 똑똑한 체하지 않았다. 적당히 틀려주면서 김환석을 칭찬했다. 남성의 인권이 훨씬 높은 세상에서 남자한테 맞먹으려 들지 않으려는, 더 정확히 말하자면 살아남기 위한 김상희 공주의 처절한(?) 전략이었다.

‘미, 미쳤어! 어떻게 감당하려고!’

더욱 어이없는 건,

"왕위에 오르지는 못했지만 역사상 가장 위대한 왕자……."

"소녀는 환석 오라버니라고 생각해요!"

하고 공주가 감히 왕자의 말을 끊었다는 거다. 신수영은 두려워졌다. 큰일이다. 감히 왕자의 말을 끊다니. 그런데 아무런 일도 벌어지지 않았다. 충격의 연속이었다.

그때, 문제가 하나 발생했다.

"이게 뭐지?"

"이것은 소녀가 소녀의 약혼자님께 드리려는 편지랍니다."

"편지라……."

김환석은 김상희의 의견은 묻지도 않고 그 편지를 살펴봤다. 그러더니 북북 찢어버렸다.

"마음에 안 들어."

이놈은 좀 단순한 구석이 있다. 자기를 칭찬해 주면 기분이 좋아진다. 둘째 망나니는 어디로 튈지 몰라 오히려 더 어렵다. 그런데 놈이 편지를 발견했다.

"이것은 소녀가 소녀의 약혼자님께 드리려는 편지랍니다."

저 망나니는 내 편지를 살펴봤다. 나 저거 진짜 열심히 썼다. 과거의 한진수가 자꾸 떠올라 굉장히 어려웠다. 그리고 멘붕의 흔적이 보였던 여러 낙서들. 그것 때문에 마음이 더 혼란스러워졌다. 그 한진수와 이 한진수 사이에 어떤 연관점이 있는 건 아닐까. 겨우 얼굴 한 번 본 것이 다인 당시 4살이었던 나를 이렇게 신경 쓰고 있는 건 분명 어떤 연관이 있어서일 거야. 오만 가지 생각이 교차하며 나를 괴롭게 했다. 죽어가는 그 순간에 딱 한 번이라도 더 보고 싶었던 그 얼굴이 또 떠올랐었다.

'따뜻하게 입고 다녀' 그 말이 머리에 맴돌았고 그 글자만 눈에 들어왔다. 그 편지를 작성하는 데 6시간쯤 걸린 것 같다고 했다. 나는 20시간이 넘게 걸렸다. 과거의 한진수와 이 한진수를 헷갈리지 않으려 무던히도 마음을 다잡았고 강하게 부여잡아야 했다.

그런데 저 망나니가 편지를 북북 찢어버렸다. 그리곤 거기에 한 마디를 더했다.

"쓰레기군. 치워."

나는 순간 욕이 튀어나올 뻔했다. 하지만 절대 그럴 수는 없다. 내가 아무리 귀여움 받고 있다고 해도 왕자한테 욕하는 순간 독살당할 거다. 선을 넘을 수는 없는 법이다. 얘가 도대체 왜 이러는 건지 모르겠다. 단순한 질투? 그런 건 아닌 것 같다. 이유를 알 수 없었다. 아파도 괜찮은 척, 슬퍼도 아무렇지도 않은 척 밝게 웃을 수밖에 없었다.

"네, 오라버니! 소녀가 쓰레기를 치우도록 할게요."

왕자가 쓰레기라고 말했으니 이건 쓰레기인 거다. 찢겨진 종잇조각을 하나하나 줍는데 눈물이 튀어나올 것 같았다. 그간, 8년간 나는 정말 많이 노력했다. 팔자에도 없는 아부해 가면서 비위 맞춰주면서, 겨우 8살의 몸을 가졌으면서도 고3 때보다 더 열심히 공부하면서 나름대로 정말 열심히 살았다.

'울면 안 돼. 아직 갈 길이 멀어.'

그런데 오늘따라 서러웠다. 하필이면 내 편이 되고 싶다고, 어떻게 하면 왕자들의 총애를 받을 수 있냐고, 나를 찾아온 17공주 앞에서 이런 망신을 당했다. 그냥 망신도 아니고 이건 개망신이야. 엉엉.

나는 자존심도 없고 배알도 없는 그냥 왕자의 애완견일 뿐이라는 생각이 문득 들었다. 내가 정말 이 세계를 바꿀 수 있을까 하는 회의감마저도 든다.

'아냐, 마음 약해지면 못 써. 정신 차려, 김수희.'

그때, 망할 소리가 또 들려왔다.

"물어왓!"

헝겊 인형이 날아들었다. 결국 울음이 터지고 말았다. 최대한 소리를 죽였다. 첫째 망나니야 어차피 집중하고 있을 테니 소리는 듣지 못할 테고. 문제는 저 둘째 망나니의 청력이 일반인의 수준을 훨씬 상회한다는 것 정도.

그 순간 몸이 어는 듯한 착각을 느꼈다. 여름임에도 불구하고 괜스레 몸이 떨려왔다. 추웠다. 공기가 무거워진 느낌이 들었다. 무거운 공기가 나를 짓누르는 듯한 느낌이었다.

17공주 신수영의 얼굴이 핼쑥해졌다. 둘째 망나니의 차가운 목소리가 들려왔다.

"……네가 그랬어?"

둘째 망나니가 내게 가까이 다가왔다.

"너 왜 울어? 누가 울렸어?"

그리고 나는 그때까지만 해도 첫째 망나니가 정말 나쁜 놈인 줄로만 알았다. 그 당시의 나는 첫째 망나니가 왜 그랬는지, 이유를 전혀 알 수 없었으니까. 첫째 망나니는 첫째 망나니 나름대로의 방식으로 나를 아껴줬다는걸, 그때까지는 몰랐다.

김환석이 제자리에서 슬며시 일어섰다.

"김환성."

김환석의 목소리가 차갑게 가라앉았고 김환성은 당황했다

"혀, 형아?"

"형이 있는 자리에서 뭐 하는 짓이야?"

순간, 김상희를 옥죄는 듯한 무거운 분위기가 풀려 버렸다.

"그, 그게 형아 있는 줄 모르고……."

"핑계 대지 마."

김환석의 눈에 눈물을 겨우 참고 있는 김상희가 보였다. 김환석은 그런 김상희를 무시했다. 그리고 신수영에게 말했다.

"쓰레기 치우라고 했잖아."

김상희는 순간 반사적으로 대답할 뻔했다. 아무리 서글퍼도 왕자의 말은 따라야 한다. 그런데 평소 말을 별로 하지 않는 것으로 유명한 김환석이 또 말을 이었다.

"왜 네가 버린 쓰레기를 내 똥개가 치워?"

무슨 말이야. 신수영이 쓰레기를 버렸다니. 뭐가 어떻게 돌아가고 있는 거야. 김상희는 여전히 이해할 수 없었다. 그때, 김환석의 몸이 순간 사라졌다. 셋째인 김환성에 비해서 마력에 대한 재능은 딸리지만 그래도 마력을 썼을 때와 쓰지 않았을 때의 움직임은 확연히 달랐다. 사라졌던 김환석은 신수영 앞에 나타났다.

"내 말이 말 같지 않나? 내 경고, 그새 잊었어?"

신수영은 바들바들 떨면서 아무런 말도 못 했다. 겨우 한 마디 내

뱉은 것이 '왕자님'이었다.
"와, 왕자님……!"
김환석은 신수영의 턱을 잡고 살짝 들어 올렸다.
"누가 저딴 쓰레기를 남의 똥개 새끼 책상에 올려놓으라 했지?"
김환석이 뒤도 돌아보지 않고 말했다.
"똥개 새끼."
김상희는 '네 네! 환석 오라버니! 소녀는 여기 있어요!'라고 밝게 대답했다. 언제 울었냐는 것처럼 눈물이 그새 말라붙어 있었다.
"눈 감아."
"네?"
무슨 말인지 이해는 못했지만 김상희는 반사적으로 눈을 감았다. 돌이켜보면 김환석이 김상희에게 무언가 명령을 내린 적은 별로 없었다. 이렇게 직접적으로 뭘 하라고 한 것은 거의 처음이다. 어깨 주물러 주는 것도 아부하는 것도 다 김상희가 먼저 나서서 했다.
"귀 막아."
"네, 오라버니."
김상희는 귀도 막았다. 김상희는 순간 이상한 느낌이 들었다. 뭔가 차갑기도 한 것 같고, 뜨겁기도 한 것 같은 이상한 것이 눈과 귀를 감싸는 것 같은 느낌이었다. 김환석이 마력을 실체화해 눈과 귀를 막아버린 거지만 김상희는 알 수 없었다. 애초에 마력이란 건 여자들은 제대로 느낄 수조차 없는 남자들만의 고유 능력이니까.
시간이 조금 흘렀다. 김상희의 귀에 김환석의 목소리가 들려왔다.
"똥개 새끼, 눈 떠."
"오, 오라버니! 소녀는 무시무시했답니다."

정말 그랬다. 아무것도 보이지 않고 아무것도 느껴지지 않는 적막한 어둠에 갇혀 버린 것 같은 그런 느낌이었다. 마력으로 감쌌다는 걸 모르니 그럴 만도 했다.

"거치적거리니까 비켜."

김환석은 김상희를 툭 밀치고 걸어갔다. '와, 저 싸가지' 하고 김상희는 속으로 욕을 삼켰다. 평소에도 툭 밀치긴 하는데 오늘은 좀 세게 쳤다. 마력도 강한 놈이 힘 조절을 못할 리도 없고. 이건 고의다. 일부러 세게 친 거야. 나쁜 자식. 남의 편지를 북북 찢는 것도 모자라서. 아주 그냥 적반하장이구만. 김상희는 속으로 삭히고 또 삭혔다.

김상희는 문득 이상한 점을 발견했다.

'신수영은…… 어디에 있지?'

신수영을 찾아봤지만 여기 없었다. 오늘의 이 일, 도무지 모르겠다. 뭐가 어떻게 돌아가고 있는 거지?

"환석 오라버니! 어디 가셔요! 소녀는 오라버니를 조금 더 오래오래 보고 싶은데……."

김환석이 우뚝 멈춰 섰다.

"시끄러워."

"힝, 소녀는…… 네, 알았어요. 소녀의 목소리가 오라버니의 귀를 어지럽혔다니, 소녀가 잘못했어요."

김환석은 방문을 열고 나가기 바로 직전에 힐끗 뒤를 쳐다봤다.

"책상 두 번째 서랍."

그 말만 남기고 사라져 버렸다. 그리고 또 소리가 들려왔다.

"오예! 이제야 좀 살 것 같네!"

아! 도대체 무슨 일이 일어난 건지 모르겠다. 첫째 망나니가 귀 막고 눈 막으래서 그러고 있었더니, 무슨 신세계가 펼쳐졌어. 갑자기 아무것도 안 보이고 아무것도 안 들렸다. 모르긴 몰라도 마력으로 어떻게 한 것 같은데 그래서 더 무섭다. 정신을 차려보니 신수영은 이 자리에 없었고.

"오예! 이제야 좀 살 것 같네!"

소리가 들려왔다.

"화, 화, 환성 오라버니!"

"아, 힘들었다. 잠깐만, 물어왓은 조금만 이따가 시킬게. 팔이 아파서."

내가 장담하는데 저 망나니는 내가 물어왓을 사랑하고 있다고 생각하고 있을 거다. 저 황당한 오해를 내가 언젠가는 풀어주고 말겠어.

그런데 무슨 일이 있었냐고?

"오라버니, 어째서……."

"아씨, 다 똥개 새끼 너 때문이잖아."

아니, 뭐. 내가 뭐. 뭐, 어쨌다고!

말을 들어보니, 김환성이 저도 모르게 흥분해서 마력을 방출했는데 거기엔 김환석이 있었다. 상급자 앞에서 마력을 뿜어내는 건 예의가 없는 거다.

"손들고 있는 게 얼마나 힘든지 알아? 마력도 못 쓰고. 쳇."

김환성은 투덜거렸다. 입술이 댓 발 나와서 삐진 척을 한다. 나는 속으로 풉 웃음이 나왔다. 한진수 다음가는 천재면 뭐해, 싸움 무지하게 잘하면 뭐해, 총알 피하면 뭐해. 무릎 꿇고 손들고 있던 모습을 생각하니 영락없는 꼬맹이다. 아, 그냥 꼬맹이 아니고 망나니 꼬맹이.

속으로는 고소했지만 그래도 겉으로는 내색 안 했다.

"환성 오라버니가 팔이 아팠다니 소녀의 마음도 정말 너무너무 아파요."

자, 이때가 기회야. 가랏.

"오빠, 팔 많이 아프시어요?"

"엉, 아파 죽는 줄 알았어. 형아 밉다."

나는 한껏 삐진 꼬맹이의 팔을 주물러 주었다. 좋았어. 오빠 단어도 썼어. 썼다고. 내가 해냈어! 나는 매우 걱정이 되는 표정을 연기하면서 망나니의 팔을 주물러 줬다.

"그런데 오라버니, 무슨 일이 있었던 건가요?"

"넌 똥개 새끼니까 몰라도 돼."

야, 결국 난 똥개 새끼냐.

"이제 팔 안 아프다. 형아가 마력 쓰지 마. 그러고 2시간 지났으니까 이젠 써도 돼."

마력이란 건 신체의 피곤함도 풀어주는 것 같다. 한순간에 쌩쌩해졌다. 검사하는 사람도 없는데 저 2시간을 꼬박 채우는…… 뭐라고? 2시간이 지났다고? 잠깐 눈 감고 있었던 것 같은데. 뭐야, 도대체 무슨 일이 일어난 거야?

둘째 망나니는 팔이 다 회복된 듯 빙글빙글 돌렸다. 뭔가 불안했다.

"물어왓!"

헝겊 인형이 하늘을 날았다.

……죽인다. 너도 날아보고 싶냐…… 는 내 속마음이고.

"네, 오빠!"

나는 열심히 달렸다. 젠장.

김환성은 투덜거렸다.

"형아, 미워."

"……."

"나 삐졌어."

"……."

"2시간 동안 마력 못 쓰면 얼마나 불편한데!"

"……."

김환석은 책만 쳐다봤다. 환성에게는 대꾸하지 않았다. 물론 마력에 대한 재능은 환성이 훨씬 앞선다. 환성은 적어도 무력에 관한 한, 한진수에게도 뒤지지 않는 천재 중의 천재라고 소문이 나 있는 상태다. 다시 말해 싸움은 환성이 더 잘한다. 하지만 이건 단순히 싸움의 문제가 아니었다. 겨우 13살짜리에게는 그리 어울리지 않는 단어일지도 모르겠지만 이건 카리스마 혹은 기세의 문제였다. 환성은 환석보다 훨씬 강한 힘을 가지고 있음에도 불구하고 감히 형에게 대들지 못했다.

환석은 입이 댓 발 나온 환성의 머리를 한 번 슥 훑었다. 쓰다듬는 건 아니었고 때리는 것도 아니었고 그 중간쯤의 어정쩡한 움직임이었다. 김환성은 저도 모르게,

"헤……."

하고 표정이 풀어졌다가 '아차!' 하고서 다시 삐진 척을 했다. 환석이 말했다.

"17공주는?"

환성은 아주 자랑스레 말했다.

"내가 엄청 패놨어. 죽일까 했는데 그럼 아부지한테 혼날 거 같아서 죽이진 않았어."

"피는?"

"피 안 나게 잘 팼어. 근데 형아, 피는 왜 나면 안 돼?"

"……."

환석은 다시 책상에 앉았다. 책장을 넘기면서 무심하게 말했다.

"똥개 새끼가 피 무서워해. 하찮은 계집이거든."

"아하. 똥개인데다가 겁쟁이구나!"

다시 말해, 김상희가 무서워하니까 피는 나게 하지 말아야 한다. 김상희가 무서워하는 건 싫다. 그런 뜻인데 막상 말을 하는 당사자인 김환석도 김환성도 그걸 인식하지는 못했다.

환석은 콜록콜록 기침을 했다. 환성이 기겁했다.

"형아! 형아 왜 그래!"

"가만히 있어. 별거 아니니까."

그렇게 말하는 환석의 손가락이 아주 미세하지만 떨리고 있었다. 그때 목소리가 들려왔다.

"무슨…… 일이야? 네가 왜 기침을 하지?"

남자들은 기침조차 하지 않는다. 적어도 환석 정도의 재능과 마력을 가진 남자는 아프지도 않는다. 기침이 나올 수가 없다.

"별거 아닙니다, 아버님."

"사실대로 말해라."

"정말 별거……."

"명령이다. 네 몸 상태, 지금 정상이 아닌데 무슨 일이 있었던 거야?"

김환성이 고개를 갸웃했다.

"아까 똥개 방에서 나오고 난 다음부터 저러는 거 같아요, 아부지."

그리고 김환석이 입을 열기 시작했다.

왕궁에 일대 파란이 일었다. 제17공주 신수영이 사형을 당했다.

'도대체 무슨 일이 벌어진 거야?'

그러나 그 누구도 내게 이렇다 할 말을 해주지 않았다. 그나마 송수진 양이 '왕자님께 위해를 끼치려고 했다는 것 같아요'라는 말을 해줬을 뿐이다. 사실 우리 송수진 씨도 잘 모르는 것 같긴 하다.

나는 사형이 거의 없어지다시피 한 21세기 한국에서 왔다. 사형, 말만 들어도 끔찍하다. 사람이 사람을 죽인다. 거부감부터 든다. 더군다나 내 편이 되고 싶다고-그게 진심인지는 확인해 봐야겠지만-며칠 전 찾아왔던 아이가 사형을 당했다니 좀 께름칙하다.

'그만큼…… 조심해야 해.'

그리고 나는 다시 한 번 각오를 다졌다. 절대로 도를 지나치는 행동을 해서는 안 된다. 여자 목숨은 남자들에게 별거 아니다. 마력도 없지만 그깟 딸은 몇 번이고 또 만들면 된다고 생각하는 게 이 세계의 자연스러운 논리이다. 남자들은 마력이 넘친다. 마력이 넘치다 보니 밤일(?)도 매우 잘한다. 임신시키는 것쯤은 일도 아니라고 했다.

이 정도면 개차반은 거의 딸 생산 공장장이라고 해도 좋을 정도였다. 내 위에 32명의 공주가 있는 거 보면 알 수 있잖아. 그것도 성인이 아닌, 15세까지의 소녀로만 32명이다. 성인까지 포함한다면 개차반의 딸이 얼마나 많을지, 나로선 상상할 수도 없다.

'어휴, 어쩌다 이런 세계에 태어나서.'

33번째 공주인 내가 태어나기 전에 겨우 3명의 남자만 태어났다. 그래서 이곳은 남자들의 세계라는 거다. 정작 이 세계에 군림할 수 있는 건 남자인데, 그 남자가 여자에 비해 극소수다. 거짓말 조금 보태서 차고 넘치는 게 여자고 남자들은 그 엄청난 체력을 바탕으로 으쌰으쌰(?)하면 여자들이 짠! 하고 나타나는 세계니까.

'아, 억울해.'

이왕에 불가사의한 일이 일어날 거였으면 좀! 어? 극남존여비 말고 극여존남비의 세상에서 태어나면 얼마나 좋아. 아, 생각하면 생각할수록 슬프네. 그랬다면 호의호식하며 떵떵거리고 지냈을 텐데. 신수영 걔도 참 불쌍해.

'신수영이 남자였다면 죽진 않았겠지.'

신수영의 사형 소식은 굉장히 충격적이었지만 그걸로 언제까지 패닉 상태에 있을 수는 없다. 여긴 지구가 아니다. 지구의 상식대로 생각하고 행동할 수 없다.

아, 그런데 뭔가 잊고 있었던 것 같은데. 뭐지, 뭐였더라? 뭔가 찜찜한 기분이 들었다.

'아, 맞아. 두 번째 서랍.'

시크하고 도도하며 망나니에 나쁜 놈이기까지 한 김환석 씨께서 내게 말씀하신 것이 있었다. 아주 시크하게 '두 번째 서랍' 하고 나가 버렸었는데, 여태까지 잊고 있었다. 그래, 여기에 내가 억울한 게 하나 더 있는 거야. 난 이렇게 모든 걸 깜빡깜빡한다. 아직 8살이라서 그렇다. 나는 마력도 없고 천재도 아닌데 8살의 머리가 좋아봐야 얼마나 좋겠어. 이제 한창 무럭무럭 클 나이인데! 아, 생각하면 생각할수록 서럽다. 서러워.

이 머리로 맨날 공부했다고 나는! 마력이 있는 너랑은 다르다고! 이 나쁜 자식아! 너는 애초에 슈퍼컴퓨터고 나는 그냥 컴퓨…… 아니, 컴퓨터도 아니고 뭐라고 해야 돼? 그래, 2G. 나는 2G 핸드폰 수준인데! 그럼 어? 칭찬 한 번쯤은 해줄 수도 있잖아. 오구, 어화둥둥 내 동생. 공부 열심히 해쪄? 이런 건 바라지도 않아. 아니, 바랄 수도 없어. 그냥 나름 노력하는구나 그 한마디만 해주면 참 좋을 텐데 그것도 없고 남이 쓴 편지를 북북 찢어대질 않나. 나는 그 앞에서 울었고. 아, 쪽팔려. 이불아, 기다려. 언니가 이따 밤에 이불킥 삼백 방쯤 날려 줄게.

'두 번째 서랍?'

나는 책상으로 다가가 책상 서랍을 열어봤다.

'이, 이건……?'

며칠 전.

김환성을 밖으로 내보낸 김환석이 입을 열었다.

"독을 좀 마셨습니다."

상희에게는 개차반이라고 불리지만 일반 민중들에게는 성군으로 불리는 김훈상이 인상을 살짝 찡그렸다.

"독이라?"

"예, 각성을 마친 남자들에게 위협이 될 정도는 아닙니다만."

김환석은 분명 천재다. 그러나 아직 12살밖에 되지 않았다. 아직 마력 각성도 제대로 못한 나이다. 그래서 성인들에 비하면 많이 약하다. 마력 각성은 대체적으로 10~17세 사이에 규칙성 없이 나타나는 현상인데 보편적으로 따지자면 15세 전후에 가장 많이 일어난다.

"왕궁 내에서 누군가가 독을 뿌렸다? 그것도 김상희의 책상에?"

"예. 더 정확하게 말하자면 편지에 독을 뿌렸습니다. 약혼자에게 보내는 편지라고 하더군요."

순간, 김환석은 이상함을 느꼈다. 아버지의 표정이 잠깐 나빠진 것 같은데. 아닌가? 착각인가? 표정 변화가 너무 빨라 알 수 없었다. '약혼자'라는 단어가 나왔을 때 그런 느낌이 들었었다.

김훈상이 말했다.

"그 목표는 김상희였겠군."

"예."

"그리고 환성이 녀석이 있는 곳에서 얘기를 하지 않은 건 발작을 할 것 같아서 그런 거고?"

"예, 비록 제 동생이지만 미쳐서 날뛰면 저도 감당할 수 없기 때문입니다."

김훈상이 김환석을 물끄러미 쳐다봤다. 그러자 김환석이 한마디 덧붙였다.

"저에게는 그리 위협이 되지 않지만 그 하찮은 계집에게는 위협이 되기 때문에 제가 대부분 마시고 일부를 수거해 왔습니다."

다시 말해, 김환석이 일부러 독을 먹었다는 소리다. 김상희한테 해가 될까 봐. 사실 이 세계에서는 있을 수 없는 일이지만 김환석은 '하찮은 계집애'라는 말을 굳이 사용하면서 자신의 행동을 정당화시켰다. 더 황당한 건 김훈상도 그 말에 별로 이상함을 느끼지 않고 있다는 것.

"……그렇단 말이지."

김훈상은 흐음 하고 무언가를 생각하다가 김환석의 머리에 손을 얹었다.

"고생했다."

그러자 중독된 김환석의 몸이 말끔히 나았다.

"감사합니다, 아버님."

"배후는 파악했느냐?"

"잘 모르겠습니다. 그러나 공주의 단독 소행이라 보기에는 어렵습니다. 왕궁 내로 독을 밀반입할 수 있는 지위와 능력을 갖춘 누군가가 분명 뒤에 있습니다."

김훈상은 검지로 김환석의 이마를 살짝 때렸다.

"이후에는 내가 알아서 할 터이니 그 작은 머리 너무 열심히 굴리려 들지 마라. 너는 아직 어리다. 보호를 좀 더 받아도 돼. 아니, 보호를 좀 더 받도록 해라."

김훈상은 환석의 방문을 닫고 나갔다. 손바닥을 펴봤다. 김환석이 전해준 가루가 담긴 종이가 눈에 들어왔다.

'남자에게는 위협이 되지 않지만, 여자는 충분히 죽일 수 있을 만큼의 독이라…… 그렇다면 목표는 정말로 김상희였다는 뜻인가?'

생각에 잠긴 김훈상은 고개를 갸웃했다.

'김상희를 죽여서 무언가 이득을 얻는 누군가가 있나?'

그런 거 없다. 김상희는 한낱 계집아이일 뿐이며 죽여도 이득을 보는 세력이 없는데 굳이 이런 짓을 벌였을 리 없다.

'아니면 내가 모르는 무언가가 있나?'

방으로 돌아왔다. 마침, 학자인 알렉스가 응접실에서 기다리고 있었다.

"폐하, 긴히 드릴 말씀이……."

"알렉스."

김훈상은 알렉스의 말을 끊었다.

"내가 먼저 질문하겠다."

"예."

김훈상의 말을 들은 알렉스는 고개를 끄덕였다.

"……폐하의 심리 상태를 제가 감히 판단해 보자면…… 화난 게 맞는 것 같습니다."

알렉스는 말하고 싶었다. 평소엔 똑 부러지는 왕이 오늘은 좀 바보 같아 보였다. 자기가 화난 것도 잘 모르고 있지 않은가.

"둘째 왕자님께서 큰일을 당할 뻔하셔서 화가 나신 것 같습니다."

겉으로는 이렇게 얘기했지만 속마음은 달랐다.

'큰일은 무슨…… 기침 조금하는 건 큰일도 아니구만.'

알렉스는 속으로 피식 웃었다.

'김상희 공주님한테 큰일 날 뻔해서 화난 게 눈에 훤히 보이는데.'

이봐요, 왕님. 그쪽은 지금 김상희 공주님 때문에 화난 거라니까요? 알렉스는 말하고 싶었지만 참았다. 말했다간 '내가 한낱 계집아이 때문에 감정이 흐트러질 리가 없지 않은가!'라고 버럭 소리를 지를 것 같았기 때문이다.

"그나저나…… 확실히 문제는 문제군요. 어느 누가 감히 왕궁에 독을 밀반입했는지 그 경위를 충분히 알아봐야 할 것 같습니다."

그리고 왕의 근질근질한 곳도 긁어줬다.

"공주님이 아닌 왕자님께도 위해를 가했으니 즉결 처분해야 한다고 생각합니다."

그래요. 공주님 아니고 왕자님한테 피해가 갔으니까 처분하시죠. 공주 따윈 안중에도 없으시니까요. 당연히! 공주님은 신경 안 쓰시고 계시겠죠! 알렉스는 속으로 허허거리며 웃었다. 그리고 또 속으로 생각했다.

'근데요 폐하, 사실 공주님 피해 입을 뻔해서 열 받았지 않습니까? 그냥 인정 좀 하시지 참.'

인정하면 참 편할 텐데. 아니, 어쩌면 아예 인식조차 못하고 있을지도 모르겠다는 생각이 들었다.

며칠 뒤, 17공주 신수영과 그의 생모의 사형이 집행됐다. 12명의 왕비가 11명이 됐다. 그것을 지켜보며 왕궁의 다른 왕비도, 공주도 모두 숨을 죽였다.

"상희 공주님."

알렉스가 문득 생각난 듯 말했다.

"네?"

"상희 공주님은 충격을 많이 받지 않으셨죠?"

"……."

김상희는 고개를 갸웃했다. 무슨 말인지 순간 이해를 못했다.

"혹시 폐하께서 왔다 가신 적 있으신가요?"

"네, 며칠 전에 들르셨어요."

"정확히 언제였나요?"

김상희는 이를 바득 갈았지만 활짝 웃었다. 그날, 김상희는 죽음의 공포를 경험했었으니까. 자기 의지와는 상관없이 방 안을 훨훨 날아다녔던 그 치욕스런 기억은 아직도 잊지 못하고 있다.

"제가 두 번째 서랍을 열었던 날…… 그날 오셨어요."

알렉스가 씨익 웃었다.

"역시 그렇군요. 그럴 줄 알았어요."

"무슨 뜻인가요?"

"아무것도 아닙니다. 폐하께서는 정말 많은 것을 신경 써주고 계시는군요."

김상희는 순간 욕할 뻔했다. 좀 더 신경 썼다가는 사람 잡겠다 이 양반아! 하고 소리치고 싶었다. 그러나 알렉스는 김상희가 말할 틈도 주지 않고 말을 이었다.

"어쩐지 이복 언니의 죽음에도 너무 태평하신 것 같다 했습니다. 뭐, 그냥 그렇다구요. 아참, 혹시 머릿속에 뭐랄까, 차갑고 뜨거운 뭐 이상한 게 휙휙 지나다니는 그런 느낌이 들지 않았었나요?"

알렉스의 말을 듣고 김상희는 놀라 눈을 동그랗게 떴다. 어? 이 아저씨가 그걸 어떻게 알았지?

나는 두 번째 서랍을 열어봤다.

'편지……?'

편지가 있었다. 그것도 무려 두 장이나. 하나는 내가 한진수한테 쓴 답장이고 하나는 내가 모르는 편지 봉투였다.

'분명 내 앞에서 북북 찢었는데…….'

이 세상은 정말 알다가도 모르겠다. 마력이란 게 있으면 마술도 마음대로 막 부리나 싶다. 하기야 잠깐 눈 감았다가 떴는데 2시간이 지나 있기도 하는데 뭐. 아, 다시 생각하니까 열 올라온다. 그니까, 지금 나 속인 거야? 신수영 앞에서 나도 모르게 울었었는데!

넌 나에게 모욕감을 줬어! 이 나쁜 자식. 엉엉. 그래도 아주 뼛속까지 나쁜 놈은 아닌 것 같았다. 장난은 쳤지만 실제로 내 편지를 찢지는 않았으니까.

'이건 도대체……?'

또 하나의 봉투. 그 봉투에는 '똥개 새끼'라고 딱 네 글자가 써져 있었다. 이건 분명 첫째 망나니 녀석이 넣어둔 것일 터.

'도대체 뭔 말을 써놓은 거야?'

편지 내용은 정말 별것 없었다.

내 생일이 언제지?

그래요. 님 생일 8월 15일인 거 알아요. 공주들 얼굴하고 이름도 외우고 있는 마당에 설마 당신 생일 모를까 봐? 왕자의 생일은 당연히 기억해야 하는 필수 항목이다. 나는 곰곰이 생각했다. 왜 굳이 그런 쇼를 벌여가면서 편지를 넣어놨나 생각해 봤는데, 답은 정해져 있었다.

'지금 그니까 저한테도 편지 써달라고 시위하는 거야?'

아무래도 그런 것 같다. 와, 이 첫째 망나니. 시크한 척 도도한 척은 다해 놓고선 진짜 어린애가 맞긴 맞네.

우리의 송수진 씨가 내게 물었다.

"공주님, 왜 그렇게 웃고 계셔요? 무슨 기분 좋은 일이라도 있으셔요?"

"아냐, 아무것도."

"그래도 공주님은 웃고 계시니 다행이어요. 다른 공주님들은 지금…… 어휴."

말을 듣자 하니 다른 공주들은 지금 살아도 산 게 아니란다. 무슨 일 때문인지는 모르지만 지금 나이트들로부터 취조 비스무리한 무언가를 받고 있는 모양이었다. 난 그런 거 전혀 못 느끼고 있었는데. 아무튼 그렇단다.

"공주님께도 나이트들이 올 수 있어요."

"나한테?"

"모르겠어요. 확실하지는 않은데…… 17공주의 처형과 관계가 있는 것 같아요."

그때 방문이 벌컥 열렸다.

어차피 내 방문은 있으나 마나다. 문의 역할을 제대로 못 한다. 이제 물어왓! 또는 똥개 새끼라는 말이 들려올 터. 나는 마음의 준비를 했다. 그런데 그게 아니었다. 망나니들이 아니었다.

"아, 아바맘……."

나는 순간 흠칫 놀랐다. 나도 모르게 아바마마라고 말할 뻔했다. 그건 이제 없는 단어다. 저 스케일 남다른 자식이 사전에서 지웠다.

그렇다고 요즘 같은 분위기에 아빠라고 부를 수도 없어서 이렇게 불렀다.

"아…… 아버님, 안녕하시어요?"

"그래."

으, 으아아악! 뭐야! 몸이 마음대로 움직여! 사, 살려줘! 이 개차반아!

내 몸이 둥둥 떠서 제멋대로 움직이고 있었다. 정확히 말하자면 개차반의 몸 앞에 둥둥 떴다. 나는 움직이려 하지 않았는데 내 입이 저절로 벌어졌다. 개차반은 내 입안을 유심히 살펴보는가 싶더니,

"별 이상은 없군."

하고 이상한 말을 해댔다. 그때 약간 이상한 느낌이 들기는 했다. 차갑기도 한 것 같고 뜨겁기도 한 것 같은 요상한 느낌이 내 머릿속을 휙휙 휘젓고 지나가는 그런 느낌이 들었다. 그러나 그 느낌에 집중할 수 없었다.

내 몸이 또 제멋대로 움직였다. 나는 허공에 떠서 팔다리를 마구 휘저었다. 비명을 질렀다.

"사, 살려 주시어요!"

내 몸이 천장 위까지 붕 떴다. 그리고 빠르게 떨어져 내렸다.

"꺄악!"

비명이 나도 모르게 터져 나왔다. 땅바닥에 부딪치기 일보 직전, 내 몸이 멈췄다. 그리고 다시 떠올랐다. 저 개차반이 손가락을 위아래로 움직일 때마다 나의 몸이 떴다가 가라앉았다가를 반복했다. 비명을 몇 번이나 질렀는지 모른다. 속도도 제각각, 날아다니는 위치도 제각각.

정말 끔찍한 건 방 안에서만 날아다니지 않았다는 거다. 나는 창문 아래로 떨어졌다. 참고로 말하면 여기 11층이다. 11층에서 땅으로 떨어지다가 불쑥 튀어 올랐다. 이리저리 마구 날아다녔다.

나는 헝겊 인형이 아냐! 이 개차반아! 헝겊 인형도 이렇게 함부로 다루진 않을 거라고! 나를 이렇게 무참하게 내던지지 말아줘! 명색이 네 딸이잖아! 아참, 딸도 사형시키는 인간이지. 어쨌든 좀 그만!

"사, 살려 주시어요 아빠!"

그때, 몸이 멈췄다. 이 황당한 상황에서 이런 표현이 어울릴지 모르지만 난 두둥실 아주 편안한 상태로 날아가 침대에 눕혀졌다. 그냥 몸이 그렇게 움직였다. 그리고 개차반은 멋대로 나가 버렸다. 누가 개차반 아니랄까 봐. 님 매너 똥이다!

"이곳은 취조를 끝낸다."

"예, 알겠습니다."

우렁찬 목소리가 들려왔다. 아마도 밖에 나이트들이 기다리고 있었던 것 같다. 뭐야, 왕이 왜 직접 취조를 해. 모르긴 몰라도 밖에서 무슨 일이 벌어졌는지 오해할 것 같다. 내가 비명을 수십 차례쯤 질러 댔으니까.

아, 쪽팔려. 쪽팔린다고. 엉엉. 나이트들이 뭐라고 생각하겠어. 하늘 날아다니며 발광하는 미친 계집애로 생각할 거 아냐!

그런데 생각해 보니, 그게 취조란다. 난 취조당한 게 아무것도 없는데? 비명 수십 번 지르고 아버님과 아바마마를—생각해 보니 아바마마라고 말했을 때 몸이 더 세차게 움직였던 것 같기도 하다—번갈아가면서 외치다가 아빠를 외쳤던 것밖에 없는데? 중간에 이상한 느낌이 들었던 것 같기도 한데, 그게 뭔지는 잘 모르겠다.

송수진 양이 나를 물끄러미 쳐다봤다. 왜 그렇게 날 뚫어져라 쳐다봐? 너도 내가 불쌍하지? 그렇지?

송수진은 나를 물끄러미 쳐다보고 있었다는 것을 떠올린 듯 아차 했다가 내게 물었다.

"공주님."

"응?"

"어떻게 하면 그렇게 어여쁨을 받을 수 있나요?"

……얘도 한 대 패주고 싶은 느낌이 들 것 같기도 하다. 뭐라고? 어여쁨? 나 지금 죽다 살아왔어. 놀이공원의 청룡열차 따윈 비교도 안 되는 스릴을 맛봤다고.

"저도 폐하께서 그렇게 다정하게 놀아주시면 죽어도 소원이 없을 텐데…… 아참, 공주님. 제가 이런 말을 한 것은 절대 비밀이랍니다. 전 죽고 싶지 않답니다."

"……."

"정말로 우리 공주님은 예쁨을 받고 계시는군요. 아…… 정말 부럽다. 공주님은 정말 행복할 것 같아요. 어땠나요? 세상을 다 가진 것 같은 기분 아니셨나요? 그렇게 행복에 겨운 환호를 하시는 건 처음 봤어요."

……너 진짜 한 번 죽어볼래. 행복에 겨운 환호라고? 네 눈에는 정말 그렇게 보였니? 내 살고자 하는 의지가 가득 담긴 비명이 환호? 아, 진짜 때려주고 싶다.

아…… 쪽팔려.

8월 15일, 둘째 왕자 김환석의 생일 파티가 성대하게 열렸다. 고려 왕국 내의 수많은 귀족이 참여하여 자리를 빛냈으며 김환석은 생일 선물을 굉장히 많이 받았다.

그날 밤 11시.

"형아, 변신 로보트는 나 주면 안 돼?"

"가져."

"형아, 이거 날아다니는 헬리콥터도 줘!"

"가져."

"이 전투 탱크도 줘!"

"가져."

김환성은 싱글벙글 웃었다. 형은 이런 장난감에 별로 관심이 없으니까. 장난감이라고 하기엔 지나치게 거대하긴 했지만 김환성은 마력을 사용해 높이 4미터가 넘는 자동 변신 로보트와 실제 헬기와 거의 비슷한 크기의 거대 헬기, 가로 5미터, 세로 7미터의 마력 운용 전차—무게 약 40㎏—를 쉽사리 허공에 둥둥 띄웠다.

김환성은 신났다.

"변신해라, 변신 로보트 얍!"

말만 한다고 변하는 건 아니다. 마력을 소량 주입해야 한다. 높이 4미터의 로보트가 빛을 내며 철커덕 철커덕하는 기계음과 함께 사자 형태로 변했다. 쿠와아앙! 사자가 울었다. 김환성은 그걸 따라하며 쿠와앙! 하고 울어댔다.

"형아, 근데 기분 나쁜 일 있었어? 내가 선물 안 줘서 그래?"

"……."

"뽀뽀해 줄까?"

"시끄러워."

김환성은 고개를 갸웃했다. 그가 보는 형은 아무래도 기분이 별로 안 좋은 것 같았다. 김환석이 자리에서 일어섰다.

"형아! 어디 가!"

"똥개 새끼 죽이러."

김환성은 그걸 진심으로 받아들였다.

"주, 죽이는 건 좀 너무하지 않아? 그건 반대야."

"내 마음이야."

"아니, 그래도 죽이는 건 안 되는데……."

김환성은 변신 로보트와 거대 헬기를 자기에게 준 형을 막아야 하나 말아야 하나 진심으로 고민했다.

벌컥. 문이 열렸다.

"오라버니!"

분홍색 치마를 곱게 차려입고 머리에는 나비 핀을 꽂은 김상희가 김환석을 발견하자마자 밝게 웃으며 뛰어왔다. 시간은 11시. 공주의 취침 시간은 원래 10시다. 아직까지 잠들지 않은 모양이다.

김환석이 김상희를 힐끗 쳐다봤다.

그러자 김상희는 허공에서 팔다리를 허우적거리며 제자리에서 달리기만 했다.

"오라버니! 제 몸이 이상해요! 앞으로 갈 수가 없어요!"

김상희는 물론 안다. 속으로 욕하고 있다. '이 첫째 망나니야, 내 몸을 풀어주라고!'라고 말이다. 하지만 적어도 겉으로 보기엔 정말로 당황한 것처럼 보였다.

김환석이 김상희에게 가까이 다가갔다. 그리고 한참을 뚫어져라 쳐다보기만 했다.

"……."

김상희는 이게 무슨 뜻인지 이미 알고 있었다. 일부러 시간을 끌었다. 똥줄 좀 더 타라고 말이다.

오케이, 좋았어. 왔어, 왔다고. 나는 이 시간을 기다렸다. 이 시크한 척하는 꼬맹이는 분명 밤늦게라도 찾아올 거라고 확신했다. 그래서 나는 일부러 안 자고 예쁘게 차려입고 대기했다.

아니나 다를까, 결국 날 찾아왔다. 자식, 누나야 누나. 네가 아무리 날고 기는 천재라도 그래 봐야 12살. 누나는 네 머리 꼭대기에 있단다.

"여, 여기…… 이게, 그, 그게 그러니까……."

나는 일부러 더 쭈뼛거리면서 걸음을 아주 천천히 옮겨 편지를 김환석에게 전해 줬다. 오라버니께 편지를 전하려니 너무 부끄럽기도 하고 창피하기도 하여 감히 용기가 나지 않았다고 말했다.

용기가 나지 않기는 개뿔. 누나는 지금 널 조련하는 중이거든.

"그리고……."

"……."

좋아. 오늘의 계획은 여기가 클라이맥스지. 너는 내 손 안에 있소이다.

"혹여라도 오빠가 제 방에 들르지 않으실까 하는 행복한 기대감 때문에……."

좋았어. 말하는 템포도 충분히 느렸고 얼굴도 붉혔어. 수줍은 척 완료.

"……."

너 입가 씰룩거리는 거 다 보여. 싸늘한 척하지 마. 그렇게 매서운 눈으로 째려보는데 왜 입가는 씰룩거리니?

"누가 이딴 편지를 받고 싶다고 했나?"

와, 얘 봐라. 너 겁나 받고 싶어 했잖아. 너 진짜 맞고 싶냐. 11시 넘어서 여기까지 찾아왔잖아. 이 망나니의 방과 내 방은 내 걸음으로 30분 넘게 걸어와야 할 만큼 가까운 거리도 아니다.

"소녀는 단지 오빠를 기쁘게 하고 싶다는 생각이 들어……."

"똥개 주제에."

"감히 소녀가 오빠를 기쁘게 하겠다는 불경한 마음을 품어 정말 죄송합니다."

네가 계속 그렇게 나온다면 그럼 버리지 뭐. 안녕, 편지야.

"제가 당장 이 불경한 것을 찢어버리도록 하겠……."

몸이 안 움직인다. 나는 이유를 안다. 저놈이 마력으로 내 몸을 구속했다. 편지가 아주 조금 찢어졌는데 그 이후로 몸이 안 움직인다. 첫째 망나니는 편지를 신경질적으로 낚아챘다.

"네 성의를 봐서 가져가 주도록 하지. 특별히 용서해 주겠다."

"오라버니!"

나는 세상을 다 가진 듯한 행복한 미소를 지었다. 야, 너 입가 씰룩거리지 말라고. 김환성은 귀엽기라도 하지. 넌 귀엽다기보단 때려주고 싶으니까.

김환석이 나갔다. 복도에서 목소리가 들려왔다.

"형아! 이것도 가져도 돼?"

"가져."

"형아! 이거 슈퍼맨 망토는?"

"가져."

어라, 슈퍼맨 망토, 저거 엄청 비싸다고 들었는데. 마력 운용을 쉽게 할 수 있도록 도와줘서 하늘을 날아다니는데 굉장히 도움을 주는 마력 도구라고 들었다. 와, 역시 왕자 클래스는 다르구나. 저런 보물을 그냥 막 주고.

"형아, 그건 뭐야? 왜 꼭꼭 숨기고 있어? 나 그것도 줘!"

"죽는다. 가서 잠이나 자."

슈퍼맨 망토도 막 주는 놈인데 도대체 뭘 숨기고 있는 걸까 하는 궁금증이 일었지만 눈이 감겨왔다. 긴장이 풀리니까 잠이 솔솔 왔다.

'오늘도…… 조련…… 완…… 료…….'

잠에 빠져들었다.

1년이 흘렀다. 그동안 왕궁 내에는 몇몇 사람이 사형을 당하는 풍파가 일었다. 그러나 그 사건들은 조용히 묻혀 지나갔다. 누가 손을 쓰기라도 한 것처럼 말이다. 생각만큼 큰 소동은 일어나지 않았다.

"제1공주님의 성년식이 있습니다."

김훈상은 고개를 끄덕였다.

"예전처럼 진행하도록 해."

"네, 알겠습니다."

"또?"

"제33공주님의 바깥나들이가 결정되어 있습니다."

김훈상은 의자에 턱을 괴고 앉았다.

"그게 언제지?"

일정을 보고하던 신하 중 한 명인 최영훈은 고개를 갸웃했다. 왜 저런 걸 묻는지 모르겠다. 공주들의 일정이야 어차피 그냥 대충 넘어가는 문제가 아니었던가. 말 그대로 형식상 보고를 올리는 것뿐이다. 공주의 일정 같은 건 중요한 게 아니었다. 중요한 일들이 널리고 널렸다. 당장만 해도 셋째 왕자의 마력 각성에 관한 문제도 얘기해야 했다.

'왕께서 좀 이상하시군.'

이상한 건 이상한 거고 질문에는 답을 했다.

"4일 뒤입니다."

"그렇군."

"예전과 마찬가지로 나이트 둘이 붙어서 호위할 겁니다."

"그러든지."

마음대로 하라고 했다. 김훈상은 거기에 별 관심 없다는 듯 말했다. 그제야 최영훈은 고개를 끄덕였다. 이게 정상이다. 한낱 공주의 행사 따위를 신경 쓰기엔 왕은 너무 바쁘고 할 일이 많다.

3일 뒤. 방문이 벌컥 열렸다.

"물어왓!"

침대에 누워 있던 김상희는 벌떡 일어났다. 그러나 헝겊 인형은 주워 오지 않았다.

"오라버니!"

김환성은 '쳇, 어제는 주워 왔는데 오늘은 실패구만' 하고 말하고는 마력을 써서 저 멀리 던진 헝겊 인형을 회수했다. 헝겊 인형이 두둥실 날아와 환성의 손에 잡혔다. 김상희는 여우짓을 또 했다. 김환성의 가슴팍에 안겨서 '오라버니가 와주셔서 소녀는 정말 행복해요!' 하고 말했다. 김환성은 자신의 코를 문지르면서 헤헤거리고 웃었다.

"맞다. 똥개야."

그래도 많이 변했다. 똥개 새끼라고는 안 한다. 1년 사이 김상희는 노력을 많이 했다. 기분 거슬리지 않게 '새끼'라는 단어를 빼도록 구슬리고 또 구슬렸다. 1년 만에 그 노력이 빛을 발했다.

"네, 오라버님. 말씀하시어요."

"너 내일 바깥나들이 가지?"

"네! 소녀는 벌써 가슴이 두근두근하답니다."

드디어 왕궁 밖으로의 첫 외출이다. 태어나서 처음으로 하게 될 왕궁 밖 외출이니 당연히 떨릴 수밖에 없다. 왕궁 밖의 세계는 여자 혼자서는 돌아다니기도 힘들 정도의 험악한 곳이라고 알고 있으니까.

"나도 같이 갈 거야. 나이트니까."

자, 어서 너는 행복하고 즐겁고 감사하다고 말해, 그렇게 주장하듯 김환성은 어깨를 쭉 펴고 자신만만한 눈동자로 김상희를 쳐다봤다. 실제로 김상희는 정말 행복하다며 활짝 웃었다. 그러나 속으로는 울었다.

'왜 하필이면 망나니냐!'

그나마 다행인 건 망나니 말고도 그래도 꽤나 정상으로 보이는 듬직한 나이트 하나가 더 붙었다는 것. 어쨌든 바깥나들이를 가게 됐다.

한진수는 책상 앞에 앉았다. 언제나 그렇듯 곽기현은 한진수에게 포옹을 시도하려다가 하늘을 날았다. 날고 싶어서 나는 거 아니다. 한진수가 날려 버렸다. 이젠 나는 것에도 익숙해진 곽기현이 낙천적으로 외쳤다.

"오예, 날아간다!"

곽기현은 침대에 고꾸라졌다. 익숙해진 덕분에 이젠 제법 착지도 잘한다. 예전엔 머리부터 고꾸라져서 난감했었는데 착지를 잘하게 된 것도 복이라면 복이었다.

"너 또 약혼자가 보내준 편지 읽지? 내가 보내준 편지는 대충 읽고 버리면서!"

"버리진 않았어. 시녀가 치웠지."

"어쨌거나! 흥.칫.뿡이다! 그 계집애가 뭐가 좋다고."

곽기현은 또 언제나 그렇듯 침대 위에 앉아 볼을 빵빵하게 부풀리고 진수를 째려보는 척했다. 다분히 과장된 그 태도에 진수는 피식 웃고선 말했다. 표정은 온화했는데 내용은 가차 없었다.

"죽고 싶으면 계속 지껄여 봐."

"헹! 너 입가 계속 씰룩거리는 거 짜증 나. 그래 봐야 걔 지금 9살밖에 안됐는데. 와, 생각해 보니 열 받네. 누구 편지는 막 그냥 버리도록 내버려 두고 누구 편지는 마력으로 보호막 씌워서 깨끗하게 보호하고 밤마다 꺼내 보고. 너 그 정도면 중증이야. 너 진짜 그 계집애 좋아해?"

"아니, 그럴 리가."

"흥. 단순한 약혼자를 네가 그렇게 챙길 리 없잖아. 여자라는 건 그냥 남자를 낳기 위한 도구라고. 프리지아의 대시도 그렇게 거절하는 주제에. 도무지 이해할 수가 없는 놈이라니까."

기현은 침대에 벌러덩 드러누웠다. 하늘을 날아 침대에 안착하는 것도 익숙해졌고 저놈이 밤마다 편지 한 장을 붙잡고 심각한 얼굴로 정독하는 현상에도 익숙해졌다.

'그나저나 프리지아도 자존심 엄청 상했겠어.'

프리지아는 제국의 제6황녀로 제국의 꽃이라 불리는 여자다. 그러나 이 세계에서 그런 지위 같은 건 별로 중요하지 않다. 정말 중요한 건 그녀가 마력을 사용할 수 있다는 거다. 물론 남자들만큼 많은 양을 편안하게 다루지는 못하지만 어쨌든 마력을 사용할 수 있다는 것만으로도 이미 놀라운 일이라 할 수 있었다.

세계 유일의 마력 사용이 가능한 여성. 그리고 황녀이며 아름다운 프리지아가 한진수에게 꼬리를 치고 있다는 사실은 제국 마력학원 내에 이미 유명한 일이었다. 어차피 일부일처제가 통용되는 세상도 아니고, 까짓것 아내 한 명 더 늘어나면 어떻겠냐며 적극적으로 들이대고 있는데, 한진수는 그냥 무시하는 중이었다.

곽기현은 피식 웃었다.

'그냥 무시도 아니고 완전 개무시지. 저 자식, 가만 보면 진짜 고자 아냐? 아니면 게이라든가? 앗! 그렇다면 내가 위험한가! 그런 것인가!'

곽기현은 실실 웃다가 함박웃음을 지었다.

"진수야, 진수야, 진수야. 프리지아가 안 되면 나는 어때용용용? 응? 알라뵹뵹!"

순간, 한진수가 움찔했다. 마력을 끌어올렸다. 책상이 부르르 떨리고 침대가 진동하기 시작했다. 곽기현의 얼굴이 새파랗게 질렸다.

"야야, 그 상태로 나 때릴 건 아니지? 나 벌써 죽고 싶진 않다고. 내가 사과했잖아. 어우 씨, 1년 전 일로 진짜 되게 그러네."

1년 전, 김상희 공주가 소녀식을 거행하게 되었을 때 한진수는 편지를 보낸 적이 있다. 거기엔 '상히상히상히 알라뵹뵹뵹♡'이라는 이 세계 기준으로 아주 해괴망측한 문장이 들어가 있었다. 그건 곽기현이 장난을 친 거다.

그러나 곽기현은 알고 있다.

'저 나쁜 자식, 내가 그거 썼다 지운 거 알면서도 일부러 그냥 보내놓고선 왜 나한테만 뭐라 그러냐? 지 쓰고 싶은 거 내가 대신 써줬으니 고맙다고는 못할망정!'

고려 왕국을 뛰어넘어 제국 내에서도 손꼽히는 천재 중의 천재인 한진수가 몰랐을 리가 없다. 알면서 그냥 보내 놓고서 괜히 자기한테 화풀이라며 곽기현은 구시렁거렸다.

"나만 만만하지? 흥, 괜찮아. 진수가 무시하는 건 참을 수 있어. 오히려 그게 네 매력이랄까. 맞다. 근데 9살 되면 바깥나들이 하지 않아?"

'드디어…… 바깥에 나간다.'

내 바깥나들이가 결정됐다. 바깥세상을 살피고 안목을 넓히라는 것이 취지였으나 사실 공주들에게는 공포의 대명사이기도 했다. 우리 공주들은 왕의 피를 이었다고는 하나 그다지 특별 대우를 받지는 못한다. 공주는 왕자 생산에 실패해서 태어나게 된 잉여스러운 부산물에 불과했다. 그리고 나는 똥개고. 그나마 똥개 새끼에서 똥개로 격상되는 데 무려 9년 걸렸다. 하, 멀리도 돌아왔다. 엉엉. 내 신세.

'그래도 나는 상황이 참 좋지.'

내가 개차반이라 욕하고 망나니들이라 욕하긴 하지만 그건 어디까지나 지구의 기준으로 봤을 때 그렇다는 거다. 사실 이들이 나를 대하는 것은 파격이었다. 송수진이 나를 그렇게 부러워하는 것도 머리로는 이해가 된다. 가슴으로 이해가 안 되어서 그렇지. 너도 비행기 한번 타봐. 부럽다는 말이 나오나.

"가잣!"

뭔가 불길했다.

"물어왓!"

헝겊 인형이 날았다. 이봐요, 왕자님. 나 지금 레이스 달린 치마 입었다고. 근데 달리라고? 에이 씨. 알았어. 갔다 올…… 어라? 그런데 내 옆에 있던 꽤나 정상적이고 듬직해 보이는 강기태가 하늘을 날았다. 표현상 날은 게 아니고, 정말로 슝 하고 날았다. 하늘을 향해 로켓포처럼 쏘아지는 헝겊 인형을 향해 슈퍼 로켓포처럼 날아가더니 공중에서 그걸 낚아챘다.

와…… 나이트란 건 저런 것도 가능하구나.

"여기 있습니다, 왕자님."

"에이, 난 똥개 새…… 아니, 똥개한테 시킨 건데. 왜 네가 가져왔어?"

"왕께서 하명하셨습니다. 물어왔을 시키면 제가 주워 오라고."

헐, 말도 안 돼. 그 개차반이 나를 그렇게까지 신경 써줬다고? 에이, 아닐 거야. 설마. 강기태가 말을 이었다.

"밖에서도 이렇게 하다가 혹시라도 다른 남자에게 잘못 걸리면 강간당할 수도 있다고…… 명색이 공주님인데 그래도 강간당하는 건 너무하지 않냐며 주의를 주셨습니다."

이봐, 그걸 면전에서 대놓고 말하는 것도 실례야. 그냥 내가 예뻐서 도와줬다고 하면 어디가 덧…… 그래, 이 정도만 해도 감지덕지지. 개차반에게 고마울 뻔했는데, 역시 고맙지 않다. 그래도 명색이 공주인데 강간 어쩌고를 말하다니. 지구에서라면 상상도 할 수 없다고 이런 건!

밖으로 향했다. 나는 단 한 번도 경험해 보지 못한 세계를 향해. 왕성의 거대한 정문이 열렸다. 나의 바깥 세계 탐험기는 처음부터 스펙타클했다.

"오예! 끼히히히히!"

김환성은 망나니 같은 웃음소리를 마구 싸 대면서 하늘로 높이 날았다. 예전에 한 번 타본 적이 있는 마력 바이클이다. 문제는 운전자가 김환성이라는 거. 내 첫째 오라버니 어디 가셨어. 우리 형석이야말로 나의 희망이다. 부드럽고 따스한 드라이버. 얘는 운전도 정말 망나니같이 했다.

"오, 오라버니! 소녀의 심장이 두근두근해서 죽어버릴 것 같아요!"

하늘을 날았다. 나는 건 괜찮은데 빙글빙글 돌았다. 위로 수직 상승했다가 수직으로 떨어졌다가 또 옆으로 날았다가 거꾸로 날았다가 온갖 묘기를 다 부렸다. 으, 토 나올 거 같아. 나는 살기 위해 김환성을 꽉 껴안았다.

'제, 제발……!'

땅이 보였다. 아찔했다. 눈이 핑글핑글 도는 것 같았다. 그럴수록 나는 김환성을 더 꽉 껴안을 수밖에 없었다. 아예 팔과 다리로, 코알라가 나무에 매달리듯 꽉 매달렸다. 그러자 김환성은 더욱더 운전을 험하게 했다. 이 망할 자식아!

"오라버니! 소녀의 부탁이어요. 조금만 천천히, 부드럽게 운전해 주신다면 소녀는 오라버니를 성심을 다해 사랑하고 말 것이어요!"

한 대 패주고 싶지만 나는 온갖 아부와 달콤한 말을 쏟아줬다.

"뭐, 똥개가 정 그렇다면야. 역시 하찮은 계집이라서 이런 것도 무서워하는구나. 형아 말이 맞았어. 이런 건 하나도 무서운 게 아닌데."

나는 무서운 것도 아주 잘하는 위대하고 위대한 오빠다, 라고 강조하는 것 같아서 열불이 치솟았지만 참았다. 그래, 네 똥 굵다. 이 망나니야.

'바깥세상은…… 지구랑 정말 비슷하구나.'

오히려 지구보다 좋았다. 마치 미리부터 계획하고 설계하여 만든 신도시 같은 느낌이었다. 길은 넓고 한적했다. 서울 시내와는 딴판이었다. 자동차의 숫자도 거의 없다시피 해서 드라이브하기엔 최적의 길인 것 같았다.

'하기야…… 자동차는 남자들만의 전유물이니까.'

그리고 지구와 다른 점은 또 있다. 온통 여자들뿐이라는 것. 생김새는 각양각색이었다. 서양과 동양의 각종 인종을 마구 뒤섞어 뿌려 놓은 것 같다.

'여자가 정말 많긴 많네.'

김환성이 낄낄대며 말했다.

“역시 울 아부지는 대단한 왕이야.”

무슨 말인고 하니, 왕자를 무려 3명이나 낳은 것은 엄청나게 대단한 일이라고 했다. 보통 여아에 비해 남아가 태어날 확률은 5퍼센트 수준이라고 한다. 다시 말해, 통계로만 따지고 보면 여자 100명이 태어날 때, 남자아이 5명이 태어난다는 소리다. 그런데 우리의 개차반 씨는 겨우 34명을 낳는 동안 아들을 셋이나 건졌으니 대단한 능력자라 할 수 있겠다.

“아빠는 정말 대단하고 훌륭한 분이셔요. 소녀는 그러한 분이 저의 아버지라는 사실이 못내 감사하고 행복하답니다.”

“그렇지?”

“또한 이토록 멋지고 소녀를 사랑해 주시는 오라버니를 제게 선물해 주셨으니 저는 정말 행복한 아이어요.”

“그럼, 그렇고말고.”

김환성은 잔뜩 우쭐해져서 고개를 끄덕였다. 낄낄대고 웃는데 진짜 패주고 싶었다.

여자만이 가득한 세계. 대부분의 경제활동은 여자가 한단다. 남자들은 왕이나 다름없으니 편하게 집에서 놀면 여자들이 나가서 일하고 여자들이 돈을 벌어 온다고 했다. 남자는 아들만 잘 태어나게 하면 그만이었다. 더 직설적으로 말하자면 남자는 놀고먹는 귀족, 여자는 노예다. 개똥 같고 욕 나오지만 이 세상은 그랬다.

그런 세상이다 보니 나는 여자들의 이목을 받을 수밖에 없었다. 남자 둘과 함께 다니는 나는 다른 여자들의 부러움을 한 몸에 받았다.

이런 건 귀족가의 여식이나 가능한 거고, 귀족은 전체 인구의 5퍼센트가 채 되지 않는다.

“공주님, 저희는 수도의 외곽에서부터 안쪽으로 진입하여 총 다섯 군데를 탐방하고 다시 왕성으로 귀환할 겁니다. 가장 먼저 이동하실 곳은 대평원입니다. 그리고 앞으로는 차를 가지고 이동해야 합니다.”

걸어서는 몇 날 며칠이 걸릴 거란다. 그래서 자동차를 렌트했다. 운전은 우리의 믿음직한 나이트님인 강기태가 맡았다. 자동차 역시 체내의 마력을 필요로 하는 물건이고, 당연히 나는 운전을 할 수 없다.

나는 바깥을 쳐다봤다. 미국 영화에서나 볼 법한 텅텅 빈 도로와 황량한 광야가 나왔다. 끝없이 펼쳐져 있는 도로가 보였다. 약 3시간을 내리 달리기만 했다.

‘아, 졸려…….’

하지만 왕자님이 깨어 있는데 내가 잠을 잘 수는 없는 노릇이다…… 라고 생각은 하지만 내 몸은 아직 9살이다. 어제도 밤잠을 설쳤다. 잠이 자꾸만 쏟아져 내렸다. 김환성은 무슨 생각을 하고 있는지 잠자코 입을 닫고 있었다. 차라리 말이라도 시켜주든가.

‘안 돼…… 버릇없이 잠들면…….’

내 의지와는 상관없이 잠이 솔솔 쏟아졌다. 결국 나는 졸고야 말았다. 얼마나 시간이 지났을까. 나는 황급히 고개를 번쩍 들었다.

김환성이 낄낄대고 웃었다.

“똥개! 너 침 흘렸어. 똥개는 더럽기까지 하구나?”

“오, 오라버니. 소녀가 죽을죄를 지었어요. 용서해 주시어요.”

“응? 뭐가?”

김환성은 고개를 갸웃했다. 저 천진난만한 표정 뒤에는 망나니가 숨어 있다. 감히 공주가 왕자의 어깨에 머리를 기대고 잠들다니. 아, 미치겠다. 9년 동안 잘 살아왔는데 이렇게 어처구니없는 실수를 할 줄이야.

망나니는 천진난만한 목소리로 말했다.

“죽을죄를 지었으면 죽어야지!”

“…….”

“근데 똥개는 죽을죄 안 지었잖아? 무슨 말인지 이해할 수 있도록 해봐. 머리가 나쁜 건 진작에 알고 있지만 말은 제대로 할 줄 알잖아?”

“소녀가 감히 오라버니의 어깨에 기대어서 잠을…….”

김환성은 뒤통수를 긁적거렸다.

“그거 내가 그런 건데? 그럼 내가 죽을죄를 진 거야?”

말을 들어보니 내가 꾸벅꾸벅 조는 게 불쌍해 보여서-여기서 낄낄대고 웃었다-자기 어깨에 기대게 만들었다나 뭐라나. 김환성이 씨익 웃었다. 뭔가 불안했다.

목적지에 다 왔는지 차가 멈췄다. 김환성은 자동차에서 내리자마자 내게 말했다.

“감히 왕자님한테 죄를 지었다고 따지다니!”

“소, 소녀는 그런 것이 아니오라…….”

“자, 죽을죄를 지었으니까 벌을 받아야지!”

“오, 오라버니.”

이 자식은 내게 벌이랍시고 자신의 욕구를 충족시켰다.

“물어왓!”

헝겊 인형이 또 하늘을 갈랐다. 저 높고 찬란한 태양을 향해. 정말 패고 싶다고. 엉엉.

저 자식은 저건 또 맨날 챙겨 갖고 다니네. 여기엔 사람이 보이지 않아서인지 우리의 강기태 씨도 날 도와주지 않았다. 나는 지은 죄가 있어서 열심히 달렸다. 그래도 저놈 많이 봐주는 거다. 겨우 200미터 정도밖에 안 날아갔으니까. 나는 헥헥대면서 주어 왔다. 그리고 힘들어 쓰러지는 척을 했다. 다시 말해, 연약하고 가녀린 여자를 연기했다.

그러자 김환성은 깔깔대고 웃었다. 내가 쓰러지는 게 행복하냐, 이 망나니야. 강기태가 입을 열었다.

"가장 먼저 목화 농장에 들를 겁니다."

"목화 농장이오?"

"예, 고려 왕국에서 여섯 번째로 규모가 큰 목화 농장입니다. 수도에서 가장 가까운 농장이기도 합니다."

나는 그곳이 어딘지 안다. 이름은 고려 농원. 이곳에서 재배되는 목화는 품질이 우수하여 다른 나라에 수출된다고 했다.

잠시 후, 농장에 도착한 나는 충격적인 장면을 목도했다.

'이럴…… 수가…… 이건 말도 안 돼…….'

이 세계에서 여자의 인권이 낮은 건 두말할 필요도 없는 사실이다. 그리고 신분제가 있는 사회인 것도 맞다. 사실 내 위치는 좀 애매하다. 여자이긴 한데 왕족이다. 왕족이라고 딱히 특출 나게 좋은 것은 없다. 그나마 남자들에게 존칭을 듣는다는 것 정도. 삼시 세끼 밥을 굶지 않고 힘든 일을 하지 않는다는 것 정도다. 나는 그것을 '특출 나지 않은 것' 정도로 가볍게 생각했다. 그러나 농장에 도착해서야 알았다. 그동안 내가 얼마나 엄청난 특혜를 받고 살았는지를.

'노예…… 인가……?'

책으로 이미 접해 봤다. 이곳엔 왕족도 있고 귀족도 있고 평민도 있으며 또 노예도 있다. 그리고 노예의 대부분, 아니, 노예는 전부 여자다.

목화밭에서 일을 하고 있는 사람들 역시 모두 여자였다. 마치 예전 미대륙에서의 흑인 노예들처럼, 이곳 노예들은 처참하게 생활하고 있었다.

"똑바로 일 못해? 일어나란 말이야!"

짝!

요란한 소리가 났다. 아마도 노예들의 주인이라 짐작되는 남자 하나가 가죽 채찍을 휘둘렀다.

"게으름 피우면 모두 죽여 버리겠다!"

그 채찍에 얻어맞은 여자가 앞으로 풀썩 쓰러졌다가 '죄송합니다, 죄송합니다'를 반복했다.

도대체 뭐가 죄송한데! 나는 이를 악물었다. 여자들의 몰골을 보아하니 꼴이 말이 아니다. 나는 정말 행복하게 살았다. 나는 피부도 고왔고 고생이라곤 모르고–끽해야 남자들 비위 맞추려고 노력했던 것 정도–살았다. 저들에 비하면 나는 천국에서 산 셈이다.

남자는 채찍을 또 휘둘렀다.

"일들 열심히 하란 말이야! 그래서 오늘 할당량 채울 수 있겠어?"

이번엔 사람을 때린 건 아니었다. 다만 땅을 후려쳤을 뿐이다. 그러나 여자 노예들은 모두 몸을 움찔했다. 나는 노예를 처음 본다. 시녀들 역시 노예와 비슷한 개념이긴 했지만 왕성 내에선 시녀들을 아주 함부로 대하지는 않는다. 절대적인 신분제와 민주주의 사이의 어정쩡한 신분제라고 나는 생각했었다. 그러나 이곳은 아니었다. 여기서 저 남자는 왕이었고 여자들은 노예였다.

김환성이 천진난만한 얼굴로 물었다.

"똥개야. 너 똥 마려? 표정 되게 웃긴다."

나는 망나니의 질문에 또 웃을 수밖에 없었다. 그래, 이곳은 저게 당연한 세계야. 내가 지금 할 수 있는 건 아무것도 없어. 내가 나설 수 있는 상황도 아니야.

"아니어요. 오라버니와 함께 여기에 있는 것 자체로도 소녀는 너무나 기쁘고 행복하여 긴장이 되고 있답니다."

나는 애써 밝게 웃으며 김환성에게 팔짱을 꼈다. 그러자 강기태 씨는 움찔했다. 아마도 공주가 왕자에게 팔짱을 끼는 불경한(?) 행위를 처음 보는 것 같다. 김환성은 헤헤거리고 웃었다. 뭐가 그렇게 우쭐해졌는지 코를 만지작거리며 어깨를 활짝 펴고 턱을 높이 들었다.

"에헴."

얼씨구. 에헴은 또 왜 하냐, 이 망나니야.

걸음을 옮겼다. 목화밭의 주인을 만나서 잠깐 티타임을 가지고 다음 장소로 이동할 거라고 했다.

'똑바로 하란 말이야!'라는 외침과 함께 또 채찍 소리가 들려왔고 여자의 끔찍한 비명이 뒤따랐다. 내 상식으로는 도무지 이해할 수가 없다. 아니, 이해하고 싶지도 않다. 노예라는 것 자체가 익숙하지가 않은데, 그 노예가 심지어 여자다. 이 이글이글 타오르는 뙤약볕 아래에서 허리 한 번 펴지 못하고 채찍질을 두려워하며 일을 하고 있는 모습이 내게는 너무 끔찍하게 다가왔다.

지금 내가 할 수 있는 건 없다. 이곳에선 저게 당연한 거다. 그렇지만…… 저들에게 아주 잠깐의 도움을 줄 수는 있을 거다. 지금은…… 이게 최선이다.

"오라버니, 채찍질 소리가 너무 무서워요. 소녀는 겁쟁이어서 소리가 들려올 때마다 너무 겁이 나서 걸음을 옮기기가 힘들어요."

이름하여 사슴 눈망울. 나 이거 솔직히 거울 보면서 많이 연습했다. 최대한 불쌍한 표정과 아련한 얼굴로 망나니를 올려다보며 불쌍한 척하기를 줄여서 작전명 '사슴 눈망울'이다. 나랑 팔짱을 낀 상태로 아주 위풍당당하게 걷던 김환성은 또 우쭐대며 킥킥대고 웃었다.

"하긴. 똥개는 겁쟁이니까. 하여튼 한심하다니까."

한심한 똥개한테 얻어터지고 싶냐, 너. 진짜 내가 언젠가 패고 만다.

김환성이 버럭 소리를 질렀다.

"야! 시끄러워. 그만두지 못해?"

어우, 귀야. 고막 터질 뻔했네. 강기태 씨가 옆에서 말했다.

"왕자님, 그렇게 마력을 담아 말씀하시면 공주님 귀에 손상이 올 수 있습니다."

"괜찮아. 고치면 돼."

"……."

이 자식아, 뭐라고? 망가뜨리고 다시 고친다고? 뭐 이딴 놈이 다 있냐 진짜.

관리인 중 한 명으로 짐작되는 남자가 인상을 팍 찡그리더니 이쪽으로 다가왔다.

"누구십니까?"

강기태 씨가 앞으로 나섰다. 품 안에서 공문을 꺼내 들었다.

"저희는……."

간단하게 소개를 마치자 남자가 모자를 벗고 정중히 인사했다. 아마 저 남자는 평민일 거다. 남자들 사이에서 신분은 그렇게 엄청난 차이가 있는 것 같지는 않았다. 예를 들자면 왕자는 현대 사회에서 재벌가의 아들쯤 되는 것 같고, 저 남자는 중소기업의 사장쯤 되는 그런 느낌이랄까. 어쨌든 왕자가 갑이라는 사실은 틀림없는 것 같지만 보자마자 절을 하고 그런 건 아니었다.

"야, 너 우리 지나갈 때 채찍질 소리 안 들리게 해. 기분 나빠."

"알겠습니다. 제가 왕자님께서 오신지 모르고 실례를 했습니다. 워낙에 관광객이 많이 찾는 곳이라 미처 신경을 쓰지 못했습니다."

남자는 무전기를 꺼내 들더니 잠시 휴식하겠다고 말했다. 관리인들에게 전달된 모양이다. 여자 노예들은 허리를 펴고 이쪽을 쳐다봤다. 휴식 시간이 주어졌다.

그리고 나는 이때까지 '관광객이 많이 찾는 곳'이란 말의 뜻을 몰랐다.

목화밭에서 일을 하던 노예 중 한 명인 '7호'가 허리를 폈다. 그리고 한쪽을 바라봤다. 하얀 피부를 가진 여자가 한 명 보였다. 그 여자는 남자 둘과 함께하고 있었다. 아마도 귀족일 거라고 생각했다. 귀족이 아니고서야 저럴 수가 없다. 관리인이 여자 앞에서 고개를 정중히 숙인다? 이건 있을 수 없는 일이다.

'귀…… 족……?'

부러웠다. 적어도 저들은 배고프진 않을 테니까.

"7호야, 뭘 그렇게 봐?"

"쉿."

괜히 떠들었다간 겨우 찾아온 휴식 시간이 없어질지도 모를 일이다. 꿀 같은 휴식 시간을 맞은 노예들은 옹기종기 모여 앉아 잠깐의 수다를 즐겼다.

"어제는 14호가 했대."

"누구한테?"

"모르겠어."

다들 한숨을 내쉬었다. 목화밭은 넓다. 관광객도 많이 찾아온다. 당연히 관광객은 전부 남자다. 왜냐하면 그들의 목적은 합법적인 섹스에 있었으니까. 그들은 이곳을 지나면서 여자들을 골라 섹스를 한다. 관리인들도 모른 척해 준다. 남자들에게 돈을 받기 때문이다.

"14호 예전에도 계집을 낳았잖아."

"차라리 임신하지 않는 게 나을 수도 있어."

남자아이를 낳게 되면 그때부턴 얘기가 달라진다. 노예 일을 그만둬도 된다. 그때부턴 이 목화 농장에서 관리를 해준다. 그리고 그 남자아이가 장성하면 관리인이 된다. 그게 이 목화 농장의 룰이었다.

"임신하면 일하기가 너무 힘드니까……."

문제는 남자아이를 낳을 확률이 너무 적다는 것. 이들에게 강간을 당한다는 것 자체는 별로 끔찍한 일이 아니었다. 이곳 노예들에겐 너무나 당연한 일이었다. 차라리 그 시간 동안에 일하지 않고 쉴 수 있다는 것 자체만으로도 이들에겐 좋은 일이었다.

"그러고 보니 5호도 이제…… 애 나올 때 되지 않았어?"

"그렇지. 그래도 만삭인데 채찍으로 때리는 건 너무했어."

그때, 멍하니 서 있던 5호가 풀썩 쓰러졌다. 옆에 있던 7호가 비명을 질렀다.

"5호!"

이런 일은 비일비재했다. 아마도 영양실조이거나 과로 혹은 상처에 세균이 들어가서일 거다. 7호가 달리기 시작했다.

"어, 어? 7호 갑자기 왜 뛰는 거야?"

"일단 5호한테 가보자고!"

"젖 나오는 애 없어? 일단 젖이라도 먹여야 할 거 같은데."

먹을 게 없다. 그러면 젖이라도 먹여야 했다. 그것이 이들이 터득한 생존 방식이었다.

"7, 7호가 미쳤나 봐! 저기가 어디라고……."

7호가 남자 둘이 있는 곳을 향해 뛰어가고 있었다.

나는 봤다. 이쪽을 향해 달려오는 여자를 말이다. 몰골이 앙상했다. 포동포동 제법 살이 오른 내가 보기 미안할 정도로 삐쩍 말랐다. 삐쩍 말랐는데 배만 볼록 튀어나온 형상이었고 여기저기 찢어진 옷은 옷이라고 보기도 힘들 정도였다. 차라리 넝마에 가까웠다.

"이 미친년이!"

이쪽을 향해 달려오는 여자에게 남자가 채찍을 휘둘렀다. 나는 나도 모르게 그만둬! 라고 소리칠 뻔했다. 그런데 우리의 강기태 씨가 먼저 움직였다.

"왕자님께서 채찍을 휘두르지 말라고 분명 말씀드렸을 텐데요."

강기태의 몸이 사라지는가 싶더니 어느새 여자 앞에 나타나 채찍을 맨손으로 잡았다. 역시 나이트다. 평민인 남자와 나이트의 무력 수준은 감히 비교할 정도가 못 되니까. 책으로 접한 사실이지만 나이트 한 명은 성인 남자 수백 명과도 싸울 수 있다고 했다.

여자가 내 앞으로 달려와 무릎을 꿇고 빌었다.

"제발 먹을 것 좀 주세요."

"……."

먹을 것을 달란다.

"제가 배고픈 게 아니어요. 제 친구가 쓰러졌어요. 영양실조예요. 지금 만삭인데 배가 고파 쓰러졌어요. 성녀님, 제발…… 먹을 것 좀 주세요. 제발……."

관리인은 얼굴이 붉으락푸르락해져선 어쩔 줄 몰라 했다. 채찍도 휘두르지 못하는데 나이트가 무서워 또 움직이지도 못 하고, 이러지도 저러지도 못 하는 상황에 처했다.

"저, 저 미친년이 감히 이곳이 어디라고……!"

김환성은 천진난만한 얼굴로 말했다.

"차버릴까?"

악의는 분명 없다.

"그럼 저~ 만치 날아가서 꼴까닥 죽을 텐데."

그때, 나는 김환성에게 화를 낼 뻔했다. 친구가 쓰러져서, 그것도 임신한 친구가 쓰러져서 위험을 무릅쓰고 달려와 나한테 먹을 것 좀 달라 빌고 있는 여자를 보며 차버릴까? 하고 묻는다. 여자들, 그중에서도 노예는 정말 사람 취급도 못 받는다는 걸 다시 한 번 느꼈다. 이렇게 몸으로 느낀 적은 처음이다. 이건 정말…… 너무하잖아. 정말…… 이건 너무해. 이게…… 진짜 뭐냐고…….

반은 일부러, 또 반은 저절로 눈물이 차올랐다. 이유는 많았다. 아무것도 할 수 없는 무력감, 여자에 대한 연민, 이 세계에 대한 분노 등.

"오라버니."

예전에도 느꼈지만 김환성 망나니는 내 눈물에 특히 약하다. 정말 약하다.

"뭐야, 똥개?"

이상함을 느낀 망나니가 나를 보고는 표정이 굳었다. 나이트로서의 김환성은 정말 독하다고 했다. 적어도 무력만 놓고 보자면 천재 중의 천재라고 했다. 11살에 마력 각성을 이루었으며 성인 나이트와 비교해도 뒤처지지 않을 정도의 실력자인 이 망나니가 무게를 잡으면 솔직히 나도 무섭다. 이 마력이라는 것이 이곳 전체를 무겁게 짓눌러 버리니까.

"이 계집애 때문에 울어? 이 계집애 그냥 죽일까?"

강기태 씨가 또 움찔했다. 왕자가 공주에게 질문을 한다? 이건 말도 안 된다. 사실 이건 질문도 아니고 허락을 구한 거다. 죽일까? 하고. 이들의 상식에선 이해가 되지 않는 행동이겠지.

관리인이 말했다.

"와, 왕자님. 제가 직접 죽이겠습니다. 이 미친년이 감히 여기가 어디라고!"

"오라버니!"

김환성이 흠칫 놀랐다. 두 눈을 끔뻑거렸다.

“아, 아니, 그니까 똥개야. 말을 해봐. 너 왜 그래? 얘 죽이지 말까 그럼?”

“오라버니, 소녀는 오라버니를 정말 성심을 다해 사랑하고 있어요. 오라버니도 그 사실을 알고 계시죠?”

“그러엄!”

김환성은 또 활짝 웃었다. 저 자식 조울증인가?

“오라버니를 사랑하는 소녀가 한 가지 간청을 올려도 될까요? 오라버니께서 허락하신다면 소녀는 오라버니께 진심을 다한 부탁을 하고 싶어요.”

그 말에 김환성은 진지해졌다.

“물어왔은 포기 안 해. 그건 안 들어줄 거야.”

그거 말고 이 자식아, 제발 좀. 이 상황에서 그런 말이 나오냐! 저게 농담이 아니라 진담이라는 게 더 슬프지만.

“먹을 것을 조금만 주신다면 소녀는 행복할 것이어요.”

“왜? 배고파? 역시 똥개는 돼지구나.”

여자의 흐느끼는 소리가 여기까지 들려오는데, 너는 안 들리니? 일반인을 훨씬 뛰어넘는 청력을 가진 네가? 어째서? 어떻게 이렇게까지 무감각할 수 있는 거야? 네 눈에는 나밖에 안 보이냐 이 멍청한 망나니야!

피부와 눈으로 실감하게 된 이 세계는 책으로만 접하던 것보다 훨씬 더 심각했다. 안 되겠다. 망나니 조련을 서둘러야겠어. 이왕에 운 거 좀만 더 눈물을 흘려보자. 미안해 망나니야. 너는 11살이고 나는 정신연령이 35살이란다. 누나가, 아니, 이모가 너 좀만 더 조련하자.

선을 넘지 않는 선에서 둘째 망나니를 조금 더 자극하기로 했다.

"소녀는 오라버니를 사랑하는 마음이 아주 조금 줄어들 것 같은 느낌을 받고 말았어요."

김환성의 표정이 변했다.

김상희가 매우 슬픈 표정으로 말했다.

"소녀는 오라버니를 사랑하는 마음이 아주 조금 줄어들 것 같은 느낌을 받고 말았어요."

나이트인 강기태는 침을 꿀꺽 삼켰다. 아무래도 공주가 제정신이 아닌 것 같다. 왕자와 대등하게 대화를 하는 것 자체만으로도 놀라운 일인데 저런 불경한 말이라니. 심지어 자동차 안에서는 어깨에 머리를 기댄 상태로 침까지 흘리지 않았던가.

'도대체 무슨 일이 벌어지고 있는 건지…….'

강기태에겐 충격의 연속이었다. 사십 평생 이런 괴사는 처음 본다. 곧 더더욱 충격적인 일이 벌어졌다. 왕자가 말했다.

"왜! 내가 뭘 잘못했는데? 내 마력이 너 아프게 했어? 얘가 울어서 그래? 그니까 얘 그냥 죽여 버리자니까? 똥개는 날 엄청 사랑하잖아!"

강기태는 머릿속이 텅 비어버리는 것 같았다. 왕자 입에서 절대 나올 수 없는 말이 나왔다. '내가 뭘 잘못했는데?'라고 공주에게 물었다.

'이, 이, 이, 무슨…….'

도무지 이해할 수가 없었다. 공주가 왕자를 싫어한다? 있을 수 없는 일이다. 만약 그걸 표현한다? 밖에선 그냥 죽여 버릴 수도 있다. 공주들은 바깥나들이를 두려워한다. 공주들은 자신들이 그리 중요한 사람들이 아님을 잘 안다. 왕자를 만들다 실패한 실패작일뿐이라고 스스로를 생각한다. 그래서 밖으로 나와서 제대로 된 보호를 받지 못할 거라고 생각한다. 실제로 어느 정도 사실이기도 했고. 나이트들이 목숨 걸고 공주들을 지키는 편은 아니니까.

'그런데 왕자님이 직접 호위로 따라오고…….'

이건 왕의 승인이 없으면 불가능한 일이다.

'도대체 모르겠군.'

이번엔 공주가 말했다.

"저는 오빠가 가슴이 따뜻하고 아름다운 오빠인 줄로만 생각하고 있었어요. 그래서 소녀는 정말 행복했답니다."

"나 가슴 따뜻해! 진짜야."

김환성이 마력을 피워 올렸다. 그러자 가슴팍에서 작은 불길이 일었다. 그걸로 가슴이 따뜻하다는 걸 증명했다.

그게 아니잖아! 김상희는 소리치고 싶었다.

'이놈은 진짜 여자가 이렇게 당하고 있다는 것에 불쌍하다는 자각 자체가 없어.'

김상희는 열심히 울었다. 자신의 발 앞에 엎드려 먹을 것을 구걸하고 있는 여자를 살짝 껴안아줬다.

"오라버니는…… 사람이 배고파 울고 있는 모습을 보면…… 슬프지 않은가요?"

김환성은 고개를 갸웃했다.

"여자 노예잖아."

그래 봤자 여자 노예인데 배고파 울면 좀 어때? 라는 말이다. 악의가 없는 건 확실했다.

"소녀는 슬프답니다. 소녀는 길가에 강아지가 다쳐서 신음하고 있어도 가슴이 아프고 쓸쓸해요. 오라버니는 그러한 소녀가 미련하고 바보 같다 하실지 모르겠지만…… 소녀는 눈물이 자꾸만 나요."

김환성은 이해를 할 수 없다는 듯 고개를 갸웃했다. 김상희는 김환성을 힐끗 쳐다봤다.

'이제 두 번째다.'

김환성에게 와락 안겼다.

"오빠!"

그리고 엉엉 울었다. 김환성은 오빠 소리를 듣자 씨익 웃다가 이내 당황했다. 그리곤 '우, 울지 마! 알았어. 내가 알아서 할게' 하고 김상희를 달랬다.

"소녀는 오라버니를 믿어요."

"그래. 나만 믿어!"

김환성은 어깨를 쭉 펴고 굉장히 우쭐거렸다. 그리곤 턱을 높이 들고 말했다.

"오빠 믿지?"

오빠란 단어에 미묘하게 힘이 많이 들어갔다.

둘째 망나니가 어디론가 전화를 걸었다.

"요리사 다 데려와!"

바깥으로 나간 12살의 왕자가 갑자기 왕궁에 전화를 걸었다. 12살 왕자가 속한 나이트 제7대대의 인원들이 혹시 몰라 급파됐다. 왕국을 지키는 진정한 수호자인 나이트 제7대대의 32명이 초동부대로 급파되고 이후 42명이 완전무장한 채 출동했다. 총 75명의 나이트가 목화 농장에 투입됐다.

'진짜…… 왕족이란 건 이런 거구나…….'

공주 같은 가짜 왕족 말고, 남자 왕족은 이런 힘을 발휘하는 거구나 싶어 눈앞이 아찔해졌다. 한 명, 한 명이 수백 명을 죽일 수 있는 왕국 최강의 전력 1개 대대가 전화 한 통에 급파되다니. 그것도 완전무장한 채로.

'미쳤어 진짜…….'

그뿐만 아니라 망나니의 명령에 왕궁 요리사 4명이 헬기로 급파됐고 주변의 요리사 80명과 1톤 트럭 12대, 밥차 7대, 이유는 모르겠지만 럭셔리 세단 3대-아마도 왕자님의 특별 파티라고 오해한 듯싶다-가 목화 농장에 찾아왔다. 아빠란 개차반은 아바마마란 단어를 사전에서 지워 버리고 왕자란 망나니는 주변 요리사를 호출해서 요리사 80명을 불렀다. 뭐 이런 어처구니없는 경우가 다 있나 싶다. 그것도 심지어 여자 노예들을 배불리 먹이기 위해 남자 요리사를 부른다니, 이건 파격 중의 파격이었다.

나는 '오빠 최고!'라면서 망나니에게 매달렸고, 덕택에 우리의 망나니는 함박웃음을 지었으며, 우리의 강기태 씨는 두 눈을 꿈뻑거리며 상황을 이해하고자 애썼다.

'그래요. 문화 충격이겠죠. 여자 노예를 위해 요리사 80명을 부르다니.'

사실 본질을 따져보면 그건 아니다. 이 망나니는 자신이 '믿음직한 오빠'임을 강조하기 위해 스케일 크게 움직인 것일 뿐이다. 어쨌든 결과만 놓고 보면 여자 노예를 위해 요리사 80명을 부른 것처럼 됐다. 그리고 긴급 상황으로 착각한 나이트들이 급파됐다가 다시 돌아갔고 말이다.

아무래도 김환성은 '물어왓!' 이후로 또 다른 말에 재미가 들린 것 같다. 녀석은 우쭐대며 또 말했다.

"오빠 믿지?"

이건…… 믿을 수밖에 없는 스케일이잖아. 나는 해맑게 웃으며 김환성에게 안겨 애교를 부려댔다. '오라버니 최고!'라는 칭찬은 덤이었다.

여자 노예들에게 하루간의 휴식과 풍성한 음식이 주어졌다. 경비는 우리 둘째 망나니가 대주기로 했다. 여자 노예들은 내 앞에 엎드려 울면서 감사를 표했다. 머리를 바닥에 쿵쿵 찧어대며 절을 하는데 마음이 짠했다.

김환성이 말했다.

"그리고 사장님한테는 슈퍼맨 망토 줄게."

"아이고, 왕자님. 이 귀한 것을……."

슈퍼맨 망토는 희귀한 마력 도구다. 당연히 가격도 비싸다.

우리의 믿음직한 나이트 강기태 씨가 물었다.

"사장님, 오늘의 피해는……."

노예들이 쉰다. 그럼 당연히 하루치 손해가 발생한다. 그러자 반쯤 대머리인 사장이 손을 내저었다.

"아이고, 아닙니다. 남자들이 마력을 써서 빠르게 일을 해버렸습니다. 보수도 정당하게 지급했고요."

그 말을 듣고 난 또 화가 났다. 남자들은 여자보다 훨씬 더 강하고 할 수 있는 게 많다. 각종 기계도 사용이 가능하다. 여자들이 몇 시간 걸려서 할 일을 남자들은 몇 분이면 할 수 있다. 그런데 굳이 여자들을 부려먹는다. 채찍질하는 그 시간에 남자들이 조금만 움직이면 되는데. 이 세계…… 진짜 마음에 안 든다. 진짜…… 이런 거 너무 싫어.

"게다가 이 귀한 슈퍼맨 망토까지……."

김환성이 키득대며 말했다.

"형아한테 빼앗은 건데 어차피 난 필요 없어."

그래, 넌 천재니까. 이런 거 필요 없겠지. 왕자들은 선물로 이런 것도 받고 참 좋겠다. 아, 생각해 보니 화나네. 내 생일 땐 뭐 아무것도 없던데. 내가 여자 노예들에게 해줄 수 있는 건 겨우 하루치의 휴식과 맛있는 음식을 주는 것밖에는 없었다. 이것도 내 힘이 아니라 김환성을 조종(?)해서 할 수 있었던 거다.

"똥개 새끼, 넌 울면 안 돼."

"……네?"

"똥개를 울리는 건 주인만 하는 거야. 울려도 내가 울려. 그리고……."

아, 안 돼. 여기서는 안 돼. 안 된다고! 참아, 이 망나니야!

"물어왔!"

……헝겊 인형이 하늘을 갈랐다.

너 이 자식, 죽이고 말 거야. 죽이고 만다고. 여자 노예들도 있는 자리에서 진짜. 내 자존심과 체면은 어떡하냐고. 젠장.

그렇다고 다들 보는 앞에서 왕자의 명령을 무시할 수도 없는 노릇이다. 나는 행복한 얼굴로 달려가서 '물어왔은 사랑입니다'를 주장하는 듯한 상큼한 표정으로 김환성에게 헝겊 인형을 전해 줬다. 아, 쪽팔려. 쪽팔려 죽고 싶다.

이봐, 날 그렇게 부러운 듯 쳐다보지 말라고…… 는 그럴 수도 있겠구나. 사실 내가 내 처지를 비관할 수는 없는 거지. 노예들 앞에서.

'맞아. 나는 저들에 비하면 진짜 행복한 거야.'

지금 당장은 내가 뭘 할 수 있는 게 없다. 앞으로도 뭔가 할 수 있을지. 없을지도 모른다.

'뭔가…… 방법을 찾아야 하는데…….'

아직 잘 모르겠다. 내게 마력이 있는 것도 아니고 엄청난 권력이 있는 것도 아니다. 이 세계를 바꾸고 자시고 할 것도 없이 내 몸 건사하기도 쉽지 않다.

그런데 다음 날, 아주 약간의 희망이 생겼다. 두 번째 목적지에서 말이다.

'이건…….'

제4장
아빠냐, 약혼자냐?

내 두 번째 행선지는 고대 문서 박물관이었다. 목화 농장 때와는 다르게 박물관 관장이 직접 나왔다. 당연히 나 때문은 아니었다.

"왕자님께서 직접 방문해 주시니 무한한 영광입니다."

내가 알기론 고대 문서 박물관의 관장이면 사회적으로 꽤나 지위가 높은 사람이다. 물론 나이는 모른다. 남자는 약 30세가 넘어가면서부터 노화가 멈추는 편이니까. 과장을 조금 하자면 죽을 때까지 젊은 모습으로 살아간다. 물론 개인마다 차이는 있다. 우리 둘째 망나니 같은 마력 운용의 천재들은 정말 젊은 모습으로 죽을 때까지 산다. 어제 봤던 목화농장의 사장 같은 경우는 반쯤 머리가 벗겨진 중년의 모습이었다. 다시 말해 우리 둘째 망나니 같은 천재는 아니었다는 뜻이다.

어쨌거나 둘째 망나니, 강기태 씨, 그리고 나는 박물관 안으로 향했다.

"왕자님께서 공주의 나들이에 직접 참여하시다니, 정말 놀라운 일이군요."

"공주 아닌데?"

"예?"

너 설마, 설마. 그건 아니겠지.

"내 똥개야."

닥쳐! 난 네 똥개가 아니야. 난 사람이라고. 영장류란 말이다!

"아……."

그리고 당신, 박물관의 관장쯤 되면 엄청 유식한 사람 아냐? 근데 왜 그렇게 진지하게 고개를 끄덕여? 끄덕이지 말라고. 제길, 난 사람이라고. 공주라고. 엉엉.

나는 박물관 안에 들어섰다. 고대 문서를 기록한 박물관. 고어로 기록된 문서들이 꽤나 많이 전시되어 있는데 관광객 몇 명이 나를 힐끗힐끗 쳐다봤다. 그래, 그렇겠지. 신기하겠지. 감히 여자 따위가 박물관에 들어오다니. 그래도 내 옆에 남자 둘, 아니, 셋이 있는 것을 보고 귀족가의 여식이겠거니 생각하는 모양이다.

어쨌든 나는 박물관장의 안내를 받았다.

"이쪽은 해석이 불가능한 고대 문서들입니다."

안내에 의하면 지금은 해석이 전혀 불가능한 고대 문서들이라고 했다. 그런데.

'이건…….'

내 눈에 낯익은 글자들이 보였다.

'한글……?'

한글이다. 해석이 불가능한 언어라기에 도대체 뭔가 싶었는데 한글이라니. 이런 일이 있을 수가 있나 싶다.

"아마도 마력의 기원에 관한 심오한 내용이 있을 거라 짐작되는 문서들입니다."

강기태 씨가 흥미를 보였다.

"어째서 그렇게 유추하고 있죠?"

"마력을 사용해도 복원과 해석이 전혀 불가능합니다. 이 문서 자체가 지금의 마력보다도 더 상위 개념의 어떤 마력에 의해 보호받거나 간섭받고 있을 확률이 매우 높습니다. 따라서 학자들은 마력의 기원 혹은 지금보다 상위 등급의 마력에 관한 내용이라 유추하고 있는 것입니다."

그래, 너 박물관장 맞기는 맞구나. 김환성이 심각한 얼굴로 고개를 끄덕였다.

"아저씨."

"예, 왕자님."

"있잖아."

"예."

"배고파."

김환성은 마력의 기원이나 상위 등급의 마력 같은 건 아무래도 관심이 없는 듯 보였다. 나를 보며 활짝 웃었다.

"똥개, 배 안 고파?"

그래, 안 고파. 넌 아까 밥을 그렇게 먹고 나서 또 배가 고프니? 그리고 똥개라고 좀 안 하면 안 되냐? 상희라는 예쁜 이름 놔두고 왜 자꾸 똥개래. 내가 언젠간 네 입에서 상희라는 이름이 나오게 하고 만다.

"오라버니."

"응?"

"소녀가 오라버니께 한 말씀 올려도 될까요?"

"뭔데?"

"소녀는…… 이 글자를 읽을 수 있는 것 같아요."

상위 등급의 마력? 마력의 기원? 개뿔. 저건 한글이다. 내가 읽은 바를 곧이곧대로 나타내면 다음과 같다.

오늘의 일기.

날씨: 맑금. 오늘은 아빠랑 싸웠따. 아빠는 나쁘다. 하지만 나는 차칸 어린이이므로 화를 내지 안았다.

박물관에 안치된 해석 불가능한 고대 문서는 어린아이의 일기장이었다. 그것도 고대 어린아이의 일기장. 또 이런 것도 있었다.

요즘 애들은 버릇이 업다.

최소 3천 년 전이라고 하는데, 최소 3천 년 전 고대인들도 버릇이 없었던 모양이다. 상황을 알게 된 내 가정교사 알렉스 씨가 헬기를 타고 날아왔다.

"아니, 공주님. 정말 사실입니까?"
알렉스 씨뿐만 아니라 왕궁 학사 3명이 같이 왔다.
'처신 잘해야 해.'
나는 너무 뛰어나면 안 된다. 공주 따위가 너무 잘난 체해서도 안 된다. 남자들에게 감히 도전하는 모양새를 취할 수는 없다. 내가 정말 강한 힘을 갖고 있다면 모를까, 이 세계에서 그런 건 허락되지 않는다.
"소녀가 잠시 정신을 잃은 것 같아요. 어째서 저는 이 글씨를 읽을 수 있는 걸까요? 소녀는 너무 두려워요. 소녀 안에 악마가 들어 있는 게 아닐까요?"
악마는 아니고 아줌마가 들어 있다. 알렉스 씨는 흥분했다.
"공주님의 천재성은 이미 입증되어 있습니다. 해독이 가능하다면 어떤 내용이 있는지 말씀해 주세요."
나는 곧이곧대로 얘기를 해줬다. 알렉스 씨의 얼굴이 시뻘게졌다. 정말 흥분한 모양이다.
"이럴 수가……!"
왕궁 학사 3명도 놀랐다.
"그런 식으로 해석을 할 수 있다니……!"
"우리는 드디어 해석의 방법을 찾게 된 것 같습니다."
"시간은 좀 걸리겠지만 분명 가능합니다! 이건 세기의 발견입니다."
솔직히 조금 미스터리하다. 마력으로 인해 천재적인 두뇌를 가진 이들이 왜 한글을 해석하지 못하고 있었는지 잘 모르겠다. 그러나 내가 해석한 내용을 읊어주자마자 이들은 고대 문서 해석이 가능하게 됐다. 내가 읽어준 것을 바탕으로 해석 방법을 찾아낸 거다. 다시 말해 보자마자 한글을 깨우쳤다고나 할까.

“공주님, 공주님은 정말 왕국의 보물이십니다.”

그러자 박물관장이 입을 쩍 벌렸다. 우리 강기태 씨도 마찬가지다. 세상에 어느 여자가 ‘왕국의 보물’이라는 말을 들을 수 있을까. 물론 우리 알렉스 씨는 좀 개방적이고 여자에 대해 관대한 편이다. 그래서 이런 말을 할 수 있는 거긴 하다.

둘째 망나니는 킥킥대며 웃었다.

“똥개는 똥개야. 보물 아냐.”

닥쳐, 이 망나니 자식아. 이름 모를 왕궁 학사 중 한 명이 고개를 갸웃했다.

“어째서…….”

제발 묻지 마. 어째서 똥개냐고 묻지 말아줘…… 는 이미 물었다. 김환성이 씨익 웃었다. 나 저 웃음 싫다. 진짜 싫다. 이제 내가 어째서 똥개인지 기어코 증명하고 말겠지.

김환성이 팔을 들어 올렸다. 당연히 손에는 헝겊 인형이 들렸다.

“잘 봐. 왜 똥개인지!”

보지 마. 이딴 거 하지 말라고! 싫다고! 박물관 내 정숙 모르냐 이 철부지 왕자야!

“물어왓!”

정숙해야만 하는 박물관 내에 ‘물어왓!’이 메아리쳤다. 헝겊 인형이 또 날았다. 나는 행복한 미소를 지으며 뛰었다.

……언젠가 반드시 죽여 버릴 거야. 망.나.니. 이때까지 난 이 고어를 해석할 수 있게 되었다는 것이 내게 어떤 영향을 끼치게 될지 알지 못했다.

곽씨 후작가의 막내. 곽기현은 싱글벙글 웃었다. 방학을 맞이해서 고려 왕국으로 돌아가는 중이다. 마력으로 구동되는 최고급 세단 뒷자리. 곽기현은 검지로 한진수를 콕콕 찔렀다.

"간만에 왕국으로 돌아가네. 그런데 웬일이야? 집으로 바로 안 가고?"

"들를 곳이 있어."

"어딘데?"

"고대 문서 박물관."

"거긴 왜?"

"몰라도 돼. 넌 내려."

"야, 방학이야 방학. 아무리 네가 노력형 초천재라도 좀 놀자 놀아."

곽기현은 고개를 절레절레 저었다. 이 엄청난 천재가 심지어 노력까지 한다. 이건 아무래도 반칙이 아닌가 싶다. 천재면 천재답게 좀 놀아야 하는 거 아닌가 싶다.

"진수야, 난 네 모든 면이 다 좋고 사랑스러운데 이것만 좀 고치자."

"뭐?"

"공부 좀 그만해. 징그러워."

"……."

자동차 문이 열렸다. 곽기현이 연 건 아니다. 바람이 씽씽 들어왔다. 당연하다. 이곳은 황야에 만들어진 고속도로고 자동차는 시속 100㎞가 넘는 속도로 달리고 있는 중이다. 차문을 열면 당연히 바람이 들어온다. 곽기현의 얼굴이 시퍼렇게 질렸다.

“설마…….”

설마가 맞았다. 한진수가 곽기현을 발로 뻥 찼다. 시속 100㎞로 달리던 자동차 안에서 남자 하나가 튕겨져 나갔다.

“진수야아아아!”

목소리가 순식간에 멀어졌다.

“한진수우우우우!”

목소리가 이제 거의 들리지 않게 됐다. 운전기사가 뒤를 힐끗 쳐다봤다. 한진수가 말했다.

“그냥 가요.”

“하지만…….”

“저래도 안 죽습니다. 우리는 고대 문서 박물관으로 갑니다.”

“알겠습니다.”

고려 왕국 내 고대 문서 박물관.

시가 3억 원이 넘는 초호화 럭셔리 세단이 도착했다. 문이 열렸다. 한진수가 내렸다. 운전기사에게 말했다.

“여기서 대기하세요.”

“예.”

운전기사는 고개를 갸웃했다. 뭐랄까, 정확하게는 모르겠는데 한진수의 표정이 약간 상기된 것 같은 느낌이 들었다.

‘에이…… 설마. 아니겠지.’

착각이라고 생각했다. 한진수는 언제나 무표정이다. 심지어 곽기현과 농담을 할 때에도 무표정이라서 저게 농담인지 진담인지 헷갈릴 때도 많다. 그런 한진수인데 뭔가 상기된 표정이라니. 그건 말도 안 된다.

'고대 문서에 그렇게 관심이 많았던가……?'

하기야 제국 내에서도 천재 중의 천재. 비교 자체가 불가능한 엄청난 인재라 하니 고대 문서에도 관심이 있을 수도 있겠다는 생각이 들었다. 한진수가 걸음을 옮겼다.

물어왓!이 메아리쳤고 헝겊 인형이 날았다. 이 자식. 지금 마력 썼어. 마력 썼다고 망할 망나니 같으니라고. 헝겊 인형이 총알처럼 대기를 갈랐다. 그냥 가르면 내가 말도 안 한다. 이 헝겊 인형은 누군가 조종이라도 하는 것처럼 지그재그로 마구 날아다니며 내게서 멀어졌다. 거기서, 이 헝겊 인형!

'응……?'

망했다. 헝겊 인형을 쫓다가 누군가와 부딪쳤다. 이 망나니 자식아! 너 때문이잖아! 다시 한 번 말하지만 나는 이곳에서 힘이 없다. '고대 문서 해독 능력'이라는 키를 갖고 있었지만 이놈의 천재적인 남자들이 해독하는 방법을 알아버렸다. 그러니까 그 키는 이제 쓸모없다. 어쨌든 나는 정말 약체 중의 약체다.

"이봐, 아가씨. 감히 무슨 짓이야? 천박한 몸을 어디다 갖다 대?"

남자에게 보호받지 못하는 귀족가의 여식은 평민가의 계집과 별로 다를 게 없다.

"죄, 죄송합니다."

얼른 사과를 했다. 이거 어차피 나 혼자서는 해결 못하는 상황이다.

"왕자님께서 던지신 것이라……."

왕자라도 팔아먹어야 이 위기를 넘어갈 수 있을 거다. 그래도 왕자가 던진 걸 줍다가 부딪쳤으면 핑계라도 되니까.

"지금 그걸 핑계라고 들이대는 거야? 앙? 이게 진짜 미쳤나. 앞 안 보고 다녀? 건방지게 계집애 따위가 감히 남자를 쳐?"

'아뇨. 이봐요. 몸뚱이는 산더미만 한 당신이 겨우 9살 계집애한테 부딪쳤다고 이렇게 화를 내요? 이해가 안 되는 건 아니지만 굳이 이럴 필요까지는 없잖아'는 물론 내 생각이고 나는 최대한 공손하게 허리를 숙였다.

"정말 죄송합니다."

그런데 이 남자가 나한테 화를 내는 건 아무래도 그냥 핑계였던 것 같다. 뭔가 끔찍한 기분이 들었다. 이 비슷한 느낌을 여러 번 느껴본 적이 있다. 지구에서도 그랬다. 내가 좀 야한 옷을 입거나 맨다리가 드러나는 옷을 입으면 느껴지던 그 기분 나쁜 시선들.

"죄송하면 그 값을 치러야지? 엉?"

남자가 내게 가까이 다가왔다. 내 어깨에 손을 얹었다. 비루한 몸을 가진 내가 봐서 그런지는 몰라도 몸집이 상당히 컸다. 나는 감히 여기서 소리를 지를 수는 없다.

"처녀 같은데?"

츄릅 하고 끔찍한 소리가 들렸다. 입맛을 다시는 듯한 그런 소리였고 온몸에 소름이 돋았다. 그래도 비명은 지를 수 없다. 나는 천박한 계집아이니까. 대신 크게 말했다.

"소녀를 용서해 주시어요."

어쨌든 내 목소리만 들리면 장땡이잖아. 우리 망나니. 이 정도면 충분히 들었을 텐데. 나는 겉으로는 바들바들 떨었다. 물론 실제로도 무섭다. 아무리 망나니가 올 거라고 생각은 하지만 그래도 무서운 건 무서운 거다. 나 혼자서는 아무것도 할 수 없으니까.

그런데 망나니는 안 나타났다. 망나니는 그렇다 치고 어째서 강기태 씨까지 나타나지 않는 건지 도대체 모르겠다. 원래대로라면 강기태 씨가 인형을 대신 낚아챘어야 했는데.

"그쯤 하지?"

망나니의 목소리가 아니었다. 여기서 결코 들을 리 없는 목소리였다. 저 쿨하고 시크한 목소리, 분명히 익숙한 목소리다.

'개차반……? 쟤가 여기 왜……?'

덩치가 인상을 찡그렸다.

"넌 뭔데 갑자기 끼어들어?"

개차반이 도대체 여기 왜? 라는 의문은 일단 뒤로하고서 나는 한달음에 달려갔다.

"아빠!"

이름하여 '무서워쪄, 힝. 혼내줘 아빠!'라는 걸 온몸으로 표현하는 중이다. 아니, 사실 진짜로 무서웠다. 이건 가식이 아니라고. 진짜야.

나는 개차반의 다리에 매달렸다. 개차반은 언제나 그렇듯 쿨하고 시크한 표정으로 날 쳐다봤다. 이봐, 당신 딸 지금 백주대낮에 그것도 박물관에서 험한 일 치를 뻔했다고. 뭔가 분노한 표정이라든가 그런 거 없어? 아, 그런 거 없지.

덩치가 인상을 팍 썼다.

"너 뭐냐고?"

개차반이 시크하게 말했다.

"나 얘 아빤데."

그리고 나는 깜짝 놀라 몸을 부르르 떨었다. 여기 분명 아무도 없었던 것 같은데 수십 명의 나이트가 갑자기 나타났다. 나는 알 수 있었다. 이들은 고려 왕국 나이트 중에서도 최정예. 왕 직속 나이트. 왕 친위부대라 알려진 나이트 제1대대. 스페셜 나이트라 불린다는 그들이다. 대규모 화력전보다는 침투, 은신, 살인 등의 게릴라전에 특화된 이들이라고 알고 있다. 내가 알고 있는 건 딱 거기까지다. 고려 왕국의 스페셜리스트 제1대대. 스페셜 나이트 수십 명이 여길 둘러싸고 있었다.

"빨리 말 안 해서 미안한데, 참고로 나 왕이야."

"이, 이, 무슨……!"

"얘네는 내 직속 나이트들이고. 안 움직이는 게 좋을 거야. 충성심이 과도한 친구들이거든."

개차반은 머리를 긁적거렸다. 영락없이 동네 오빠 같은 느낌이다. 이봐, 너 왕이잖아. 반바지에 반팔 티셔츠가 도대체 뭐냐. 이 왕 뭔가 좀 이상해. 이상하긴 한데 확실히 왕 맞다. 저 스페셜 나이트는 어지간해서는 모습을 드러내지 않는 특수 집단이다. 그런 스페셜 나이트가 지금 수십 명 모습을 드러냈다. 이것만으로도 엄청난 일이다. 그런데 저 쿨시크한 개차반은 엄청난 일을 벌였다는 자각 자체가 없는 듯 뚱한 모양새다. 그냥 동네 구경 나온 듯한 저 포스는 도대체 뭐냔 말이다.

"박물관장 데려와."

"예!"

누군가 한 명이 사라졌다. 그리고 박물관장과 함께 나타났다.

"박물관장."

"예, 폐하."

"이 박물관 누구 거야?"

"저와 친구 한 명이 소유하고 있습니다."

"내가 살게."

"예?"

"문서들 말고 건물만 팔아. 시가 2배 쳐준다."

"그, 그 무슨……."

이봐, 미쳤어? 아빠 당신. 시가 2배라니. 무슨 부동산 투기를 하겠다는 것도 아니고. 개차반은 덩치에게 가까이 다가갔다. 그리곤 덩치의 손을 잡고 들어 올려 자신의 머리를 가져다 댔다. 그 상태에서 개차반은 성의 없이 말했다.

"아. 아파. 이거 왕 시해 혐의네. 여기 문화재 옮기는 즉시 폐쇄해. 감옥으로 지정한다. 얜 오늘부터 옥살이."

뒤늦게 현장에 도착한 왕궁 학사 3명이 고개를 끄덕였다.

"새로운 감옥이군요."

"안 그래도 감옥을 증축해야 한다는 주장이 있었는데…… 이곳이 지리적으로 보면 괜찮은 장소이긴 하죠."

"규모도 적당하고 보안 시설도 잘 갖춰져 있고…… 좋군요. 예산이 문제인데……."

"예산은 폐하께서 사비로 부담하신다는 것 같은데요."

말도 안 되는 일이다. 왕의 사비로 감옥을 짓는다니. 이건 엄연히 공적인 자금으로 진행되어야 하는 일이다. 아무리 왕이 성군이라고 해도 한두 푼도 아닌 돈을 그냥 낼 리는 없지 않은가.

개차반이 말했다.

"세금이라 쳐."

알렉스만 상황을 이해한 듯 고개를 끄덕였다.

"오늘부터 여기 감옥으로 개조합니다. 첫 번째 수감자는 저 남자가 되겠군요."

물론 모함이다. 스페셜 나이트들이 있는 자리에서 왕을 시해하려고 했다? 이건 말도 안 되는 일이다.

"그래서 팔 거야, 말 거야?"

"파, 팔겠습니다."

이봐요. 박물관장 아저씨. 당신 웃음 참는 거 다 보여. 저 사람 입장에선 대박 난 거다. 사실 이곳은 박물관치고 위치가 좋지 못했다. 도시에서 차를 타고 한참을 이동해야 하니까. 쓸데없이 규모도 커서 유지비도 많이 들 테고. 그런데 시가의 2배를 쳐준다니 저 아저씨 입장에선 날로 먹는 장사다. 그런데 다른 말로 하자면 왕은 엄청 손해 보는 거다.

'왕이 바보는 아닐 텐데 도대체 왜…… 그리고 여긴 왜 있는 거야……?'

어쨌든 새로운 감옥이 생겼다.

몇 분 전.

셋째 왕자 김환성은 아무 말도 못 했다. 자신의 마력보다 더 강한 마력을 가진 누군가가 헝겊 인형을 조종했기 때문이다. 강기태 역시 아무 말도 못 했다. 아니, 아무 말도 할 수 없다. 왜냐하면 그 사람이 왕이니까.

"아부지, 아부지도 이제 물어왓 시키는 거예요?"

"……."

김환성이 발을 동동 굴렀다.

"아부지! 지금 내 똥개 위험하다니까요?"

"기다려."

강기태는 또 신세계를 봤다. 공주에게 위험이 닥쳤다고 해서 왕자가 안절부절못하다니. 그의 상식으로는 있을 수 없는 일이다. 요즘 김상희 공주와 함께 다니면서 놀라움에 놀라움에 놀라움을 경험하고 있다.

"좋아."

이제 좋은 등장이겠군. 김훈상이 말했다.

"너희는 여기 가만히 있거라."

그리고 걸음을 옮겼다. 김훈상이 멀어지고 나서 김환성이 고개를 갸웃했다.

"뭐지? 아부지 도대체 왜 저래?"

자리에 함께 있던 알렉스가 설명을 해줬다.

"극적인 등장을 위해서라고 사료됩니다."

"극적인 등장?"

알렉스는 인자한 웃음을 지으며 고개를 끄덕였다. 왜, 그런 거 있지 않습니까? 위기에 빠진 히로인을 구하는 히어로요. 그런 거 말입니다. 그 말은 삼켰다.

알렉스가 다시 의견을 냈다.

"아마 이곳을 감옥으로 만들어버리시겠지요."

다른 학자들은 그제야 고개를 끄덕였다.

"아, 그렇다면 이곳을 감옥으로 만들기 위한 일종의 명분을 얻고 계신 거군요."

"일단 왕족 시해 시도가 일어난 곳이니…… 명분은 충분하겠군요. 안 그래도 이곳을 눈독 들이고 있었는데."

역시 왕은 대단했다. 쓸모없는(?) 딸로 일부러 트러블을 만들고 나서 여길 감옥으로 만들어버리겠다는 발상.

"아마 예산은 왕께서 사비로 충당하실 가능성이 큽니다."

"그렇군요. 역시 왕은 하늘이 내린 성군이십니다."

알렉스만 쓰게 웃었다. 왕이 대단한 게 맞긴 맞는데 아무래도 이건 그거랑은 거리가 좀 있어 보였다. 감옥 만들려고 군이 행차한 게 아닌 걸 안다. 김상희 공주가 고어를 해석할 수 있다는 보고가 올라가자 부랴부랴 옷도 안 갈아입고 출발했다. 원래 왕이 어디 나가려고 하면 며칠 전부터 계획을 세워서 철저한 보안을 유지한 상태로 움직인다.

그런데 이번엔 왕 직속 스페셜 나이트들만 데리고 빠르게 출발했다. 어디 쳐들어가는 것도 아닌데 수십 명을 데리고 왔다. 이게 도대체 무슨 난리란 말인가. 만약 타국이 알았다면 게릴라 전쟁이라도 펼치는 줄 알았으리라. 알렉스는 키득거렸다.

'김상희 공주님이 어지간히도 보고 싶으셨나 보군. 자각은 못하겠지만.'

다른 학자들이 물었다.

"도대체 왜 그렇게 웃는 겁니까?"

"아닙니다. 폐하의 은덕에 감사한 마음 때문에 웃음이 절로 나는

군요."

너무 빨리 출발하느라 제복도 못 입으신 그 모습이 귀엽기도 하고.

알렉스는 그 말은 삼켰다. 그리고 박물관에서 이상한 덩치와 마주쳤을 때, 왕이 이 박물관을 매입하기로 했을 때 그는 또 속으로 생각했다.

'저 덩치를 지금 당장에라도 감옥에 처박아 버리고 싶으신 게로군. 여길 바로 감옥으로 만들어 버리실 만큼.'

아무도 모르고 있겠지만 저 왕 지금 흥분했다. 그래서 시가의 2배로 박물관을 매입했다. 덕분에 예산 문제도 해결됐다. 일석이조였다.

한진수는 이상함을 느꼈다. 엄청난 마력들이 느껴진다. 이 정도의 위압감. 일전에 왕을 봤을 때와 비슷한 느낌이다.

'왕께서 이 자리에 있을 리는 없고…… 도대체 누구지……?'

걸음이 빨라졌다. 이런 기운이라니. 반역을 모의하기라도 하는 것 같은 불길한 예감이 들었다.

'폐하……?'

그런데 왕이 보였다. 반바지에 반팔. 후줄근한 차림이지만 왕이 분명했다. 왕의 다리엔 김상희 공주가 매달려 칭얼대고 있었다.

"아빠가 오셔서 소녀는 너무나 행복해요. 정말이어요. 이게 꿈일까요, 생시일까요? 꿈은 아니겠죠? 그렇죠, 아버님?"

왕은 귀찮군 하고 김상희 공주를 슬쩍 밀어냈다. 그러나 김상희는 그런 것에 아랑곳하지 않고 이번엔 왼쪽 다리에 매달려 볼을 비벼댔다.

"소녀는 요 3일간 아빠가 정말 보고 싶었답니다! 그런데 아빠를 뵈

오니 너무나 기뻐요. 하늘을 날아갈 것 같아요."

그러다가 문득 움직임을 멈췄다.

"제가…… 아빠라고 불러서 언짢으셨나요? 죄송해요 아버님. 뜻밖의 장소에서 아버님을 뵌 것이 너무나 기뻐 저도 모르게 그만……."

그때, 김상희가 한진수를 쳐다봤다. 세상에. 이게 무슨 난리야. 왕에 스페셜 나이트에 이번엔 왕국 최고의 천재 한진수까지. 이 박물관 뭐야 도대체. 김상희는 순간 찔끔 놀랐다.

기억 속 한진수와 똑같은 모습. 김상희는 저도 모르게 눈물이 찔끔 새어 나왔다. 이유는 알 수 없었다. 그저 과거의 한진수가 떠올라 버렸다. 사랑한다고 한마디조차 하지 못하고 떠나왔다. 그 미련이 남아서일까. 기어코 눈물 두 방울이 뚝뚝 떨어져 내렸다. 그리고 그 눈물을 왕도 봤다.

"……."

김상희는 옷매무새를 가다듬고 한진수 앞으로 걸어가 가슴팍에 손을 얹고–아직 발육도 안 됐지만–한진수에게 공손하게 인사했다.

"안녕하시어요? 오랜만에 뵈어요."

한진수는 김상희를 무시하고 왕 앞으로 걸어가 공손히 허리를 숙였다. 왕에게 먼저 인사하는 것이 당연한 일이니까.

"폐하, 간만에 뵙습니다."

"그래. 제국에서 고생이 많다."

"아닙니다. 왕국에 작은 도움이라도 될 수 있다면 열심히 노력하는 것이 맞겠지요."

"벌써 믿음직스럽군."

둘 사이에 묘한 긴장이 감돌았다.

한진수와 개차반을 여기서 볼 줄은 몰랐다. 아니, 뭣보다 왕씩이나 되는 작자가 도대체 이런 박물관엔 왜 온 거야? 이해가 안 되네. 다짜고짜 사람을 현행범으로 체포하고 건물을 감옥으로 만들어버리는 스케일 큰 짓을 또 벌였다. 정말 스케일 하난 대단한 작자다. 문제는 그게 아니다.

나는 헝겊 인형을 주웠다. 이건 망나니의 것이 아니다. 망나니의 것보다 훨씬 고급스럽고 비싸 보인다. 헝겊 인형 따위가 비싸 봐야 얼마나 비싸겠냐고. 나도 정확히는 모르겠는데 알렉스 씨가 엄청나게 귀한 보물이라고 깜짝 놀라는 걸로 봐선 아주 대단히 비싼 물건일 것 같다.

내 앞에 두 남자가 보였다. 한 명은 아버지요, 한 명은 약혼자다.

"폐하, 당연히 폐하께서 받으셔야……."

"아니, 너야말로 약혼자이지 않느냐? 네게도 자격이 있다."

이번 물어왓은 평범한 물어왓이 아니다. 저 개차반이 도대체 무슨 생각인지 이 엄청 비싼 헝겊 인형을 던져 놓고서 둘 중에 한 명한테 주워 주란다. 개차반마저 날 똥개 취급한다는 사실은 둘째 치고 이 상황 엄청 살벌하다.

둘 모두 서로가 받아야 한다며 미루고는 있으나, 뭔가 팽팽한 긴장감이 감돌았다. 이건 무슨 엄마가 좋아, 아빠가 좋아도 아니고. 9살짜리 어린애를 두고 지금 이게 뭐하는 짓이냐! 장난으로 던진 돌에 개구리는 맞아 죽는다고!

이 헝겊 인형을 누구에게 줘야 하나. 코카콜라라도 해야 해? 나 어떡해? 쟤들은 장난인데 나는 정말 긴장된다. 도대체 나한테 왜 이러는 거야.

한진수는 그래도 왕 앞이라고 무게를 잡으며 말했다.

“그대는 내가 아닌 폐하께 인형을 드리도록 하라.”

“아니, 네 약혼자에게 주도록 해라.”

저들에게 가까이 걸어가는 이 순간이 왜 이렇게 길게 느껴지는지 모르겠다. 개차반한테 줄까, 약혼자한테 줄까를 수십 번 고민했다.

바로 앞에 두 남자가 보였다. 나보다 키가 훨씬 큰 이 두 놈은 아무 말도 않고 나를, 아니, 정확히 말하면 이 값비싼 헝겊 인형을 뚫어져라 쳐다보고 있었다.

‘엄마가 좋아, 아빠가 좋아?’가 ‘아빠가 좋아, 약혼자가 좋아?’로 바뀌었다.

나는 선택했다.

곽기현은 터덜터덜 걸었다.

“에이 씨, 그렇다고 고속도로에서 진짜 차 버리냐?”

친구를 원망했다.

“아니, 인간적으로 나 한 명 더 탔다고 속도가 느려지는 것도 아니고. 나 안 태우면 그래 봐야 한 3초 빨리 도착할 텐데, 그렇다고 날 버려? 네가 그러고도 친구냐? 앙?”

마력으로 구동되는 세단이다. 사람이 많이 타면 그만큼 속도가 느려진다. 물론 거의 차이는 없다. 수백 킬로미터를 이동하고 나면 그래 봐야 1, 2초 정도 차이 날까 말까다. 그런데 그 차이 때문에 자신을 버렸다.

"치사하고 더러운 놈! 내가 이거 평생 안 잊는다!"

그로선 도무지 이해할 수가 없었다. 그래 봐야 딱 한 번 봤다. 그것도 그 공주가 4살 때 한 번 봤을 뿐이다. 그 이후 5년 동안 한 번도 보지 못했는데 친구가 왜 이러나 싶다.

'내가 모르는 뭔가가 분명 있어.'

친구는 티를 내지 않고 있지만 기현이 보기에 진수는 분명 그 공주에게 과도한 관심을 쏟았다. 제국의 제6황녀 프리지아의 대시마저도 철저하게 무시해 버릴 만큼 말이다.

'그 꼬맹이한테 진짜 뭔가 있는 건가?'

걸음을 옮겼다.

'꼬맹이를 한번 찾아가 봐야겠어. 분명 뭔가 있어. 그렇지 않고서야 4살 때 한 번 봤을 뿐인 9살 꼬맹이한테 반했을 리 없잖아.'

그 시각, 9살 꼬맹이는 헝겊 인형을 누군가에게 건네고 있었다. 그 꼬맹이는 속으로 절규했다.

'도대체 이 자리에 왜 이 인간들이 있는 거냐고!'

그리고 생각했다.

'생각하자. 생각하자. 가장 지혜로운 방법을 떠올려야 해.'

제5장
밝혀지는 능력. 나를 때려봐라

나는 인형을 한진수에게 건넸다. 내 착각인지 모르겠지만 나는 순간 이 박물관, 아니, 이 감옥 전체가 부르르 떨리는 것 같은 느낌을 받아야만 했다. 모르겠다. 착각인지 아닌지. 다만 가만히 있던 유리창 하나가 갑자기 깨져서 좀 놀라긴 했다.

나는 인형을 한진수에게 건네주고 개차반 앞으로 걸어갔다. 그리고 팔을 벌렸다. 안아 달라는 제스처였지만 우리의 개차반은 여전히 쿨하게 날 무시하셨다. 나쁜 자식. 나이트들 다 보고 있는데. 아, 쪽팔려.

어쨌든 나도 안아줄 거라고 생각하지는 않았다. 나는 머쓱해진 팔을 내리고서 방긋방긋 웃었다.

"약혼자인 한진수 오라버님께 드렸어요. 아버님께서 오라버님께 드리라 명령하였으니 소녀는 그 명령을 따를 수밖에 없답니다."

그리고 말을 이었다.

"오라버님께선 저 멀리 제국 땅에 계시지만 아버님께선 소녀 옆에 계시니 인형은 한진수 님께서, 미천한 계집아이인 저는 아버님께서 받아주신다면 소녀는 정말 행복할 것 같아요."

내 나름대로는 애교도 듬뿍 담았다. 전생에서 나는 나도 모르는 사이 꼬리 백만 개 달린 여우가 됐는데, 이번엔 정말 마음먹고 애교를 부렸다. 그런데 이게 또 이상하게, 하려고 하면 잘 안 된다. 의식적으로 코맹맹이 소리를 내려니까 속이 거북하고 메스꺼웠다.

나는 개차반의 다리에 매달렸다. 열심히 깡총 뛰었는데 그래 봤자 다리에밖에 못 매달렸다. 그래도 이번엔 '귀찮군' 하고 밀어내지는 않았다. 제법 기분이 좋은 건지는 몰라도 개차반은 내 머리를 두어 번 쓰다듬어줬다. 어쨌든 '아빠가 좋아, 약혼자가 좋아' 사건은 일단락됐다.

"잠시 시간 좀 내주실 수 있겠습니까?"

한진수가 말했다. 다시 한 번 말하지만 이 세상은 절대왕정 같은 분위기는 아니다. 오히려 현대사회에 더 가깝다. 그 왜 그런 거 있잖아. 재벌가 사람들끼리 모여 있는 그런 느낌. 지금이 딱 그렇다. 한진수가 개차반에게 정중히 요구했고 개차반은 고개를 끄덕였다.

둘은 잠시 얘기를 나눴다. 신기했다. 개차반이 손을 한 번 휘젓자 둘 사이에 무슨 막 같은 게 생겼는데 그 막 때문인지 목소리가 전혀 들리지 않았다. 그리고 또 손을 한 번 휘젓자 그게 사라졌다. 개차반이 말했다.

"예비 사위가 내게 이런 제안을 하다니. 흥미롭군."

"좋게 봐주셔서 감사할 따름입니다."

왕이 허락했다. 허락한 게 뭐냐고? 별거 아니다. 세 번째 목적지에 한진수가 동행하겠다는 거다. 첫 번째 목적지는 고려 농원. 두 번째 목적지는 박물관이었다. 고려 농원에서는 여성 인권의 처참함을 몸소 느꼈고 박물관에서는 고대어 해석에 관한 실마리를 얻었다.

지금은 차 안이다.

'얘는 진짜 왜! 도대체 왜! 왜! 와이!'

나는 어색해서 죽을 것 같은 기분에 사로잡혔다. 우리의 둘째 망나니 김환성은 내 왼쪽에, 진수와 똑같은 얼굴의 한진수는 내 오른쪽에 앉았다. 평소라면 조잘조잘 떠들어댈 김환성도 아무런 말을 하지 않았고 원래부터 말이 별로 없는 한진수 역시 조용했다. 자동차 엔진음은 들리는데, 이상하게 고요했다. 무려 남자님들께서 입을 열지 않고 있는데 내가 나서서 말을 할 수도 없는 노릇이고.

'아 진짜! 답답해 죽겠네.'

가운데 껴서 이 무슨 시추에이션인가 싶어 인상을 찡그릴 뻔했는데 다행히도 우리의 둘째 망나니가 입을 열었다.

"졸리면 내 어깨에 기대도 돼."

앞자리에 앉은 강기태 씨의 어깨가 또 움찔하는 게 보였다. 그만 좀 놀라요, 아저씨. 이제 그만 놀랄 때도 되지 않았어요? 내가 이렇게 되기까지 무려 9년을 고생했다고. 똥개 취급받으면서. 물론 대단한 거긴 하지만 어깨 한 번 빌려준다는 것에 나이트씩이나 되시는 분이 그렇게 움찔움찔 놀라면 더 서글퍼지잖아요.

"제 약혼녀 때문에 왕자님이 그런 수고를 하실 수는 없습니다."

한진수가 손가락을 까딱했다. 아무래도 마력을 움직인 모양이다.

내 머리가 저절로 기울어져 한진수의 어깨에 닿았다. 아니, 닿을 뻔했다. 그런데 머리가 다시 제멋대로 움직였다. 김환성 쪽을 향해서.

한진수가 김환성을 쳐다봤다.

"왕자님……?"

이를테면 팔씨름 같은 거다. 이 자식들아. 내 머리는 너희들의 팔뚝이 아니라고. 그렇게 왼쪽, 오른쪽으로 움직이는 이것은 너희의 몸이 아니라 내 머리란 말이다!

어쨌든 승자는 한진수. 한진수는 김환성보다 나이도 많을뿐더러 마력 운용에 있어서도 더 뛰어난 재능을 가졌다. 게다가 듣기로는 노력까지 겸비했다. 우리 둘째 망나니는 전체적인 마력 운용이라기보다는 무력 부분에 특화된 녀석이고 직접 주먹질-혹은 칼질-하는 게 아니라 순수 마력만을 사용하여 이렇듯 싸우는 것에는 아무래도 한진수에게 밀릴 수밖에 없다나 뭐라나.

세 번째 목적지는 폭포였다. 김환성과 한진수 사이에서 이게 폭포인지 분수인지 분간이 안 됐다. 그나마 숨통이 트인 건, 폭포 바로 앞까지 왔을 때였다.

높이 약 320미터. 너비 약 900미터. 가만히 서서 보고 있는 것만으로도 빨려 들어갈 것만 같은, 블랙홀 같은 위압감을 뿜내는 저것은 분명 폭포가 맞았다.

"와……."

나는 한동안 말을 잇지도 못하고 가만히 서 있기만 했다.

"끼얏호! 돈다 돌아! 세상이 돈다! 오예!"

망나니는 공중으로 날아오르더니 빠른 속도로 공중제비를 돌기 시작했다.

정신 차려. 애 망나니야. 세상이 도는 게 아니고 네가 도는 거야. 도는 아이야.

그 엄청나게 커다란 폭포 한가운데로 망나니가 뛰어들었다. 강기태 씨가 말리지 않는 걸로 봐서 아마 위험하지는 않은 것 같았다.

'마력이란 건…… 진짜 대단한 거구나…….'

일반인, 아니, 지구인이라면 저기 빠지면 아마 죽을 거다. 그런데 이 어린놈의 왕자는 저기가 마치 제 집 수영장인 양 다이빙을 해대고 있다. 그것도 하늘을 훨훨 날아서. 정말이지 적응이 되다가도 안 되는 세상이다.

한진수가 말했다.

"잠시 약혼녀와 할 얘기가 있습니다."

한진수가 내 손을 잡고 몇 걸음 옮겼다.

이상했다. 여긴 도대체 어디야?

"너, 도대체 정체가 뭐야?"

아무것도 보이지 않았다. 그냥 컴컴했다. 아니, 딱 하나 보이는 게 있었다. 컴컴하면 아무것도 보이지 않는 게 정상인데, 이 어두운 공간에 딱 한 명, 한진수는 눈에 보였다. 이 녀석이 지금 내 약혼자라고는 하지만, 사실 호칭이 정해진 건 아니다. 이 나이에 여보라고 할 수도 없고. 그래서 그냥 오라버님이라고 부르기로 했다.

"오라버님…… 여긴 도대체……."

여긴 내가 만든 특수한 공간이야. 그러니 안심하도록 해. 그런 말 정도는 해줘도 되잖아. 내가 진짜로 9살 어린아이였으면 아마 이 이상한 공간에서 울고불고 난리를 쳤을 거라고!

"질문 두 번 하게 하지 마. 너 도대체 뭐야?"

"소녀는……."

솔직히 무서웠다. 아무것도 보이지 않는 세계. 무엇보다도 한진수와 똑같은 얼굴에서 나오는 차가운 목소리.

한진수는 내게 이상한 질문을 던졌다.

"내게 무슨 짓을 한 거야?"

무슨 짓이라니. 나 너 4살 때 이후로 처음 보는 거라고!

"……."

"대답 안 해?"

나도 머릿속이 혼란스럽다. 하지만 가만히 입 다물고 있을 수는 없다. 무슨 말이라도 해야 해.

그때, 한진수가 허리를 숙였다. 내 코와 한진수의 코가 닿았다. 한진수의 얼굴이 보였다. 한진수의 입김이 내 입가에 닿았다. 순간, 나는 이성을 잃었다.

"……소녀에게……."

"뭐라고?"

"소녀에게 따뜻하게 대해 주시어요."

아…… 저질렀다. 내가 도대체 무슨 말을 한 거야…… 미쳤어. 여긴 한국이 아니라고. 솔직히 말하자면 한진수가 하는 모양새는 딱히 연인에게 하는 애정 표현 같은 게 아니었다. 오히려 인질을 잡아 가둔 조폭의 모양새였다. 내 귓가에 속삭이는 목소리는 달콤한 사랑의 언어가 아닌 위협과 폭력으로 가득한 목소리였다.

'한진수랑 똑같은 얼굴이랑 목소리로 그렇게 하지 말란 말이야…….'

나도 모르게 말해버렸다. 소녀에게 따뜻하게 대해 달라고. 한진수는 몸을 일으키고서 나를 쳐다봤다. 아무 말도 하지 않았다. 야, 그러지 마. 무섭다고. 뭐라고 말이라도 좀 해봐.

"내가 왜 네게 따뜻하게 대해야 하지?"

"……그건."

개차반, 망나니들과는 상황이 다르다. 걔네는 아주 조금씩 조금씩 내게 길들여졌다. 그런데 얘는 아니다. 5년 만에 보는 거다. 그래도 마음을 다잡았다. 어차피 이 녀석이 내 약혼자라는 건 틀림없는 사실이다. 진심이든 아니든, 나는 이 녀석과 결혼을 해야 한다. 한진수와 똑같은 얼굴을 가진 이 녀석과 말이다.

"소녀가…… 오라버님을……."

전생에서 단 한 번도 하지 못했던 말. 사랑한다는 말. 겨우 9살인 내 입으로 말하기엔 좀 이상한 말이다. 그래도 하려고 했다. 그러나 나오질 않았다. 이놈은 그 한진수가 아니야. 저렇게 싸늘한 눈으로 날 쳐다보고 있는 저놈은 한진수가 아니라고.

그래도 사랑한다고 말하려고 했다. 이 세계에서 살아남는 법이니까. 이상한 건 한진수가 내 말을 천천히 기다려 주고 있다는 것.

"오라버님을……."

말이 나오질 않았다. 목이 매어왔다. 그때 이 이상한 세계가 와장창 깨져버렸다.

내 눈에 보인 건 둘째 망나니였다.

"아씨, 나 배고파. 기다리려고 했는데 배고파서 안 되겠어."

"기다리게 해서 죄송합니다, 왕자님."

한진수가 고개를 숙였다. 김환성이 키득대고 웃었다.

"괜찮아. 나야말로 미안해. 이거 깨는 거 예의 아닌데."

미안한 사람치고 너 너무 당당하고 활달하다. 망나니야, 네가 그래서 망나니인 거야. 어쨌든 뭔가 고마운 느낌이 들어 나는 김환성을 보며 활짝 웃었다. 그러자 김환성의 미소가 짙어졌다. 나는 확신했다. 저 자식. 이 이상한 공간 일부러 깨뜨린 거야. 그것도 전심을 다해서. 최선을 다해서. 가능한 모든 힘을 동원해서 말이다. 틀림없어.

어떻게 확신하냐고? 저 녀석 지금 몸이 하나도 안 젖어 있다. 몸에서 김이 모락모락 피어오르고 있는데 저건 마력을 극한으로 끌어냈을 때 나오는 현상이다. 그러니까 저놈은 자기가 할 수 있는 최대한의 힘을 끌어올려서 이 이상한 공간을 깨부쉈다는 뜻이다.

"저는 바쁜 일이 있어서 그만……."

그 말과 함께 한진수는 사라졌다. 내 머릿속을 혼란스럽게 만들어 놓고 그냥 그렇게 사라져 버렸다.

그리고 얼마 지나지 않아 곽기현이 나타났다. 기현은 미친놈처럼 고래고래 소리를 질렀다.

"이 자시이이익! 날 버리고 가더니 또 가 버렸어! 죽일 거야아아!"

몇 차례 소리를 질러대던 기현은 내게 가까이 와서 속삭였다.

"꼬마 공주님, 도대체 어떻게 했는데 한진수를 그렇게 꼬셨어? 나랑 얘기…… 으아아악!"

곽기현이 날아갔다. 문자 그대로 날아갔다. 빙글빙글 돌아 폭포수 사이에 처박혔다. 김환성이 낄낄거리며 웃었다. 이거, 김환성이 한 짓이다. 정말이지 어마어마한 힘이다. 성인 남자 하나를 저렇게 집어 던지다니. 미쳤어 이건.

"나 똥개랑 밥 먹어야 돼. 미안!"

그게 지금 높이 수백 미터, 너비 수백 미터에 이르는 초거대 폭포에 사람을 던져 놓고 할 소리냐. 그래도 저기로 물어왔! 안 시키는 게 어디야.

나는 활짝 웃었다. 그러자 김환성이 팔을 슥 내밀었다. 이건 팔짱 끼라는 뜻이다.

"제가 감히 어찌 오라버니의 에스코트를……."

"똥개야."

망나니가 진지한 표정을 지었다.

"네, 오라버니. 말씀하시어요."

진지한 표정 짓지 마. 너 그럴 때마다 무서워. 물어왔은 사랑입니다, 하고 주장할 것 같은 얼굴이라고.

"내 팔을 당장 잡지 않으면 큰일 날걸?"

품 안으로 손을 넣는 것이 저거 진짜 헝겊 인형을 꺼내 들 기세다. 잡는다. 잡는다고! 결국 난 팔짱을 꼈다. 나쁜 자식. 저기로 물어왔 시키면 나 진짜 죽어.

식사를 하러 들어간 시내의 레스토랑에서 김환성이 내게 말했다.

"야, 똥개."

"네, 오라버니."

"너 근데 그거 안 힘들어?"

"소녀는 오라버니의 말씀이 무슨 뜻인지 잘 이해하지 못하겠어요. 바보 같은 저에게 가르침을 주시어요."

"그니까 그거 말이야, 그거."

아씨! 제발 그런 식으로 말하지 말라고. 너는 대충 말하는 거지만 나는 진짜 열심히 생각해야 한다고. 너의 입장과 나의 입장은 달라!

그런데 아무리 생각해 봐도 뭔지 모르겠다. 김환성은 또 진지한 표정을 지었다. 그리고 자기가 굉장히 똑똑하다는 듯 말했다.

"잘 봐."

손가락을 접으면서,

"오. 라. 버. 니."

설명을 이었다.

"이렇게 말하면 네 글자고."

다른 쪽 손가락을 접었다.

"오.빠. 이렇게 말하면 두 글자인데 네 글자로 말하면 더 힘들잖아. 그렇지?"

강기태 씨가 기침했다. 쿨럭쿨럭, 기침을 하는데 저러다 죽을 것 같다. 마력으로 얼른 속 진정시키지 않고 뭐 하고 있어 저 아저씨는. 처음엔 정말 믿음직했는데 가면 갈수록 좀 덜 믿음직스럽다.

"소녀는 전혀 힘들지 않답니다. 오라버니라 부를 수 있다는 사실만으로도 저는 너무나……."

여기까지 말하고서 일부러 강세를 줬다.

"……행복해요. 오. 라. 버. 니."

그래, 물어. 미끼를 물어라. 망나니야! 아니나 다를까, 김환성이 인상을 팍 찡그렸다. 야, 그만둬. 그만두라고. 여기 레스토랑이야.

"물어왓!"

그때, 강기태 씨가 연락을 받았다. 나는 황급히 바깥나들이를 마쳐야만 했다. 물어왓도 안 했다. 김환성마저도 자리에서 일어났기 때문이다. 김환성은 마력을 사용해서 헝겊 인형을 회수한 뒤 말했다.

“왕성으로 돌아간다.”

강서영 씨. 나를 낳을 때의 나이가 17세였고 지금은 26세가 됐다. 저 미모를 보고 누가 애 낳은 아줌마라고 하겠어. 강서영 씨는 뭐 딱히 운동을 하는 것 같지도 않은데, 저건 타고난 것 같다. 보통 이 세계에서 25세가 넘어가면 여성으로서의 매력이 없다고들 한다. 원래부터 여성의 권리나 아름다움 따윈 저기 저 멀리 쓰레기통에 던져 놓은 세상인데, 젊음마저 없으면 길가의 강아지보다도 못하게 보는 경우가 많다. 내가 생각해도 화나고 어이없긴 한데 어쩌랴. 이 세상이 그런걸.

‘그런데 내가 봐도 예쁘단 말이지.’

내 어머니 강서영 씨는 26세라는 많은 나이(?)임에도 불구하고 여성으로서 충분히 매력적으로 보였다.

그 강서영 씨가 이번에 이란성 쌍둥이를 낳았다. 모두가 축복해 줬다. 딸 하나, 아들 하나. 역시 딸을 낳은 건 별로 축복의 대상이 아니지만 그래도 아들을 낳았다. 그것만으로도 강서영 씨는 대단한 일을 해냈다. 내가 바깥나들이를 중지하고 돌아오게 된 것도 무려 왕자님께서 탄생하셨기 때문이었다.

끼야흐, 끼야흐, 꺄아! 하고 귀여운 소리를 내며 올망졸망한 눈동자로 나를 쳐다보는 이 쌍둥이 아가들을 보고 있노라면 힐링이 되는 느낌이다. 좋아, 이 느낌이야.

‘남동생은 시작부터 조련을 해놔야겠고.’

언니들과는 거의 격리되어 있다시피 생활하고 있다. 이 아이라도 내가 열심히 키워 보리라.

며칠이 흘렀다. 나는 강서영 씨의 무릎 맡에 앉아 생글생글 웃었다.

"어머니가 이토록 어여쁜 아이들을 생산하셨다니 소녀는 참 놀라워요."

"우리 상희도 얼른 시집가서 예쁜 아이들을 낳아야지? 모름지기 여자는 아들을 낳아야 한단다."

아니, 왜. 난 아들보다 딸이 좋다고…… 는 어쩔 수 없지. 아들을 낳은 왕비는 그 대우부터가 달라지는 법이다. 한진수의 얼굴이 떠올랐다. 그때 왜 나한테 그런 말을 한 건지 모르겠다. 자기한테 무슨 짓을 했냐니. 겨우 9살 꼬맹이인 내가 제국에서도 손꼽는 천재에게 무슨 짓을 했을 리 없잖아. 그때만 떠올리면 도대체 뭐가 뭔지 모르겠다.

궁금증은 풀리지 않았다. 그렇게 3년이 흘렀다.

나는 이제 12살이 됐다. 남자들은 성장이 굉장히 빠르다. 이 세계는 정말 불공평하다. 남자는 성장이 빠른데 노화는 굉장히 더디다. 그에 반해 여자는 성장이 느린데 노화는 빠르다. 뭐 이딴 세계가 다 있나 싶다.

아참, 한 가지 더 짚고 넘어가자면 아들을 낳으면 왕이 잘난 탓이오, 딸을 낳으면 왕비가 못난 탓이다. 진짜 뭐 이딴 거지 같은 논리가 다 있어.

어쨌든 강서영 씨가 낳은 이 두 아이는 일반적인 다른 아이들과는 확연히 차이점이 있었다.

'참 똑같이도 크는구나.'

처음에는 왜인지 몰랐다. 내 쌍둥이 남동생의 이름은 김환혁. 여동생의 이름은 김상아다. 환혁이와 상아는 발육 상태가 거의 같았다.

"누나누나누나! 짜잔! 내가 매미를 잡아왔어!"

"언니언니언니! 짜잔! 나는 사마귀를 잡아왔어!"

지구와는 다르다. 이 두 꼬맹이는 3살임에도 불구하고 정원을 마구 뛰어놀 정도의 체력과 나무 위를 기어올라 매미를 잡는 엽기적인 행각을 벌일 수 있을 정도의 녀석들이다. '나 잘해쪄?'를 외치는 듯한 저 눈빛을 보면서 나는 '오구오구, 열심히 뛰어다녔구나'라는 속마음을 아주 열심히 숨기고 녀석들의 머리를 한 대씩 쥐어박았다.

"위험하니까 나무 같은 데 올라가지 말라고 했지?"

때려 봐야 아파할 리 없는 녀석들이지만 그래도 녀석들은 울상을 지었다. 나는 짐짓 엄한 모양새로 옆구리에 양손을 짚었다.

"힝. 누나가 나 때렸다."

"힝. 언니가 나 때렸다."

두 녀석의 말에 나도 모르게 피식 웃음이 나고 말았다. 생김새도 비슷한 녀석들이 하는 짓도 영락없이 닮아 있어서 귀여웠다.

누군가 박수를 치며 다가왔다. 알렉스 씨였다.

"상희 공주님, 아무리 그래도 이렇게 벌건 대낮에 왕자님의 머리를 때리면 안 되지 않습니까?"

"여긴 알렉스 선생님밖에는 없는걸요."

다른 사람이 저 말을 했다면 나는 잔뜩 긴장했겠지만 우리의 알렉스 씨는 아니다. 알렉스 씨는 내 할아버지 같은 느낌이다. 왕자의 머리를 쥐어박는 걸 보고도 박수를 칠 정도이니, 어쨌든 정상은 아닌 인간이다. 그래서 좋다.

"공주님, 오늘 놀라운 소식을 전해 드리려 왔습니다."

"놀라운 소식이요?"

"네, 아주 특별하고도 놀라운 소식입니다. 왕국 역사상 이런 적은 처음입니다."

그런데, 그때 또 누가 다가왔다.

"그 역사상 놀라운 소식, 조금만 있다가 전하면 안 될까요?"

난 눈을 번쩍 떴다. 그럴 수밖에 없다. 이 어린아이들을 제외하면 거의 유일하다시피 한 나의 희망, 나의 사랑, 우리의 첫째 오라버니가 보였다. 내 몸이 12살로 성장하면서 느꼈다. 첫째 오라버니 김형석은 정말 잘생겼다. 보는 내가 흐뭇할 정도로. 흐뭇해! 흐뭇하다고! 이리 오렴. 누나가 안아줄게…… 라고는 해도 나는 총총걸음으로 달려가 첫째 오빠에게 깡총 뛰었다. 물론 내 점프력은 그렇게 높지 않다. 첫째 오빠가 마력으로 들어 올려 아주 편안한 상태로 날 안아줬다.

"우리 벌써 1년 만이지? 그사이 숙녀가 다 되었구나?"

"오라버니! 소녀는 오라버니가 너무 보고 싶어 꿈속에서도 오라버니의 이름을 불렀답니다."

"이그, 상희도 그랬어요? 오빠도 그랬는데."

거기까지 말한 우리 첫째 오라비는 사랑 가득한 눈으로 날 바라보았다. 그리고 아주 자애로운 목소리로 내게 말했다.

"아주아주 옛날부터 내 꿈에는 항상 우리 공주님이 나왔답니다."

"정말요? 신나요."

나의 훈훈하고 따뜻한 첫째 오빠는 내 머리를 두어 번 슥슥 쓰다듬고는 환혁이와 상아 앞에 섰다.

"우리 꼬맹이들도 그새 정말 많이 컸는걸?"

"난 형아 싫어!"

이제 갓 3살이 된 우리 환혁이는 볼을 빵빵하게 부풀리고서 심통이 난 듯 매미를 저만치 던져 버렸다. 마력을 사용하지는 않은 듯, 매미는 허공에서 날개를 펼치더니 나무 위로 날아가 버렸다.

나는 환혁이를 혼냈다.

"그럼 못써. 네 형님이신데."

그러자 첫째 오빠는 내 머리를 또 쓰다듬으면서,

"우리 상희 벌써 어른이 다 되었구나. 어른인데 이렇게 껴안고 있으면 안 되겠지?"

하고 나를 내려놓으려고 해서 나는 거부의 뜻으로 목을 꼭 끌어안았다. 알렉스 씨는 그런 나를 보며 흐뭇하게 웃었다.

상아는 다소곳하게 걸어와 허리를 숙였다.

"오라버니, 어서 오시어요."

첫째 오빠는 왼팔에는 나를, 그리고 오른팔에는 상아를 안아 들었다. 우리 막둥이 환혁이는 뭐가 그리 불만인지 애꿎은 땅만 턱턱 차고 있다. 오빠는 우릴 안은 채 쪼그려 앉아 막둥이와 눈을 마주쳤다.

"형아는 우리 막둥이 봐서 아주 기분이 좋은걸?"

"흥."

그래, 바로 이거야. 얼마나 훈훈해. 이렇게 훈훈한 네가 내 오빠라서 다행이야. 망나니 같은 누구랑은 정말 달라. 엉엉.

우리 막둥이들, 그러니까 환혁이와 상아는 아주 특별한 쌍둥이다.

둘 모두 마력 사용이 가능했다. 김환성처럼 무슨 천재 같은 건 아니었지만 그래도 마력을 사용할 수 있다는 것은 놀라운 일이다. 그 마력 때문에 상아도 남자인 환혁이처럼 놀라운 발육 상태를 보이는 것이다.

"알렉스 씨, 우리 상희한테 놀라운 소식이 있다는 거, 제가 대신 전해 줘도 될까요?"

"그럼요. 왕자님 뜻대로 하시지요."

무슨 일인가 했더니, 내가 바로 고어 해독의 1등 공신이란다. 우리의 왕이신 개차반께서는 그 공로를 인정했으며 '보배'라는 칭호를 하사하기로 결정했다는 것이다. 이게 도대체 뭔 소리야. 보배라니.

훈훈하기 그지없는 요 녀석이 나를 보며 활짝 웃었다.

"그러니까 공주님 말고 보배님이라고 불러도 된다는 뜻이야."

알렉스 씨가 첨언했다.

"내일은 파티가 있다고 하네요. 왕자님들과 공주님들 모두가 참여하는 가족 파티라고 합니다."

내 인생 12년 동안 가족들이 한자리에 모인 적은 없었다. 그나마 소녀식 때 어머니들을 찾아가 인사하고 언니들을 만났던 기억밖에 없다. 신수영 공주가 사형당한 이후로 나는 여전히 언니들과는 만날 일이 없었다.

'개차반은 도대체 무슨 생각인 거야……?'

역사책을 열심히 찾아봤어도 왕이 왕비와 공주들까지 불러서 만찬을 기획한 건 단 한 번도 없었다. 아니면 있었는데 중요하지 않은 사건이라 기록을 안 했을지도 모르겠지만.

환혁이 입술을 삐죽 내밀었다. 지구식으로 치면 몸은 거의 여섯 살 내지 일곱 살 정도로 커졌는데 정신은 영락없이 세 살짜리 아이랑 똑같다. 내가 요즘 요 녀석 크는 재미로 산다.

"나는 형아 좋아. 근데 싫어!"

"그게 무슨 뜻이야?"

"누나가 형아만 좋아하잖아! 나도 이렇게 이렇게 막 안기고 싶은데!"

나는 피식 웃고 말았다. 이 녀석은 태어난 지 6개월 만에 언어를 습득했다. 그 이후로 나는 금이야 옥이야 요 녀석을 업어 키웠다. 개차반 씨도 무슨 생각인지 요 녀석을 내가 돌보는 것을 제지하지 않았다. 어쨌든 요 녀석은 나를 굉장히 잘 따른다. 환혁이는 물론이고 상아도.

내가 겉은 이래 보여도 속엔 아줌마가 들어 있다고. 오구오구 내 새끼, 어화둥둥 내 새끼 하는 마음으로 열심히 키웠더니 내 말이라면 아주 껌뻑 죽는다.

"그럴 리가? 누난 우리 환혁이가 세상에서 제일 좋은걸?"

저만치 멀리서 그 말을 어떻게 알아들었는지 상아가 달려왔다.

"언니는 상아가 제일 좋다며! 언니는 상아를 제일 좋아해!"

오구, 내 새끼들. 그래그래, 너희들 다 예쁘다, 예뻐.

"환혁이랑 상아랑 둘 다 똑같이 좋아."

그때, 내 방문이 부르르 떨리기 시작했다. '세상에서 제일 좋은걸'이란 말이 나왔을 때부터 저렇게 떨리기 시작했다. 이 느낌, 불안하다.

'안 돼!'

안 된다는 건 내 바람일 뿐이고 헝겊 인형 세 개가 하늘을 갈랐다.

"물어왓!"

저놈의 물어왓. 나도 3년 있으면 성년인데 아직도 저러고 있다. 저놈은 15살 성년, 최연소 나이트 제9대대장을 차지한 괴물 중의 괴물. 그러나 여전히 천방지축 꼬맹이인 저 녀석. 이름은 김환성. 우리 둘째 망나니다.

환혁이랑 상아는 마력을 사용할 수는 있으나 아직 그것에 익숙하지는 않았고, 과거에 내가 그랬듯 열심히 헝겊 인형 두 개를 잡으러 달려갔다. 얘네가 날 보면서 못된 것만 배웠어. 내가 물어왓은 사랑이라고 주장하는 듯한 행복한 표정과 행동으로 순순히 헝겊 인형을 주워 오는 걸 보고 자랐으니 얘네는 이게 좋은 행동인지 나쁜 행동인지 개념 자체가 없다.

그래도 지난 3년간 변화는 있었다. 나는 헝겊 인형을 안 줍고 버텼다.

"오라버니!"

"왜? 오늘은 생리해?"

아오, 저 천진난만한 얼굴에 주먹을 꽂아 넣고 싶다. 옆에서 우리 막둥이들이 생리? 그게 뭐야? 하고 묻는데 뭐라고 대답해야 할지 순간 고민했다.

"오라버니. 그런 게 아니오라……."

"알았어. 오늘은 봐줄게."

그래도 이제 5번 중 2번 정도는 봐준다. 여기까지 오는데 12년이 걸렸다. 좀만 더하자 상희야. 그럼 5번 중 3번, 4번, 나중엔 5번 다

안 하는 날이 오겠지.

“어쩐 일이셔요? 소녀의 방에.”

“똥개랑 놀라고 왔지.”

당신 이제 백수 아니잖아. 어엿한 나이트 대대장이잖아. 근데 왜 땡땡이 쳐.

“훈련은 재미없어. 똥개랑 놀래.”

“형아! 여기! 물어왓 했어. 나 잘했지?”

“오빠! 여기! 물어왓 했어요. 저 잘했죠?”

환혁이랑 상아는 뭐가 좋은지 실실 웃었고, 환성이는 무슨 개선장군이라도 되는 듯 어깨를 쭉 펴고 턱을 높이 들어 올렸다. 잘 봐. 내가 이 정도라고. 저 우쭐대는 꼴을 보니 명치를 한 대 때려주고 싶다.

“오라버니, 소녀 호기심을 하나 가지고 있어요.”

“뭔데?”

“오라버니는 제9대대의 나이트 대대장이시니…… 소녀의 작은 주먹 같은 건 전혀 아프지도 않으시겠죠?”

“당연하지! 네 주먹이 훨씬 아플걸?”

“마력을 사용하지 않아도 그럴까요?”

김환성쯤 되면 마력을 사용하려고 하지 않아도 저절로 마력이 일어난단다. 가령 무언가 위험한 것이 날아오거나 하면 마력이 알아서 마력의 주인을 보호한다나 뭐라나. 남자에게 참 편리한 세상이다. 그러나 반대의 경우도 가능하다. 위험을 알고 있음에도 불구하고 마력을 차단하는 것도 의지로 가능하다고 들었다. 김환성의 크흠 헛기침을 했다.

“그, 그건…….”

그래도 뼈와 살로 이루어진 사람이니 맞으면 아프다. 그건 당연한 일이다. 그것도 급소인 명치니까.

"하긴…… 아무리 훌륭한 나이트이며 소녀가 존경하는……."

여기에 포인트를 주기로 했다. 김환성은 오빠 소리를 참 좋아한다. 내가 그래서 잘 안 해주지만.

"정말 존경하는 '오빠'지만 마력 없이 소녀의 주먹을 맞는 것은 힘든 일이겠지요."

김환성이 가슴을 쭉 폈다.

"그까짓 거. 쳐봐. 나는 하나도 안 아프니까."

"아니어요. 소녀는 오라버니를 다치게 할 수 없어요. 오라버니가 아프시다면 저의 마음이 더욱 아프답니다."

뻥이야. 나 네 명치 진짜 오늘만큼은 꼭 때리고 싶어. 걸려들어라, 망나니야. 내가 이날을 위해 12년을 칼을 갈았다.

"쳐보라니까?"

"미천한 소녀가 어찌 감히 하늘 같은 오라버니의 몸에 손을 대겠어요? 소녀는 그런 불경한 짓은 절대 할 수 없어요."

아니, 하고 싶어. 너 명존세라고 아니? 명치 존나 세게 치고 싶다의 준말이야. 너는 어서 내게 명령을 내리렴. 명치를 세게 치라고. 결국 우리 둘째 망나니가 폭발했다.

"명령이니까 쳐. 치라고! 쳐! 안 치면 죽는다!"

명령해 줘서 고마워요. 힘없는 나는 어쩔 수 없이 쳐야겠어요. 호호호.

명령을 잘 듣는 착한 나는 온 힘을 다해 쳤다.

김환성은 방문을 열고 밖으로 나왔다. 마력을 써서 창문을 열고 뛰어내렸다. 참고로 김상희의 방은 11층이다.

건물 밖 정원에 들어선 김환성은 주위를 살펴본 뒤 마력을 황급히 운용했다.

"으아, 죽는 줄 알았네."

동생 앞이라서 죽는 소리는 못 냈다. 그런데 정말 너무 아팠다. 마력 없는 여자들은 정말 불편하겠어 하고 고개를 절레절레 저었다.

"음? 근데 뭔가 이상한데?"

김환성은 고개를 갸웃했다. 아주 잠깐이기는 하지만 마력의 순도가 좀 높아진 것 같은 기분이 들었다. 고통은 있었지만 뭐랄까, 갑자기 힘이 강해진 것 같은 그런 느낌이 들었다.

"에이 뭐, 기분 탓이겠지."

11층 창문에서,

"오라버니! 소녀에게 가신단 말씀도 없이 그렇게 나가 버리시면 소녀는 마음이 아파요."

하는 김상희의 목소리가 들려왔다. 김환성은 몸을 띄웠다. 11층 높이까지 단 한 번에 날아올랐다. 밤 11시, 달빛이 새어드는 창가에서서 자신을 쳐다보는 동생의 얼굴이 예쁘다는 생각이 들었다. 김환성은 활짝 웃었다. 잇몸까지 훤히 드러나는 밝은 웃음이었다.

"내일 봐."

내일은 왕궁 최초로 가족 파티가 있었다. 왕을 필두로 하여 왕자와 왕비, 공주들이 모두 모이는 파티.

김환성은 날개라도 달린 것처럼 공중에서 앞으로 움직였다. 김상희는 눈을 살짝 감았다. 김환성은 하늘에 둥둥 뜬 상태로 김상희의 이마에 입술을 맞췄다. 그 옆의 환혁과 상아도 하늘로 둥둥 띄워서 마찬가지로 이마에 가볍게 키스해 줬다.

"모두 잘 자. 내일 파티 때 봐."

"응, 형아!"

환혁은 밝게 웃었다가 이내 형을 좋아하는 속마음을 들키기 싫다는 듯, 흥! 하고 토라진 척을 했다. 가만히 살펴보면 얼굴이 많이 붉어져 있었다.

김환성은 땅으로 다시 내려왔다.

'마력 운용이 확실히 편해졌어. 잠깐이지만 분명 그런 느낌이 들었어.'

걸음을 옮겼다. 이 문제는 차후 생각해 보기로 했다. 일단은 내일 가족 파티에 집중하기로 했다.

왕궁 최초의 가족 파티가 있기 6일 전.

김환석이 말했다.

"아버님, 그 계집아이는 계집아이라 믿을 수 없을 정도로 큰일을 했습니다."

김훈상은 턱을 괴고 앉았다. 아들이 무슨 말을 하는 건지 대충 알 것 같았다.

"알아. 고어 해독이라. 이런 능력을 타고나다니."

약간 뿌듯해 보였다. 그 표정이 의미하는 것은,

'역시 내가 낳은 계집이다.'

라는 뜻이었다. 딸이 대단한 능력을 타고난 것은 역시 왕이 대단해서다.

"그런데 네가 굳이 계집아이의 업적을 내게 말하는 이유가 무엇이냐?"

"계집아이의 몸으로 계집아이답지 않은 일을 행한 바, 그에 상응하는 무언가가 있어야 한다고 생각하기 때문입니다."

"호오?"

김훈상은 관심을 가졌다. 보상 같은 거라면 얼마든지 줄 수 있다. 딱 한 가지는 제외했다.

"중성화는 시키지 않겠다."

김환석도 고개를 끄덕였다.

"예, 그런 명예를 주는 것은 계집에게 너무 아까운 처사입니다. 가벼운 칭호를 하나 내리시지요."

김훈상은 아들을 밖으로 내보냈다. 칭호로 뭘 줄까 생각 같은 건 하지도 않았다. 그냥 학자들 보고 알아서 지으라고 하면 되니까. 그런데 제국에 볼모로 잡혀 있는 큰 아들에게 문자가 왔다.

[왕국의 보배, 나의 사랑하는 아버님께.]

……로 시작하는 장문의 문자였다. 그걸 보고 김상희 공주에게 내려질 칭호가 결정됐다. 보배. 이거 정하는 데 5초도 안 걸렸다.

왕은 명령을 내렸다.

"김상희 공주에게 보배라는 칭호를 내리겠다. 그리고 가족 파티를 주선하도록 하지. 준비하도록."

김상희는 소녀식 이후로, 아니, 좀 더 정확하게 말하자면 신수영 공주의 사형 사건 이후로 공주들과의 교류가 거의 없었다.

김상희 공주가 거처하는 곳은 역사 도서관과 왕궁 학자들이 함께 쓰는 '기록의 관'이라는 건물이다. 김상희 공주의 방은 11층에 있다. 아무나 이 건물 안으로 들어올 수 있는 것은 아니었다.

"죄송합니다. 이 뒤로는 출입하실 수 없습니다."

"비켜주세요. 소녀는 김상희 공주를 만나러 왔어요."

"안 됩니다. 김환석 왕자님의 엄명입니다."

"……."

김상희를 만나러 온 17살 강희아 공주는 발걸음을 돌릴 수밖에 없었다. 김환석 왕자가 왕의 승인을 얻어 입구를 철통같이 지키란 명령을 내렸기 때문이다. 남자들이야 마력을 사용해 11층까지 단번에 올라갈 수 있지만 여자들은 그럴 수 없다. 공주들은 나이트의 도움 없인 11층까지 가는 엘리베이터를 이용할 수도 없을뿐더러, 마력으로 구동되는 게이트를 열 힘도 없다. 나이트의 재가 없이는 건물 안으로 들어갈 수도 없다는 뜻이다.

"이봐, 김상희 공주 나온다."

"아이씨, 빨리 말을 해줘야지."

입구를 지키는 두 남자의 모습이 사라졌다. 마력을 가진 남자들이라면 모를까, 마력이 없는 여자들은 발견조차 할 수 없을 것이다. 이

은신 상태를 유지하려면 마력이 상당히 많이 필요해서 자주 사용하지는 않지만 김상희 공주에게 들키지 말라는 김환석의 명령이 있었다. 덕분에 김상희 공주는 다른 공주들과의 교류가 거의 없을 수밖에 없었다. 당연히 왜 자신에게 찾아오는 공주들이 없는지 알지 못했다.

한편, 나이트에 의해 건물 진입을 제한받은 강희아 공주는 자신의 건물로 이동하다가 멀리서 다가오는 김환석 왕자를 발견했다. 그녀는 황급히 길옆으로 비켜나 공손히 허리를 숙였다.

"안녕하시어요? 소녀는 제9공주 강……."

"꺼져."

김환석은 강희아를 무시하고 지나가 버렸다. 강희아는 순간 몸을 움찔 떨었다. 온몸이 굳어버렸다. 단지 '꺼지'라는 말을 들었을 뿐인데 온몸이 얼어버리는 느낌이 들었다. 추웠고 몸이 떨렸다. 강희아는 커다란 잘못이라도 지은 것처럼 몸을 바들바들 떨면서 멀어져 가는 김환석을 쳐다봤다.

그런데 그때 그녀는 이상한 광경이 보였다.

'말도…… 안…… 돼……!'

도저히 이해가 되지 않는 광경이었다. 아니, 이건 있을 수 없는 일이었다.

"오라버니!"

소녀식이 끝난 것이 분명한, 그것도 3년 뒤면 성년식을 하게 될 김상희 공주가 왕자를 보며 총총걸음으로 다가가 안기고 있지 않은가. 5살짜리 어린아이도 하지 않을 미친 행동을 저 공주가 하고 있는 거다.

'말려야 해.'

말려야 했다. 왕에게는 네 명의 왕자가 있다. 첫째는 김형석, 둘째는 김환석, 셋째는 김환성, 넷째는 김환혁이다. 이 중 김형석은 제국에 볼모로 잡혀 있으며 성격 자체가 워낙 온화하고 마주칠 일이 거의 없어서 사실 신경 쓰지 않아도 되는 사람이다. 김환성 역시 잘못만 하지 않으면 크게 위험하지는 않은 왕자에 속했다. 넷째 김환혁의 경우는 아직 이렇다 할 정보가 없었다.

'저분은 무려 김환석 왕자님이라고……!'

왕자들 중 가장 조심해야 하는 사람, 가장 두려운 사람이 바로 김환석이다. 공주 보기를 벌레 보듯 하며, 신수영 공주의 사형에 가장 결정적인 역할을 한 냉혈한 왕자가 바로 김환석이라는 소문이 이미 파다했다. 그토록 무시무시한 김환석에게 저런 무례한 짓을 하다니! 김환성에게 잘못 보이면 한두 대 얻어터지는 정도라면, 김환석에게 잘못 보이면 정말 죽을 수도 있다고 다들 그렇게 말했다.

그 김환석에게 김상희가 달려가 안겼다. 저건 자살행위다.

"김상희 공주!"

강희아는 순간 머릿속이 비어버린 것 같았다. 이미 일이 벌어졌다. 말린다고 열심히 뛰어봤지만, 소용없었다.

'도대체 무슨 생각이야…….'

왕궁에 또다시 피바람이 불 것 같다. 감히 공주 따위가 왕자에게 달려가 안기다니. 만약 왕자에게 검이 있다면 저 공주는 단칼에 죽임을 당할 것이다. 강희아 공주는 황급히 달려가 김환석 앞에 무릎을 꿇었다.

"왕자님, 소녀가 대신 용서를 구합니다. 김상희 공주는 아직 공주들과의 교류가 없어 제대로 된 교육을 받지 못하여 이런 실례를 저지르고 말았습니다."

아니나 다를까, 김환석의 표정이 심상치 않았다. 김환석은 예의 그 싸늘한 얼굴로 김상희를 노려보더니 김상희를 들고 저 하늘 위로 던져 버렸다.

'주, 죽일 거야……!'

김상희를 죽일 것이 분명했다. '기록의 관'은 15층 건물이다. 김상희가 15층 건물의 거의 꼭대기까지 날아올랐다. 떨어지면 분명 죽을 것이다. 그리고 아마 사고사로 기록되겠지.

"네가 뭔데 똥개 잘못을 대신 비냐?"

그러나 김상희 공주는 땅에 떨어지지 않았다. 강희아는 소름이 돋았다. 모르긴 몰라도 벌써 죽었을지도 모른다. 아무리 공주들로부터 교육을 받지 않았다고는 해도 어떻게 그런 몰상식한 짓을 저지를 수 있는지. 김상희 공주가 도무지 이해가 안 됐다.

"소녀는 그것이, 그게……."

"대답해. 네가 그렇게 가치 있는 계집이냐?"

김환석은 강희아의 어깨에 손을 살짝 댔다. 강희아는 대리석 석상에 쾅! 하고 부딪쳤다. 충격이 제법 컸다. 쿨럭쿨럭 기침이 새어 나왔다.

"기억해라. 너 따위한텐 잘못을 대신 빌 권리도, 권한도 없다는걸."

김환석이 얼음처럼 차가운 목소리로 말했다.

"꺼져."

전갈을 받고 건물 밖으로 나오자 첫째 망나니가 보였다. 이유는 모르겠지만 첫째 망나니가 밖으로 나오라고 했다. 왕자가 까라면 까야지 뭐. 별수 있겠어. 나는 이 첫째 망나니가 제일 마음에 안 든다. 시크한 척, 쿨한 척 다하는 어린 꼬맹인데. 아오, 얘 명치를 좀 세게 때려주고 싶다…… 는 단순히 내 속마음이고 나는 망나니를 향해 활짝 웃었다.

나는 멋진 오라버니를 봐서 세상을 다 가진 것처럼 행복하답니다, 라는 가식적인 표정과 웃음으로 망나니에게 달려가 안겼다.

"오라버니, 공사가 다망하신 건 알고 있지만 소녀를 좀 더 자주 봐주시어요."

라고 거짓말을 했다. 그래, 넌 좀 제발 바빠라. 날 자주 볼 필요 없어. 보지 말아줘, 부탁이니까.

그때, 목소리가 들려왔다.

"왕자님, 소녀가 대신 용서를 구합니다. 김상희 공주는 아직 공주들과의 교류가 없어 제대로 된 교육을 받지 못하여 이런 실례를 저지르고 말았습니다."

난 저 공주를 알고 있다. 제9공주 강희아. 나보다 5살이 많다. 나보다 5살이 많다 함은 17살이며, 이미 성년식을 치른 공주라는 소리다. 아마 어딘가로 시집가겠지. 그런데 여긴 어쩐 일이지?

'아…….'

내가 공주들과 워낙에 교류가 없어서 잠시 잊고 있었는데, 이 김환석은 공주들에게 공포의 대명사라나 뭐라나. 하기야 상대하기 가장 까다로운 녀석인 건 맞다.

어, 어, 어어어, 어어?

그런데 내 몸이 하늘로 붕 떴다. 이 느낌, 익숙해. 익숙해서 싫어.

네가 개차반이냐! 앙!

"꺄아아악!"

나도 모르게 비명을 질렀다. 하늘로 높이 날아올랐다. 개차반이 가끔 와서 하는 짓이다. 이리 날리고, 저리 날리고. 개차반은 항상 쿨하고 시크한 표정으로 손가락을 까딱거리며 내가 비명 지르는 걸 즐기는 놈이다. 그 아버지의 그 아들이라고, 못된 것만 배웠나 보다. 하여튼 이들 부자는 정상이 아니다. 한 명은 비행 날라리에, 한 명은 물어왓 중독자. 이런 못된 거 배우지 말라고.

나는 하늘 높이 날아 11층에 엉덩방아를 찧고 앉게 됐다.

"으아으, 내 엉덩이야."

갑자기 사람을 집어 던지고 난리야. 내가 진짜 언젠가 패고 만다. 혼잣말로도 이 말은 못한다. 마력을 운용하고 있으면 들을 수도 있으니까. 그래서 속으로만 욕했다. 분하다. 혼잣말로 욕도 못하다니.

'분명 내 말 듣고 있을 거야.'

여기서 욕하면 절대 안 된다. 그건 하수들이나 하는 짓이다. 또 거짓말을 했다. 혼잣말조차 거짓말로 해야 하는 나의 이 처량한 신세. 아, 눈물.

"오라버니가 날려 주시어 정말 행복해."

젠장. 행복하기 개뿔. 주먹을 꽉 쥐었다. 나를 세뇌했다. 나는 행복해. 행복하다고. 엉엉.

"둘째 오빠를 다시 뵙고 싶으니까 얼른 내려가야지."

눈에 보이지는 않지만 첫째 망나니의 입가가 씰룩거리는 모습이 상상됐다. 엉엉. 뭔가 더 슬퍼.

은신술을 사용해서 몸을 감춘 나이트들은 자리를 옮겨 쑥덕거렸다.

"둘째 왕자님 분명히 웃었지?"

"어? 너도 봤어? 나도 봤는데. 착각인 줄 알았는데."

그 둘은 분명히 봤다. 아주 살짝, 아주아주 조금이지만 김환석의 입가가 씰룩거렸었다. 김상희가 안겼을 때 분명 그랬다.

"그럼…… 자기 웃은 거 안 들키려고 11층까지 집어 던진 거야?"

"내가 혹시 몰라서 마력을 운용해 봤는데 다치진 않은 것 같더라."

두 나이트는 서로를 쳐다보다가 이내 고개를 끄덕였다.

"그거…… 마력으로 보호해 주지 않으면 안 되는 거잖아?"

"그렇지. 마력 보호 없이 15층 높이까지 날아가 11층에 그냥 떨어졌으면 최소 어디 한 군데는 부러졌을걸."

"네가 마력 보호 걸었어?"

"아니, 나는 아닌데. 네가 걸은 거 아니었어?"

"나도 아닌데."

"설마……."

두 나이트는 이내 고개를 저었다.

"그럴 리가 없잖아. 비접촉 상태에서 마력 보호라니. 그거 마력 엄청 잡아먹는다고."

"맞아. 둘째 왕자님이 그런 미친 짓을 했을 리가 없지."

한편, 11층까지 날아갔었던 김상희 공주가 다시 1층으로 내려왔다. 시간이 조금 더 걸린다 싶었더니 그새 옷을 갈아입은 모양이다.

"소녀는 오라버니께 더 예쁜 모습을 보여주고 싶어서 옷을 갈아입었답니다."

김환석은 분수대에 앉은 상태로 말했다. 김상희에겐 눈길도 주지 않았다.

"어차피 못생겼어 넌."

"저는 비록 못났지만 오라버니와 함께 이곳에 있을 수 있어서 정말 기쁘답니다."

김상희는 김환석 옆에 다소곳하게 섰다. 이곳에 왜 왔냐고 묻지는 않았다. 어차피 용건이 있어서 부른 적은 없으니까.

"며칠 이내로 좋은 소식이 갈 거다."

"네……?"

"그런 줄로 알아."

김환석은 마치 네게 생기는 좋은 소식 따위는 전혀 알 필요도, 가치도 없다고 주장하는 듯한 모양새로 등을 돌리고 걸어가 버렸다.

'아니, 도대체 나한테 좋은 소식이 있다는 걸 네가 왜 직접 말해? 그것도 왜 여기까지 찾아와서 굳이……?'

김상희도 그 이유는 몰랐다. 설마 지가 무슨 생색이라도 내려고 일부러 찾아온 건 아닐 테고. 김상희는 영문을 몰라 고개를 갸웃했다.

먼발치에서 강희아 공주가 그 모습을 지켜봤다.

'저 공주…… 죽은 게 아니었어?'

그녀는 조금 전 하늘로 내던져진 김상희의 몸을 분명히 기억하고 있다. 그런데 어떻게 이럴 수가 있지?

'말도 안 돼…… 둘째 왕자님과 대화를 나누다니…….'

그동안 소문으로만 퍼져 있던 것이 사실이었다. 김상희 공주는 워낙에 베일에 가려진 공주다. 그녀에게 접근할 수가 없어서 온갖 소문이 퍼졌다. 중성화의 영광을 받았다는 소문까지 퍼져 있을 정도니까.

'설마, 진짜 중성화……?'

그것 말고는 이 상황이 설명이 안 됐다.

6일이 지났다.

김상희 공주에게 보배라는 칭호가 내려졌으며 그에 따라 가족 파티가 계획됐다는 걸 강희아 공주도 들었다. 강희아 공주는 확신했다.

'이론으로만 존재했던 중성화…… 그것이 성공한 것이 틀림없어.'

모든 상황이 이해가 됐다. 왜 김상희 공주가 그토록 베일에 싸여 있었는지. 왜 다른 공주들과 접촉을 하지 않았는지. 그녀는 여태껏 실험체로 사용되어 왔던 것이다. 운 좋게도 그 실험체가 중성화에 성공한 것 같다. 그러니까 왕자님과 대화도 하고, 안기는 불상사를 저질렀어도 사형당하지 않았겠지.

'아마…… 가족 파티에서는 중성화를 받을 공주들을 뽑을 거야.'

그런 생각에 강희아 공주는 아주 조금이지만 행복해졌다. 마력을 아주 조금이라도 가질 수 있다면 그만큼 행복한 일이 또 어디 있을까.

바로 내일, 가족 파티가 시작된다. 모르긴 몰라도 중성화에 지원할 계집아이를 또 뽑을지도 모를 일이다.

'내가 가장 먼저 지원하겠어.'

큰 꿈을 품었다.

왕국 최초의 가족 파티가 시작됐다.

왕이 주최하는 왕국 역사상 최초의 가족 파티에는 14명의 왕비와 38명의 공주, 그리고 4명의 왕자가 참여하게 된다. 그런데 그 가족 파티가 벌어지기 며칠 전부터 공주들 사이에 이상한 소문이 돌기 시작했다.

“김상희 공주가 중성화에 성공한 첫 번째 실험체래.”

“그래서 왕자님들이 많이 아꼈던 거였어.”

“소녀식 때를 떠올려 봐. 왕자님이 왜 그렇게 그 공주를 아꼈겠어?”

“맞아요. 그것 말고는 설명이 안 돼요.”

설명이 안 되진 않는다. 김상희는 항상 자기 스스로 내 안에 아줌마가 있다고 말한다. 전생에서는 꼬리 100개쯤 달린 여시로 통했다. 애교 피우는 여자도 거의 없는 이 세상에서 남자와는 눈도 못 마주치는 여자들과는 달라도 아주 다른 김상희가 자신만의 매력으로 왕자들을 자기편으로 만들었다. 그러나 다른 공주들은 그걸 모른다. 김상희 공주와 격리되어 있기 때문이다.

제8공주 이선화는 손톱을 잘근잘근 깨물었다.

“중성화라…….”

이선화는 제9공주인 강희아와 상당히 친했다. 동갑이기도 했고 마음이 잘 맞기도 했다. 강희아가 말했다.

“소녀는 꼭 중성화에 지원하겠어요.”

“하지만 중성화라는 건…… 아직까지 이론만 존재했었던 거잖아.”

“그래도 이번에 성공했잖아요. 확실히 김상희 공주는 유별난 구석이 있었어요. 여태까지 격리되어 있던 것도 그렇고 왕자님들과의 교류가 잦았던 것도 그렇고. 다른 공주들과는 확연히 달라요. 중성화에 성공한 것 말고…… 이런 대규모의 가족 파티를 벌이는 이유가 또 있을까요?"

이선화는 고개를 끄덕였다. 이선화 역시 그렇게 생각했다.

"그래서 희아 너는 중성화에 지원할 생각이야?"

"네, 반드시 하고 말겠어요."

"차라리 강서영 왕비님처럼 아들을 낳는 것이 더 나을 수도 있어."

3년 전, 강서영 왕비는 쌍둥이를 낳았다. 아들은 물론이고 딸까지도 마력을 갖는 진귀한 풍경이 벌어졌고 덕분에 강서영 왕비의 지위는 굉장히 높아졌다. 신분 상승을 위해선 아들을 낳는 게 최고다. 그러나 중성화를 하면 아들을 못 낳게 되지 않는가.

강희아는 주먹을 꽉 쥐었다.

"아들을 낳는 것보다는 마력을 갖는 것이 더 나을 거라고 생각해요."

공주들 사이에서 이상한 소문이 계속 퍼졌다.

나는 새로운 사실을 알 수 있었다. 14명의 왕비와 38명의 공주, 그리고 4명의 왕자가 참여하는 가족 모임이 이름하여 '보배 수여식'이란다. 그러니까 이 거창한 가족 모임이 나한테 보배라는 칭호를 주려고 기획한 거란다. 나는 안다.

'개차반 입장에서야 별거 아니겠지.'

그냥 수많은 왕비-심지어 숫자가 계속 늘어난다-와 더 많은 공주야 그냥 부르면 네, 하고 오는 약자들이고 4명의 왕자만 불러 모아 파티나 하면 되는 거니까. 내가 우리 개차반 씨를 많이 파악했는데, 그 개차반 씨는 정말 별생각 없을 거다. 아마도 보배라는 칭호도 그냥 대충 생각하고 말았겠지. 분명하다. 틀림없다!

그런데 막상 당하는(?) 왕비와 공주들에게는 전혀 다른 문제다. 그들은 왕의 눈치를 봐야 하는 사람들이다. 속된 말로 잘못 찍히면 그냥 죽어나가는 게 바로 이 세상이다. 도대체 왜 이런 가족 모임을, 그것도 왕국 최초로 기획했는지 생각하느라 모두가 머리를 굴리고 있을 게 뻔했다.

그들과 입장이 다른 나는 마음이 편하다.

'웬일로 나한테 그런 칭호를 주지?'

이건 많은 의미가 있는 거다. 단순히 칭호를 주는 건 별로 큰 문제가 아니다. 그러나 왕이 직접 가족 모임을 기획하고 또 직접 칭호를 내린다는 그 사실이 중요한 거다.

왕이 저만치 높은 곳 가운데 있는 황금 의자에 앉았다. 양옆에 2명씩 왕비님들이 앉았다. 나의 엄마인 강서영 씨도 저기 앉았다. 저 특별한 왕비들이 누구냐고? 바로 왕자를 생산한 왕비들이다.

개차반이 말했다.

"이번 가족 모임은 김상희 공주 때문에 기획했다."

공주들이 나를 쳐다봤다. 나는 애초에 마음을 다잡고 있었다. 이름부터가 '보배 수여식'이다. 그렇다면 나를 따로 불러 무언가 표창 같은 걸 해주겠지. 솔직히 달갑지는 않다. 나는 공주들과의 교류가 없어 친분이 거의 없는 상태다. 이러면 시기와 질투의 대상이 되고 말 텐데. 내가 바라는 바는 아니다.

그런데 공주들이 날 보는 시선이 좀 묘하다. 뭐랄까, 시기와 질투라기보다는 선망의 대상으로 보는 듯한 그런 느낌이랄까? 뭐야. 좀 이상해. 하기야 지금 당장은 부러울 수도 있겠지. 얼마 지나지 않아 시기와 질투로 바뀔 수도 있다는 게 문제겠지만.

"……와 같은 공로를 인정하여 김상희 공주에게 보배의 칭호를 내린다. 김상희 공주는 내게 가까이 오라."

속마음이야 어찌 됐든 나는 내가 지을 수 있는 최대한 밝은 미소를 지었다. 이 표정을 굳이 육성으로 표현해 보자면 '나는 아빠가 세상에서 제일 좋아요'라고 주장하는 듯한 표정이다. 개차반 씨는 내 느린 걸음을 보기 귀찮다는 듯 손가락을 까딱거렸다.

"꺄아악! 아, 아버님!"

아바마마라는 단어는 이제 사전에서 지워졌다. 그래서 아버님이란 단어를 썼다. 그거야 둘째 문제고 내 몸이 날았다. 김환성이 던져대는 헝겊 인형처럼 나는 가볍게 개차반의 앞까지 날아왔다. 나는 둥둥 떠서 팔다리를 마구 휘저었다. 그때 나는 봤다. 개차반의 입꼬리가 살짝 올라간 것을. 젠장, 망했어. 나는 지난 몇 년간 저 표정을 봤다. 나는 체념했다. 여긴 어디인가. 나는 누구인가. 나는 나를 포기해야 했다.

"꺄아아아악!"

정신을 놨다. 정신을 붙잡고 있을 수가 없다. 어찌나 교묘하게 나를 이리저리 날리는지 나는 눈을 질끈 감았다. 아, 이대로면 진짜 죽겠구나. 그런 마음이 절로 들었다. 물론 개차반이 날 죽이지야 않겠지만 만에 하나라도 실수를 해서 이 속도로 내 머리가 저기 저 대리석 기둥에 부딪치면 난 그냥 죽는 거다. 나 죽이고 나서 '어맛, 실수네' 하고 말하면 나는 정말 개죽음이 되는 거다.

"아, 아버님! 소녀가 잘못했어요. 요, 용서를 해주시어요!"

나는 이리저리 마구 날아다니면서 온몸을 웅크렸다. 하지만 개차반은 날 봐줄 생각이 없어 보였다. 지금 나는 눈을 감고 있어서 모르는데 저 자식 아마 무심한 얼굴로 입가에는 시크한 미소를 짓고서 손가락을 까딱까딱하고 있을 거다. 죽일 거야. 죽일 거라고. 엉엉.

평소보다 훨씬 오래, 그리고 다이나믹하게 날아다녔다.

김훈상은 어깨를 으쓱했다.

"흠, 오늘은 실패인가."

김상희 공주가 아무래도 다른 왕비, 공주들의 눈치를 보는 것 같았다. 보통 이 정도 마구 날리다 보면 아빠라는 단어가 나왔는데 오늘은 안 나온다. 김상희를 초죽음으로 만든 김훈상은 이쯤하지 뭐, 하고 가볍게 생각했다.

김상희가 김훈상의 앞까지 날아왔다. 속도가 굉장히 느려졌고 이내 김훈상 앞에 멈춰 섰다. 김상희는 허공에 뜬 상태로 팔다리를 허우적거리고 있었다. 김훈상이 땅에 내려줬다. 땅에 내려온 줄도 모르고 김상희는 팔다리를 허우적거리고 있었는데 김환성은 뭐가 그렇게 신이 났는지,

"오예! 나도 빙글빙글 날아간닷! 돈다 돌아!"

하고 외치며 방금 김상희가 날아다닌 그 코스를 정확하게 따라가며 몸을 날렸다. 마치 탱탱볼이 이리 튀고 저리 튀는 것 같았다.

"끼얏호!"

하여튼 '보배' 칭호의 수여식은 그렇게 끝났다. 보배 수여식을 보면서 왕비들과 공주들은 머리를 굴려야만 했다. 이 수여식에 어떤 정치적인 계산이 있을지 모른다고 생각했다. 만약 공주들 중 누군가가 나쁜 마음을 품고 왕자를 독살하려고 했다거나, 있을 수 없는 일이지만 그런 의도를 품고 있는 누군가가 있다면, 그걸 알아내고자 이런 파티를 벌여 지켜보고 있는 거라면? 왕궁에 피바람이 불 것이다. 공주들은 아직 4년 전 신수영 공주의 처형을 잊지 않고 있었다.

강희아 공주는 생각했다.

'중성화 지원자는 도대체 언제 뽑는 거지……?'

잠깐이지만 그게 아닌가 싶기도 했다.

'설마 정말로 순수한 의미의 가족 모임은 아닐 거야.'

분명히 그럴 거다. 정치적인 뭔가가 분명히 있을 거다. 강희아 공주는 조심스레 왕을 올려다봤다. 김훈상은 턱을 괴고 앉은 상태로 김상희를 다시 둥둥 띄워 올리는 중이었다.

"아, 아버님. 소녀가 죽을죄를 지었어요. 소녀를 가여이 여겨 주세요."

라는 안타까운 외침이 들려왔다. 강희아 공주는 눈물이 나올 뻔했다. 저 공포, 잘 알 것 같다. 정말로 죽을 수도 있다는 그 공포. 얼마 전 분수대 앞에서 느꼈었다. 김환석 왕자를 마주쳤을 때 말이다.

그런데 놀라운 일이 벌어졌다. 강희아 공주는 눈을 크게 떴다. 강희아 공주뿐만 아니라 모두가 그랬다. 열심히 달려가는 시간에 아주 무거운 납덩이를 달아버린 것처럼 ,시간이 멈췄다. 모두의 시선이 한 곳에 집중됐다.

김상희 공주가 김훈상에게 안긴 것이다. 3살 어린아이도 아니고-비록 3살 어린아이라고 해도 불가능하겠지만-무려 12살씩이나 된 공주가 왕의 품에 안긴다? 이건 있을 수 없는 일이다. 왕자라면 모를까.

물론 김상희 공주의 뜻은 아니었다. 왕이 마력을 움직여서 이렇게 만들었다. 어쨌든 결과만 놓고 보면 김상희가 김훈상에게 안긴 꼴이 됐다.

김훈상은 별생각 없이 김상희 공주의 머리를 슥슥 쓰다듬었다. 사실 나름 익숙한 일이기도 했다. 김훈상은 김상희의 머리를 종종 쓰다듬곤 했었으니까. 김훈상이 뭔가를 말했다. 공주들은 긴장했다. 들리지는 않지만 무슨 끔찍한 말이 오가고 있을까 생각해 봤다. 보배라는 칭호 하나 받고 너무 거창한 것 아니냐부터 시작해 중성화를 포기하고 싶은 거냐, 라는 질문까지. 공주들은 끔찍한 상상의 나래를 펼쳤다.

나는 내 의지와는 상관없이 날아가 개차반에게 안겼다. 정신을 차렸다. 개차반에게 물려가도 정신만 차리면 산다. 그때 개차반의 목소리가 들려왔다. 아주 작은 목소리였다.

"울면 죽인다."

이 인간은 정말로 죽일 인간이야.

"옳지."

개차반은 내 머리를 슥슥 쓰다듬었다. 그리고 또 말했다.

"아빠가 너무 심했냐?"

이상하다. 아빠란 단어가 굉장히 느리게 들린 건 내 착각인가? 엄청 길고 느리게 발음한 것 같은데. 아니, 아마 착각은 아닐 거다. 이 개차반은 아빠라는 단어에 약간 집착하는 경향이 있다. 그래도 이 자식아, 내가 다른 공주들과 왕비들이 있는 자리에서 너한테 어떻게 아빠라고 부르냐. 나는 몸을 위로 쭉 빼서 김훈상의 귓가에 속삭였다. 옛다. 아빠 한 번 해준다.

"소녀는 아빠가 해주시는 모든 것이 황홀하고 좋아요."

두 번 황홀했다가는 정말로 죽겠지만. 이 자식은 그러고도 남을 놈이지만. 어쨌든 개차반은 내 대답이 마음에 들었는지 나를 아주 편안한 상태로 둥둥 띄워 아래까지 날려줬다.

개차반이 말했다.

"모두 가족 파티를 맘껏 즐기도록 해라."

공주들이 나를 힐끗힐끗 계속 쳐다봤다. 그럴 만도 하다. 이해한다. 성년이 되기 전에 공주들과도 여러모로 얘기를 나눠보는 게 좋을 텐데. 쌍둥이들 본다고, 또 왕궁 학자들을 만난다고 바빠서 그러질 못했다.

우리 막둥이 환혁이는 지금 공주들에게 충격과 공포를 선사하고 있는 중이다. 환혁이는 공주들에게 곧잘 '누나, 누나, 누나. 이것두 맛있어 먹어봐' 하고 붙임성 있게 다가가서 수다를 떨고 있었다. 공주들에게는 그야말로 충격과 공포겠지. 무려 왕자님께서 '누나'라는 단어를 사용하며 접근 중이니까.

조금 쉽게 비유를 들자면 자신을 언제든 죽일 수 있는 호랑이쯤 되는 맹수가 귀여운 표정을 짓고 이거 먹어봐, 이거 먹어봐, 하고 권하는 형국 아닌가. 조금 과장하자면 공주들에겐 '안 먹으면 뒤져'라고 들릴 거다. 우리 환혁이는 그렇게 나쁜 아이가 아니라서 안 먹는다고 해도 달리 마음에 담아 두지는 않겠지만, 공주들은 우리 환혁이에 대해서 모른다.

"그래도 상희 누나가 제일 제일 예쁘다 뭐."

환혁이는 나한테 달려와서 안겼다. 역시 환혁이는 내 얼마 안 되는 희망이다. 우리 첫째 오빠는 나와 환혁이를 흐뭇한 눈으로 쳐다보고 있다. 이 둘이 내 삶의 희망이다. 비록 공주들에게는 충격과 공포겠지만.

시간이 조금 지났다. 개차반은 와인을 한 모금 마시고서 자리에서 일어섰다.

"오늘 보배 수여식을 맞이하여 내가 소소한 이벤트를 하나 준비했다."

모두가 집중했다.

"지금부터 3시간 이내에 내게 선물을 갖고 와라. 가장 마음에 드는 선물을 주는 사람에게 나도 친히 선물을 내리겠다."

누가 개차반 아니랄까 봐. 저 자식, 이벤트 내용도 겁나 이기적이다.

공주들은 침을 꿀꺽 삼켰다. 이제야 본론이 나오는 것 같다. 중성화와 관련된 얘기가 나오지 않을까 싶다.

"지금부터 3시간 이내에 내게 선물을 갖고 와라. 가장 마음에 드는 선물을 주는 사람에게 나도 친히 선물을 내리겠다."

공주들은 직감했다. 가장 마음에 드는 선물을 3시간 이내로 구해오는 공주에게 중성화의 영광을 내려줄 거다. 분명 그랬다. 특히 강희아 공주는 열의에 불타올랐다. 그녀는 다른 공주들보다도 마력에 대한 갈망이 더 컸다.

'무슨 선물을 드려야 하지……?'

공주들과 왕비들, 심지어 왕자들까지도 흩어졌다. 3시간 안에 왕의 마음에 드는 선물을 가져오기 위해서 말이다.

쌍둥이 남매인 환혁과 상아는 정원으로 나갔다. 둘은 싸웠다.

"난 짱 큰 사마귀를 잡을 거야."

"난 짱 큰 매미를 잡을 거예요!"

"내가 훠어어어얼씬 큰 사마귀 잡을 거야."

"내가 훠어어어어어어얼씬 큰 매미 잡을 건데요?"

"내가 훠어어어어어어어어어어어얼씬 큰 거!"

"내가 훠어어어어어어어어어어어어어어어얼씬 큰 거!"

3살짜리 두 꼬맹이는 별로 많지도 않은 마력을 운용해가며 정원을 이리저리 뛰놀았다.

3시간이 지났다. 왕자, 왕비, 공주들이 다시 파티 홀로 들어섰다.

김훈상이 자리에서 일어섰다.

"약속한 시간이 다 됐다. 그럼 누구부터 내게 선물을 줄 테냐?"

강서영 왕비와 강희아 공주가 가장 먼저 손을 번쩍 들었다. 김훈상은 흐음…… 하고 턱을 매만지다가,

"왕비가 먼저 가까이 오라."

라고 말했다.

"그래, 뭘 준비했지?"

"저는……."

보통 놀라는 쪽이 아닌 놀랍게 만드는 쪽이었던 김상희 공주가 화들짝 놀라며 눈을 부릅떴다. 강서영 씨가 반란(?)을 일으켰다.

'가, 강서영 씨……?'

나는 강서영 씨에 대해 단단히 오해하고 있었음을 오늘에서야 깨달았다. 사실 강서영 씨는 예쁘다는 것과–왕비들은 기본적으로 다 예쁘다–마력 운용이 가능한 쌍둥이 아기를 낳았다는 것을 제외하면 그렇게 특별할 구석이 없는 평범한 이 세계의 여자였다. 적어도 나는 그렇게 생각했다. 즉, 남자에게 아무 말도 못 하고 그저 순종적이며 유혹 따윈 모르는 그런 여자라고 생각했었다. 그 생각이 틀렸다.

강서영 씨가 말했다.

"저는 당신에게 무엇을 드려야 할지…… 도저히 가늠할 수가 없었어요. 당신은 저의 태양이시며 저의 모든 것이며 모든 것을 가지신 분이시니."

개차반 저 자식은 저런 아부를–강서영 씨는 진심이겠지만. 그래서 더 어이없다–매우 당연하다는 듯, 별다른 감흥도 없다는 듯 고개를 끄덕이며 앉아 있다. 내가 개차반 멍치도 언젠가 세게 때리고 만다.

"저는 제 모든 것을 드리기로 작정했답니다."

"그래서?"

"저를 드리겠어요. 오늘 밤 저의 침실로 와주시어요."

이건 정말 파격적인 거다. 왕이 직접 가겠다고 하지도 않았는데 침실로 오라고 했다. 달리 말하자면 왕비가 왕에게 명령을 한 거다. 이 세계에는 유혹의 개념이 없다. 이건 명령이다. 나 빼고 다른 누군가가 본다면 분명히 그런 거다. 하지만 나는 약간 다르게 생각한다. 이곳의 남자들은 생각보다 단순하다. 여자들이 워낙에 그 숫자가 많고 억눌려져 있어서 아예 유혹이라는 것 자체를 못한다. 그러니까 여자들의 머릿속에는 유혹이라는 개념 자체가 없는 거다. 하지만 저건 분명 유혹이다. 이 세계 남자들에게는 매우 특별하고 특별한 것이라는 소리다.

아니나 다를까, 왕비들은 강서영 씨를 쏘아보거나 입을 벌렸다. 저렇게 충격적인 일을 아무렇지도 않게 벌이다니. 역시 내 엄마다. 나이스 샷.

개차반이 뭐 별거 있냐는 듯 시크하게 말했다.

"당신은 원래 내 거고."

"그, 그건……."

이봐, 강서영 씨. 당황하지 마요. 저 개차반 지금 좋다고 표현한 거야. 절대 싫다고 한 거 아니니까 괜히 쫄지 좀 마요. 보는 내가 안쓰럽게.

왕비들도 경악하고 있는 게 눈에 훤히 보인다. 아니, 뭘 경악하고 그래. 당신들이 생각을 못해서 그렇지 꽤나 괜찮은 선물이었다고. 물론 충격과 공포인 건 알아. 알고말고. 그러니까 살살 녹여서 다뤄 줘야 한다는 걸 전혀 못하고 있지.

개차반이 말했다.

"다음."

다음 차례는 제9공주인 강희아였다. 강희아가 준비한 것은 영롱한 빛을 뽐내는 에메랄드 귀걸이였다. 아무래도 마력이 담긴 물건 같았다. 저런 물건을 어디서 어떻게 구했는지는 모를 일이지만 어쨌든 겉모양은 예뻤다.

"예쁘다……."

나는 나도 모르게 중얼거렸다.

김훈상은 피식 웃었다. 재미있다. 수많은 아내 중 한 명인 강서영은 약간 재미있는 구석이 있었다. 저렇게 당돌한 계집아이라니. 기분 나쁘진 않았다. 오히려 좋았다. 다른 아내였다면 건방져 보일 수도 있었는데, 강서영이라면 괜찮았다. 요즘 안 그래도 강서영의 침실에만 들르고 있던 참이었다.

그 다음 물건은 에메랄드 귀걸이였다. 희미한 마력이 느껴졌다. 아마 저 공주는 정말 힘들게 저걸 구했을 거다. 그러나 그런 건 아무래도 상관없다. 어차피 그는 왕이며 저런 물건 같은 건 쉽게 구한다. 엄청난 아티팩트나 고대 유물도 아니고 저런 것쯤은 필요도 없다. 그냥 너나 가져, 라고 말하려고 했는데 예민한 그의 청각 신경에 목소리가 들렸다.

"예쁘다……."

김훈상은 다시 한 번 피식 웃었다. 꼴에 계집아이라고 반짝거리는 것을 좋아하는 모양이었다. 필요 없다고 말하려다가 마음을 고쳐먹었다.

"좋군. 다음."

쌍둥이 남매가 헐레벌떡 뛰어왔다.

"아빠! 저는 이러어어어어엏게 큰 사마귀를 잡아왔어요!"

"아버님! 저는 이따아아아아아아아아아만큼 큰 매미를 잡아왔어요!"

"아빠! 저는 이러어어어어어어어어어어어어엏게 큰 사마귀예요!"

"아버님! 저는 이따아아아아아아아아아아아아아아……."

말을 하던 김상아는 숨이 차서 헐떡거렸다. 김훈상이 친절하게 설명해 줬다.

"마력을 잘 운용해야 호흡이 흐트러지지 않는 거다."

다른 공주들과 왕비들은 상아를 부럽다는 듯 쳐다봤다. 마력을 타고난 여자. 마력을 타고났기 때문에 저렇게 왕과도 편하게 지낼 수 있다. 물론 왕자만큼은 아니지만 그래도 신분의 격차는 확실했다.

김환혁이 진지하게 물었다.

"그래서 아빠는 뭐가 더 좋아요?"

그러자 김훈상도 진지하게 얘기했다.

"둘이 싸움 붙여서 이기는 쪽."

사마귀를 잡아온 김환혁이 활짝 웃었다. 아무래도 매미보단 사마귀가 더 세니까. 두 팔을 들어 올려 만세를 불렀다.

"이겼다!"

와, 진귀한 물건을 많이도 구해 왔구나. 그런데 참…… 가슴이 아프다. 남자들에 대해서 연구를 좀 하셨으면 좋았을 텐데…… 라는 생각이 절로 든다. 이 세계의 남자들이 단순한 것처럼 이 세계의 여자들도 정말 단순하다. 아니, 생각 자체를 할 수 없는 그런 상황이어서 그럴 수도 있는 건지, 아니면 이쪽 인간이 아예 이렇게 설계되어서 태어나는 건지 모르겠지만 그래도 정말 답답하다.

'소한테 생고기를 주면 좋아하겠냐고! 호랑이한테 풀을 주면 좋아하냐고! 이 아가씨들아!'

좀 황당했다. 여자들은 열심히 선물을 준비했는데 대부분 작은 액

세서리 종류였다. 생각해 봐. 왕에게 저런 목걸이나 귀걸이 따위가 필요하겠어? 필요하겠냐고? 앙? 이 바보들아!

내 차례가 왔다. 개차반의 목소리가 들려왔다.

“그래서, 너는 뭘 준비했지?”

좋았어. 작전 실행이다.

“소녀는…….”

당황한 척, 부끄러운 척, 수줍은 척. 내가 할 수 있는 척이란 척은 다했다.

“어서 말해봐라. 질책은 하지 않을 테니.”

“소녀가 아버님께 좀 더 가까이 다가가도 될까요?”

개차반은 대답하기도 귀찮다는 듯 내 몸을 붕 띄웠다. 이 자식아, 말 좀 하고 해줘. 놀라잖아!

개차반 앞에 선 나는 두 팔을 벌렸다. 누가 봐도 안아달라는 제스처다. 내가 지금 위쪽에 있어서 뒤의 상황이 보이지는 않는데 아마 다들 경악하고 있겠지. 왕자도 아니고 공주 따위가 왕에게 안아달라는 시늉을 하고 있으니.

‘나는 아직 겨우 12살밖에 안 됐어.’

나는 겨우 12살이다. 아직 어린 꼬맹이다. 꼬맹이다. 계속해서 내 스스로를 세뇌했다.

아참, 12살 얘기가 나와서 말인데, 나는 누구도 알아주지 않지만 12년 동안 정말 열심히 노력했다. 다리 길어지라고 밤마다 스트레칭도 하고 그나마 갖고 있던 요가 지식들을 활용해가며 어릴 때부터 몸매를 가꾸려고 굉장히 노력했다. 여자의 아름다움은 하나의 무기다. 나는 그렇게 생각한다. 머리끝부터 발끝까지, 나는 세심한 주의와 노력을 기울인다…… 라고는 해도 어차피 나는 12살이다. 그런 노력이 빛이 나는 시기가 아니라는 뜻이며 그 말은 다시 말해 나는 꼬맹이라는 소리다. 나 꼬맹이 맞다고. 내 안에 아줌마 없어! 그래, 나를 잊는 거야.

수많은 사람의 경악을 뒤로 한 채, 개차반이 나를 안아 들었다.

"소녀는 아버님을 전심을 다해 사랑하고 있답니다. 소녀의 목숨보다도 훨씬 더 많이요."

그리고 기습적으로 개차반의 볼에 뽀뽀를 해줬다. 아, 내 입술, 내 순결. 짜증 나. 개차반한테 바치다니. 12년간 지켜온 나의 순결한 입술을 바쳤다. 나는 어린아이야. 그러니까 괜찮아. 젠장, 내 입술 엉엉.

속마음과는 다르게 나는 활짝 웃었다. 눈웃음도 쳤다. 참고로 눈웃음은 밤마다 거울을 보며 연습했다.

"소녀는 아버님이 너무너무 너무너무 너무 좋아요."

가족 파티가 이루어지고 있는 홀 안이 정적에 휩싸였다. 강서영 왕비의 행동은 이미 파격이었다. 그런데 그보다 더한 파격이 벌어졌다. 공주 따위가 감히 왕에게 안겼고 왕에게 뽀뽀를 했다.

제9공주 강희아는 혼란에 휩싸였다.

'정말…… 중성화가 맞긴 한 거야……?'

강희아가 보는 김상희 공주는 중성화와는 거리가 굉장히 멀어 보였다. 머릿속이 마구 헝클어지는 느낌이었다. 뭐가 뭔지 모르겠다. 게다가 감히 왕께 뽀뽀라니. 어떻게 저런 불경한 행위를 할 수 있단 말인가.

'죽을…… 거야…….'

철이 없어도 너무 없다. 역시 공주들에게 교육을 받지 못한 티가 팍팍 난다. 교육을 제대로 받았다면 저런 불상사는 일어나지도 않았으리라.

강희아만 충격에 빠진 게 아니었다. 모두가 충격에 빠졌다. 정적에 휩싸였다. 그 정적을 깬 사람은 다름 아닌 왕인 김훈상이었다.

"하하하하하하!"

김훈상은 크게 웃었다. 그러더니 이내 정색했다. 공주들과 왕비들은 긴장했다. 폭풍 전야다. 다들 그렇게 생각했다.

"당돌하구나 계집."

저 멀리 홀 입구에서 보안을 서던 나이트들은 이상한 점을 알아차렸다. 그들은 고개를 갸웃하며 속삭였다.

"그런데 어떻게 김상희 공주가 왕께 스킨십을 할 수 있었지?"

"그거야 당연히 왕께서 허락하셨기 때문이지."

"역시 그렇지?"

겨우 어린아이, 그것도 계집아이가 가까이 다가오는데, 그게 싫다면 가만히 놔둘 왕이 아니다. 만약 싫었다면 아마 저 공주는 이곳, 입구까지 날아와 피를 철철 흘리며 쓰러졌을 거다. 애초에 왕이 허락하지 않았다면 아예 접근조차 못 한다. 아무리 날고 기는 나이트도 왕에게 상처 하나 내지 못하는 판국인데 마력 운용도 못 하는 계집이 왕의 몸을 건드렸다는 건, 왕의 허락이 있었다고밖에는 볼 수 없었다.

"왕비와 공주들은 엄청 놀란 것 같은데."

"나도 많이 놀랐어. 뭔가 좀 많이 변했나 보네. 몇 년 전에는 신수영 공주도 직접 처형하셨는데……."

"뭔가 분위기가 바뀌셨달까……. 그나저나 신세계군. 이 기분 뭐지?"

"너도 그래? 나도 이상하게 뭐랄까? 흐뭇한 기분이랄까? 정말 요상한 기분이 드는군."

김훈상이 말했다.

"이것이 네 선물이냐?"

김상희는 연기했다.

"소녀의 선물이…… 너무 값어치가 없었다면…… 소녀를 오늘 밤 죽여주시어요. 소녀가 잘못했어요."

물론 그녀도 안다. 김훈상이 허락해 줘서 뽀뽀가 가능했다. 김훈상은 지금 좋아하고 있다. 당연히 죽을 일은 없다. 하지만 연기에는 혼신의 힘을 다했다. 정말 죽을 수도 있다고 생각하는 것처럼 말이다.

김훈상이 피식 웃었다.

"마음에 드는군."

그는 좌중을 둘러보며 제법 호탕한 목소리로 선언했다.

"김상희 공주의 선물이 제법 마음에 들었다. 내 마음이 흡족하니 이곳에 모인 모든 이에게 퓨리어스 한 방울씩 하사한다."

"폐, 폐하!"

왕비들과 공주들, 심지어 김상희 공주까지도 깜짝 놀랐다. 퓨리어스가 무엇이던가. 한 방울만 마셔도 평생 잔병치레 걱정이 없다는 희대의 성수가 아니던가.

고려 왕국은 제국 다음으로 가장 부강한 왕국이다. '프리온 나이트'를 소유한 제국보다 무력은 약하지만 경제력은 충분히 갖추고 있다. 그렇다고는 해도 퓨리어스는 너무 과한 처사였다. 아무리 통이 크다 해도 이건 정말 너무했다.

퓨리어스 한 병이면 작은 왕국 하나 정도는 통째로 사들일 수 있을 정도로 어마어마한 보물이었다. 참고로 퓨리어스는 왕의 개인 사재이며 이곳에 모인 이들에게 한 방울씩 하사한다고 해도 한 병 정도는 필요했다. 말 그대로 작은 왕국 하나 값이다.

첫째 왕자인 김형석이 중재했다.

"아버님, 그건 너무 과한 처사가 아닌가 싶습니다."

"퓨리어스는 또 구하면 된다."

김형석은 그 말에 물러났다. 그 말을 해석해 보자면, 퓨리어스는 또 구하면 되지만 지금 이 순간 김상희 공주의 값어치 있는 선물은 더 이상 받을 수 없다는 뜻이었다. 물론 왕이 '사랑해 마지않는 딸내미가 아빠한테 처음 해주는 볼 뽀뽀'라고 직접적으로 표현하지는 않았지만 현명한 왕자인 김형석은 그 말의 뜻을 충분히 이해하고도 남았다. 그 역시 심정적으로도 이해가 됐다. 그가 보기에도 상희 공주는 사랑스럽기 그지없다. 아버지가 보기엔 더더욱 흐뭇할 터. 단순히 물질적인 가치 이상의 그 무언가가 분명 있었다.

'하기야 다른 곳도 아니고 우리 고려 왕국이라면…… 퓨리어스를 하사할 수도 있지.'

아무도 모르는 사실이 있다. 적어도 타국은 모른다. 김형석은 저도 모르게 웃고 말았다.

'아버님께서 저렇게 즐거워 보이는 건 처음이다.'

저 즐거운 기분을 굳이 깨고 싶지는 않았다. 모두가 충격에 빠진 가운데 김훈상이 말을 이었다.

"오늘 이 자리에 특별한 사람을 한 명 초대했다."

이 모임은 보배 수여식이자 가족 파티다. 수호자격인 나이트를 제외하면 가족 외의 다른 인물은 누구도 초대받지 못했다. 그런데 특별한 사람이란다.

문이 열렸다. 남자 한 명이 걸어 들어왔다. 모두가 주목했다. 김상희의 몸이 굳었다.

'한진수가 여길 왜……?'

"아니, 중요한 승급 시험을 앞둔 애가 도대체 거긴 왜 갔어?"

곽기현이 투덜거렸다. 아무리 생각해도 친구를 이해할 수가 없었다. 뭐라더라? 약혼녀의 보배 수여식인지, 가족 파티인지 하여튼 듣도 보도 못한 이상한 게 생겼는데 거길 찾아간단다.

"하여튼 이해가 안 된다니까."

그 계집애가 그렇게 좋을 리는 없다. 그건 확실했다. 애초에 이 세계는 '사랑'이란 감정이 굉장히 희귀하다. 잘난 남자면 잘난 남자일수록 사랑이란 사치스런 감정에 빠져들 확률은 거의 없다고 보면 된다. 그런데 친구는 그냥 잘난 것도 아니고 전 세계적으로 잘났다. 그런 친구 놈이 겨우 12살의 꼬맹이한테 사랑을 느낀다? 말도 안 되는 소리다.

"이상해. 이상해. 진짜 이상해."

곽기현은 인상을 찡그렸다. 혼자서 아무리 고민해 봐야 답은 나오지 않았다. 침대에서 혼잣말을 쉴 새 없이 중얼거리던 곽기현은 어느새 잠에 빠져들었다.

한편, 김훈상은 새로이 입장하게 된 한진수를 환영해 줬다. 왕국 내 최고의 천재다. 제국에서도 영입하려고 호시탐탐 노리고 있는 귀한 인물이니만큼 상당히 반갑게 맞이해 줬다. 파티 분위기 자체는 화기애애했다. 비록 김상희는 김훈상더러 아주 이기적인 개차반이라며 속으로나마 욕을 했지만, 어쨌든 김훈상은 굉장히 즐거운 듯 파티를 주도해 나갔다.

김상희는 혼란스러웠다.

'한진수는 도대체 왜……?'

도무지 한진수를 이해할 수 없었다. 한진수를 보면 과거의 한진수가 떠오른다. 그래서 마음이 복잡하다. 겉모습과 목소리는 똑같은데 그렇다고 과거의 한진수라 할 수는 없었다. 하지만 또 한진수가 아니라고 하기에도 애매했다.

'도대체 뭐가 어떻게 되는 거야?'

시간이 조금 더 지났다. 한진수가 김훈상에게 요청했다.

"드릴 말씀이 있습니다."

김훈상은 턱을 괴고 앉은 상태로 피식 웃었다. 오늘은 정말 기분이 좋은 듯했다. 여차하면 한진수에게도 퓨리어스 한 방울 정도는 하사할 기세였다.

"그래, 뭐냐?"

"제 약혼녀와 잠시 시간을 갖고 싶습니다."

한진수는 찔끔 놀랐다. 제아무리 천재라고는 해도 아직 김훈상을 당할 수는 없었다. 자신의 말이 끝나자마자 김훈상의 기세가 폭발적으로 쏟아져 나왔다. 거대한 벽같이 무거운 마력이 한진수의 몸을 짓눌렀다.

"왜?"

하지만 그건 아주 잠깐이었다. 언제 그랬냐는 듯 왕은 태평스레 앉아 있었다.

'착각…… 인가?'

너무 짧은 순간이어서 착각처럼 느껴졌다. 한진수가 말을 이었다.

"잠시 할 얘기가 있습니다."

"둘만? 따로?"

김훈상이 인상을 살짝 찡그렸다. 아무래도 뭔가 마음에 안 드는 듯한 모양새다. 한진수가 다시 조심스레 물었다.

"불가하겠습니까?"

김훈상은 잠시 눈을 감았다. 생각해 보니 불가할 일도 아니다. 아니, 오히려 좋은 거다. 안 그래도 제국에서 노리는 인재다. 뭐가 됐든 일단 김상희와 더욱 친하게 만들어서 확실히 사위로 삼으면 왕국에도 좋은 일이다. 이성적으로 생각하면 분명히 그런데 이상하게 마음에 안 들었다. 왜 그런지는 스스로도 몰랐다.

"아니, 안 될 건 없는데."

김훈상은 김상희를 부르기도 귀찮다는 듯 손가락을 까딱했다. 저 멀리서 포도 음료수를 홀짝홀짝 마시던 김상희가 비명을 지르며 날아왔다.

예고 좀 해줘, 이 개차반아! 음료수 다 쏟을 뻔했잖아! 김상희는 속으로 소리쳤다. 신기하게도 손에 들려 있던 잔의 음료수는 전혀 쏟아지지 않았다. 한진수는 그걸 보며 다시 감탄했다.

'왕의 마력 컨트롤 능력은 정말…… 엄청난 수준이구나. 나 따위는 쳐다볼 수도 없는 경지다.'

이 세계의 강함은 크게 3가지로 결정된다. 타고난 마력의 양과 질, 마력을 활용하는 컨트롤 능력, 마력의 출력을 제대로 뿜어낼 수 있는 신체.

마력의 그릇과 질(순도)은 태어나면서부터 정해진다. 인위적으로 늘릴 수 있는 방법도 있기는 하나 사실상 인위적인 방법은 그다지 효용성이 없다. 마력의 절대량은 태어나면서부터 정해진다는 말이다. 이건 '잘' 태어나는 수밖에 없다. 그래서 핏줄이 중요하다. 왕가의 핏줄. 특히나 고려 왕가의 핏줄은 엘리트 핏줄로 알려져 있다.

그리고 컨트롤 능력. 이것은 '마력의 양'과는 다르게 끊임없는 노력으로 일정한 경지 이상 성장이 가능하다. 컨트롤 능력이 떨어지면 100의 힘을 갖고 있어도 10도 못 끌어다 쓴다. 어떤 관점에서 보자면 컨트롤 능력이 절대량보다 더 중요하다고 볼 수 있겠다. 참고로 마력의 회복율 역시 컨트롤 능력과 크게 관련이 있었다.

그리고 마력의 출력을 감당할 수 있는 신체. 신체 역시 타고난다. 그러나 마력의 양처럼 절대적으로 정해진 건 아니었다. 신체는 단련하여 일정 수준까지 끌어올리는 게 가능했다.

그 예로 둘째 왕자 김환석은 마력을 컨트롤하는 능력은 뛰어나나 마력의 절대치가 조금 적은 편이며 신체는 보통 수준이다. 그에 반해 셋째 왕자 김환성은 마력의 절대량과 신체는 뛰어나지만 마력을 컨트롤하는 능력이 떨어진다. 물론, 어디까지나 김훈상의 관점에서 봤을 때 '조금 적은 편'과 '보통 수준'이라는 거다. 고려 왕가의 혈통은 절대 무시할 수 없다. 일반인의 기준에서 본다면 김환석 역시 천재의 수준을 뛰어넘긴 했다.

한진수는 김훈상을 보며 다시 한 번 감탄했다.

'왕께선…… 모든 능력을 다 타고나셨지.'

그 세 가지 능력이 골고루 발달한 왕. 그게 바로 현재 고려의 국왕 김훈상이었다. 적어도 지금 당장은 김훈상이 자신보다는 훨씬 강했다.

"아, 아버님!"

한진수는 묘한 걸 또 하나 발견했다. 김상희는 지금 허공에서 팔다리를 허우적대고 있는데, 그런 김상희의 몸을 마력이 감싸고 있었다. 아주 은밀하게 말이다. 바로 옆에서 유심히 보지 않았다면 정말로 모를 뻔했다.

'마력 보호……?'

비접촉 상태에서의 마력 보호. 저건 마력을 굉장히 많이 잡아먹는 고난이도의 기술이다. 그걸 저런 태평한 얼굴로 하고 있다. 대단한 건 둘째 치고 사실 이해할 수 없는 장면이기도 했다.

'설마…… 김상희 공주가 혹시라도 다칠까 봐서?'

아니다. 그럴 리가 없다. 망상을 떨쳐 내기로 했다. 방금도 왕의 컨트롤 능력을 봤다. 저 정도의 인간이 실수를 할 리가 없다. 왕에게는 정말로 너무나 쉬운 것이라 그냥 해준 것일 게 분명했다.

"꺄!"

김상희는 땅으로 떨어져 내렸다. 다치지는 않았다. 당연하다. 김훈상이 마력으로 보호해 주고 있었으니까. 아프지는 않은데 정말 깜짝 놀랐다.

"아, 아버님. 소녀의 간이 콩알만 해졌어요. 소녀가 또 무언가를 잘못했나요?"

김훈상이 말했다. 김상희의 입장에선 정말 뜬금없는 말이었다.

"통금은 9시다."

무슨 말이죠? 말을 좀 알아듣게 해봐. 앞뒤 다 자르고 통금은 9시라고 하면 내가 무슨 말인지 알아듣니? 이 개차반아!

김상희는 혼란스러워졌다.

'통금은 9시다' 라는 그 말이 무슨 뜻인지 이제 알겠다. 약혼자인 한진수가 난데없이 일대일로 잠깐 만나자고 했단다. 그래서 나는 지금 왕궁 내 정원을 거닐고 있다.

풀벌레 소리가 들려왔다. 하늘에는 맑은 달이 떴다. 별들도 보였다. 아, 예쁘다. 그러니까 제발 무슨 말이라도 좀 해봐. 어색해 죽을 것 같아. 감히 계집아이인 내가 너한테 먼저 말을 걸 수는 없잖아. 이럴 거면 도대체 날 왜 데리고 나온 거야?

솔직히 나는 개차반이 나한테 '통금은 9시다'라고 말했을 때보다 지금이 더 혼란스럽다. 한진수를 볼 때면 언제나 느끼는 감정이다. 한진수를 볼 때 이상하게 흔들리는 마음. 저건 그냥 얼굴이랑 목소리만 똑같은 거야 라고 수십 번씩 되뇌어 봐도 소용없는 이 마음의 정체가 뭔지, 이 극한의 남존여비 사회에서 한진수는 왜 자꾸 날 보러 오는 건지, 도무지 모르겠다.

"너."

나는 한진수의 얼굴을 올려다봤다. 키가 나보다 한참 커서 고개를 많이 올려야 했다. 한진수는 또 한참이나 뜸을 들였다. 나는 긴장했다. 무슨 말을 하려고 저렇게 뜸을 들이나 싶었다.

한진수의 입에서 놀라운 단어가 튀어나왔다.

"된장찌개 끓여 놓고 있을게."

"오, 오라버님?"

한진수의 표정이 심각해졌다.

"너, 확실히 이게 무슨 뜻인지 알고 있는 거냐?"

"……."

그 순간 나는 망치로 머리를 얻어맞은 것 같았다. 그럴 수밖에 없다. 이 세계에는 된장찌개란 게 없다. 아예 그런 단어 자체가 존재하지 않는 세상이다.

'도대체 어떻게……?'

그것뿐만이 아니다. 그날, 그러니까 내가 죽었던 그날, 내가 진수에게 들었던 말이다. 된장찌개 끓여 놓고 있을게. 그리고.

"일찍 들어와."

한진수가 뭔가에 홀리기라도 한 듯 중얼거렸다.

'된장찌개 끓여 놓고 있을게. 일찍 들어와', 내가 진수에게 들었던 마지막 말이 그와 똑같은 얼굴을 한 천재 입에서 흘러나왔다. 손발이 덜덜 떨려왔다. 단순히 우연의 일치라고 하기엔 너무나도 절묘했다.

"……."

무슨 말이라도 해야 해. 가만히 있으면 너무 이상하잖아. 나는 다른 세상에서 태어났다가 죽었고 그때의 기억을 가진 채 다시 살아났어. 이런 허무맹랑한 얘기를 할 수는 없다. 그랬다가는 미친년 취급받기 십상일 테니까.

'나는…… 뭐라고 해야 해?'

나는 무슨 말이라도 해보려고 입술을 움직여 봤지만 말이 나오질 않았다. 목이 매어왔다. 사랑한다고 한 번도 말해주지 못했었는데, 그 생각만 하면 아직도 가슴이 미어지고 애달픈데. 이 상황…… 모르겠다. 정말 모르겠다. 너무 혼란스럽다.

한진수는 개차반이 으레 그러하듯 날 들어 올렸다. 나는 비명도 지르지 않았다. 머릿속이 텅 비어버린 것 같았다.

"눈에 뭐가 들어갔냐?"

"소, 소녀는……."

도저히 입이 열리지 않았다. 한진수와 똑같은 얼굴, 똑같은 목소리, 똑같은 분위기, 거기에 이젠 똑같은 말까지. 이번이 두 번째다. 따뜻하게 잘 챙겨 입고 다니라던 그 쓸데없던 걱정에 이어서 또 나한테 똑같은 말을 했다. 그것도 내가 들었던 마지막 말을.

'그런 주제에…… 나한테 그렇게 쌀쌀맞게 굴지 말아줘. 제발 부탁이니까…….'

눈물을 억지로 참았다. 정말 필사적으로 참았다. 나는 이 한진수 앞에서 울고 싶지 않았다. 정확한 이유는 모르겠는데 하여튼 그랬다.

한진수는 허공에 나를 둥둥 띄운 상태로 나를 빤히 쳐다보다가 오른손을 들어 올렸다. 나는 멍하니 그냥 한진수의 얼굴을 쳐다보기만 했다. 은은한 달빛이 새어 들어왔다. 풀벌레 소리가 멎었다. 바람도 멎었다. 아주 잠깐이지만 세상이 정지한 느낌이 들었다.

"울지 마라."

한진수의 오른손 검지가 내 눈가를 닦았다. 결국 참고 참았던 눈물 한 방울이 기어코 흘러나오고 말았다. 한진수의 표정은 진지했다. 진지하다 못해 심각했다.

"나한테 도대체 무슨 짓을 한 거지?"

"……."

한진수가 내게 물었다.

"왜 나는 네가 울고 있으면 가슴이 아픈 거냐?"

달빛을 머금은 분수대의 물방울이 산산이 부서져 흩날렸다. 차가운 물방울이 내 볼에 닿았다. 마치 그게 내 부서진 눈물인 것처럼.

왠지 불길했다. 내겐 너무 익숙한, 문을 열고 싶지 않은 이 느낌. 지난 세월 동안 몸으로 익힌 느낌이다. 이 느낌, 정말 안 좋다, 제길. 이거 정말 좋지 않아. 문이 저절로 열렸다.

'물어왓……?'

그러나 물어왓! 소리는 들려오지 않았다. 아니나 다를까, 나의 불길한 예감은 어김없이 맞아떨어졌다. 김환성이다. 나의 셋째 오빠. 11살에 1차 각성을 마쳤으며 최연소 나이트 대대장의 자리를 꿰찬 우리 둘째 망나니.

그런데 우리 둘째 망나니 기분이 별로 안 좋아 보인다. 항상 실실거리며 웃었는데 오늘은 아니다. 심지어 조금 진지하기까지 했다. 야, 제발 너 무게 잡지 마. 장난으로 던진 돌에 개구리 맞아 죽어. 너는 돌도 아니고 심지어 바윗덩이라고.

김환성의 입에서 황당한 말이 튀어나왔다.

"지금 몇 시냐?"

나는 황급히 벽에 걸린 시계를 쳐다봤다.

"8…… 8시…… 58분이어요."

"통금이 몇 신데?"

"아, 아버님께서는 9…… 9시라고 말씀하셨어요."

나는 침을 꿀꺽 삼켰다. 나는 분명 예쁨받고 있다. 그러나 예쁨받는 것과 무서운 건 별개다. 물론 그럴 일이야 없겠지만 극단적으로 얘기해 보자면 내일이라도 얘가 '너 재수 없어, 죽어' 이러면 죽을 수도 있다. 솔직히 나 지금 진짜 쫄았다.

그런데 이놈 하는 말이 가관이다.

"아, 그랬어? 난 또 8시인 줄 알았지."

그리고 활짝 웃는다. 잇몸까지 드러나는 미소다. 저 자식, 지금 민망한 게 틀림없어. 나중에 시녀인 송수진 양한테 들어보니, 쟤는 8시가 통금인 줄 알고 있더란다. 그래서 8시부터 망나니가 이 방에서 죽치고 앉아 있었는데 너무 무서워서 다가갈 수도 없었단다. 8시 30분이 넘었을 때엔 숨 쉬기도 힘들었단다. 뭐 저딴 망나니가 다 있나 싶다. 그러면서 나한테 하는 말이 또,

"일찍 일찍 다녀라. 알겠냐?"

라고 말을 하는데, '야 그러는 너는 밤 10시 넘어서도 내 방 찾아와서 행패 부리잖아' 하고 따지고 싶었다. 난 공부도 열심히 하지만 최대한 빨리 자려고 노력한다. 그래야 피부결도 고와지고 키도 크니까. 내 나름대로의 노력을 알 리 없는 저 망나니는 시도 때도 없이 나를 괴롭히며 물어왓을 시켜 대는 주제에 어쩐 일인지 통금 시간은 철저하게 감시하는 듯했다. 아주 이중적인 놈이다.

그사이 나도 모르는, 나에 관한 커다란 사건이 왕궁 한편에서 시작되고 있었다.

김훈상의 개인 서재.

김훈상은 학자들을 만날 때면 곧잘 이 개인 서재를 애용했다. 오늘도 학자와 만났다.

76세. 학자임과 동시에 게이이며 김상희 공주를 개인 지도하는 알렉스는 팔짱을 꼈다. 그리고 심드렁한 표정을 지었다. 마치 '당신이 왕이 아니었다면 나는 아주 많은 욕을 했을 거요!'라고 주장하는 것처럼 말이다.

김훈상이 말했다.

"알렉스, 굉장히 불만이 많아 보인다."

"별로 그런 거 없습니다."

김훈상과 알렉스는 상당히 특별한 인연을 가지고 있다. 김훈상이 어렸을 적, 제국의 마력학원에 유학 가기 전까지 알렉스가 마치 보모처럼 김훈상을 돌봐줬었다. 당시 어렸던 김훈상은 알렉스보고 '학자 아저씨!'라고 불렀었다.

"알렉스, 무엇이 불만인지 똑바로 얘기해."

"별로 그런 거 없다니까요?"

알렉스는 콧구멍을 넓게 벌리고 입술을 잔뜩 내밀었다.

"누가 봐도 나 삐졌다고 주장하는 표정이다. 들어볼 테니까 불만을 말해봐. 짐작 가는 구석은 있지만."

짐작 가는 거 있다. 바로 보배 수여식 때, 퓨리어스를 뿌렸기 때문일 거다. 몇 년 전, 알렉스가 변비가 심하다고 퓨리어스 한 방울만 좀 주시면 안 되겠냐고 열심히 졸랐었는데 안 줬었다. 대외적으로 퓨리어스는 엄청난 보물이었으니까. 당시 이런저런 관계가 얽혀 있어서–알렉스와의 친분을 강조하면 안 되었던 일이 있어서–안 줬었는데, 사실 김훈상은 그 사건을 잊어버린 지 오래다.

김훈상이 말했다.

"알렉스."

"예."

"퓨리어스 줄까?"

알렉스는 눈을 동그랗게 떴다. 하지만 황급히 표정 관리를 했다. 76세 알렉스는 표정이 상당히 풍부했다.

"정말요?"

"공주들과 마찬가지로 한 방울만 주면 되잖아."

"아니, 그런데 그런 보물을……."

알렉스는 눈알을 왼쪽으로 모으고서 흠 하고 튕기는 척을 했다. 이미 기분은 다 풀어졌는데 또 너무 좋아하면 창피하지 않은가.

"받기 싫으면 말고."

"아니, 누가 받기 싫다고 했습니까?"

김훈상은 피식 웃었다. 그에게 있어 알렉스는 특별하다. 알렉스는 정치 싸움에 관여하지 않는 순수 학자파다. 그래서 권력도 없고 돈도 없지만, 그 덕분에 김훈상은 알렉스를 좋아한다.

"이미 알고 있겠지만 퓨리어스는 비밀로 해야 할 거야."

"물론이죠."

알렉스는 고개를 끄덕였다. 어느새 그의 얼굴에선 장난기가 사라져 있었다.

"폐하께서도 이번에는 좀 과했던 감이 있습니다."

"기분이 좋았으니까."

기분 좋다고 작은 왕국 하나 값을 통째로 뿌립니까? 그건 어디 사는 미친 작자입니까? 라고 따지고 싶었지만 참았다. 대신 진지하게 말했다.

"제국에 소문이 들어가면 위험해질 수 있습니다. 그나마 한 병씩 안 뿌린 게 어딥니까?"

"한 병씩 뿌리려다가 참았지."

그래도 왕이란 작자가 생각이 아주 없는 미친 작자는 아니라는 점에 안도하며 알렉스는 다시 한 번 고개를 끄덕였다.

"대외적으로는 왕국에도 3병밖에 없는 퓨리어스 아닙니까?"

"……."

알렉스가 본론을 꺼냈다.

"아니, 그런데 아무리 생각해도 좀 황당하네요. 상희 공주님 뽀뽀가 그렇게 좋았습니까? 제가 옛날에 그렇게 달라고 애교 부릴 땐 안 주시더니."

책상에 걸터앉아 있던 김훈상이 의자에 앉았다. 그러곤 무심하게 말했다.

"그래서 안 준 거야."

네 애교 따윈 필요 없어. 김훈상은 그런 표정을 감추지 않았다.

그때, 노크 소리가 들려왔다. 이미 기척을 감지하고 있었던 김훈상이 말했다.

"들어와."

둘째 왕자, 김환석이었다.

알렉스가 밖으로 나가고 서재에는 김환석과 김훈상만 남았다.

"이 시간에 무슨 일이냐?"

"드릴 말씀이 있습니다."

"중요한 일이냐? 나 지금 바쁜데."

밤 12시다. 이제 정말로 바쁠 때가 왔다. 김훈상이 피식 웃었다. 아무리 생각해 봐도 재미있다. 김상희의 영향인 것 같기는 한데 왕비인 강서영이 점점 더 마음에 든다. 마력 운용이 가능한 쌍둥이를 낳은 것도 대견하지만 요즘 부쩍 하는 짓이 어째 귀엽고 사랑스럽다. 요즘 다른 왕비들은 눈에 안 들어온다. 심지어 보배 수여식 때엔 자기를 주겠다고 말했다. 그때 얼마나 재미있던지. 하여튼 지금은 강서영의 침실로 가야 했다. 다시 말해 아주아주 바쁘다.

김훈상이 일어섰다.

"바쁜 일 아니면 내일 다시 얘기하자."

보통 왕이 바쁜 일이 있다고 내일 얘기하자고 하면 정말로 중요한 문제가 아닌 이상 내일 하는 게 맞다. 김환석도 고개를 끄덕였다.

"알겠습니다. 김상희와 관련된 일이니 별로 중요한 일은 아닙니다."

발걸음을 옮기던 김훈상이 멈췄다.

"김상희?"

"예, 그러나 한낱 하찮은 계집아이의 일이니 내일 다시 말씀드리겠습니다."

김환석은 스스로의 모순점을 인지하지 못했다. 한낱 계집아이의 일로 밤 12시가 다 된 시간에 아버지를 찾아와 얘기를 꺼냈다. 중요한 남자의 일도 아니고 겨우 계집아이의 일로 말이다. 심지어 김환석은 둘째 왕자다. 그렇게 한가한 사람도 아니다.

아주아주 바쁘고 급하다고 주장하던 김훈상이 자리에 앉았다.
"말해봐."
"그 계집아이에게 특별한 능력이 있는 것 같습니다."
"당돌하고 맹랑한 계집이지."
김훈상은 시크하게 말했으나 김환석은 놓치지 않았다. 김훈상의 입가에 보일 듯 말 듯 미세한 미소가 걸려 있었다.
김환석이 말을 이었다. 김환석의 말을 들은 김훈상은 흐음 하고 턱을 매만졌다.
"확실히 알아볼 가치는 있겠구나. 알겠다. 이제 가서 자라."

강서영은 밤 11시까지 콩닥거리는 마음으로 기다렸다. 그런데 아무래도 왕께서 오늘은 오시지 않을 것 같다는 서글픈 기분이 들었다. 보배 수여식 때의 상황이 떠올라 낯이 화끈거렸다. 도대체 어디서 그런 용기가 나왔는지 모르겠다.
'아…….'
그랬다가도 강서영은 행복한 미소를 지었다.

"당신은 원래 내 거고."

그 말을 듣는 순간 세상을 다 가진 것 같은 기분이 들었다. 툭 내뱉듯 퉁명스레 던진 말이었지만 강서영은 살아 있음에 감사함을 느낄 정도로 행복했다. 그러나 그 행복감은 밤 11시가 넘어가면서 오히려 불안감으로 변하여 강서영을 괴롭혔다.

'내가 너무 버릇없었을까……?'

수많은 생각이 머릿속을 헤집었다.

'맞아…… 한낱 계집인 주제에 너무…… 너무했어 내가.'

자신감이 사그라들었다. 11시 30분이 지났다. 아무래도 오늘은 안 오실 것 같다는 생각에 슬퍼졌다. 아무래도 너무 당돌하고 버릇없이 '저를 드리겠어요'라고 말했던 게 화근이었던 것 같았다.

'이제 나를 싫어하실 거야…….'

시간이 지나면 지날수록 점점 더 슬퍼졌다. 밤 12시가 됐다. 이제는 포기했다. 포기했다고 생각했다. 그러나 시간이 더 지나도 잠이 안 왔다. 혹시라도 오시지 않을까 싶어 가슴 졸이며 부군을 기다렸다.

밤 12시 30분, 문이 열렸다. 복도에서 빛나는 황금색 빛줄기가 어두운 방 안을 밝혔다. 황금색 빛줄기 사이로 한 남자의 그림자가 길게 뻗어 나왔다.

"내게 이곳으로 오라 명령까지 해놓고 먼저 잠들 생각인 거냐?"

강서영은 침대에서 벌떡 일어섰다. 체면도 신경 안 쓰고 달려가 김훈상의 발 앞에 무릎을 꿇었다. 마치 대역죄를 지은 죄인처럼 말이다. 김훈상이 인상을 살짝 찡그렸다. 강서영의 몸이 저절로 움직였다. 하늘로 떴다. 강서영은 놀라지 않았다.

'이 느낌…… 편안해…….'

이런 광경, 몇 번 본 적 있다. 김상희가 자주 당하는 일명 '비행기'다. 그런데 조금 느낌이 달랐다. 무언가 포근하고 따스한 것이 몸을 감싸 안고 있는 것 같았다. 몸이 허공에 떴다. 김훈상이 강서영의 턱을 손으로 살짝 잡았다. 강서영의 눈과 김훈상의 눈이 마주쳤다. 강서영은 어찌할 바를 몰라 두 눈을 내리깔았다. 몸이 바들바들 떨려왔다.

“내 허락 없이 내게 무릎 꿇지 마라.”

“그, 그게…….”

김훈상이 피식 웃었다. 오른손으로 강서영의 머리카락을 쓸어서 귀 뒤로 넘겼다.

“네 얼굴이 안 보이니까.”

“…….”

강서영은 혼란스러웠다. 무슨 말인가 곰곰이 생각해 봤다. 그리고 믿을 수 없는 결론에 다다르게 됐다. 무릎을 꿇으면 얼굴이 안 보이니까 무릎을 꿇지 말라고 말하는 것 같다. 그 말인즉, 자신의 얼굴을 보고 싶다는 뜻이 아니겠는가. 강서영의 눈이 붉어졌다. 눈물이 앞을 가렸다.

김훈상이 인상을 잔뜩 찡그렸다. 손가락을 까딱 움직였다. 강서영이 비명을 질렀다. 꺄아아악! 마치 김상희가 그러하듯 저도 모르게 비명이 터져 나왔다. 굉장히 빠른 속도로 날아가 침대에 저절로 눕게 됐다. 김훈상은 뭔가를 떠올린 듯 다시 손가락을 움직였다. 창문이 열렸다. 강서영은 신세계를 맛봤다. 밤하늘을 날아다녔는데 그 비명이 하도 커서 ‘기록의 관’ 내에 있던 사람들이 모두 잠에서 깰 정도였다.

“꺄아아아아악!”

하도 비명을 질러서 목이 쉬고 정신이 어질어질해져서 아무것도 보지도, 느끼지도 못하게 되었을 때가 되어서야 강서영은 다시 침대로 돌아올 수 있었다. 김훈상은 뿌듯한 표정을 하고 있었다.

"이제 웃어라."

그래도 무려 왕께서 내린 명령이라 강서영은 우는 듯 웃는 듯 애매한 표정으로 열심히 웃었다. 머릿속은 백지화가 되어버렸지만.

며칠 뒤, 김훈상은 알렉스에게 물었다. 그의 표정은 진지했다.

"계집아이들은 하늘을 나는 것을 싫어하나?"

"진심으로 물어보시는 겁니까?"

김훈상은 알렉스를 빤히 쳐다봤다. 무언의 긍정이다. 알렉스는 고개를 절레절레 저었다. 왕은 원래부터 지나치게 엘리트였다. 지금 시대에 천재인 한진수가 있다면 한 세대 위에는 김훈상이 있다. 너무 지나치게 엘리트이고 마력 운용에 익숙하다 보니까 마력이 약하거나 없는 사람들에 대한 지식과 배려가 너무 없다. 다시 말해 개념 자체가 없다. 사실 그런 게 있을 필요도 없긴 하지만.

"진심으로 무서워하고 두려워하며 또 싫어할 겁니다."

"……."

김훈상은 아무 말도 못 했다. 알렉스가 보기엔 김훈상이 약간 충격을 받은 것 같았다.

"설마 김상희 공주님을 그렇게 여기저기 날려댔던 것도 김상희 공주님이 즐거워한다고 생각하셔서 그랬습니까?"

"……."

김훈상은 또 말을 못했다. 그러다가 한마디를 겨우 내뱉었다.

"환성이는 굉장히 즐거워했는데."

알렉스는 황당해졌다. 이 양반아, 김환성 왕자님은 원래 날아다니는 걸 좋아하는 거고. 아마 공주님은 생명의 위협을 느낄 겁니다. 그 차이에 대해 아주 열심히 설명해 줬다. 김훈상은 여전히 이해하지 못했다.

"왜 위험한 거지? 왜 무서운 건지 납득이 되질 않는군. 설마 너도 내가 그들을 죽일 거라 생각하나?"

"그들에게는 마력이 없습니다. 왕께서 얼마나 신묘한 능력을 가지고 계신지 모르죠. 불안할 수밖에 없을 겁니다. 폐하께는 밥 먹는 것처럼 일상적이고 자연스런 일이지만 그들에게는 목숨을 위협할 만큼 위험한 일이니까요."

문득 알렉스는 생각했다.

'폐하가…… 변하고 있다.'

마력이 없는 사람에 대한 이해도는 정말 바닥 중의 바닥이라고 할 수 있었다. 딱히 흠잡을 일은 아니다. 원래 이 세계의 사람들이 그렇다. 알렉스가 오히려 독특한 측에 속한다. 애초에 계집아이에게 관심 자체가 없다.

"김상희 공주가 무섭다고 한 적은 없습니까?"

김훈상이 진지하게 말했다.

"아니, 내가 날려줘서 행복하다고 하던데."

혼잣말로도 그렇게 중얼거리던 걸 들은 적이 있다. 김훈상은 순간 딜레마에 빠졌다. 생각해 보니 허공에서 팔다리를 마구 휘젓던 것이 즐거워서 그런 건 아닌 것 같기도 하다. 모르겠다. 애초에 김훈상은 그렇게 당황해서 팔다리를 휘저어 본 적이 없다. 그에겐 신세계다.

알렉스는 한숨을 쉬었다.

'도대체 어디서부터 어떻게 설명을 해드려야 해?'

76세 학자 알렉스의 이마에 주름살이 하나 더 늘었다.

아침이 됐다. 와, 진짜 나 어젯밤에 잠 못 잤다. 도대체 무슨 일이 있었던 거야? 아마도 강서영 씨의 비명이라고 생각되는데, 낯부끄러워서 정말. 그래, 인정해. 인정한다고. 개차반은 마력의 천재라고 하니까 뭐 당연히 그, 그게 그러니까…… 뭐라고 표현해야 해? 음, 그래, 절륜하시겠지. 일반적인 인간이 아니니까 뭐 당연해.

'아니, 그렇다고 그렇게 비명을 질러 대면 어쩌자는 거야?'

솔직히 맘 같아선 코치(?)라도 해주고 싶다. 뭐랄까, 강서영 씨의 비명은 그냥 말 그대로 비명 같았다. 이를테면 내가 하늘을 마구 날아다니는, 일명 비행기를 탈 때에 지르는 그런 비명 말이다.

'에로 영화 같은 거라도 좀 구해다 주고 싶을 정도네.'

에로 영화를 보면 여자 배우들이 참…… 하여튼 그렇다. 그 뭐랄까, 그런 소리 있잖아. 그런 소리를 음, 많이 연습해서, 그게 그러니까 예쁘게 낸다고 해야 하나? 자세한 설명은 생략하기로 하고 어쨌거나 강서영 씨의 소리는 아주 잘못된 예시였다.

'도대체 뭘 어떻게 얼마나 하면 그런 엄청난 소리가 나는 거야?'

강서영 씨의 방에 가보니 강서영 씨의 얼굴이 아주 초췌했다. 밤새 뭔가에 시달린 것 같았다. 어휴, 얼굴이 반쪽이 됐구만. 얼마나 시달렸으면 저래? 개차반도 좀 작작하지.

내 방으로 돌아와 한참 동안 생각에 잠겨 있을 때였다. 방문이 열렸다. 한진수가 날 찾아왔다. 더 황당한 건 우리의 개차반 씨도 내 방으로 찾아왔다는 거다. 아침부터 갑자기 왜들 이래?

그런데 정말 문제는 따로 있었다. 어, 어이. 오해하지 말아줘. 기대하지도 않았지만 역시 상큼한 아침 인사 같은 건 없었다. 개차반이 나를 보며 물었다.

"……아침까지 둘이 같이 있었던 거냐?"

내가 지내는 건물, 기록의 관이 부르르 떨리기 시작했다. 그와 더불어 어제 있었던 일도 떠올랐다.

어젯밤, 나는 잠을 이루지 못했다. 잠들지 못했던 이유는 너무나 명백했다.

"나는 네가 싫다."

어젯밤 한진수가 내게 했던 말이다.

"너 따위가 자꾸 내 머릿속을 흔들어 놓는 것이 도무지 마음에 들지 않아."

"……."

한진수와 똑같은 얼굴과 목소리로 그런 말 하지 말란 말이야. '된장찌개 끓여 놓고 있을게. 일찍 들어와' 그렇게 말한 주제에 나한테 그러지 말라고. 제발…… 제발 부탁이니까. 그러지…… 말아 달라고. 나는 목이 메여 왔다. 하지만 참았다.

"아……."

오늘따라 달빛이 굉장히 맑았다. 푸르스름한 달빛이 격자무늬 창틀 사이를 비집고 들어왔다. 은은한 푸른색 도화지에 격자무늬 그림자를 수놓은 것 같았다. 색깔에 온도가 있다면 저 푸르스름한 달빛은 차가울 것 같다는 생각이 문득 들었다. 달빛을 머금은 침대 위에

혼자 덩그러니 남겨진 나는, 나도 모르게 울고 말았다. 나도 안다. 내가 한심한 거. 겨우 '된장찌개 끓여 놓고 있을게. 일찍 들어와', 이 말에 흔들려서 아무런 말도 못했다. 마음 같아선 '나를 보라고. 네가 그렇게 사랑해 줬고, 그렇게 아껴줬던 나잖아'라고 외치고 싶었다. 하지만 그럴 수 없었다. 이곳은 한국이 아니니까. 이곳은 완전히 다른 세계니까.

"다시 한 번 말하지만 나는 널 단순한 약혼녀 그 이상으로 생각하지 않아."

……거짓말. 내가 울면 가슴이 아프다며. 나한테 분명히 그렇게 말했잖아.

"내 앞에서 함부로 눈물 보이지 마라. 이런 내가 나도 이상하니까. 내게 무슨 이상한 술수를 부려 놓은 것이 밝혀진다면 그땐 정말로 죽일 거다."

이곳은 다른 세계다. 나는 그때 한진수의 말을 들으며 울지 않으려 이를 악물었었다. 나의 약혼자이자 제국에서도 주목하고 있는 세기의 대천재를 보며 활짝 웃어 보였다. 하지만 방으로 돌아오자 가슴이 시렸다. 나는 혼자서 중얼거렸다. 씩씩하게 눈물도 훔쳐 봤다.

"내가…… 진짜 잘해나갈 수 있을까……?"

이 세계에서 내가 할 수 있는 건 고작 이런 거밖에 없다. 남자의 기분을 상하지 않게 하는 거, 무조건 기분 좋게 만들어주는 거. 그래도 개차반을 비롯한 왕자들이 조금씩 바뀌어가는 게 보여서 나름대로는 뿌듯했었는데 오늘 난 내 삶 자체를 송두리째 부정당한 느낌이 들었다.

"할 수 있어. 나는 할 수 있어."

할 수 있어, 이 말을 백 번도 넘게 혼자서 중얼거린 것 같다. 이유야 어찌 됐든 과거의 한진수와 현재의 한진수는 분명 어떤 식으로든 연관이 있을 것 같다는 기분이 들었다.

"된장찌개 끓여 놓고 있을게. 일찍 들어와."

그 말이 자꾸만 귓가에, 내 머릿속에 아른거렸다. 나는 오늘 내 삶을 송두리째 부정당했지만 그 가운데에서도 하나의 희망을 찾았다. 나는 미친 사람처럼 계속 혼잣말로 중얼거렸다.

"일찍 못 들어가서 미안해. 계속 기다리게 해서 미안해."

그리고 만약, 아주 만약에 이곳의 한진수와 그곳의 한진수가 관련 있는 사람이라면, 정말 만약에 같은 사람이라면.

"이번엔 내가 일찍 들어갈게."

다시 한 번 씩씩하게 눈물을 훔쳤다.

"이번엔 내가 된장찌개 끓여 줄게."

그렇게 밤이 지나갔다. 그리고 아침에 되었을 때 나는 소위 말하는 멘붕에 빠졌다. 나를 다시는 보지 않을 것처럼 뒤돌아섰던 한진수가 나타났고, 또 개차반이 나타났다. 개차반이 무슨 짓을 한 건지는 모르겠지만 기록의 관 전체가 부르르 떨렸다. 지진이라도 난 것 같았다.

'뭐, 뭐야 도대체?'

제국에서도 내로라하는 천재지만 한진수는 왠지 변명을 해야 할 것 같은 기분에 사로잡혔다. 이유는 몰랐다. 그저 그래야 살 수 있을 것 같다는 본능에 가까운 느낌이 들었다.

"그런 건 아닙니다. 저도 방금 도착했습니다."

"어째서?"

"저는 오늘부로 제국으로 돌아가야 합니다. 중요한 승급 시험이 있습니다."

'기록의 관'의 진동이 멈췄다.

"마지막 승급 시험이냐?"

"예."

김훈상을 뒤따라온 학자 알렉스는 어이가 없어 웃고 말았다.

'그러니까 파이널 승급 시험을 앞에 둔 제국의 마력학원 학생이 별것도 아닌 보배 수여식에 굳이 행차하셨고 또 굳이 작별 인사를 하러 들렀다. 말이 되는 건가?'

제국의 파이널 승급 시험은 굉장히 중요하다. 학원 내 모든 커리큘럼을 통틀어 가장 중요한 시험이며 모든 학생은 이 파이널 승급 시험을 위해 다년간 노력해 온다. 그런데 그런 시험을 앞두고 굳이 하찮은(?) 약혼녀의 보배 수여식 때문에 여기까지 왔단다.

'역시 상희 공주님은 우리가 모르는 뭔가를 갖고 있어.'

그것이 뭔지는 알렉스도 잘 몰랐다. 하여튼 결과가 그랬다.

"할 말은 다 한 것 같으니…… 먼저 돌아가겠습니다."

"그래, 승급 시험 잘 치르도록 해라. 너는 우리 왕국의 대표나 다름없으니."

한진수는 걸음을 돌렸다. 김훈상이 김상희의 침대에 걸터앉았다.

"너."

"네, 아버님."

"주먹을 쥐어봐라."

"이렇게요?"

김훈상은 김상희를 계속해서 쳐다봤다. 무언가를 생각하는 듯 턱을 쓰다듬었다.

"소녀 잘했어요? 주먹을 꽉 말아 쥐었어요!"

김상희는 최대한 귀엽게 보이려고 앙증맞게 주먹을 말아 쥐고 귀여운 표정을 지었다. 원래 지구에서 딸바보 아빠들은 딸이 이렇게 하면 엄청 좋아하고, 귀엽다고 머리 쓰다듬고, 뽀뽀하고 난리도 아닐텐데! 라고 생각하면서 말이다.

김훈상이 말했다.

"원래 계집은 이렇게 수다스러운가?"

알렉스가 대답했다.

"글쎄요."

알렉스는 말하고 싶었다. 왕님, 당신 왜 그렇게 실실 웃고 있습니까? 입꼬리 움직이는 거 다 보입니다. 입꼬리는 씰룩거리면서 진지하고 시크한 얼굴로 '원래 계집은 이렇게 수다스러운가?'라고 말하면 도대체 저는 뭐라고 대답해야 합니까. 그렇게 말하고 싶었지만 꾹 참았다.

김훈상이 말했다.

"어이."

"네, 아버님."

그리고 기록의 관에서 비명이 터져 나왔다. 으아아아악!을 비롯해서 꺄아아아악! 등과 같은 상당히 다양한 비명이 계속해서 터져 나왔고 이제 이 비명에 익숙한, 정문을 지키는 두 나이트는 또 피식 웃고 말았다.

"김상희 공주 또 날아다니나?"

"폐하께서 올라가셨으니."

"나도 어릴 땐 아버지께서 많이 해주셨었는데. 그땐 참 재미있었지."

"우리 아버지는 컨트롤 능력이 조금 떨어져서…… 벽에 머리를 몇 번 박곤 했었어."

"그래서 네가 똘아이구나."

두 나이트는 김상희를 부러워했다.

"내가 만약 꼬마 아이였다면 정말 행복했을 거야. 폐하만큼 컨트롤 능력이 뛰어난 분이 저렇게 허공을 휘젓게 만들면 진짜 재미있겠지."

"계집애들은 무서워한다는 거 같던데?"

"에이, 설마. 말도 안 돼. 저렇게 재미있는 걸 왜? 게다가 폐하께서 실수하실 리도 없고."

김상희 입장에서는 황당하고 억울할 말을 그들은 아무렇지도 않게 했다. 그것도 진심으로 말이다.

"폐하께서 김상희 공주를 굉장히 아끼는 모양이야."

김상희는 어지러웠다. 수년간 당해온 건데, 도무지 익숙해지질 않는다. 너무 무섭다.

'아빠 소리 안 해!'

김상희는 안다. 김훈상은 아빠 소리가 나올 때까지 날리고 또 날린다. 하지만 아빠 소리도 너무 자주 해주면 약발이 떨어진다. 그래서 안 했다. 그런데 오늘은 조금 이상했다. 비행시간이(?) 좀 짧았다.

“어이.”

이봐요. 나 당신 딸이에요. 김상희라는 이름도 있는데 왜 맨날 ‘어이’ 아니면 ‘야’예요? 김상희는 머릿속으로만 따졌다.

김훈상이 진지하게 물었다.

“행복하냐?”

김상희가 매일같이 하는 말이 있다. 뭘 해주셔서 감사합니다, 뭘 해주셔서 행복합니다. 기타 등등. 김상희를 여기저기 마구 날리는 이 행위, 이름하여 ‘비행기’ 역시 일단 비명은 지르되 다 끝나고 나면 감사합니다, 행복합니다를 남발했었다.

김상희는 순간 혼란스러웠다.

‘도대체 무슨 의미야?’

하지만 생각해 보니 답은 어렵지 않았다.

‘설마…… 내가 진짜로 행복해했다고 생각한 거야? 그래서 나 이렇게 맨날 날려 댄 거야? 내가 진짜로 좋아하는 줄 알고? 설마? 설마 진짜 그런 거 아니지?’

아니라고 믿고 싶은데 김훈상의 표정이 지나치게 진지했다.

“소, 소녀는 아버님과 함께 시간을 보낼 수 있다는 것만으로도 너무나 행복하고 감사해요.”

그건 당연한 거고, 라고 주장하듯 김훈상은 어깨를 쭉 폈다. 턱을 조금 치켜들고 오만한 자세로 말했다.

“내가 이상한 말을 좀 들었는데.”

“말씀하시어요.”

“계집들은 비행기를 무서워한다는 소문을 들었다. 역시 헛소문이었군.”

알렉스는 뒷목을 잡고 쓰러질 뻔했다. 너무 잘났다 보니 여자에 대한 이해도가 낮아도 너무 낮았다. 여자와 남자는 사는 세계 자체가 다르니 개념 자체가 달랐다. 왕께선 그 차이를 너무도 모른다.

김상희가 배시시 웃었다. 오늘 타이밍 잡았다.

“아버님과 함께 있는 것만으로도 소녀는 정말 날 듯이 행복하지만…….”

“하지만?”

김훈상의 표정이 또 진지해졌다. 김상희는 조금 쫄았다.

“그, 그것이…….”

“말해봐.”

“소녀는 비행기가 너무 무서워서 눈물이 날 것 같아요.”

순간, 우연인지는 모르겠지만 천장 위의 황금빛 샹들리에가 쿵! 떨어져 내렸다. 정말 아슬아슬하게 김상희의 머리를 스쳐 땅에 떨어졌다. 알렉스는 이상한 점을 또 발견했다.

‘또 비접촉 상태로 김상희 공주님을 보호하셨네. 저럴 분이 아니신데. 마력 효율을 엄청 중요시하시는 분이 참.’

김훈상이 다시 진지한 표정으로 물었다.

“그 말은, 나와 함께 있는 것은 즐겁지만 비행기는 싫다 이거냐?”

“소, 소녀는 싫은 것이 아니라…… 연약하고 보잘것없는 소녀인지라 너무나 무섭고 공포스러워…….”

알렉스는 확신했다. 저 왕, 지금 충격받았다. 제 딴에는 김상희 공주가 좋아한다고 생각해서 열심히 해줬건만 아무래도 크나큰 착각을 해왔다는 것을 깨달은 듯했다.

김훈상은 비로소 현실을 직시했다. 김상희는 정말로 비행기를 싫어하고 있었다. 김훈상이 말했다.

"알렉스."

"예."

"왕명이다."

"예?"

김훈상은 김상희의 침대에 다리를 꼬고 앉았다. 약 10초 정도 눈을 감고 생각하던 김훈상이 왕명을 내렸다.

"앞으로 거짓말하는 계집은 사형에 처한다."

김상희는 정말로 쫄았다. 그 당사자이다 보니 더 그렇다. 저 인간은 정말로 사형시킬 인간이야. 그런 마음이 들었다.

하지만 알렉스의 생각은 달랐다.

'그냥 나는 언제나 솔직한 마음을 원한다. 이렇게 좋게 말하면 어디가 덧납니까?'

김상희의 입장에서는 지금 굉장히 공포스러울 거라고 생각했다. 그래서 알렉스가 말을 조금 덧붙였다.

"감정을 속이는 거짓말은 사형이라고 하시죠?"

김훈상이 고개를 끄덕였다. 그래서 특별법이 생겼다. 솔직하게 말 안 하면 사형이란다. 알렉스는 거기에 세부 조항으로 '무서운 건 무섭다고 무조건 말해야 한다'는 조항을 넣었다.

여담이지만 며칠 뒤, 학자들은 이것을 놓고 열띤 토론을 벌였다.

"계집들을 숙청하실 생각이신 것 아닐까요?"

"확실히 공주가 너무 많기는 하죠."

"어쩌면 감히 폐하께 거짓을 고한 공주가 있을지도 모를 일입니다."

알렉스는 굳이 정리해 주지 않았다. 김상희 공주가 솔직하게 '나무서워요'라고 말하라고 저런 법을 만들었다는 건, 말해줘도 믿지 않을 거다. 그냥 이 특별법에 대해 열심히 떠들라고들 내버려 뒀다.

한편, 그 자리에서 법을 만든 김훈상이 자리에서 일어섰다.

"어이."

"네, 아버님."

"이제 날 때려봐. 위치는 여기다."

김상희는 하늘이 노래지는 기분이 들었다. 감히 공주가 어떻게 왕을 때린단 말인가. 실수로라도 그랬다간 사형감이다. 방금 전에 사형 얘기를 듣지 않았던가. 거짓말을 하는 계집은 이제 사형이란다. 안 그래도 사형이란 말에 잔뜩 쫄은 상태인데 거기에다가 폭행까지 하라니.

"소, 소녀가 어찌 감히……."

"왕명이다."

김상희는 울고 싶어졌다. 도대체 얘가 왜 이러는지 모르겠다. 왕명이라는데 때리지 않을 수도 없고, 그렇다고 때렸다가는 정말 큰일 날 것 같다. 왕자들과는 다르다. 김상희도 평소에 김훈상의 명치를 세게 때리고 싶다는 생각을 했었지만 그건 어디까지나 생각이다. 감히 왕의 명치를 때린다니. 있을 수도 없고 있어서도 안 되는 해괴망측한 일이다.

김훈상이 진지하게 말했다.

"안 때리면 사형이다."

김상희는 이러지도 저러지도 못하는 상황에 빠졌다.

나는 소위 말하는 '멘붕' 상태에 빠져들었다. 이건 뭐지? 나를 죽이려 드는 건가? 그냥 죽이긴 좀 미안하니까 핑계 만들고 죽이려 드는 건가? 진심으로 이렇게 생각하는 건 아니지만 어쨌거나 내 머릿속이 굉장히 복잡해졌다는 건 두말할 필요도 없이 사실이었다.

"소, 소녀가 어찌 감히……."

"사형당하고 싶냐?"

무서우니까 제발 아무 때나 사형을 입에 담지 말아줘요. 당신 입장에서는 가벼운 말이지만 나는 진짜 무섭다고 이 아빠야!

개차반이 무릎을 조금 굽혔다. 그리고 '여기, 여기를 때려봐라' 하고 자신의 명치를 가리켰다. 엄청난 기회인 건 맞다. 명존세의 기회다. 그러나 이 기회를 잘못 잡았다간 인생 종 치는 수가 있다.

"아버님의 귀한 옥체에 미천하기 그지없는 소녀가 어찌 감히 그런 불경한 짓을 할 수 있을까요? 소녀는 결단코 그럴 수가 없어요."

나는 승부수를 던지기로 했다. 다년간 쌓아온 노하우와 경험이 있다. 약간 위험하긴 했지만 나름대로 도박이다.

"차라리 소녀를 죽여주시어요. 소녀는 차라리 죽겠어요."

순간, 개차반이 인상을 찡그렸다. 이 아저씨도 인내심이 폭발한 것 같다.

"안 죽여. 안 죽일 테니까 좀 쳐."

좋아. 눈치를 보아하니 한 번 정도는 더 밀당(?)을 해도 될 것 같다.

"아버님을 아프게 하느니 소녀는 차라리 콱 죽어버리고 말겠어요."

안 죽어. 나 절대 안 죽을 거야. 억울해서라도 못 죽지. 나의 속마음을 안다면 아마 까무러치겠지만 내 속마음까지 읽을 수는 없는 개차반이 결국 백기를 들었다. 일부러 '아프게 하느니'라고 말했다. 은근히 자존심을 건드리는 말일 것이 분명하다.

개차반이 진지하게 말했다.

"나, 식스팩 있다."

……어쩌라고.

말을 들어보니 너 따위가 아무리 나를 강하게 쳐봤자 엄청나게 위대하시고 강하시며 심지어 식스팩까지 가진 이 몸은 전혀 아프지도 않다, 라는 허세를 부리는 모양이다. 아니, 아무리 그래도 그렇지. 마력을 운용 안 하는 상태에서 명치를 맞으면 당연히 아픈 거 아냐? 거긴 급소라고. 하도 황당해서 눈물을 보여야 할 타이밍을 놓쳤다. 아, 여기서 눈물 한 방울이 똑 떨어져 내리면 진짜 금상첨화인데 아쉽게도 나의 연기력은 여기가 한계인 것 같다.

"그, 그럼…… 소녀가……."

개차반이 폭발했다.

"아, 그냥 쳐. 왕명이다."

'명존세' 하는 데 무려 왕명이 또 등장했다.

김훈상은 둘째 아들인 김환석을 불렀다.

"부르셨습니까?"

"네가 말한 것이 사실이더구나."

"……예."

"환성이도 알고 있냐?"

"저도 잘 모르겠습니다."

김훈상은 고개를 끄덕였다. 하기야 감히 계집아이가 남자의, 그것도 무려 왕자쯤 되는 남자의 명치를 때릴 수 있을 리 없었겠지. 애초에 그런 일이 벌어졌다면 사형을 당해도 싸다. 재미있는 건, 김훈상도 김환석도 김상희를 사형시킬 생각을 전혀 하지 않고 있다는 것이다.

"아직 엄청난 능력이라고 보기는 힘들다."

"예, 마력 컨트롤 능력이 예민하지 않으면 알아차리지 못할 수준이었습니다."

"시간이 좀 더 지나봐야 알겠지."

김상희의 능력이 지금 당장 왕국에 큰 보탬이 되는 희귀한 능력이라고 보기에는 힘들었다. 희귀한 건 맞지만 있어도 그만, 없어도 그만인 능력이라는 소리다. 그러나 단순히 그렇게만 볼 수도 없다.

"제국의 6황녀 프리지아가 15세에 1차 각성을 했다고 했었나?"

현재까지 공식적으로 마력을 운용할 수 있는 여자는 단 두 명. 제국의 프리지아와 고려 왕국의 쌍둥이 김상아뿐이다. 프리지아의 경우는 15세에 1차 각성을 맞이했다고 들었다.

"예, 그렇습니다."

"그렇다면 김상희 역시 각성을 할 수 있겠지. 각성 전과 후는 여러모로 많이 다르니까."

김환석과 얘기를 끝마친 김훈상은 학자들을 불러 모아 과거 자료를 찾게 했다. 김상희의 능력을 대략적으로 말해준 뒤, 과거에도 이와 비슷한 사례가 혹시 있었는지 알아보라 지시한 거다.

학자들이 모두 나가고, 잠시 후 알렉스가 김훈상을 따로 찾았다.

"무슨 일이지?"

"몇 년 전에 제가 '딸바보'라는 단어를 사전에 등재하자고 건의했던 거 기억하십니까?"

"그랬지."

"그게⋯⋯ 여전히 학자들의 반발이 심합니다. 있을 수도 없고 있어서도 안 되는 해괴망측한 단어라고⋯⋯."

김훈상이 피식 웃었다.

"넣어."

"감사합니다."

지난 몇 년간 학자들 사이에서 뜨거운 논쟁이 붙었었다. 바로 '딸바보'라는 단어를 정식으로 사전에 등록하느냐 마느냐 하는 문제였다. 그런 말도 안 되는 단어가 어떻게 세상에 존재할 수 있냐는 '반 딸바보' 계파와 '찬 딸바보' 계파로 나뉘었다. 물론 '반 딸바보' 계파가 훨씬 많았다. 김훈상이 그 논란을 한 방에 잠재웠다.

김훈상이 말을 이었다.

"그러나 그런 이상한 단어를 등재한다 한들, 왕국에 이득이 있나?"

"⋯⋯예?"

김훈상이 으쓱대며 말했다.

"이 세상에 그런 멍청한 놈들이 존재할 수 없잖아. 딸바보라니. 그런 등신이 세상에 어떻게 있을 수가 있지?"

알렉스는 김훈상에게 말해주고 싶었다. 당신이 딸바보인데요. 자각을 안 하는 겁니까, 아니면 못 하는 겁니까?

김훈상이 비웃었다.

"정말 세상에는 해괴한 놈이 많군."

안 돼, 문아. 제발 열리지 마. 나도 이제 3년 뒤면 성인식을 치른다고. 나는 이제 12살이야. 공주로서의 품위…… 따윈 없지.

"오라버니, 여기 있어요."

그래, 내 품위 따윈 없다. 물어왔은 피할 수 없어. 이 헝겊 인형, 내가 언젠간 찢어버리고 말리라.

"그래, 잘했어."

김환성이 해맑게 웃으며 내 머리를 슥슥 문질러줬다. 동생이 아니라 강아지 취급이다. 그리고선 우쭈쭈 하며 내 턱을 간지럽혔다.

"우쭈쭈."

야, 내 나이가 30이 넘어. 아, 진짜 너도 내가 기필코 명존세를 하고 말리라. 하지만 나의 입은 나의 감정을 배신했다. 이 배은망덕한 입술 같으니라고.

"오라버니가 쓰다듬어주시면 소녀는 정말 기뻐요."

안 기쁘다. 진짜 안 기쁘다. 내 희망 첫째 오라버니 김형석도 아니고.

"역시 그렇지?"

김환성이 또 물어왔을 시키며 내 방에 등장한 이유는 그렇게 복잡한 건 아니었다.

"준비해."

"네?"

"3일 뒤에 너 바깥나들이 갈 거야."

무슨 말인고 하니, 나는 다른 공주들과 다르게 바깥나들이를 끝마치지 못했으니 다시 한 번 더 나갔다 오자는 말이었다.

"그, 그렇지만 아버님께서 허락을 해주셔야……."
"허락? 내가 받아왔는데?"

몇 시간 전.
"아부지, 김상희랑 바깥나들이 갔다 오면 안 돼요?"
"안 돼."
"왜요? 걔는 그때 일찍 들어왔잖아요."
왜요? 라는 질문을 들었을 때, 김훈상은 순간 말문이 막혔다. 생각해 보니 안 될 이유가 없지 않은가.
"흠, 그것도 그렇군."
이상하다. 이상하게 안 내킨다. 내보내고 싶지 않은데 그 이유를 잘 모르겠다. 이런 묘한 감정, 살면서 처음이다.
"그때처럼 제가 같이 갔다 올게요."
그러자 이상하게 마음이 조금 놓였다. 김환성은 나이트의 제9대대장. 현역에서 뛰는 나이트들 중에서는 열 손가락 안에 드는 천재 중의 천재니까.
김훈상은 결국 바깥나들이를 허락해 줬다.

3일이 흘렀다. 김상희는 바깥나들이를 위해 기록의 관을 나섰다.
"김유신입니다. 잘 부탁드립니다."
"소녀야말로 이렇게 듬직하고 멋진 나이트님께서 함께해 주시니 정말 기뻐요."

김유신은 무뚝뚝한 표정으로 고개를 한 번 숙여 보였다. 보통 나이트들은 공주를 무시하는 경향이 있다. 존댓말을 써주기는 하지만 그건 어디까지나 겉치레에 불과했다. 공주들을 대하는 태도나 행동을 보면 공주들을 무시하는 경향이 분명 있었다. 그러나 김유신은 조금 달랐다.

김상희는 고개를 갸웃했다.

'공주를 얕잡아 보거나 무시하는 것 같진 않은데…….'

공주를 얕잡아 보는 나이트들을 보면 느낌이 딱 온다. 특히나 김상희는 그런 걸 더 잘 느꼈다. 괜히 과거에 꽃뱀 소리를—물론 의도했던 건 아니었지만—들었던 게 아니다.

'그냥 무뚝뚝한 사람인가……?'

보통의 일반 공주들은 나이트를 보면 위축된다. 말을 하긴 하는데 긴장하거나 쭈뼛거린다. 하지만 김상희는 조금 다르다. 생글생글 웃으며 붙임성 있게 다가간다. 김상희니까 가능한 일이다. 어쨌든 나이트들은 김상희를 처음 만나게 되면 완전히 새로운 공주의 모습을 신선하게 생각하며 가볍게라도 피식 웃곤 한다. 그런데 김유신은 아예 표정 자체가 없었다. 그때까지만 해도 김상희는 김유신의 정체를 몰랐다.

한편, 알렉스는 이마를 짚었다.

'아니…… 진짜로 김유신 마스터를 보낸 겁니까? 진정?'

알렉스는 한달음에 왕을 찾아가 물었다.

"정말로 김유신 마스터를 보냈습니까?"

"무슨 문제라도 있나?"

"……."

있지요. 아주 많지요. 그 사람이 어떤 사람인데 겨우 바깥나들이에 동참을 시킨단 말입니까? 요즘 할 말이 많은데 못하다 보니 주름살이 늘어가는 느낌이 들었다. 가까스로 한숨을 참은 알렉스가 다시 물었다.

"김상희 공주님의 바깥나들이는 갑자기 왜……?"

"환성이가 부탁하더군."

알렉스는 상황이 이해가 됐다.

'아이고, 두야.'

아무래도 김환성 왕자님은 김상희 공주님과 데이트를 하고 싶으신 것 같다. 그렇지 않고서야 이미 지난 일인 '바깥나들이'를 들먹거릴 이유가 없지 않은가. 척 보니 척이다. 왕도 내키지는 않았지만 딱히 반대할 명분이 없고, 자신이 김상희를 아낀다는 걸 인정하지 않으려 쿨한 척 밖으로 내보내줬을 거다. 쿨한 척하기는 했는데 이번엔 좀 과했다.

"아니…… 아무리 그래도 김유신 마스터는 너무 지나친 처사 아닙니까……?"

우리의 둘째 망나니 김환성 오라버니께서 어깨를 계속 들썩거렸다. 무슨 뜻인지는 알겠다. 자기 어깨에 기대라는 뜻이다. 그런데 너무 뜻대로 맞춰주면 안 된다. 남녀 사이에만 밀당이 있는 게 아니다. 사람 관계에도 적절한 밀당은 필요하다. 아니, 무조건 그렇다는 건 아니고 적어도 내가 이 세상에서 살아남는 법은 그렇다는 뜻이다.

"소녀는 하늘 같은 오라버니께 그런 실례를 범할 수 없어요."

"그럼, 내 어깨는 하늘처럼 넓지."

뭔 소리 하냐. 진짜 명치 맞고 싶냐. 나도 모르게 인상을 찡그릴 뻔했는데 김환성이 손가락을 까딱 움직였다. 으으, 아빠란 사람이나 아들이란 사람이나 똑같다. 나는 버텨 보려 했지만 실패했다.

퍽! 소리가 났다. 나도 모르게 꺅! 비명을 질렀다. 어우 씨, 내 목. 나…… 괜찮은 거 맞지? 목 부러진 거 아니지? 아…… 살았다.

이 둘째 망나니가 마력을 써서 내 머리를 움직였고 결국 내 머리는 망나니의 어깨에 닿았다. 닿긴 닿았는데 개차반님처럼 세심한 마력 컨트롤이 안 되어서 너무 강한 힘을 받았다. 진짜 목 부러지는 줄 알았다. 두 번 저항했다가는 저승 가게 생겼다.

나는 진짜 아픈데 망나니는 전혀 미안해하는 기색이 없다. 원래 무심코 던진 돌에 개구리는 맞아 죽는 법이다. 던지는 사람은 가벼운 장난인데 당하는 개구리는 죽는다. 문제는, 던지는 사람은 정말로 장난이라 개구리가 죽을 거라는 생각, 아니, 그런 인식 자체를 못 한다는 거. 그렇다고 감히 계집아이 주제에 이러이러하면 아프고 위험하니 하지 마세요, 라고 말할 수도 없는 노릇이다. 우리 둘만 있으면 어떻게 분위기 타서 그런 말을 할 수도 있을 거 같긴 한데 지금은 저 무뚝뚝한 김유신 나이트가 운전을 하고 있어서 안 된다.

둘째 망나니는 뭐가 그리 뿌듯한지 싱글벙글 웃고 있었다. 성공했다는 것에 기쁜 듯했다. 나는 결심했다. 밀당이고 뭐고 얘가 기대라면 그냥 기대야겠다. 살아남기 위해 밀당하는데, 밀당하다가 죽으면 억울하잖아.

"편하지?"

"오라버니의 어깨는 소녀에게 있어서 든든한 버팀목이랍니다. 그렇지만 소녀는 너무나 과분한 영광을 받게 되는 것 같아서요. 이제 그만 일으켜 주시어요."

아, 정말 쪽팔려. 이렇게 오그라드는 말을 자유롭게 구사하는 내가 밉다. 내가 싫다. 이건 내가 아니야. 내가 아니라고. 엉엉.

우리의 목적지는 바로 초대 고려 왕국의 왕인 김성찬이 나라를 세우기 전 제사를 지냈다는 우물이었다. '성스러운 우물'이라 불리는 이곳의 물은 물맛이 매우 좋으며 마력을 활성화시키는 데 탁월한 효능을 가지고 있어 상당히 많은 남자가 찾는 곳이기도 했다.

남자가 많다는 말은 그만큼 위험하다는 말이다. 솔직히 나는 예쁘다. 그럴 수밖에 없다. 왕의 아내들이 일단 기본적으로 굉장히 예쁘다. 왕쯤 되는 남자의 눈높이는 엄청나게 높으니까. 심지어 왕은 잘생겼다. 그들 유전자 반만 물려받아도 예쁜 건 확실하다. 게다가 나는 바깥 생활을 거의 하지 않기 때문에 피부도 하얗다.

'문제는 여기서의 예쁨은 그냥 독이라는 거지.'

지구에서의 아름다운 외모는 하나의 무기이자 경쟁력이다. 여기는 아니다. 예쁘면 잡아먹히기 딱 좋은 사냥감일 뿐이다. 물론 이럴 때엔 믿음직한 우리 둘째 망나니랑 듬직한 김유신 나이트가 함께 있으니 별일은 없겠지만 말이다.

김유신 나이트가 말했다.

"곧 도착합니다."

성스러운 우물 근처에 도착했다. 이상했다.

'여기가 정말 성스러운 우물이 맞나……?'

정말 이상했다. 내 상식으로는 이해할 수 없는 상황이 펼쳐져 있었다.

이상했다. 분명히 유명한 관광지라고 알고 있다. 단순히 유명한 게 아니라 '성스러운 우물'에서 나온 물은 마력을 운용하는 남자에게 굉장히 좋은 약으로도 쓰이기 때문에 항시 남자들의 발길이 끊이지 않는 곳이다.

"오라버님, 이곳이 정말 성스러운 우물이 맞나요?"

주위는 휑했다. 만약 여기에 낡은 나무 간판으로 된 '성스러운 우물'이라는 표시가 없었다면 길거리에 흔하게 널린 우물과 구별하지 못했을 거다. 다만, 이곳은 길거리가 아니라 산속이라는 것이 조금 다르긴 했지만. 사실 말이 산속이지 산속이라고 보기도 힘들다. 지구를 예로 들자면 동네 뒷산 약수터 같은 느낌이랄까?

"응, 맞아. 이왕 왔으니까 성수나 좀 마셔야겠다."

우리 둘째 망나니가 성큼성큼 발걸음을 옮겼다. 김유신 나이트는 내 옆에서 여전히 무표정한 얼굴로 앞을 쳐다봤다.

"저…… 김유신 나이트님."

"예."

"김유신 나이트님께서는 성수 안 드시나요? 남자들의 마력에 굉장히 좋은 영향을 끼친다고 들었답니다."

"괜찮습니다."

이 남자, 분명 믿음직스럽긴 하다. 그런데 지나치게 사무적이고 딱

딱하다. 내가 지금 사람이랑 말을 하고 있는 건지, 로봇이랑 말을 하고 있는 건지 잘 모르겠다.

"끼얏호!"

우리 망나니가 또 사고 쳤다.

"오, 오라버니!"

어휴, 진짜. 저 무개념. 다른 사람들도 공용으로 사용하는 성스러운 우물에 뛰어들었다. 일반 사람이라면 자살이겠지만 저 녀석은 아니다. 그 거대한 폭포에도 맘껏 뛰어드는 놈인데 이깟 우물에 뛰어들었다고 죽을 리 없다. 아마 저 녀석은 우물 안에서 첨벙첨벙 물장구를 치며 성수를 맘껏 흡입하고 있을 거다.

이때까지는 잘 몰랐다. 김환성이 마력으로 자신의 신체를 둘러 성수가 오염되지 않도록 조절을 했었다는걸. 어쨌거나 당시의 나는 그 사실을 몰랐고 나는 속으로나마 저 망나니의 망나니 같은 행태를 욕했다.

'그나저나 왜 사람이 이렇게 없는 거지……?'

김환성의 목소리가 들려왔다. 우물 속에 들어가 있어서 그런지 목소리가 동굴 안에서 들리는 것처럼 웅웅 울렸다.

"똥개! 너도 물 마실래?"

그때, 김유신 나이트의 표정이 조금 변하며 한 발자국 앞으로 움직였다.

"폐하께선 공주님의 성수 음용을 금하셨습니다, 왕자님."

"에이, 그럼 어쩔 수 없지. 성수 꽤 맛있는데! 내가 똥개 몫까지 마음껏 먹을게! 메롱! 약 오르지! 까꿍!"

아니, 전혀 약 안 올라. 나는 망나니가 목욕한 물을 마시고 싶은 생각이 추호도 없다고!

“오라버니가 소녀의 몫까지 맘껏 드시어요. 남자에게 굉장히 좋은 물이라고 들었답니다. 소녀는 오라버니께 좋다면 정말 행복해요.”

……이제 내 양심은 포기했다. 내 아부에 기분이 좋아진 김환성이 우물 안에서 하늘 높이 일직선으로 솟구쳤다. 아, 안 돼. 너 기분 좋은 건 알겠는데. 그만둬.

하늘 높이 솟구친 김환성의 몸에서 물방울이 튀었다. 그 물방울들이 햇살과 부딪쳐 작은 무지개를 만들었다. 알록달록 예쁜 무지개 사이로 망나니의 헝겊 인형이 날았다.

“가랏! 헝거비! 물어왓!”

헝겊 인형에게는 ‘헝거비’라는 말도 안 되는 이름까지 생겼다.

성스러운 우물은 굉장히 유명한 곳이다. 남자들이 많이 찾는다. 남자의 마력 증진에 큰 효험이 있다고 알려져 있다.

“기껏 시간 내서 왔더니 어째서?”

“엄청 돈 많은 부자가 오늘 하루 성스러운 우물을 완전히 독점했다는 것 같아.”

“뭐야? 그런 게 어디 있어?”

“천문학적인 금액을 왕성에 제시했다고 하던데.”

“아니, 아무리 그래도 그렇지…….”

“왕께서도 허락하셨다고 하더라고.”

“제길…… 그럼 어쩔 수 없지.”

소문이 조금 잘못됐다. 돈 많은 부자가 돈을 내고 왕에게 허락을 받은 것이 아니라 왕이 성스러운 우물을 빌렸다. 쉽게 말해 전세 냈다. 그리고 아무도 못 오게 했다.

한편, 알렉스는 한 가지 사실이 떠올라서 왕을 급히 찾았다.

"폐하, 중요한 말씀을 드렸어야 했는데 잊고 있었습니다."

"뭔데?"

"성스러운 우물에서 나오는 성수는 남성에게 매우 이롭습니다."

"나도 알아. 그래서 김상희는 못 먹도록 했어."

알렉스는 경악했다. 뭐라고? 지금 왕께서 그런 명령을 내렸다는 게 사실이야? 정녕 그런 거야? 왕께서 세세하게 그런 명령을 내리셨다고? 말도 안 돼. 알렉스는 자신의 귀를 의심했다.

'그렇게 세심한 부분까지 신경 쓰실 분이 아닌데.'

왕은 태어나면서부터 엘리트였다. 미천한 계집의 사정 따윈 전혀 신경 쓰지도 않는다. 원래대로라면 그게 맞다.

'성수가 남성화에 영향을 끼칠 수 있다는 보고를…… 설마 기억하고 계셨던 건가?'

그런 보고 따위 아무도 중요하게 생각 안 한다. 애초에 계집들이 그 물을 마실 기회가 있을 리도 별로 없고―입장비가 매우 비싸다―남자들 입장에서 계집이 그 물을 마시든 말든 별로 상관없는 일이니까. 김훈상은 그냥 남자도 아니고 무려 왕이다. 그런 왕이 따로 명령을 내렸단다.

'뭐…… 하기야 김유신 마스터까지 옆에 붙였는데. 스스로 자각만 못하고 있지 상당히 중증이시군.'

나는 성스러운 우물을 견학만 했다. 사실 별다를 게 없었다. 그냥 동네 뒷산에 갔다 온 느낌이다. 다만 왕성과 거리가 굉장히 멀었다는 게 특별했을 뿐. 우리는 다시 차를 타고 6시간 넘게 이동했다. 그동안 커다란 강 하나를 봤고 또 산 몇 개를 넘었다.

시간이 지나면 지날수록 우리 망나니는 점점 더 활기를 띄었다.

"오예, 신난다."

"오라버니는 무엇이 그렇게 즐거우신가요?"

네가 즐거운 건 상관없어. 하지만 그 즐거움에 취해 내게 물어왓을 시키지 않아줬으면 좋겠어, 오빠야. 갑자기 문득 든 생각인데 얘가 이렇게 해맑게 웃고 있으면 진짜 명치 때려주고 싶다.

"내가 제일 가보고 싶은 곳에 가는 거야."

"그곳이 어디인가요? 오라버니께서 좋아하시는 곳이라니 소녀도 무척 기대가 되어요."

"스타디움!"

나는 두 눈을 꿈벅거렸다. 스타디움, 뭔지 안다. 책에서 본 적이 있다. 일종의 결투장이다. 나는 도대체 남자라는 생물을 이해할 수가 없다. 다른 건 모르겠는데 왜 서로 피 튀기게 싸우고 치고받는 것에 열광하는지 모르겠다.

'그러고 보니…… 진수도 꽤 좋아했었는데…….'

정확한 이름은 잘 모르겠는데 UFC인지 UFO인지 하는 격투기 시합 같은 것이 있다. 평소 조용한 편이었던 진수는 그걸 즐겨 봤었다.

'이런 잔인한 거 보지 말라고 핀잔을 주곤 했었는데…….'

내가 핀잔을 주면 진수는 1초라도 더 보겠다는 듯, 굳센 의지로 리모컨을 붙잡고 있다가 결국 2초 정도 지난 뒤에 채널을 돌리곤 했었다.

나는 나도 모르게 웃고 말았다.

'보고 싶어.'

입은 웃었는데 마음은 울었다. 모르겠다. 즐겁고 행복한 추억임에는 틀림없는데 왜 서글픈 느낌이 드는 걸까? 나도 내 이중적인 이 마음을 잘 이해 못하겠다.

"어? 똥개 너도 스타디움 좋아해?"

"소녀는……."

좋아하지 않았다. 서로를 상처 입히는 결투 따위 나는 별로 좋아하지 않는다.

"역시 좋아하는구나? 그걸 싫어할 리 없지. 암, 그렇고말고."

망나니는 자기 마음대로 결론을 내렸다. 무려 왕자님께서 그렇다는데 감히 공주 따위가 '아닌데요?'라고 말할 수 없다. 솔직히 말하자면 '아닌데? 모르면 나대지 마라' 해주고 싶었지만 역시 참았다. 나는 또 내 양심을 팔았다.

"소녀는 오라버니가 좋아하는 건 다 좋아요."

내 아부에 기분이 좋아진 김환성은 활짝 웃었다. 잇몸까지 드러난 환한 미소를 짓다가 나를 쳐다보더니 내 머리를 슥슥 쓰다듬었다.

"얼른 가잣!"

1시간가량을 더 달렸다. 우리는 대도시에 진입했다. 고려 왕국 내 최대 규모의 스타디움이 있는 '미추홀'이란 도시다. 나는 스타디움의 거대한 규모에 놀랄 수밖에 없었다. 나는 예전에 야구장을 몇 번 가본 적이 있다. 그 야구장보다 몇 배는 더 큰 것 같았다. 나는 김유신 나이트의 안내를 받아 VVIP석으로 이동했다. 결투장과 가장 가까운 위치다.

역시 이상했다.

'주위 남자들이 날 쳐다보지 않고 있어.'

정확하게 말하자면 내 근처 옆자리 남자들은 날 쳐다보지 않고 있다. 조금 떨어진 곳 남자들이야 신기하다는 듯 날 쳐다보고 있다. 남자들을 대동한 여자. 아마 귀족가의 여식일 텐데, 저들에게 있어서 귀족가의 여식은 좀처럼 보기 힘든 존재였고 당연히 이목을 끌 수밖에 없었다.

'역시 뭔가 이상해.'

이상함을 느끼고 말 것도 없이, 우렁찬 함성이 터져 나왔다. 나는 순간 귀를 막을 뻔했다. 이 자식들아! 소리 좀 작작 질러라! 너희는 마력이라는 엄청난 것이 있어서 소리를 지르면 천둥이 된단 말이야! 진짜 불공평하다. 남자들은 마력으로 소리를 한껏 키워서 소리를 낸다. 마력이 없는 내 입장에서 들으면 고막이 터질 것 같다. 저희들끼리는 또 마력으로 귀를 보호하니까 상관없는데 나는 진짜 괴롭다.

아주 잠깐 괴로웠었는데 어느새 나도 모르는 사이 괜찮아졌다.

'이제…… 좀 괜찮네.'

사회자의 목소리가 들려왔다.

—맨손 격투의 달인! 무투가 김수혁과 서방의 검투사 율리안의 피 끓는 전투가 이제 곧 시작됩니다!

김환성은 인상을 살짝 찡그렸다. 정확히는 모르겠는데 똥개가 뭔가 괴로워하는 것 같다. 그런데 금세 괜찮아졌다. 왜 그런가 하고 정신을 집중해 봤더니 김유신 나이트가 비접촉 상태에서 김상희의 귀를 보호해 줬다.

김환성이 물었다.

"왜 마력 보호 걸었어?"

그러나 김유신도 이유는 전혀 모르는 듯했다.

"모르겠습니다. 폐하의 명령입니다."

"아부지가 이상한 명령을 자꾸 내리네. 성수도 못 먹게 하고. 쓸데없이 마력 낭비하게 비접촉 마력 보호도 걸라고 그러고."

"……."

김유신은 말을 하지는 않았지만 그 역시 속마음은 비슷했다. 도대체 왜 이런 명령들을 내리는지 이해가 되질 않았다. 성수, 그까짓 거 마시면 좀 어떻고 마력 보호 같은 거 안 해주면 어떠냐 말이다. 아니, 지금 같은 일상적인 상황에서 마력 보호를 왜 하라는 건지 정말 모르겠다.

한편, 김상희는 시끄러운 세상 속에 혼자 덩그러니 남겨졌다. 사회자의 침 튀기는 해설도 귀에는 잘 안 들렸다. 김상희의 세상은 고요했다.

'진수가 정말 좋아했었는데…….'

그때의 한진수가 자꾸만 떠올랐다.

'아냐, 그 한진수는 이제 없어.'

이 세상의 한진수가 떠올랐다.

"나는 네가 싫다."

"너 따위가 자꾸 내 머릿속을 흔들어 놓는 것이 도무지 마음에 들지 않아."

나한테 그렇게 말했다. 이 한진수는 그 한진수일 리가 없다. 내가 사랑했던 한진수라면, 또 나를 사랑했던 한진수라면 나한테 그렇게 말했을 리가 없다. 진담이든 농담이든 절대로 그런 말을 할 사람이 아니었다. 이 세계의 한진수와 내 한진수는 분명 다른 사람이다.

상념에 잠겨 혼란스러워하는 김상희의 얼굴을 보면서 김환성은 제대로 오해했다.

"야, 똥개."

김상희는 대답하지 못했다. 안 한 게 아니고 못한 거다. 못 들었으니까. 김환성이 몇 번을 부르고 나서야 김상희는 퍼뜩 정신을 차렸다.

"죄, 죄송해요. 오라버니. 소녀가 감히 오라버니의 말에 대답하지 못하였어요. 정말 죄송해요."

김환성의 표정이 진지해졌다. 김상희는 조금 긴장했다. 김상희는 언제나 긴장한다. 아무리 망나니와 친해져도 신분의 격차라는 건 엄연히 존재하니까. 왕자가 공주를 몇 번이나 불렀는데도 공주는 대답하지 않았다. 감히 공주가 왕자를 무시한 거다. 공주에게 그럴 의도가 있었든 없었든 결과는 그렇다. 이 세계는 그 결과만으로도 충분히 죄가 된다.

"소, 소녀가 정말 잘못했어요."

김환성이 말했다.

“재네가 그렇게 멋있어?”

……네? 하고 김상희는 되물을 뻔했다. 김환성은 간만에 의욕에 불타올랐다.

“너가 잘 몰라서 그러는데 내가 재네보다 훨씬 세.”

지금 너 무슨 말을 하고 있는 거야? 김상희는 묻고 싶었다. 뭔가 묻고 싶은데 전후 상황을 아예 모르니까 뭐라고 물어야 할지 모르겠다.

김환성이 씨익 웃었다.

“내가 훨씬 세다니까?”

말이 끝나자마자 김환성이 잠깐 사라졌다가 다시 나타났다. 그리고 활짝 웃었다. 김상희는 황당한 말을 들었다. 김환성이 즉석에서 스타디움에 도전장을 내밀었다는 거다. 김환성이 김상희 앞에서 어깨를 쭉 펴고 턱을 높이 들었다. 그리고 거만한 눈동자로 상희를 쳐다보며 말했다.

“진짜야. 내가 더 세.”

김상희는 혼란스러웠다. 아니, 그러니까 뭘 믿으라고요? 묻고 싶었다. 고려 왕국 최연소 나이트. 제9대대장이자 무력에 관한한 이 시대 최고의 천재라는 김환성이 신분을 속인 채 스타디움에 도전장을 내밀었다.

스타디움에는 새로운 챔피언이 탄생했다.

—맨손 격투의 달인! 무투가 김수혁이 승리를 쟁취했습니다! 대단합니다! 현란한 몸놀림! 빠른 속도! 그리고 정확하고 강한 마지막 펀

치로 승리를 따냅니다!

사회자는 모두가 놀랄 만한 새로운 소식도 알렸다.

–내일 있을 챔피언전에 도전할 상대는 겨우 15세의 어린 소년입니다!

김환성이 씨익 웃으며 김상희에게 말했다.
“오빠 믿지?”

제6장
차라리 죽겠습니다

나는 정말 황당했다. 보통 남자들이라면 약간의 허세를 가지고 있다는 걸 안다. 사실 나는 그 허세를 그렇게까지 싫어하지는 않는다. 쭈구리(?)처럼 방구석에 혼자 숨어 있는 것보다는 차라리 허세를 조금 부리는 게 더 낫다고 생각하고 있다.

'이놈의 허세는 도대체 스케일이 얼마나 큰 거야?'

구체적인 숫자로 설명하겠다. 이 스타디움은 총인원 10만 명을 수용할 수 있는 거대한 원형 경기장이다. 그 엄청난 크기라는 시드니 축구장의 수용 인원 규모가 8만여 명인데, 이건 그것보다 더 크다. 그리고 주위를 둘러보면 빈자리도 별로 없다. 망나니의 결투일은 바로 내일. 내일도 역시 스타디움이 꽉 차 있을 거라고 생각한다. 그러니까 저 녀석은 10만 명 앞에서 허세를 부리게 될 거라는 소리다.

"오라버니……."

솔직히 나는 김환성이 조금, 정말 조금, 그러니까 아주아주 조금, 걱정되기도 한다. 미운 정도 정이라고 그새 정이 조금 들은 것 같다. 나 역시 김환성의 명치를 세게 때려주고 싶은 마음은 굴뚝같지만 그래도 살짝 걱정이 된다.

'아까 그 챔피언이라는 사람은 만만히 볼 상대가 아니던데…….'

김환성이 대단하다지만 체급 차이라는 게 있지 않은가. 나는 아까 경기장에서 무투가 김수혁을 봤었다. 김환성도 나이치고는 작은 편은 아니었지만 그 김수혁이란 남자는 키가 2미터는 훨씬 넘을 것 같았다. 거의 거인 수준이었다. 게다가 덩치도 굉장히 컸다. 아까 엄청난 광경을 하나 봤었다. 김수혁의 상대라는, 이름은 기억 안 나지만 칼을 쓰는 남자가 김수혁을 공격했었다. 김수혁은 맨살로 그 칼을 받아냈다. 그 광경에 다들 열광했었다.

'아니, 맨몸으로 칼도 받아내는 거인인데…….'

아무래도 이 아이가 중2병에 걸려 허세를 부리고 있는 게 아닌가 싶다. 아무리 대단하다고 해도 이제 겨우 15살 소년이 아닌가.

김환성은 굳이 내 침대에 앉아-김환성과 나는 한 방을 쓰게 됐다. 물론 침대는 두 개다-저 빌어먹을 헝겊 인형을 만지고 있었다. 어서 말을 시켜야 해. 말 안 시키면 문 열고 물어왔 시킬 거야, 저 자식.

"오라버니."

"응?"

"소녀는 오라버니가 다치는 걸 보고 싶지 않아요."

"내가 왜 다쳐?"

"소녀는 아까 김수혁이란 사내를 보았어요. 덩치가 오라버니의 두 배는 커 보였어요. 무시무시했어요. 그래서 소녀는 너무 무서워요."

네 멍치를 때리는 건 나야.

"하긴 똥개는 멍청하니까."

똥개 똥개 하지 마라. 듣는 똥개 기분 나쁘…… 아, 아니지. 아씨, 짜증 나. 뭔가 세뇌당하는 기분이야.

김환성이 어깨를 쭉 폈다.

"내가 더 세."

김상희는 '스타디움'에 대해서 잘 모른다. 경기 규칙도 잘 모르고 선수 선발이 어떻게 되는지도 잘 모른다. 한 가지 사실을 짚고 넘어가자면 김환성이 치르게 될 경기는 바로 챔피언전이다. 챔피언전. 아무나 무턱대고 신청한다고 해서 될 수 있는 게 아니다. 잘못하면 목숨도 잃을 수 있는 결투다. '나 챔피언이랑 싸울래요' 한다고 해서 챔피언과 싸움을 붙여주지는 않는다는 소리다.

"다이렉트로 챔피언전에 참여를 한 거지. 그 15살짜리 꼬맹이가."

"도대체 뭘까? 아무리 봐도 김수혁에겐 상대가 안 될 것 같은데."

"그러니까 말이야. 15살이면 이제 겨우 1차 각성을 끝마쳤을 시기인데……."

"어쨌든 스타디움 측이 받아들였다는 건 뭔가 있다는 거지."

사람들은 내일 있을 경기에 열광했다. 굉장히 이례적인 일이었다. 15살짜리 소년이 경기에 참여한다는 것 자체가 스타디움 역사상 이제 겨우 두 번째 있는 일이었다. 게다가 다이렉트로 챔피언전에 도전이라니.

"그런데 상대가 너무 안 좋네. 김수혁은 벌써 7전 7승이잖아. 지금 기량을 유지하면 당분간 안 질 텐데. 최근 들어 최강의 챔피언 아냐?"

"그렇지. 그래도 어린아이이니까…… 조금은 봐주면서 하지 않겠어? 김수혁이랑 싸워서 아직 죽은 사람 한 명도 없잖아. 힘 조절을 그만큼 잘하고 있다는 뜻이겠지."

사람들의 얘기를 들은 김상희는 발뒤꿈치를 들었다. 그래도 키가 작아 김환성의 귀에 입이 닿지 않았다.

"왜?"

"소녀가 오라버니께 긴히 드릴 말씀이 있어요."

"뭔데?"

김환성이 무릎을 살짝 굽혔다. 그 모습을 보던 김유신이 움찔했다. 상식적으로 말이 안 되는 상황이다. 공주 따위의 말을 듣기 위해 왕자님께서 무릎을 굽혔다. 있을 수 없는 일이다. 김상희가 아주 작게 속삭였다.

"소녀는 오빠를 믿어요."

김환성이 크게 웃었다. 세상을 다 가진 듯한 함박웃음이었다. 김유신은 김환성을 계속해서 쳐다봤다. 도대체 저 왕자님이 왜 저렇게 환하게 웃는 건지 모르겠다. 공주가 뭐라고 한 건지는 모르겠지만 근래에 저렇게 행복한 웃음은 처음 보는 것 같다.

한편, 왕궁에서는 실시간으로 보고가 올라갔다. 이번 보고 담당은 알렉스였다. 알렉스가 인상을 찡그렸다.

"왕자님께서 폐하와 똑같은 행동을 하고 있답니다."

"무슨 뜻이지?"

짐작 가는 게 있다. 하지만 모른 척했다. 벌써 20년쯤 전 일이다. 그 당시 살아 계셨던 선왕에게 굉장히 많이 혼났었다. 일국의 왕자가 체통머리도 없이 무슨 짓이었냐고 말이다.

"지금으로부터 20여 년 전, 폐하께서 15세였을 당시 미추홀의 거대 스타디움을 홀로 제패하시고 13전 13승의 기록을 세우셨죠. 일반 백성들 사이에서는 아직도 전설로 남아 있다고 합니다만."

김훈상이 정정했다.

"그 당시 난 14세였다."

15세이든 14세이든 그건 중요한 게 아니잖아요, 이 양반아. 알렉스는 크흠 헛기침을 했다. 그런데 생각해 보니 이 왕 정말 잘 컸다. 어릴 때에는 김환성보다 더 막장(?)이었었다.

"왕자님께서 폐하와 똑같은 길을 가고 계십니다."

김훈상은 피식 웃었다. 선왕은 자신을 많이 혼냈었지만 자신은 혼내지 않을 생각이다. 알렉스가 물었다.

"혹시 역시 내 아들이다, 라고 생각하고 계시는 건 아니지요?"

"남자라면 그 정도 패기는 있어야지."

알렉스는 끄응 한숨을 내쉬었다. 이건 패기도 뭐도 아니다. 그냥 양민 학살이다. 고려 왕가의 혈통은 전 세계에서도 알아주는 최고의 혈통이다. 이 세계의 강함은 마력으로 결정된다고 해도 과언이 아니다. 일반인들과 고려 왕가 사람들은 애초에 출발선 자체가 다르다.

그건 패기가 아니고 그저 양민학살인데요. 왕자님은 심지어 고려 왕가 나이트의 제9대대장이신데요. 그 정도면 은퇴한 나이트와 숨겨진 능력자들을 포함한다고 해도 왕국 내에서 서열 100위 안에 드는 엄청난 건데요, 라고 정확한 사실을 짚어주고 싶었다. 참고로 고려 왕국의 인구수는 남자 수를 기준으로 약 5천만 명이다. 다시 말해 5천만 명 중에 100등 안이라는 소리다. 그것도 이제 15살에 말이다. 퍼센트로 따지자면 0.001퍼센트 안에 드는 엄청난 능력을 가지고 있다는 말이었다.

알렉스는 왕의 의중을 짐작할 수 있었다.

'오히려 스타디움에서 패배하면 혼을 내시겠군.'

20여 년 전, 스타디움을 제패했던 소년 무투가 김훈상은 현재 스타디움에 도전하고 있는 소년 무투가 김환성의 아버지였다.

'누가 그 아버지에 그 아들 아니랄까 봐, 참.'

알렉스는 괜히 슬퍼졌다.

경기장 분위기가 후끈 달아올랐다.

–오늘은 정말 이례적인 이벤트가 펼쳐지는 날입니다!

와아! 함성이 크게 터져 나왔다. 경기장 전체가 마구 울릴 정도로 거대한 함성이었다.

–15살 소년. 예, 이름을 상당히 특이하게 지었군요. 15세 검술가 '오빠'와…….

사람들이 크하하! 웃었다. 원래 가명을 쓰는 일은 비일비재하다.

그런데 이름을 '오빠'와 같은 식으로 지은 사람은 없었다. '오빠'란 말 자체가 희귀한 단어다. 별로 쓰지 않는 단어니까.

—그리고 7전 7승! 무적의 연승 신화를 이어가고 있는 맨손 격투가! 김! 수! 혁!

아까와는 비교도 할 수 없는 엄청난 함성이 터져 나왔다. 김수혁은 온몸에 힘을 주며 근육을 자랑하고 크아아아! 하고 짐승 같은 괴성을 내질렀다. 온몸의 근육이 잔뜩 부풀어 올랐다.

—엄청난 체구 차이! 과연 도전자 오빠는 챔피언 김수혁을 상대로 얼마나 멋진 모습을 보여줄 수 있을까요!

김상희는 괜스레 오기가 생겼다. 평소에 김환성을 때려주고 싶다고 생각하는 것과 별개로, 괜히 누나의 심정이 되어 망나니를 걱정하게 되었다. 이곳 분위기 자체가 김환성을 엄청 무시하고 있다. 저 약하고 여리여리한 몸으로 무투가 김수혁을 상대로 얼마나 버틸 수 있을까가 관건이었다. 사람들이 다들 그렇게 생각했다. 김상희는 괜히 화가 났다. 하지만 또 한편으로는 걱정도 됐다.

'내가 진짜 못살아. 이름이 오빠가 뭐야. 진짜 웃겨. 그리고 저 가면은 도대체 뭐고……. 왕자니까 정체를 드러내면 안 된다, 뭐 그런 거야? 근데 왜 황금 가면이야……? 차라리 나한테 가면 골라 달라고 하지.'

아이고, 두야. 머리가 괜히 아파왔다. 그때 사회자가 경기 시작을 알렸다.

–그럼! 경기! 시작합니다!

김수혁이 말했다.

"꼬맹아, 칼 안 뽑니?"

김환성이 피식 웃었다.

"내가 칼 뽑으면……."

김환성의 몸이 순간 사라졌다. 김상희는 놀랐다. 김환성의 몸이 보이질 않았다. 사람들이 마력을 끌어올려 상황을 주시했다. 김수혁의 귓가에 목소리가 들려왔다. 바로 옆에서 속삭이는 목소리였다.

"너 죽어."

김수혁은 순간 온몸에 소름이 돋았다. 꼬맹이의 움직임을 잡지도 못했다.

–이, 이게 무슨 일인가요! 15세 소년! 오빠의 모습이 갑자기 사라졌습니다! 마력 탐지기를 통해 파악 중입니다! 아! 아닙니다! 저쪽! 저쪽에 나타났습니다! 언제 저기까지 이동한 거죠! 엄청난 이동 능력입니다! 작은 체구를 바탕으로 한 스피드를 주력으로 삼는 스타일의 검술가인 것 같군요!

김수혁의 심장이 쿵쾅거렸다. 방금 그 느낌, 너무나 이질적인 느낌이었다. 결투가 아니라 마치 사냥을 당하는 것 같은 그런 느낌. 그러나 그 느낌은 굉장히 짧았다. 저만치 앞에 키 작은 꼬맹이가 하나 보였다.

—그런데 검을 뽑지 않는군요! 검술가라고 소개했는데 사실은 무투가 아닐까요!

김환성이 허리를 살짝 굽혔다. 몸을 뒤로 젖히는가 싶더니 순식간에 용수철처럼 몸을 앞으로 튕겼다. 오른 주먹을 허리 뒤까지 들어 올렸다가 그대로 앞으로 뻗었다.

—오빠! 주먹을 뻗습니다! 가공할 만한 스피드! 그러나 스피드가 빠르다고 해서 김수혁 선수의 맷집을 뚫을 수 있을지는 미지수입니다!

콰과광!

거대한 소리가 터져 나왔다. 마치 천둥이라도 치는 것 같았다. 관중들이 술렁거렸다.

"무, 무슨 소리야?"

"설마, 저 주먹에서 저런 소리가 났다고? 무슨 특수한 기파 같은 걸 익혔나?"

그래도 다들 김수혁의 승리를 의심하지 않았다. 칼조차도 막아내는 단단한 신체와 마력을 가진 김수혁이다. 저런 꼬맹이의 주먹 따위는 쉽게 막아낼 거라고 생각했다.

그런데 이변이 벌어졌다. 김수혁이 한쪽 무릎을 꿇었다. 쿨럭! 쿨럭! 기침을 하는데 피가 뿜어져 나왔다. 김환성이 다시 거리를 벌렸다.

—이, 이럴 수가! 김수혁 선수! 한쪽 무릎을 꿇었습니다! 피를 토합니다! 다, 다, 단지 주먹 한 방에 천하의 김수혁 선수가 무릎을 꿇었습니다! 이, 이게 도대체 어떻게 된 일인가요!

심판이 경기를 잠시 중단시켰다. 김수혁의 상태를 살폈다. 김수혁이 더 싸울 수 있다고 말했다. 그사이 김환성은 VVIP석에 앉아 있는 김상희를 쳐다봤다. 물론 김상희는 그걸 몰랐다. 김상희는 김환성만큼 시력이 좋지 않았으니까. 김상희가 만약 김환성의 표정을 자세히 볼 수 있었다면 분명 느낄 수 있었을 거다. 김환성의 표정은 이렇게 말하고 있었다.

'어때? 오빠 멋있지?'

허세와 자신감이 가득한 표정이었다. 능력 없는 남자가 지나친 자신감을 표출하면 그건 정말로 허세가 맞다. 그런데 능력이 출중한 남자가 자신감을 나타내면 그건 허세가 아니라 정말로 자신감이다. 김환성의 경우가 그랬다. 그의 표정이 김상희에게 말하고 있었다.

'내가 더 세!'

이건 허세가 아니었다. 진짜였다. 김환성은 허세를 현실로 만들었다. 고려 왕국 최대의 스타디움인 미추홀 스타디움에서 김환성은 자신의 무력이 진짜임을 보여줬다.

경기가 재개됐다. 김수혁의 팬들이 흥분했다.

"김수혁! 이겨라!"

"저런 꼬맹이한테 진다는 게 말이 되냐!"

그러나 세상에는 응원만으로는 안 되는 것들도 있었다. 결과는 김수혁의 완벽한 패배. 김수혁은 김환성의 손끝 하나도 못 건드렸다.

이변은 거기서 그치지 않았다. 챔피언이 되면 우승 상금이 두둑하다. 또한 승률 배당 시스템을 통하여 또 다른 부수익이 발생한다. 이번 같은 경우, 대부분 김수혁의 승리를 예측했기 때문에 김환성에게 돌아가는 이득은 거의 천문학적인 수준. 일반적인 사람이라면 평생 놀고먹어도 될 정도의 돈이 들어온다. 그런데 '오빠'는 그 이득을 그냥 포기하고 홀연히 사라졌다.

–화, 황금 가면의 오빠! 모든 이권을 포기하고 갑자기 사라졌습니다! 과, 과거 20년 전과 비슷한 상황이 또 발생하고 말았습니다!

온갖 추측과 억측이 난무했다. 사실 20여 년 전의 그 소년이 다시 돌아온 거다, 나이를 먹지 않는 불사신이다, 사실은 나이를 속인 거다, 기타 등등. 그런 무성한 소문이 돌거나 말거나 김환성은 신경 쓰지 않았다. 그에게는 금전적인 이득보다 훨씬 더 중요한 게 남아 있었다.

호텔 방에 돌아온 김환성이 의기양양한 표정으로 물었다. 말이 좋아 의기양양이고 사실은 뭔가를 엄청 기대하는 눈치였다.

"오빠 세지?"

김상희는 김환성이 그토록 듣고 싶어 하는 '세다'라는 말은 안 해줬다. 원하는 걸 너무 쉽게 주면 안 된다. 적어도 김상희는 그렇게 생각했고 여태까지 그렇게 아슬아슬한 줄타기를 하면서 잘 살아왔다.

"소녀는 오라버니께서 혹여 다치면 어쩔까 마음을 졸였어요. 오라버니 걱정 때문에 소녀는 천국과 지옥을 왔다 갔다 했어요."

"아니, 그니까 왜?"

김환성은 답답해졌다. 이게 아니다. 그렇게 강한 걸 증명했는데 반응이 어째 이상하다.

"소녀를 괴롭히는 게 그렇게 즐거우신가요? 소녀가 어찌나 조마조마했는지 오라버니는 정말 모르실 것이어요."

물론 듣기 좋으라고 하는 말이다. 천국과 지옥 왔다 갔다 할 것도 없이 경기는 빨리 끝났었다. 어쨌거나 김상희는 그렇게 말했다. 김환성은 즐거운 건지 오기가 생기는 건지 그도 아니면 김상희가 울먹거리는 모습에 언짢은 건지, 자기 스스로도 모를 복잡 미묘한 감정에 빠져들었다. 김환성은 어, 이게 아닌데. 나 진짜 센데…… 하고 고개를 갸웃했다.

한편, 김유신 나이트에게 누군가가 찾아왔다. 김유신은 김환성, 김상희와 밥을 따로 먹는다. 감히 왕자님과 겸상을 할 수 없다 하여 김유신이 일부러 다른 자리, 다른 시간에 식사를 하기로 한 거다. 김유신을 찾아온 남자가 말했다.

"아마 귀족가의 여식을 보호하는 용병인 것 같은데 말이죠."

"……."

김유신은 대답하지 않고 스프를 떠먹었다.

"그 여자, 저희가 납치하는 걸로 하죠. 보상은 정말 두둑이 드리겠습니다."

남자의 제안이 놀라울 일도 아니다. 사실 이런 식으로 골칫덩이인 계집을 처리하는 귀족도 많았다. 귀족들에게 있어서 계집은 있으나 마나 한 존재였으니까. 귀족들 사이에서도 암묵적으로 쉬쉬하는 문제였다. 귀족 혹은 용병들은 돈을 얻을 수 있고 상인들은 상품 가치가 높은 귀족 여아를—보통은 성 노예로 쓰인다—얻을 수 있어 누이 좋고 매부 좋은 일이니까.

김유신이 스프를 떠먹던 스푼을 내려놓았다. 그리고 입을 열었다.

"자세히 얘기해 봐."

그런 소문이 공공연하게 나돌았다. 김유신 역시 알고 있다. 귀족가에선 필요 없는 여식을 이런 식으로 처리한다.

김유신이 말했다.

"조건을 제시해 봐."

"3억 원을 일시불로 드리죠."

김유신이 피식 웃었다. 그러자 제의를 한 남자 역시 어깨를 으쓱했다.

"4억 드립니다."

김유신이 또다시 피식 웃었다. 남자가 인상을 살짝 찡그렸다.

"4억이면 충분할 텐데요? 일반적인 시세는 2 내지 3억가량입니다. 특등품이라 4억까지 드리는 겁니다."

"특등품이군."

"그렇습니다. 저 정도 계집이면 특등품이죠."

특등품이 맞다. 나이도 어리고 예쁘다. 피부도 곱다. 게다가 굉장히 귀한 집안의 여아 같다. 그러면 비싸게 팔린다. 성 노예로 1년 정도만 굴리면 투자금은 뽑고도 남을 거다. 그런데 순간 주위가 어두워졌다.

"마지막으로 기회를 준다. 다시 가격을 불러."

남자는 당황했다.

'이게 도대체 뭐야?'

이건 마력으로 이루어진 특수한 공간. 일명 '필드'라고 불리는 것이다. 보통 중요한 얘기 혹은 비밀스러운 얘기를 할 때에 이 필드를 펼치고 얘기를 하게 된다.

"4, 4억! 그 이상은 못 줍니다. 그 이상 주면 나도 안 남아요!"

그런데 이 필드, 뭔가 이상하다. 뭔가 기분이 나쁘다.

"이, 이보시오. 이건 도대체……."

"왕명에 의거하여 즉결 처분한다."

남자는 말을 잇지 못했다. 그가 말을 끝마치기도 전에 툭 하고 뭔가가 떨어져 내렸다. 그의 얼굴이 그의 발등에 부딪쳤다. 데구루루, 방금까지 말을 하고 있던 그 물체가 바닥에 굴렀다. 주인을 잃은 몸은 망가진 마리오네트처럼 아무렇게나 쓰러져 버렸다.

김유신은 떼굴떼굴 굴러와 자신의 발을 건드린 그 둥그런 물체를 아무런 감흥도 없는 눈동자로 쳐다봤다. 그러곤 허공에 대고 말했다.

"치워."

그러자 4명의 남자가 나타났다. 분명 주위엔 아무것도 없었다. 그런데 남자들이 갑자기 나타났다.

"예, 마스터."

필드가 걷혔다. 주위 사람들은 그 누구도 김유신에게 신경을 쓰고 있지 않았다. 필드가 펼쳐졌었다는 사실 자체를 모르는 것 같았다.

김유신은 아무런 일도 없었다는 듯 숙소를 향해 걸음을 옮겼다.

며칠 전, 김훈상은 김유신에게 명령을 내렸었다.

"만에 하나라도 말이야. 그런 일이 발생한다면……."

왕은 한참이나 고민했다. 김유신은 왕의 그런 모습을 참 오랜만에 보는 것 같다. 적어도 즉위 이후 10년 동안은 보지 못했다. 왕자 시절의 김훈상과 왕이 되고 난 이후의 김훈상은 완전히 달랐으니까. 무언가 결정을 하고 나면 빠르고 신속하게 명령을 내리고 실천해 나가는 왕이 아니었던가.

"3,000억."

"3,000억, 알겠습니다."

"아니다. 7,000억."

김유신은 왕을 물끄러미 쳐다봤다. 누가 한낱 계집애 몸값으로 7,000억을 준단 말인가. 김유신도 대략적인 시세는 알고 있다. 보통은 2억 내지 3억 선에서 거래가 된다. 그런데 7,000억이라니. 그럴 일은 절대로 일어나지 않는다. 김유신이 생각하기에 그럴 일이 벌어질 가능성은 0퍼센트였다. 그래도 그는 왕에게 토를 달지 않았다.

"아니다. 9,000조."

왕이 쐐기를 박았다. 9,000조 원이란다.

"9,000조, 알겠습니다."

이제는 황당하지도 않다. 9,000조. 실질적으로 9,000조를 가진 자산가는 고려 왕국에 없다고 봐도 된다. 왕국 내 최고 부자라 할 수 있는 왕도 9,000조 원은 없다. 왕이 다시 말했다.

"9,000조 이하를 제시하는 놈은 그냥 죽여. 아무리 하찮다고 하지만 내 핏줄을 이어받은 계집아이이니 그 정도는 받아야겠지."
"예, 알겠습니다."
왕이 또 고심했다. 명령을 다시 내렸다. 정말 이례적인 일이다. 왕이 계속 명령을 번복해서 내리는 건.
"9,999조."
"예, 9,999조. 알겠습니다."
잠시 후 왕에게 그 내용을 듣고서 알렉스는 한숨을 내쉬었다.
'그냥 무조건 죽이라고 하시지.'
애초에 조건 자체가 말이 안 된다.
'9,999조는 고사하고 9,000조를 가진 사람이 있을 리가 없지 않습니까?'
알렉스는 저도 모르게 고개를 절레절레 저을 뻔했다.
'그냥 예뻐 죽겠으니까 잘 지켜. 아무도 접근 못하게 해. 날파리라도 붙으면 죽여. 이렇게 말하시면 어디가 덧나시나? 왜 꼭 하찮은이니 뭐니 번거롭게 그러시나 몰라.'
알렉스는 피식 웃었다. 그래도 기분은 좋다. 역시 김훈상은 김훈상이었다. 그가 왕자였을 적에는 김환성보다 더 망나니였으면 망나니였지 지금 같은 성군은 아니었다. 그때의 모습이 조금씩 보이는 것 같아 재미있었다.
"내 고귀한 혈통을 이었으니 그 정도 값은 받는 게 맞겠지."
네, 그러시겠지요. 알렉스는 소리 없이 한숨을 내쉬고는 또 다른 것을 떠올렸다.
'그나저나 김유신 나이트를 내보내다니. 정말…… 파격적이군.'
여태까지 수많은 공주가 바깥나들이를 갔다 왔다. 그러나 여태껏 왕실 특수부대인 스페셜 나이트가 호위로 따라붙은 적은 단 한 번도 없었다. 그런데 이번에는 스페셜 나이트, 그중에서도 마스터가 붙었다.

마스터는 왕국에 딱 한 명 있다. 고려 왕국 소속. 그 대단하다는 제국의 프리온 나이트들마저도 경계한다는 고려 왕국의 제1대대 스페셜 나이트의 단장. 그 영광스러운 이름을 달리 말하자면 '마스터'였고 그의 이름은 바로 김유신이었다.

알렉스가 말했다.

"그런데 정말 너무 과하셨던 것 같습니다. 마스터는 폐하의 안위를 보존해야만 하는 의무가 있는 사람입니다. 만일 폐하께 무슨 일이라도 발생한다면……."

"괜찮아."

"예?"

김훈상이 씨익 웃었다.

"내가 더 세."

노크 소리가 들려왔다. 아마 김유신 나이트일 거다. 저 아저씨, 뭔가 무뚝뚝하고 재미는 없는데 그래도 나름대로 믿음은 가는 아저씨다. 사실 나도 정확한 나이는 모른다. 당최 이 이상한 세계는 외모로 나이를 가늠할 수가 없다. 마력이라는 신통방통 만사형통한 능력이 있으니까.

"편안히 계신지 확인 한번 하러 왔습니다."

김환성이 키득키득 웃으면서 말했다.

"응, 좋아. 김유신 마스터도 꿀잠 자도록 해."

"예, 주무십시오."

나 역시 일어서서 김유신 나이트를 향해 허리를 숙여 보였다. 좋았어. 어차피 이렇게 된 거 내 편 하나 더 만들지 뭐. 가자, 상희야. 김유신 나이트가 밖으로 나갔다.

"그런데 김유신 나이트님은 정말 멋지신 것 같아요."

"그렇지? 마스터니까."

분명히 김유신 나이트는 이쪽 방에서 나는 소리에 귀를 기울이고 있을 거다. 나는 몰라도 적어도 왕자님이 이곳이 계시니까 저쪽은 이쪽 상황에 신경을 계속 쓰고 있어야 한다. 그러니까 내가 하는 말도 다 듣고 있을 거라는 소리다.

"그런데 마스터라면……?"

나는 오늘 '마스터'란 단어를 처음 듣는다. 그러나 그 마스터가 무엇인지는 알고 있다. 아니, 고려 왕국 사람치고 마스터가 뭔지 모르면 말이 안 된다.

"서, 설마……."

"응? 스페셜 나이트 대대장인데."

야, 너 그런 어마무시한 걸 그렇게 태평스럽게 말하면 어떡해. 헐, 대박. 뭔가 특별한 사람인 것 같다는 느낌은 있었는데, 진짜 스페셜 나이트의 대대장? 마스터라고? 말도 안 돼. 그렇게 대단한 사람이 여긴 왜 왔어? 왕 직속 친위부대…… 인데 아, 우리 둘째 망나니가 따라붙었으니까 그런가?

개차반이 날 예뻐하는 건 안다. 하지만 스페셜 나이트의 대대장까지 붙여줄 정도로 내가 가치 있는 계집은 아니다. 난 그 사실을 분명히 알고 있으며 딱히 슬퍼하지도 않는다. 그게 당연한 세계니까.

어쨌든 나는 정신을 추슬렀다.

“어쩐지…… 소녀는 그분을 보며 심장이 콩닥콩닥 뛰었답니다.”

“뭐야? 똥개 너 어디 아파? 심장이 병신 됐어?”

……닥쳐. 그냥 대충 뉘앙스로 알아들어주면 안 되겠니.

“너무나 멋진 그분을 보면 소녀는 항상 안심이 되어요. 소녀는 그분 덕택에 정말 든든하답니다.”

모르긴 몰라도 김유신 나이트, 아니, 김유신 마스터는 지금 신세계를 맛보고 있을 거다. 세상에 어떤 계집이 이런 말을 했겠어. 옆방에서 다 듣고 있는 거 알아요. 나는 이제부터 약 2시간 동안 당신 칭찬만 할 거야.

어서 와. 이런 당돌한 계집은 처음이지?

아침이 됐다. 김유신 나이트가 김상희를 힐끗 쳐다봤다. 김상희도 그걸 느꼈다. 그 눈빛에는 분명 호감이 담겨 있었다.

김상희가 과거에 괜히 꽃뱀 혹은 불여시라고 불렸던 게 아니다. 사실 김상희가 원했던 건 아니었고 또 당시에는 김상희도 인지하지 못했던 거지만, 김상희는 남자의 마음과 눈빛을 잘 읽어낸다.

그것을 재능이나 능력이라고 말하기에는 좀 거창하긴 하지만 하여튼 그랬다. 과거에 따돌림을 당하고 있다는 사실을 알아차렸을 때엔 이 ‘눈치’가 굉장히 싫었었는데 여기서는 아니다. 사실 여기서는 이 능력(?) 덕택에 아슬아슬한 밀고 당기기와 줄타기가 가능하지 않았던가.

김환성이 말했다.

"어디 들를 데가 한 군데 더 있어."

"오늘은 돌아가야 합니다. 이미 시간이 많이 지체되었습니다."

"괜찮아. 아부지한테는 내가 말할게."

"폐하께 보고 올리겠습니다."

"알았어."

김상희는 고개를 갸웃했다. 원래대로라면 이제 왕궁으로 돌아가야 했다. 성자의 우물도 갔다 왔고 스타디움도 갔다 왔다. 내 일정은 여기서 끝이다. 다른 공주들도 마찬가지였었고.

한편, 연락을 받은 김훈상은 인상을 찡그렸다. 알렉스가 물었다.

"폐하, 아침부터 기분이 안 좋아 보이십니다."

짐작 가는 구석이 있다. 이미 이 일은 예견되어 있었다.

"혹시 셋째 왕자님한테 연락이 왔습니까?"

"하루 더 늦게 복귀한다더군."

알렉스는 이미 예상했다.

"셋째 왕자님이 공주님이랑 오붓한 시간을 계속 보내고 싶으신가 봅니다."

"그럴 리 없지. 왕궁 밖이 그리운 것이다."

아뇨. 그럴 리 있는데요. 김환성 왕자님은 그냥 마음만 먹으면 언제든지 나갈 수 있는데요. 알렉스는 말을 참았다. 이 똑똑한 왕이 언제쯤 자각이라는 걸 할지 모르겠다.

'애초에…… 겨우 공주 따위의 행사에 관한 보고를 왕께서 직접 받

으실 리가 없잖아요.'

그렇게 생각했다가 속으로나마 피식 웃었다.

'아, 하긴 왕자님이 함께 계시니 보고를 직접 받았다는 핑계를 대실 순 있으시겠군. 참, 핑계가 좋아. 아니, 이러려고 일부러 같이 보내셨나?'

알렉스가 정곡을 찔렀다.

"왕자님께선 공주님과 데이트를 하고 싶으신 것이 틀림없습니다."

"데이트? 그게 뭐지?"

알렉스가 어깨를 쭉 폈다. 요즘 들어 느끼는 건데, 요즘 신세계를 개척해 가는 선구자가 된 것 같은 느낌이 들었다. 사실 이 세계에서는 알렉스가 굉장히 특이한 축에 속하는 사람이다.

"제가 새로 만든 단어입니다. 폐하께서 허락만 해주시면 사전에 등재할까 생각 중인데……."

알렉스는 데이트란 단어에 대하여 설명을 해줬다. 호감이 있는 남자와 여자가 같은 시간, 같은 공간에서 즐거운 시간을 보내는 것이라고 했다. 김훈상이 인상을 찡그렸다.

"도무지 이상한 단어군. 알렉스 너는 요즘 이상한 것에 심취해 있는 듯해."

저번에 딸바보도 그렇고 데이트도 그렇고. 해괴망측한 단어들을 자꾸 만들어낸다. 애초에 있을 필요가 없는 단어가 아니던가. 여자가 마음에 들면 그냥 따라와라, 하고 말하면 된다. 즐거운 시간? 그런 건 모르겠다. 어차피 여자들은 남자가 시키는 대로 하는 게 정상 아니던가. 그게 지극히 자연스러운 거다. 알렉스가 말하는 이 '데이트'라는 개념은 기존의 상식을 철저하게 깨부수는 개념이었다.

"학자들의 반발이 예상되지만 폐하께서 윤허만 해주시면……."

"불허한다. 쓸데없는 것에 너무 열을 올리지 말도록 해. 보다 진취적인 일에 네 재능을 쏟도록 해라."

그런데 새로운 보고가 하나 더 올라왔다. 왕의 직속 비서에게 바로 연결되는 직통 회선이었다. 긴급할 때가 아니면 사용되지 않는 회선이며, 그 직속 비서의 이름은 강욱현이었다.

강욱현이 헐레벌떡 달려왔다.

"폐하."

"무슨 일이지?"

"제국에서 연락이 왔습니다."

"제국에서?"

김훈상은 인상을 찡그렸다. 제국에서 갑자기 온 연락이라 그렇게 좋은 느낌은 아니었다. 사실상 국제관계에 얽혀서 좋은 일은 별로 없다고 봐도 됐다. 특히나 제국에 관련한 일은 그랬다.

"김상희 공주와 김상아 공주를…… 제국의 황제께서 직접 보겠다 합니다."

"김상희와 김상아를? 이유가 뭐지?"

무려 제국의 황제가 어째서 한낱 계집들을 보고자 하는 건지 모르겠다. 김상아는 이해가 된다. 마력을 가진, 세계에서 '유이'한-프리지아를 포함하여 유이(有二)다-계집이니까. 그런데 김상희는 왜 부른 건지 도무지 알 수 없었다.

"자세한 건 이 서신에 적혀져 있습니다."

제국에서 김상희와 김상아를 불렀다. 그것도 제국의 태양, 황제가 직접 말이다.

김상아는 4살이다. 물론 여타 다른 여아보다는 훨씬 발육 상태가 좋다. 비록 김환석이나 김환성 같은 천재급은 아닐지라도 일단 마력을 가지고 태어났으며 덕분에 빨리 컸다. 빨리 컸다고는 해도 아무래도 여자라는 한계가 있어서인지 쌍둥이 오빠인 김환혁보다는 두 뼘 정도 작았다. 어쨌든 4살 김상아는 지금 매우 신났다.

"그럼, 상아는 언니랑 같이 가는 거야? 진짜 그런 거야?"

상아는 4살답지 않게 제법 발음이 좋았다. 참고로 상희가 4살일 때에는 발음이 무척 많이 샜다. 상희가 상아의 머리를 슥슥 쓰다듬었다.

"응. 상아는 언니랑 같이 제국으로 가요."

"와아! 신난다!"

"뭐가 그렇게 신나?"

상희는 요즘 환혁이랑 상아 보는 재미로 산다고 해도 과언이 아닐 정도로 이 아이들과 친하게 지내는 중이다.

"몰라. 상아는 그냥 언니랑 같이 있으면 짱 좋아! 나는 커서 언니랑 결혼할래!"

상희는 피식 웃고 말았다. 이 모습, 영상으로 저장해놓고 싶다. 나중에 한 10년쯤 지나서 '너 언니랑 결혼하기로 했잖아'라고 말하면 어떤 반응을 보일까 생각해 보면 벌써부터 재미있다.

그에 반해 상아의 쌍둥이 오빠 김환혁은 조금 뿔났다.

"흥."

상아가 놀렸다.

"오라버니, 오라버니는 같이 못 가지요?"

"시끄러워, 안 가는 거야."

환혁은 흥 하고 고개를 돌렸다. 김상희가 앉은 상태에서 두 팔을 벌렸다.

"우리 환혁 왕자님, 여기로 오세요."

이제 상희도 환혁에게 아무렇게나 반말을 하지는 못한다. 김상희는 공주고 김환혁은 왕자다. 아무리 빨리 태어났다고 해도 그런 건 상관없다. 공주는 왕자보다 한참 밑의 존재다. 하지만 환혁은 그게 싫다.

"누나는 왜 자꾸 나한테 왕자님이라고 그래?"

입술을 삐죽 내밀고 말하면서도 쭈뼛쭈뼛 상희를 향해 걸음을 옮겼다가 이내 마력까지 써서 빨리 달려가 상희의 품에 와락 안겼다. 김상희는 짐짓 슬픈 표정을 보이면서 말했다.

"소녀는 공주이고 왕자님은 왕자님이어요. 왕자님한테 환혁이, 환혁이 하면 소녀는 벌 받는답니다."

"누가 누나를 벌 줘? 데려와. 환혁이가 때려줄 거야. 진짜 아프게!"

"정말요?"

"응. 진짜 엄청 아프게, 무지 세게 때릴 거야! 되게 아플걸!"

김상희는 김환혁의 머리를 슥슥 쓰다듬어줬다. 사실 이 광경 자체가 이 세계에서는 굉장히 특이한 광경이다. 김상희가 아닌 다른 공주라면 엄두도 못 낸다. 실제로 김환혁은 다른 공주들에게는 그렇게까지 살갑게 굴지는 않는다. 물론 김환석이나 김환성 같은 무시무시한(?) 존재라고 보기에는 힘들었으나 그래도 이 정도는 아니다. 무려 왕자씩이나 되는 사람이 공주의 품에 안겨 칭얼대는 모습은 아마 고려 왕국 역사를 통틀어서도 없을 거라고, 알렉스는 언젠가 말했었다.

"언니, 언니. 소녀도 쓰담쓰담해 주셔요."

김상희는 한쪽 무릎에 김상아를, 또 한쪽 무릎에 김환혁을 앉히고 양팔로 공주와 왕자의 머리를 쓰다듬어줬다. 왕자는 조금 뿌루퉁한 표정, 정확히 말하자면 기분이 좋긴 한데 제국으로 같이 못 간다는 사실에 기분이 나빠 웃음을 꾹 참고 있는 모양새였다. 그에 반해 상아는 세상을 다 가진 듯 환하게 웃었다. 상아는 또 기분이 좋아졌는지 상희에게 와락 안겼다. 확실히 환혁보다는 상아가 애교가 더 많았다. 상아는 상희의 품에 안긴 상태로 고양이처럼 볼을 부볐다. 김상희는 행복하게 웃었다.

한편, 김환성은 불만에 가득 찼다.

"왜! 왜! 왜! 형아는 되고 나는 안 돼?"

책상에 앉아 있던 김환석은 자리에서 슬며시 일어났다. 그리곤 김환성에게 가까이 걸어갔다. 적어도 무력적인 측면에서 보자면 김환성이 김환석보다 강하다. 그러나 김환성은 조금 쫄았다.

"혀, 형아 화났어?"

"형 앞에서 그렇게 버릇없게 굴지 말랬지."

김환석은 천천히 걸어가 김환성의 머리를 한 대 쥐어박았다. 김환성의 눈에 눈물이 글썽거렸다. 김환성은 고려 왕국 나이트의 제9대 대장이지만 형 앞에서는 또 어린—그래 봐야 한 살밖에 차이 안 나지만—동생이기도 했다.

"형 방에 들어올 때에는 노크하라고 몇 번을 말해야 알아듣겠어?"

"미, 미안해. 내가 너무 흥분해서. 내가 나빴어."

사건의 전말은 이러했다. 김환성은 김상희와 제국에 함께 가기를 원했다. 그러나 아버지 김훈상이 허락하지 않았다. 김환성은 어디로 튈지 모른다. 사고를 칠 수도 있다. 다른 곳이라면 모르겠는데 제국은 아니다.

김훈상이 말했다.

"환성이 대신 환석이, 네가 따라가."

"……예."

김환석은 가볍게 고개를 끄덕였고 김환성은 울상을 지었다. 그래도 왕이 직접 진지하게 명령을 내린 거라 불만을 토하지는 못하고 김환석을 찾아온 거다. 김환성은 아무래도 억울했다.

"그래도 나는 힘도 센데. 내가 있으면 더 좋을 텐데."

"김유신 마스터도 함께할 거야. 네가 김유신 마스터보다 더 세?"

"그, 그건……. 그, 그래도 한 20년쯤 있으면 내가 더 셀 거다!"

자존심이 있어 아직 약하다는 말은 안 했다.

"그건 20년 뒤의 일이고. 너는 여기서 잠자코 기다리고 있어."

사실 공주가 제국으로 가는데 왕자가 따라나선다는 건 말이 안 된다. 왕자가 제국으로 가는데 공주가 시중 겸 따라붙으면 말이 되지만 말이다. 하지만 김환석에게는 핑계가 있었다. 이 핑계는 김환석이 만들었다.

"아버님, 제국에 계신 형님과 인사도 나눌 겸 제가 다녀오도록 하겠습니다."

마치 그 모습은 '겨우 공주 따위는 어떻게 되든 상관없으나 제국에는 첫째 형님께서 계시니 둘째인 제가 찾아뵙는 것이 마땅하다고 생각합니다' 라고 주장하는 것 같았다.

"그거 좋은 생각이군."

부자의 대화를 지켜보던 알렉스는 좀 황당해졌다.

'아니, 누가 봐도 핑계잖아.'

제삼자가 본다면 어떨지 모르겠으나 알렉스가 보기엔 분명히 핑계였다. 왕은 또 그 핑계를 좋다구나 하고 받아들였다.

"네가 간다면 김유신을 붙여줘야겠군. 일국의 2왕자가 함께하니까."

"아버님께서 제 신변에 그렇게 신경을 써주시니 감사할 뿐입니다."

얼씨구. 알렉스는 또 속으로 콧방귀를 뀌었다. 고려 왕국은 물론 부강한 나라다. 그러나 제국에 비할 수는 없다. 왕국들 전부를 합쳐도 제국을 이길 수는 없다는 게 이 세계의 정설이다. 제국에는 프리온 나이트들이 있기 때문이다. 어쨌거나 제국은 이 세계에서 가장 부강한 나라이며 치안 역시 굉장히 잘 되어 있다. 최소한 고려 왕국보다 좋으면 좋았지 나쁘지는 않았다. 그런데 왕의 경호를 담당하는 제1대대 스페셜 나이트들의 수장 김유신을 붙여준단다. 아무리 제2왕자가 간다고 해도 과한 처사다.

'하기야…… 저번에 겨우 바깥나들이에도 김유신 마스터를 붙였는데.'

차라리 저럴 거면 그냥 김상희 공주가 걱정되니까 매우 강한 김유신 마스터를 붙여준다고 말하면 참 좋을 텐데. 그런 것도 아니니 알렉스는 답답했다.

'아니, 진짜 자각을 못하는 거야? 아니면 애써 외면하는 거야?'

어쨌거나 김상희 공주와 김상아 공주, 그리고 김환석 왕자, 김유신 마스터를 비롯한 호위단이 제국으로 향하게 됐다.

'와, 여기서는 비행기를 처음 타 보네.'

나는 주위를 둘러봤다. 이 세계에서는 비행기를 탈 일이 별로 없다. 그래서 비행기는 부자들의 전유물이라고 해도 과언이 아닐 정도다. 일단 비행기를 움직이려면 상당한 마력이 필요하고 그 정도 마력을 가진 사람은 비행기 운행 말고도 할 일이 널리고 널렸기 때문에 굳이 파일럿이 되려고 하지 않는다. 재미있는 건, 우리 고려 왕국의 나이트들이 번갈아 가면서 운행을 한다는 것 정도.

제국까지는 약 8시간 정도 비행기를 타고 날아가야 한다고 했다. 좋아. 나는 이제 우리 첫째 망나니님께 교태를 부려야지. 나는 비행기를 처음 타며 아주 순진무구한 12세 소녀이자 어여쁜 여동생이어야만 하니까.

"오라버니, 저기 보셔요. 집이 아주아주 작아요!"

"……."

"집이 콩알만 해졌어요. 소녀는 너무나 신기하여 몸 둘 바를 모르겠어요."

"……."

"오라버니, 저기 보셔요. 구름이 저보다 아래에 있어요."

당연하지. 비행기니까. 하늘을 나는 물건이니까. 나는 당연하기 그지없고, 사실 그렇게 신기하지도 않은 일에 호들갑을 떨었다.

"오라버니, 소녀의 심장이 두근두근거려요. 어떻게 이렇게 신기한 일이 세상에 있을 수 있죠? 하늘을 난다는 것은 이런 기분이군요."

"……시끄러워. 계집아이라 할 줄 아는 거라곤 수다를 떠는 것밖에 없냐?"

하지만 나는 봤다. 내가 이런 말을 할 때마다 우리 첫째 망나니 입술이 꿈틀거린다는 거. 쟤는 항상 웃음을 억지로 참는다. 그래서 가끔 보면 귀여울 때도 있다. 그래, 나는 시끄럽고 할 줄 아는 거라곤 수다밖에 없지만, 내가 수다 안 떨면 너는 삐질걸. 분명히. 만약 얘가 진심으로 나를 시끄럽다 생각했으면 '명령이니까 닥쳐' 라고 말하든지 그도 아니면 그냥 마력으로 내 입을 봉해 버렸을 거다.

'내가 또 아무 말도 안 하면 삐질 거면서.'

이제 김환석에 대해서도 어느 정도 파악됐다.

"오라버니, 만약에 비행기가 떨어지면 어떻게 되죠? 소녀는 그럼 죽는 건가요? 그런가요?"

"안 죽어."

옳지. 물었다. 물었어.

"오라버니는 정말 강한 분이시니 괜찮지만 소녀같이 가엾고 나약한 계집은 죽고 말 것이어요."

"안 죽는다니까!"

우리 첫째 망나니가 버럭 소리를 질렀다. 좋아. 위축된 모습을 보여야지. 나는 어깨를 한껏 웅크리고 잔뜩 쫄은 모습으로 우리 첫째 망나니를 쳐다봤다. 최대한 불쌍한 모습으로. 자, 자. 어서 물어라. 하지만 둘째 오빠는 아무래도 떡밥을 물기엔 내면의 철옹성이 너무 단단한 것 같다. 어쩔 수 없지. 좀 더 직설적으로 나가는 수밖에.

"오라버니, 소녀가 정말 주제 넘는 부탁을 한 가지만 해도 될까요? 오라버니께서 싫으시다면 소녀는 입을 다물겠어요."

"……여전히 시끄럽군. 해봐."

"만약 이 신기한 비행기가 떨어진다면 소녀가 오라버니의 품에 꽉 안겨도 될까요? 그렇게 죽는다면 소녀는 이 세상에 여한이 없을 것이어요."

나는 사실 '내가 지켜줄 테니까 안 죽어'라는 말을 듣고 싶었다. 사실상 첫째 망나니의 능력, 아니, 적어도 김유신 마스터의 능력이라면 날 살릴 수 있을 거다. 만약 환성이었다면 '나는 짱 세니까 내가 살려줄게. 나만 믿어. 음하핫!' 하고 허세 아닌 허세를 부렸겠지만 역시 환석이는 쉽지 않았다.

상아가 잠에서 깨어났다. 상아는 다른 공주들에 비해 비교적 환석을 편하게 대한다. 그런 상아가 눈을 비비며 물었다.

"오라버니, 왜 웃고 있으셔요? 기분 좋은 일 있으신가요?"

우리 첫째 망나니, 정색했다.

"안 웃었다."

나는 제국에 도착했다. 제국에서도 왕국의 왕자 행렬을 맞이하기 위한 사절단이 도착해 있었다. 만약 나만 왔으면 이렇게 환대받지는 못했을 거다. 내가 알기로 고려 왕국은 약간 특별한 위치에 있는 왕국이다. 제국보다 약한 것은 분명 맞다. 그러나 제국에서도 함부로 대하기는 어려운 왕국이다. 흠, 국제 관계에 대한 자세한 얘기는 나중에 하기로 하고, 어쨌든 중요한 건 제국에서도 함부로 대하기는 어려운 왕국의 둘째 왕자가 직접 왔으니 제국에서도 대접을 소홀히 할 수는 없다는 것이다.

우리는 제국에서 마련해 준 귀빈 접대용 호텔—제국의 왕성 내 부지에 마련된—에 묵게 되었다. 전 세계 나라를 모두 합친 것보다 강한 국력을 자랑하는 제국이라더니 왕성 부지 역시 상상을 초월할 정도로 넓었다.

우리 첫째 망나니는 17층에 묵게 되었고 나는 5층에 묵게 됐다. 참고로 말하자면 15층 이상이 귀빈이 묵는 곳이고 14층 이하는 그 이하의 대접을 받는 사람들이 묵는 곳이다. 여자들은 보통 5층 이하에 기거하게 된다. 그나마 나는 고려 왕국의 공주인지라 5층이다. 만약 더 약한 왕국의 공주였다면 이보다 아래에 방이 배정됐을 거다.

그래도 귀빈 대접용 호텔이다 보니 5층이라고 해도 그렇게 시설이 나쁜 건 아니었다. 상아와 나, 그리고 시녀로 따라붙은 송수진 씨가 잠을 잘 수 있는 침대 3개와 조리 시설, 화장실 정도는 딸려 있었으니까. 지구 식으로 친다면 4인 가족 정도가 잘 수 있는 평범한 리조트 정도쯤 되는 것 같다. 약 3일 정도 휴식을 취한 뒤, 제국의 황제와 접견을 가지게 될 거라는 말을 들었다. 나는 머리가 복잡해졌다.

'도대체 왜…… 왕자도 아니고 공주인 우리를…… 제국에서 보고 싶어 하는 걸까?'

이유를 도무지 모르겠다. 상아의 경우는 조금 특별하긴 하다지만 제국에도 제6황녀 프리지아가 있지 않은가. 안 그래도 바쁠 것이 분명한 제국 황제가 공주들을 보자고 한 것에는 필히 이유가 있을 터. 나는 혼자서 머리를 굴려봤지만 아무리 생각해도 전혀 알 수가 없었다.

시간이 조금 지났다. 벨소리가 들려왔다. 아무래도 식사가 온 것 같다. 제국은 고려 왕국보다 남존여비 사상이 더 심하다. 고려 왕국도 비슷하기는 했지만 제국은 남녀가 절대로 겸상을 하지 않는단다.

그런 건 아무래도 좋다. 밥만 맛있으면 된다.

'고기가…… 없어?'

밥만 맛있으면 되는데 이건 좀 너무했다. 아니, 인간적으로 그래도 고기 정도는 줘도 되잖아. 어떻게 순 풀밖에 없어? 웰빙을 좋아하는 사람이라면 어떨지 모르겠는데 나는 고기를 먹고 싶다. 엉엉. 고기를 달라고.

물론! 내 속마음이 그렇다는 거고 실제로 그걸 표정으로 드러내거나 하지는 않았다. 고려 왕국에서도 감히 반찬으로 투정할 수 없는 게 공주의 위치다. 심지어 여긴 제국이다. 감히 반찬 투정 같은 걸 할 생각은 없다. 왜? 뭐, 적어도 속으로 투정 정도는 할 수 있잖아.

우리 송수진 씨는 그래도 제법 감격한 것 같았다.

"반찬이 제법 정갈하게 잘 나오네요."

"응……."

우리 상아는 이러나저러나 별로 상관없는 것 같았다. 마시쪄, 마시쪄를 연발하며 먹는데 참 귀여워 죽겠다. 워낙에 먹성이 좋은 아이고 반찬을 이것저것 가리지 않으니까.

그때, 문이 벌컥 열렸다. 아무리 5층밖에 안 되는, 격 낮은 사람들이 묵는 곳이라고는 해도 아무렇게나 문을 막 열고 들어오는 사람은 없다. 있다면 그건 망나니뿐이다. 역시나 망나니였다. 우리 첫째 망나니.

첫째 망나니가 말했다.

"들어와."

응? 갑자기 무슨 소리래? 여긴 우리 방인데? 나는 그 이유를 금방 알 수 있었다. 우리 첫째 망나니 뒤로 급사로 보이는 여자 한 명이 내

키만큼 높은 카트를 끌고 들어왔다. 세상에. 나는 입을 쩍 벌렸다. 저게 몇 칸이야 도대체. 칸칸마다 음식이 쌓여 있는데, 고기부터 해산물까지 없는 게 없다.

김환석이 시크하게 말했다.

"오다 주웠으니 먹든지 말든지."

그리고 나가 버렸다.

이건 뭐죠? 무슨 일이 일어난 거죠?! 나는 음식을 부지런히 날라–우리의 작은 식탁이 미처 수용하지 못할 만큼의 많은 음식이 식탁에 쌓이고 있는 중이다–주고 있는 시녀로부터 충격적인 말을 들을 수 있었다.

내가 다시 한 번 되물었다.

"……그게 정말이니?"

몇 분 전 엘리베이터 안. 김환석이 짧게 말했다.

"17층."

"네, 17층으로 안전하게 모시겠습니다."

엘리베이터를 운용하려면 마력이 필요하다. 당연한 말이지만 엘리베이터를 운전하는 건 남자다. 최근에는 직접 운용보다는 마력석으로 대체하여 동력을 얻는 추세가 강해지긴 했지만 이렇듯 최고급 시설에는 사람이 직접 운전하는 경우가 많았다.

7층에서 엘리베이터의 문이 열렸다. 김환석은 인상을 찡그렸다.

"닫아."

"네, 문 닫겠습니다. 어이, 넌 꺼져."

엘리베이터 문 앞에서 기다리고 있던 시녀로 보이는 여자 하나가 공손히 고개를 숙였다. 원래 여자들은 엘리베이터를 이용하지 못한다. 마력석으로 운용되는 타입의 엘리베이터를 사용하려고 해도 남자들 눈치가 보여서 그냥 계단을 이용하는 경우가 많다. 그러나 여자들도 엘리베이터를 눈치 살피지 않고 사용할 수 있는 경우가 있다. 바로 투숙객들의 식사를 대령하거나 투숙 중인 남자들이 불러서 이동하게 될 때다. 물론, 여자 좋으라고 사용하게 허가해 준 건 아니다. 남자들이 오래 기다릴까 봐서다.

엘리베이터 문이 닫히려는 순간 김환석이 제지했다.

"잠깐."

그런데 이런 경우, 엘리베이터 안에 이미 탑승 중인 남성고객이 여자와의 동승을 거부할 때엔 여자들은 기다려야 한다. 특히나 15층 이상에 투숙 중인 VIP의 경우는 그 권한이 더욱 컸다.

엘리베이터를 운전하는 남자는 이 소년이 누군지 알고 있다.

"네, 왕자님. 무엇을 도와드릴까요?"

"문 다시 열어."

엘리베이터 문이 열렸다.

"들어와."

시녀로 보이는 여자는 공손히 허리를 숙이고 예쁘게 인사한 다음 웨곤–식사를 담은 카트–을 밀며 천천히 들어왔다. 환석이 물었다.

"5층에 새로운 투숙객에 대해 알고 있냐?"

시녀들은 투숙객들의 얼굴, 그중에서도 VIP의 얼굴은 필시 외운다. 혹시라도 결례를 범할 수도 있기 때문이다. 이 시녀 역시 김환석을 알고 있었다.

"네, 왕자님. 고려 왕국의 공주라고 들었습니다."

엘리베이터를 운전하는 남자—표기상 운전남이라 표현하기로 한다—는 뭔가 이상하다고 생각했다.

'고려 왕국이 우리보다는 여자에게 대우를 잘해 준다고는 하지만…… 김환석 왕자는 여자 보기를 벌레 보듯 한다고 들었었는데.'

아무래도 소문이 틀린 것 같았다. 그의 상식대로라면 시녀는 왕자와 감히 대화조차도 섞을 수 없는 신분의 격차가 있다. 김환석이 질문을 하고 시녀가 대답을 하는 것뿐이지만, 그마저도 그의 눈에는 신비롭게 보였다. 김환석은 시녀에게 이것저것 캐물었다. 김환석의 질문은 좀 이상했다. 5층에 지급되는 식사량, 반찬 종류, 그런 걸 물었다. 운전남은 고개를 갸웃거렸다.

'아니, 저런 걸 도대체 왜 물어?'

김환석이 말했다.

"5층으로."

"네, 고객님. 5층으로 이동하겠습니다."

5층 문이 열렸다.

"……."

김환석은 가타부타 말도 없이 앞장서서 걸었다. 시녀는 필사의 각오로 눈치를 살폈다. 아무래도 따라오라는 것 같은데 막상 또 따라가기는 힘들었다. 괜히 잘못 선택했다가 팔자 꼬이는 수가 있다. 다행히 김환석이 말해줬다.

"안 따라오냐?"

"지, 지금 가겠습니다. 왕자님."

사실 이 식사는 원래 '도렉스 왕국'의 셋째 왕자가 먹을 음식이었다. 그러나 제국이 평가하는 등급상으로 약소국인 '도렉스 왕국'의 셋째 왕자보다는 '고려 왕국'의 둘째 왕자의 등급이 훨씬 높았다. 시녀는 군말 없이 따랐다. 대신 작은 목소리로 무전 연락을 취했다. 이 무전기 역시 충전된 마력석으로 운용되는 물건이다.

"도렉스 왕국의 셋째 왕자님께 들어갈 식사, 재준비 요청드립니다. 고려 왕국 둘째 왕자님께서 가져가시고 계십니다."

김환석 역시 그 말을 들었으나 아랑곳하지 않았다. 그냥 제 갈 길만 갔다. 5층 복도. 이따금씩 마주치는 여자들–대부분 시녀–은 김환석이 지나가자 벽면 한쪽에 붙어 공손히 고개를 숙였다.

'도대체 이 왕자님은 왜 누추한 5층으로 오셨을까……?'

왕자의 이복동생이 5층에 머물고 있다는 것은 안다. 그러나 그것과 왕자가 5층으로 내려오는 것 사이에는 아무런 상관관계가 없었다. 적어도 그녀는 그렇게 생각했다. 설마하니 공주 때문에 왕자님께서 5층으로 올 리는 없는 것이다. 그게 상식이었다.

"열어."

"네, 왕자님."

그때, 시녀는 신세계를 맛봐야 했다.

"오다 주웠으니 먹든지 말든지."

고려 왕자는 그 말을 남기고 나가 버렸다. 호텔 내에서 일어날 수 있는 갖가지 상황에 대한 대비 교육을 받은 그녀였지만 그녀조차도 이 상황을 이해하지 못했다. 무슨 일이 일어난 거지? 오다 주웠다니. 아니, 오다 주운 것치고는 스케일이 너무 크지 않은가. 아무리 고려 왕국에 비해 도렉스 왕국이 약소국이라고는 해도 엄연히 왕국이다.

그 왕국의 왕자의 밥을 빼앗아 온 걸 가지고 오다 주웠단다. 심지어 여자한테 그걸 줬다. 이건 외교 문제로까지 발전할 수 있는 중대한 사항이다.

'무조건 입을 다물어야겠어.'

괜히 입 잘못 놀렸다가 죽을 수도 있다. 만에 하나라도 외교 문제로 번진다면–고려 왕국이 도렉스 왕국을 무시했다는–어쨌든 책임을 질 사람은 있어야 했다. 그 책임은 아마도 자신이 지게 될 것이다. 도렉스 왕국 왕자에게 가야 할 음식을 실수로 고려 왕국의 공주에게 가져다준 어처구니없는 실수를 저지른 머저리 같은 시녀로 역사에 기록되겠지.

그래서 시녀는 설명을 간략하게 했다. 다른 얘기는 일체 하지 않고 한 가지만 말했다. 이 세상 그 누가 듣는다 해도 기함을 토할 엄청난 사건.

"김환석 왕자님께서 직접 가져다주라 명령하셨습니다."

무려 왕자가 공주의 식사를 신경 써준 사건. 이건 정말 전대미문의 사건이다.

한편, 김환석은 자신의 음식을 가져온 시녀에게 말했다.

"내 몫으로 항상 2인분을 만들어."

"네, 왕자님."

"그리고 내가 남긴 찌꺼기는 김상희에게 가져다주도록 해."

"네, 왕자님."

시녀는 감동했다. 왕자님께서 주시는 찌꺼기라니. 고려 왕국은 정말 살 만한 곳인 것 같았다. 그리고 그 시녀는 저녁에 다시 한 번 더 감탄하게 됐다.

“이건 5층으로 가져가.”

비록 찌꺼기라고 거칠게 표현하기는 했지만 자신 몫 외에 나머지 1인분에는 손도 안 댄 상태로 5층에 가져다주라고 했기 때문이다.

‘이 왕자님…… 정말 자애로우신 분이시구나.’

시녀는 엄한 상상에 빠졌다. 고려 왕국의 왕자들은 다 저렇지 않을까, 하는 말도 안 되는 상상이었다.

참고로 고려 왕국에서 김환석은 공주들에게 공포의 대상이다. 시녀는 착각에 빠졌다.

‘정말 멋지신 분이셔…….’

하루가 지났다. 제국의 황제가 미리부터 일정을 잡아놨기 때문에 나는 곧 황제를 알현하게 될 거다. 심장이 콩닥콩닥 뛰었다. 많이 친해졌다 생각하는, 그리고 나를 많이 예뻐해 주고 있다고 생각하는 우리 개차반님과 망나니님들을 볼 때에도 긴장의 끈을 늦추지 않고 있다. 하물며 이곳은 남존여비 사상이 더 강한 제국.

‘어디 흐트러진 곳 없지?’

머리끝부터 발끝까지 정리하고 또 정리했다. 송수진 양이 내 머리를 빗기면서 말했다.

“공주님은 정말 너무너무 아름다우셔요.”

막상 당사자가 아닌 송수진 씨는 그렇게 긴장되지는 않는 모양새였다. 황제를 알현하기 위해 준비를 하는데 특별한 손님이 찾아왔다.

"오라버님!"

제국 황궁에 볼모로 잡혀 있는 우리 첫째 형석이. 내가 제일 아끼는 아이다.

"우리 상희, 제국에서 얼굴을 보게 될 줄은 몰랐네?"

두 팔을 활짝 벌린 상태로 날 보며 웃는 저 모습. 정말 눈이 호강한다. 나는 쪼르르 달려가 형석에게 안겼다. 형석은 평소와 달리 날 조심스럽게 안아 들었다가 이마에 가볍게 키스를 해주고는 다시 땅에 내려줬다.

"습관대로 머리 쓰다듬을 뻔했네."

무슨 말인고 하니, 손질한 머리를 망가뜨릴 수 없다는 거다. 너란 남자, 세심하기까지 하구나. 정말. 하, 넌 내 삶의 유일한 희망이야.

"오구, 우리 공주님. 그새 또 예뻐졌네? 이렇게 자꾸 예뻐지면 오빠가 시집 어떻게 보내지?"

"아이참, 오라버니께서 그런 말씀을 하시면 소녀는 너무나 부끄러워요."

아니, 안 부끄러워. 나 30살이야. 너는 내 조카 내지 어린 동생뻘이고. 내가 부끄러운 건 내가 이런 오그라드는 말을 사용한다는 거지, 너의 말이 부끄러운 건 아니란다. 오히려 흐뭇해. 그러니까 계속해 주렴.

어쨌든 첫째 왕자인 김형석 오라버니께선 나를 보러 오셨다. 황제 폐하와의 자리에 함께 가기로 했단다. 상아도 두 팔을 벌리고 쪼르르 달려왔다. 상아도 나만큼이나 우리 첫째 오빠를 좋아라한다.

"오라버니!"

첫째 오빠는 상아를 살짝 안아 들고서 이마에 가볍게 키스를 해줬다. 황제와의 독대 시간이 가까워졌다.

김형석은 고려 왕국에서 사신들이 오는데, 그 일행에 환석과 상희, 상아가 포함되었다는 사실을 알게 됐다. 그리고 황제가 상희와 상아를 보고 싶어 한다는 것도 알았다. 그래서 특별히 요청을 넣었다. 그 자리에 함께하고 싶다고 말이다.

'환석이는 물론 똑똑하지만 아직 경험이 없어.'

사실 환석이가 문제가 아니다. 황제가 보고자 한 것은 어이없게도 두 공주였다. 마력과 어느 정도 연관이 있는 공주들 말이다.

'상아는 너무 어리고…… 고려 왕국의 풍토에 익숙해져 있어서 실수할 염려가 커.'

사실 말하자면 고려 왕국의 풍토가 아니라 '김상희 주변의 풍토'다. 상아는 상희의 영향을 많이 받아서 다른 공주들보다 남자들을 덜 어려워하는 경향이 있다. 물론 그녀 스스로가 마력을 가지고 있다는 것도 크게 영향을 끼쳤고 말이다.

'무엇보다…… 상희의 경우엔 위험해.'

김환석은 크게 걱정 안 되고, 문제는 상희다. 그런데 그 상희는 이제 12살이며 3년 뒤면 성년이다. 사소한 말실수 하나로도 큰 문제를 야기할 수도 있다. 조금 허황된 생각일지도 모르지만 어쩌면 황제는 그걸 노리는 걸 수도 있다. 공주가 실례를 범하는 상황을 일부러 유도하여 그것을 빌미로 외교에 있어서 유리한 고지를 따내는 것. 많이 행해지는 방법은 아니지만 선례는 분명히 있었다.

'그러니까 내가 무조건 옆에 있어줘야 해.'

그래서 특별히 황궁에 요청을 넣은 거다. 자국의 왕자와 공주가 혹여 실수를 할지 모르니 상황을 총괄하기 위해, 만에 하나 불미스러운 일이 발생했을 때 그 모든 책임을 지기 위하여 알현에 동참하기를 원한다고 요청을 한 거다. 황궁에서도 이를 거부할 명분이 없었는지 허락해 줬고 말이다.

전후 사정은 잘 모르지만 김상희는 김형석이 동행한다는 사실만으로도 크게 안심이 됐다. 김상희는 황제와 만나게 됐다.

황금빛으로 번쩍이는 궁정. 대리석으로 만들어진 수십 개의 기둥은 황금빛 샹들리에가 뿜어내는 노란빛을 반짝반짝 반사시키고 있었다. 황금으로 만들어진 듯한 수십 개의 계단. 그리고 그 위, 황금색 의자에 앉아 있는 왕관을 쓴 남자, 황제였다.

"흠, 네가 그 유명한 김상희구나."

어쩐 일인지 황제는 오늘은 김상희, 내일은 김상아를 보기로 했다. 김상희가 대답했다.

"미천한 소녀의 이름을 고귀하신 태양이신 황제 폐하께서 알고 계신다니, 한낱 하찮은 계집에게 크나큰 광영이옵니다."

"그런 인사치레는 됐다. 귀에 딱지가 앉을 지경이니. 가까이 와 보거라."

김상희는 긴장했다. 황금 계단 앞까지 걸어갔다.

"위로 올라오너라."

"미천한 소녀가 어찌 태양의 계단에 더러운 발을 올릴 수 있겠습니까?"

"어허, 올라오라면 올라오지 않고."

김상희는 김형석을 쳐다봤다. 김형석이 가볍게 고개를 끄덕였다. 황제가 명령했으니 이 정도는 괜찮다는 의미였다.

김상희는 조심조심 걸음을 옮겼다. 이윽고 황제 바로 앞에 도착했다. 김상희는 도착하자마자 무릎을 꿇었다.

“고개를 들어라. 얼굴이 안 보이는구나.”

황제의 입장에서 어떨지 모르겠지만 김상희는 지금 이 순간이 살얼음판 같았다. 하다못해 불손한 눈빛으로 황제를 쳐다봤다는 이유만으로도 즉결 사형에 처해질 수도 있다. 이 나라에서 여자의 존재는 겨우 그 정도다. 프리지아쯤 되면 모를까, 일반 여자들은 정말 그렇다. 정말 조심스레 고개를 들었다. 하지만 눈을 살짝 내리깔았다. 황제의 얼굴을 쳐다보지 않기 위해서다.

“흠, 제법 반반한 아이구나. 그래, 네가 한진수의 약혼녀라지?”

“미천하기 그지없는 소녀의 유일한 위안거리입니다.”

“한진수는 제국에서도 탐을 내는 귀한 인재이니 그럴 만도 하지.”

황제는 기분이 좋은 듯 껄껄대고 웃었다.

“일어나 보거라.”

김상희가 일어섰다.

“더 가까이 오너라.”

도대체 황제가 왜. 김상희는 의문들이 가시질 않았다. 무려 황제씩이나 되는 인간이 왜 타국의 공주를 불렀으며, 왜 이 계단을 오르게 했으며, 왜 또 가까이 걸어오라는 건지 상식적으로 도무지 이해가 안 됐다.

황제가 충격적인 말을 했다.

“나를 때려 보거라.”

계단 밑에서 대기하던 김형석이 다급하게 외쳤다.

"폐, 폐하!"

이건 결코 단순한 문제가 아니다. 황제가 명령해서 계단을 올랐다. 이 정도는 용인될 수 있는 수준이다. 그러나 황제가 명령했다고 해서 공주가 황제를 쳤다? 이건 정말 큰일 날 소리다. 제국이 이를 빌미로 고려 왕국을 친다고 해도-물론 그럴 리는 없겠지만-할 말 없는 중대한 상황이라는 소리다.

김형석은 머리를 재빨리 굴렸다.

'도대체 황제가 왜……!'

황제가 아무 이유도 없이 저런 짓을 벌였을 리는 없다. 정말 외교적인 문제일까, 아니면 다른 뭔가가 있을까? 김형석도 김상희의 능력에 대해서 안다. 그러나 아직은 있어도 그만 없어도 그만인 능력이었다. 겨우 그런 능력에 황제가 관심을 가질 리는 없다고 생각했다.

'절대 안 돼, 상희야. 너 가만히 있어. 아무리 시켰다고 해도 절대로, 절대로 그런 짓을 하면 안 돼.'

만에 하나라도 이 일을 문제 삼아 프리온 나이트가 움직인다면, 고려 왕국도 멸망의 길을 걷게 될 수 있다. 아예 가능성 없는 일은 아니었다.

그때, 김상희가 입을 열었다.

나는 사실 적잖이 놀랐다. 황제가 자기를 때리란다. 하늘 같은 황제의 말이라면 무조건 따라야만 하는 대부분의 공주라면 저 말을 듣자마자 황제를 쳤을지도 모를 일이다. 아니, 애초에 이런 명령을 들을 날이 평생에 한 번이라도 올지 모른다. 나는 정말 특수한 케이스 중에서도 정말정말 특수한 케이스인 거다.

'절대 칠 수 없어.'

내 입으로 말하면 좀 자랑하는 것 같지만 나는 나름대로 노력을 많이 했다. 공부도 많이 했다. 이 세계의 여성과는 확실히 다르다. 이 세계의 여성들은 정말 수동적이다. 남자가 이거 하라고 하면 이거 하는 거고, 저거 하라 그러면 저거 해야 한다. 그 생각 자체를 별로 안 한다. 그걸 탓할 생각은 별로 없다. 이 세계 자체가 여자를 그렇게 만들어 버렸으니까. 어쨌든 그걸 탓하려는 게 아니고, 적어도 나는 이 세계를 어떻게든 바꿔 보기 위해-사실 살아남기 위해-노력했다는 걸 말하고 싶은 거다. 그 노력 안에는 각종 공부도 포함되어 있다.

'외교적인 문제로 번질 수 있어.'

아무리 황제의 명령이었다지만 공주가 황제를 때린다는 건 결코 있을 수 없는, 아니, 있어서도 안 되는 엄청난 일이다. 모르긴 몰라도 '폐하!' 하는 다급한 첫째 오빠의 말이 들려온 걸로 봐서 첫째 오빠도 지금 엄청 똥줄 타고 있을 거다. 걱정 마요, 절대 안 때리니까.

다행히도 나는 이런 상황을 이미 겪어 봤다. 경험해 본 것과 경험해 보지 않은 것은 대단한 차이가 있다.

'우리 개차반 씨가 도움이 될 때도 있네.'

우리 개차반도 안 때리면 사형이라는 얼토당토않은 명령을 내렸었다. 나는 그때 차라리 죽겠다며 대꾸했다. 그걸 조금 응용했다.

"미천한 소녀가 어찌 태양 같은 황제 폐하의 옥체에 손끝 하나 댈 수 있겠습니까. 차라리……."

이제부터 진짜 연기 돌입이다.

"차라리…… 소녀를 죽여주세요."

문득 내 처지가 참 안됐다는 생각이 들었다. 어찌어찌 잘 살아남고는 있지만 어디까지나 나는 예쁨받으며 살아가고 있는 정도다. 이 세계를 바꾼다? 아직까지는 꿈도 못 꾸는 게 내 실정이다. 예쁨받기 위해 갖은 애교를 부리고 비위를 맞추며 살아간다. 솔직한 말로 자존심도 많이 상한다. 나도 사람이다. 거기까지 생각이 미치자 정말로 눈물이 새어 나왔다.

내 반응을 생각하지도 못했는지 황제가 피식 웃었다.

"뭐라고?"

"소녀가 정말로 큰 잘못을 저질렀어요. 차라리 소녀는 이 자리에서 목숨을 끊겠어요."

나는 지금 황제보다 한 계단 아래에 서 있는 상태다. 나는 황금 계단에 온 힘을 실어 머리를 박았다. 정말 세게 박았다.

'으…… 제발……!'

황제 앞에서 어설픈 술수는 통하지 않는다. 어설픈 연기를 한 게 아니었다. 나는 내가 낼 수 있는 젖 먹던 힘까지 다 썼다.

'다행…… 이다.'

하지만 나는 아프지 않았다. 황제의 황금 계단은 특별한 방식으로 만들어진 마력 계단이라고 들었다. 만에 하나라도, 황제가 넘어지거나 왕자가 넘어질 때를 대비하여 모든 충격을 계단이 흡수하도록 되어 있다고 들은 적이 있다. 도서관에서 열심히 책을 읽다가 알아낸 사실이다. 사실상 아는 사람도 그렇게 많지는 않다고 들었다. 그래서 나는 도박을 했다. 내가 실제로 목숨을 걸었다는 것처럼 보이기 위해서. 그 결과, 성공이다.

황제는 허허거리고 웃었다. 좋아, 정신 똑바로 차려 김상희. 너는 계속 연기에 몰입해야 해. 나는 고개를 갸웃했다. 이제 눈물은 멈췄는데 일부러 슬픈 생각을 하면서 더 울려고 노력했다. 다시금 머리를 박았다. 역시 아프지 않았다. 여러 번 더 시도해 봤다. 안 아팠다.

'제발 눈물아, 나와 줘.'

다행히 내 노력은 나를 배신하지 않았다. 나는 펑펑 울었다.

"소녀가 큰 잘못을 저질러 죽고자 하였으나 어쩐 일인지 아프지 않습니다, 폐하. 도저히 영문을 모르겠습니다."

그리고 나는 뒤돌아서 말했다.

"오라버니, 소녀를 죽여주세요. 이상하게 소녀는 죽을 수가 없어요. 조국에 피해를 입히느니 차라리 이 자리에서 죽는 게 나아요."

이제 슬슬 떡밥을 물 때가 됐는데.

"됐다, 됐어. 가만히 있어라."

물었다. 황제가 드디어 떡밥을 물었다. 황제가 턱을 매만졌다.

"당돌하고 또 귀여운 구석이 있는 계집아이로구나."

"……."

나는 고개를 숙이고 펑펑 우는 시늉을 했다. 솔직히 말하면 시늉이 아니고 진짜로 울긴 울었지만.

"그리고 아주 똑똑한 아이야. 흠, 이걸 어쩐다."

그때, 우리의 희망, 내 희망, 나의 사랑, 우리 첫째 오빠가 드디어 칼을 빼 들었다.

"고려 왕국의 국왕 김훈상은 마력을 움직여서 자신을 때리게 만들었습니다."

옳지. 우리 큰오빠, 압존법도 정확하게 지키는구나. 고려 왕국의 경우는 압존법을 딱히 사용하지 않아도 된다. 그러나 제국은 압존법을 철저하게 지킨다고 했다. 왕보다는 황제가 높다. 그러니까 황제 앞에서는 왕을 낮추는 게 맞다.

황제는 껄껄대며 웃었다.

"그런 방법이 있었군."

어, 어어, 어라? 이, 이게 아닌데. 나는 하늘을 날았다. 내 주먹이 마음대로 움직였다. 나는 눈을 질끈 감았다. 내 주먹에 뭔가가 닿았다. 황제의 배였다.

그리고 나는 바닥에 내동댕이쳐졌다. 이건 승차감(?)부터가 다르다. 나는 확실히 느꼈다.

'개차반이…… 비행기 태워주는 건 진짜 나를 많이 신경 써준 거구나.'

이제야 알았다. 방금, 아주 짧은 거리를 날았음에도 불구하고 나는 괴로웠다. 마치 보이지 않는 커다란 손이 내 작은 몸을 아무렇게나 막 움켜쥐고서 옮긴 것 같은 그런 느낌이었다. 개차반이 나를 이리저리 날려 댈 때에는 그런 느낌은 없었다. 하늘을 나는 것 자체가 무서웠던 것뿐이다. 몸은 오히려 안락한 느낌이었다. 그에 반해 지금은 근육통이 느껴질 것 같았다.

"확실히 계집에게 재미있는 능력이 있기는 하구나."

우리는 밖으로 나왔다. 밖으로 나오자마자 나는 김형석에게 안겼다.

"오라버니!"

두 팔로 큰오빠의 목을 감싸 안고 칭얼거렸다. 우리 형석이는 내 머리를 쓰다듬어줬다. 옳지, 바로 이거야. 이 안락함, 이 편안한 느낌. 너는 왜 하필 내 오빠로 태어난 거니.

"잘했어. 네가 내 동생이라는 사실이 자랑스럽구나."

솔직한 말로 나는 정말 무서웠다. 황제가 정말로 꼬투리를 잡으려고 했으면 얼마든지 잡을 수 있었다. 당장 떠올려 봐도, '감히 황제의 명령을 거역해?'라는 꼬투리를 잡을 수 있었을 거다. 다행히도 황제는 꼬투리를 잡으려고 했던 것 같지는 않다. 내 능력에 대해 파악해 보고 싶었던 것 같다. 그러나 여기서 또 의문점이 생긴다.

'도대체 왜?'

내 능력은 보잘것없다. 마력 운용을 편안하게 만들어주는 역할을 한다고는 했으나 능력 자체가 뛰어나지 않아 있으나마나 한 능력이라고 들었다. 그런데 이런 능력 때문에 황제가 친히 나를 불러 보자고 했고–이 세계에서 일국의 공주가 황제의 얼굴을 직접 본다는 것은 무한한 영광이다–심지어 자신을 때려 보라고 했다. 엄청나게 파격적인 제안이었다.

'그 정도의 능력은 분명 아닌데, 어째서일까?'

우리 첫째 망나니의 목소리가 들려왔다.

"형님 힘드시다. 추접한 짓 그만하고 내려와."

"괜찮아, 하나도 안 힘들어. 우리 상희 공주님이 아까 얼마나 무서웠을까를 생각하면 오빠는 아직도 가슴이 떨려. 정말 침착하게 잘 대처했어."

황금 계단이 충격을 흡수한다는 사실을 책에서 읽고, 또 올라가면서 발바닥으로 그걸 느꼈기 때문에 망정이지 몰랐다면 그냥 말로만 죽여주세요, 했을지도 모를 일이다.

"오라버니께서 뒤에 계셔서 소녀는 정말 든든했답니다."

김환석은 걸음을 옮겼다. 아무래도 뭔가 마음에 안 든다.

"오라버니!"

김상희가 칭얼대며 형에게 안겨 있는 모습을 보니 이유는 모르겠는데 괜히 별로다. 왜 기분이 별로일까를 생각해 봤더니 합당한 이유가 하나 있었다.

"형님 힘드시다. 추접한 짓 그만하고 내려와."

그래, 그래서 기분이 나빴던 거다. 감히 계집애 주제에 고려 왕국의 첫째 왕자님을 힘들게 하고 있다는 거다. 그런데 김형석이 말했다.

"괜찮아, 하나도 안 힘들어. 우리 상희 공주님이 아까 얼마나 무서웠을까를 생각하면 오빠는 아직도 가슴이 떨려. 정말 침착하게 잘 대처했어."

김형석이 하나도 안 힘들다고 했는데도 여전히 기분이 나빴다. 역시 이유는 하찮은 계집애 따위가 형님에게 안겨 있어서라고 생각했다.

"형님, 그냥 제가 이 하찮은 계집을 안고 있도록 하겠습니다. 형님 힘드실까 걱정됩니다."

김형석은 빙그레 웃었다.

"그럴래?"

김상희는 솔직히 싫었다. 김환석의 품은 전혀 안락하지 않고 편안하지도 않다. 오히려 가시방석이다. 불편한데다가 아직 김형석보다 체구도 작아서 폭 안겨 있는 느낌이 안 든다. 하지만 김환석의 말대로 김상희는 하찮은 계집이며 딱히 거부할 권리 같은 건 가지고 있지 않았다.

김환석이 김상희를 받아들었다. 김환석은 그제서야 기분이 좀 풀리는 걸 느꼈다.

"미천한 계집 주제에 감히 형님을 힘들게 하다니."

형석은 앞장서서 걸어가면서 계속 빙그레 웃었다. 그의 눈엔 동생들이 귀엽게만 보인다. 요즘 들어 환석이가 그렇게 귀여울 수 없다.

'자기 몫으로 2인분을 요청해서 1인분은 상희한테 준다지?'

이건 엄청나게 파격적인 거다. 일국의 왕자가 하찮은 공주를 신경써준다니, 정말 있을 수 없는 일이다. 그러고 보니 김상희 주변에는 파격밖에 없는 것 같다. 황제와의 면담도 파격, 식사 사건도 파격.

'그렇게 따지면 왕자의 품에 안겨 있는 것도 사실 파격이지.'

정작 환석이 본인은 별로 자각이 없는 것 같기는 하지만 말이다.

'그만큼 많이 변한 거지, 자기도 모르는 사이에.'

옛날에는 계집이 근처에 오기만 해도 발로 차거나 욕을 했었다. 그런데 심지어 이젠 안아들고 있다. 겉으로는 틱틱대고 있으나 그래도 엄청난 발전이 아닐 수 없었다.

'그나저나 황제께서는 도대체 왜 상희를 보자고 하셨을까?'

그 역시 알 수 없었다. 황제가 이렇다 저렇다 할 말을 하지 않았으니까. 그렇다고 황제에게 '왜 상희를 불렀고 그런 명령을 내렸습니까?' 하고 물어볼 수도 없는 노릇이다. 타국의 왕자가 감히 황제의 행동에 의구심을 품고 질문할 수는 없는 거니까.

"오, 오라버니. 소녀는 이제 걸을 수 있어요. 내려주시어요."

김환석이 인상을 잔뜩 찡그렸다.

"계집, 나한테 명령하는 거냐?"

"소, 소녀는 그런 것이 아니오라……."

"그럼, 닥쳐."

뒤의 말이 생략됐다. 형석의 귀에는 환석의 말이 다르게 들렸다. '닥치고 그냥 안겨 있어'라고 들렸다.

황궁 내 호텔 앞에 도착했다. 김환석 일행은 여기에 약 3일 정도 더 머물러야 했다. 내일은 상아가 황제를 뵙기로 했고 그다음 날쯤 왕국으로 되돌아가기로 되어 있으니까. 김상희가 눈을 질끈 감았다.

"사, 사람들이 쳐다봐요. 소녀는 너무나 부끄러워요."

김상희는 여전히 김환석에게 안겨 있는 상태, 시선이 쏠릴 수밖에 없다. 호텔 로비로 들어섰다. 시녀들은 저들이 누군지 알아보고 속닥거렸다.

"설마 시체인가?"

"그, 그렇겠지. 시체가 아니고서야 왕자님께서 공주를 안고 있을 리 없잖아."

그들의 상식으로는 있을 수 없는 일이다. 그나마 시체라는 것이 그럴듯했다. 왕자가 기분이 나빠져 공주를 죽였고 황궁 내에 시체를 둘 수는 없는 노릇이니 그냥 가지고(?) 들어왔다고 생각했다.

"아, 아냐. 지금 저 공주 움직였어."

"마, 말도 안 돼. 그럼 지금 저 공주 왕자님께 안겨 있는 거야?"

그녀들은 문화 충격에 휩싸였다. 어떻게 이런 일이 있을 수 있는 건지. 눈을 비벼봤다. 눈을 비벼봤는데 상황은 바뀌지 않았다. 공주가 살아 있는 상태로 왕자에게 안겨 있었다.

그제서야 형석이 말했다.

"그만 내려주는 것이 좋겠구나. 사람들 이목이 너무 쏠려."

김환석은 저도 모르게 칫 하고 한숨 아닌 한숨을 내쉬었다. 그러곤 퉁명스레 말했다.

"또 형님 귀찮게 하지 마라. 하찮은 계집 주제에."

이번에도 김형석의 귀엔 다르게 들렸다. 또 형님 귀찮게 하지 말고 그냥 나한테 안겨. 진짜 김환석의 속마음이야 알 길이 없지만 어쨌거나 형석에게는 그렇게 들렸다.

형석은 인지하지 못하고 있던 또 다른 사실을 하나 떠올렸다.

'그러고 보니 호텔까지 자연스럽게 따라와 버렸네.'

또 빙그레 웃었다. 왕자씩이나 되어서 공주를 배웅하러 여기까지 좇아왔다. 이것 역시 있을 수 없는 일이다. 공주야 죽이 되든 밥이 되든 알아서 잘 가라고 하는 게 맞는 거다. 여기까지 데려오는 것으로도 모자라 환석이가 안고 왔으니 이 얼마나 충격적인 일인가.

형석은 얼굴이 잔뜩 붉어져 있는 상희의 머리를 슥슥 쓰다듬었다.

'이 아이는 참 신기한 능력을 갖고 있단 말이야.'

왠지 마음이 뿌듯해졌다.

'보고 있으면 참 기분이 좋아져. 어린아이지만 어린아이 같지 않고.'

김형석은 몰랐다. 김상희 안에 30대 아줌마가 있다는 것을.

한편, 김상희는 방으로 돌아왔다. 방에서 얌전히 기다리고 있던 상아가 달려와 안겼다.

"언니! 상아는 언니가 너무너무 보고 싶었어요!"

송수진도 김상희를 맞이했다. 시간이 흘러 저녁 무렵이 되었을 때다. 누군가 찾아왔다.

'누구지……?'

그때, 문 앞에 서 있는 사람으로부터 김상희는 충격적인 말을 들었다.

"안녕하세요? 제국의 6황녀, 프리지아라고 해요. 반가워요."

얼마 전까지만 해도-상아가 태어나기 전까지-마력 운용이 가능한 세계 유일의 여성. 그리고 한 가지 더, 그녀는 상희에게 특별하게 여겨지는 여자였다.

'한진수를…… 좋아한다는 그 여자.'

제국의 6황녀, 제국의 꽃 프리지아가 김상희를 찾아왔다.

제7장
내 딸을 어떻게 생각하냐?

며칠 전, 한진수가 김상희를 만나고 다시 제국으로 돌아온 날 밤. 곽씨 후작가의 막내아들이자 한진수의 절친한 소꿉친구인 곽기현은 배시시 웃으면서 한진수에게 슬금슬금 가까이 다가갔다. 물론 그와 동시에 저만치 날아가 침대에 처박히긴 했지만.

이제 이것도 익숙해진 곽기현이 옷을 툭툭 털고 일어나서 따지지도 않고 물었다.

"그래서 뭔데? 뭐가 그렇게 걱정인데?"

"그런 거 없어."

"아냐, 너 표정이 이상해. 분명히 뭔가 있어. 혹시 김상희랑 싸웠냐?"

"그럴 리가."

한진수는 침대에 누워 눈을 감았다. 그의 머릿속에 김상희에게 했던 말들이 떠올랐다.

나는 네가 싫다.

너 따위가 자꾸 내 머릿속을 흔들어놓는 것이 도무지 마음에 들지 않아.

다시 한 번 말하지만 나는 널 단순한 약혼녀 그 이상으로 생각하지 않아.

돌이켜 생각해 봤지만 왜 굳이 그런 말을 했는지 모르겠다. 약혼녀 이상으로 생각하지 않는다면 그냥 철저하게 무시했으면 됐다.

'이 이상한 기분은 도대체 뭐냐?'

모르긴 몰라도 그날, 김상희는 거의 울먹거렸었다. 아니, 이것도 이상하다. 김상희는 분명 웃고 있었다. 자신을 보며 웃고 있었는데 한진수는 김상희가 울고 있다는 느낌을 받았다. 도무지 모르겠다. 굉장히 무거운 납덩이를 심장에 매달아놓은 것 같은 그런 기분이었다. 심장이 뛸 때마다 뭔가 무거운 느낌이 들었다.

"아냐, 천하의 한진수를 이렇게 심각하게 만드는 요인은 하나밖에 없어. 김상희, 그 이상한 계집아이."

"닥쳐."

"이야, 좋겠다. 제국 황녀한테, 그것도 세계 유일…… 아니, 이제 유이한 마력 운용 여성에게 고백을 받질 않나. 아직 어리긴 해도 예쁘고 당돌한 약혼녀가 있질 않나. 그래서 결혼은 언제 할 거야?"

"……."

어차피 결혼은 해야 한다. 왕가와 이미 약속되어 있다. 왕가와의 약속을 깰 수는 없다.

'아니, 나는 결혼 따위 하고 싶지 않아.'

그 이상한 계집아이와는 더더욱 하고 싶지 않다. 머리로는 분명히 그렇게 생각했다.

"아니, 내 말은 그러니까 누구를 첫째 아내로 할 거냔 말이지. 사실 중요한 문제는 아니지만."

"약혼은 약혼이니, 약혼녀와 결혼을 할 거야."

"그럼 김상희를 첫째 부인으로? 그래도 상대가 프리지아인데? 마력 운용이 가능해지면서 프리지아의 신분은 훨씬 높아졌어. 게다가 황녀고. 그런데도 김상희를 첫째로 삼겠다는 거야?"

"닥쳐, 잠 좀 자게."

한진수는 마력을 사용해서 곽기현의 입과 자신의 귀를 동시에 막아버렸다. 곽기현이 무어라 무어라 소리를 질러 대긴 했는데 그 소리는 곽기현의 입 밖으로 새어나오지 않았다. 한진수는 생각에 빠져들었다.

'도대체 왜, 도대체 왜 난…… 김상희 한 명하고만 결혼하겠다고 생각하고 있는 거냐?'

모르겠다. 정말 모르겠다. 이유는 모르겠는데 마음속 깊은 곳에서 결혼은 한 여자하고만 할 거라는 무의식 아닌 무의식이 느껴졌다. 도무지 알 수 없었다. 이 세계는 일부일처제 같은 이상한 법이나 제도가 없었다. 오히려 강한 힘을 가진 남성이 여러 여성을 거느리는 건 당연한 일이다. 여성에게도 그건 좋은 일이었다. 여성은 철저한 약자의 신분이니까.

따지고 보면 프리지아 역시 상당히 훌륭한 신붓감이라고 할 수 있다.

'그런데 왜……?'

눈을 감았다. 잠이 오지 않았다. 또 이상한 말이 머릿속에 맴돌았다.

'된장찌개 끓여 놓고 있을게. 일찍 들어와.'

그때와 똑같았다. 이런 이상한 말들이 자꾸만 머릿속에 맴돈다.

나한테는 너밖에 없으니까.

머릿속이 텅 비어버린 것 같았다. 텅 비어버린 동굴 같은 머릿속에 누군가가 '나한테는 너밖에 없으니까' 하고 말하는 것 같았다. 그 목소리는 동굴 안에서 웅웅거렸으며 메아리를 쳤다.

억지로 잠을 청했다.

프리지아는 제국의 6황녀다. 여자들 중 신분이 가장 높다고 할 수 있겠다. 누가 뭐래도 그녀는 마력 운용이 가능한 여자였으니까. 그 능력 자체가 월등히 뛰어나지는 않다고 알려져 있기는 하지만 어쨌거나 여자의 몸으로 마력을 사용할 수 있다는 점에서 프리지아가 특별한 사람인 건 확실했다.

"고려 왕국의 공주 김상희가 제국의 꽃, 프리지아 황녀님을 뵈어요."

"같은 여자끼리 너무 그렇게 격식 차리지 말아요. 어차피 다 같은 처지인데."

프리지아가 가볍게 웃었다. 내가 말했다.

"수진, 차라도 한잔 대접하도록 해."

"네, 공주님."

우리 상아와도 간단하게 인사를 마쳤다. 겨우 4살밖에 안된 어린 아이지만 그래도 예의를 잘 갖췄다. 오구, 기특해. 내 새끼.

"내가 공주님을 찾아온 이유, 말하지 않아도 알죠?"

짐작은 간다.

"제 약혼자에게 고백을 하셨다 들었어요."

이것 역시 파격적이라 할 수 있다. 여자가 남자에게 먼저 대시를 하다니. 일반적으로 여자는 남자의 선택을 기다리는 수동적인 존재다.

'역시 마력을 가지고 있어서 다르긴 다른가 보다.'

프리지아가 말을 이었다.

"단도직입적으로 말할게요. 나는 공주님과 잘 지내고 싶어요. 어차피 한 지붕 아래에 살게 될 텐데, 미리 얼굴도 익혀 놓고."

프리지아가 찾아왔을 때부터 나는 마음의 준비를 하고 있었다. 이와 비슷한 말을 할 거라는 건 어렵지 않게 짐작했다. 어차피 일부일처제 따윈 없는 세상이고 일부다처제가 당연시되는 곳이다. 제국의 황녀라고 해도 그건 마찬가지였다.

프리지아는 우리 송수진 씨가 타준 페퍼민트 티를 마셨다. 나는 프리지아를 쳐다봤다. 황녀라더니 확실히 예뻤다. 솔직한 말로 나는 이 세계의 한진수가 왜 프리지아에게 마음을 열고 있지 않은 건지 이해가 되지 않았다. 지금 잠깐 봤을 뿐이지만 성격도 그리 모나 보이지 않고 예쁘다. 게다가 마력까지 사용 가능한 여자다. 일반 여자보다 당연히 모든 면에서 특출 날 거다.

'잘 지내자고 말을 해야 해.'

어차피 내가 아닌 나로 살아왔다. 그런데 쉽게 입이 떨어지질 않았다.

'잘 지내자고 말해, 김상희.'

하지만 이것만큼은 정말 입이 떨어지지 않았다. 이곳의 한진수는 내가 살던 곳의 한진수가 아니다. 그건 분명히 알고 있다.

된장찌개 끓여 놓고 있을게. 일찍 들어와.

'아…….'

도무지 입이 떨어지지 않았다. 제국의 6황녀와도 좋은 관계를 유지해야 하는데, 왜 이렇게 말이 나오질 않는지 모르겠다. 그까짓 거, 그냥 말하면 된다. 그래요, 같은 남편을 두게 될 여자끼리 잘 지내봐요. 그리고 방긋 웃어주면 된다. 모든 게 오케이다.

한진수가 내게 했던 말들 중 하나가 또 떠올랐다.

'나한테는 너밖에 없으니까.'

언젠가 내가 장난스레 말했던 적이 있다. '다시 태어나도 또 나랑 결혼할 거야?' 그렇게 물었었다. 진수는 1초의 망설임도 없이 대답했었다. '그럼, 당연하지. 나한테는 너밖에 없으니까' 그 당시 나는 '웃기고 있네. 그때는 더 어리고 예쁜 여자 찾을 거면서'라고 핀잔을 줬었다. 예전의 추억은 떠올리고 싶지 않아도 이따금씩 고개를 들어 자꾸만 기억의 수면 위로 솟구쳐 올랐다. 지금이 그랬다.

프리지아의 목소리가 들려왔다.

"나는 김상희 공주와 잘 지내고 싶어요. 서로 남아를 낳기 위해, 남편을 차지하기 위해 경쟁하는 사이가 되지 않았으면 해요."

곽기현은 호들갑을 떨었다.

"여긴 왜 온 거야? 너 황궁 들어오는 거 별로 안 좋아했잖아."

황궁은 외성과 내성으로 분리된다. 외성까지는 비교적 일반인들의 출입이 자유롭다. 일단 규모가 엄청나다. 황궁 안이라고는 하지만 작은 도시에 들어온 것 같은 느낌이다. 이곳에는 귀빈들을 모시는 호텔이 있다. 고려 왕국의 김환석 왕자 일행이 머물고 있는 곳이기도 했다.

한진수는 귀찮다는 듯 곽기현의 입을 다시 막아버렸다. 곽기현이 항의했지만 소용없었다. 한진수는 세계가 인정하는 이 시대의 천재였고 곽기현은 그의 마력 컨트롤에 저항할 수 없었다.

"왕자님 뵈러 왔다고 분명히 말했어."

'아오 씨, 왕자님이랑 별로 친하지도 않으면서. 아무래도 너 수상해. 김상희 보러 온 것 같은 느낌이 들잖아.'

곽기현은 따지고 싶었지만 따지지 못했다. 목소리가 밖으로 나오질 않았다.

'이 치사한 놈아! 내가 널 죽이고 천국 간다!'

목소리가 나오지 않으니 욕도 마음껏 했다. 한진수와 곽기현은 걸음을 옮겼다.

'어라? 얘 갑자기 왜 마력을 저렇게 끌어올려? 누구랑 대판 싸우려는 것도 아니고.'

마력을 운용하는 본인이 아니어서 도대체 뭘 하는지는 자세히 모르겠지만 한진수의 지금 상태는 마력을 최대한 끌어올린 상태다. 한진수쯤 되는 놈이 마력을 완전히 끌어올리면 몸에서 아지랑이가 피어오른다. 지금이 그랬다.

'저러면 체력 소모가 심할 텐데.'

마력을 끌어올린 한진수는 아무렇지도 않은 듯 걸음을 옮겼다. 드디어 목소리가 들려왔다.

"나는 김상희 공주와 잘 지내고 싶어요. 서로 남아를 낳기 위해,

남편을 차지하기 위해 경쟁하는 사이가 되지 않았으면 해요."

위치는 5층 정도라 짐작된다. 그리고 이 목소리는.

'프리지아……?'

프리지아의 목소리였다. 김상희의 목소리는 들리지 않고 있었다. 청력을 더욱더 끌어올렸다. 김상희의 심장 소리라 짐작되는 소리가 들렸다. 정확한 건 아니다. 프리지아 바로 앞에서 들리는, 요란하게 두방망이질 치고 있는 심장 소리. 확실하진 않지만, 한진수는 이게 김상희의 심장 소리라고 확신했다.

'왜 그렇게 떨고 있는 거냐?'

한진수는 생각을 떠올리자마자 마력을 풀어버렸다.

'내가 도대체 무슨 짓을 하고 있는 거지?'

아무리 생각해도 이해가 안 되는 것투성이다. 왜 이런 짓을 하고 있는 건지 스스로도 알 수 없었다. 한낱 하찮은 계집아이에게 이렇게 신경을 쓰고 있다는 것이 도무지 이해가 되지 않았다. 아니, 이해하고 싶지 않았다.

곽기현이 따졌다.

"야, 너 진짜 내 입이 호구냐! 앙? 맨날 내 입을 막……."

입이 또 막혔다. 곽기현은 속으로 또 따졌다.

'아오, 이 나쁜 새끼! 맨날 나만 갖고 그래!'

곽기현이 그러거나 말거나 한진수는 걸음을 계속 옮겼다.

"17층."

17층으로 향했다. 고려 왕국의 둘째 왕자, 김환석이 있는 곳이다. 미리 약속은 잡아 놨다. 시계를 살펴보니 아직 늦지는 않았다.

'나는 이곳에 왕자님을 뵈러 온 거다.'

사실 둘째 왕자 김환석과는 그리 친하지 않았다. 서로 얼굴은 알고 있고 인사는 하는 사이지만 그래도 친한 사이라고 보기에는 어려웠다.

'계집 따위를 보러 온 것이 아냐.'

한진수는 자꾸만 드는 이상한 생각을 애써 외면하고 세뇌했다. 한진수와 곽기현은 김환석을 찾아갔다. 미리 약속을 잡아놓은 대로 김환석은 한진수를 기다리고 있었다.

"왕자님, 오랜만에 뵙습니다."

"앉아."

김환석은 표정 변화가 없었다. 원래 김환석 자체가 표정이 별로 없고 감정을 밖으로 드러내는 편이 아니었다. 어색한 침묵의 시간이 흘렀다.

"날 왜 보자고 했지?"

곽기현은 생각했다.

'그러니까. 별로 볼 필요도 없는데 왜 굳이 시간 빼서 찾아왔냐? 너 그렇게 한가하지 않잖아.'

한진수가 침착하게 대답했다.

"조국의 왕자님께서 오셨는데 당연히 찾아뵙고 인사를 드리는 것이 맞지요."

김환석은 차를 한 모금 마셨다. 한진수의 말이 딱히 틀린 건 아니었다. 그런데 뭔가 마음에 안 든다. 한진수는 왕국의 인재다. 김환석도 그걸 안다. 왕국에 보탬이 되면 되었지 피해를 줄 녀석은 아니다. 그걸 확실히 아는데 괜히 기분이 나빠졌다. 하지만 내색은 하지 않았다.

"그렇군."

"그간 잘 지내셨습니까?"

김환석은 뭔가를 말하고 싶었다. 그런데 그 뭔가가 뭔지 잘 모르겠다. 조금 더 생각을 해봐야 알 것 같았다.

서로 안부를 묻는 얘기를 좀 더 나눴다. 생각에 생각을 거듭한 결과, 김환석은 자신이 하고 싶은 말이 뭔지 확실히 알 수 있었다. 이 말을 하려고 자아성찰을 굉장히 오래했다.

"너."

"네, 왕자님."

"김상희를 어떻게 생각하냐?"

이제야 속이 후련해졌다. 이걸 왜 묻는 건지 스스로도 몰랐지만 어쨌든 속이 후련해졌다는 건 확실했다.

곽기현의 표정이 경악으로 물들었다.

'와, 왕자님이 왜 저래?'

한낱 계집아이를 어떻게 생각하는지 왜 왕자님이 직접 묻는단 말인가. 문화 충격, 컬쳐 쇼크다. 어떻게 이런 일이 있을 수 있나 싶다. 애초에 계집은 그냥 시집이나 와서 수발이나 잘 들면 그만이다. 그런데 어떻게 생각하냐니. 이건 솔직히 말해서 예의에 어긋나는 거다. 아무리 왕자라고 해도.

'진수 성격에 기분 엄청 나쁠 텐데.'

한진수는 그렇게 고분고분하기만 한 성격은 아니다. 곽기현은 그걸 안다.

'그래도 왕자님 앞이니 화를 내거나 하지는 않겠지만…….'

힐끗 옆을 쳐다봤다. 그런데 또 이상했다.

'어라, 화 안 난 거 같은데?'

분명 화가 나야 하는 일인데 화를 안 내고 있다. 곽기현은 한진수에 대해 누구보다 잘 안다고 자부한다. 특히 화가 나면 오른쪽 눈썹이 움찔거린다는 것을 알고 있다. 그런데 그런 반응이 전혀 없었다.

'뭐야, 이 상황은?'

그때 한진수가 입을 열었다.

김환석의 황당한 질문에 대한 한진수의 대답은 꽤나 정석적이었다.

"그 계집은 제 약혼녀입니다. 약혼녀라고 생각하고 있습니다."

김환석은 순간 인상을 찡그렸다. 저 말이 틀린 건 아니다. 약혼녀가 맞다. 이 약혼은 왕인 아버지께서 김상희가 태어나기도 전에 성사시켰다. 그 말이 맞긴 맞는데 뭔가 미묘하게 원하는 대답이 아닌 것 같은 기분이 들었다. 하지만 구체적으로 뭐가 마음에 안 드는지는 스스로도 잘 몰랐다.

"그렇군."

트집 잡을 구석이 없었다. 김환석은 문득 이상한 생각이 들었다.

'그런데 내가 왜 트집을 잡으려 드는 거지?'

트집을 잡을 이유가 없다. 오히려 잘해 줘야 한다. 왕국의 인재가 아니던가. 그런데 자기도 모르는 사이 트집을 잡으려 들고 있었다. 정신을 차리고 보니 이해할 수 있는 상황이 아니었다. 자신이 오히려 지나쳤다는 것을 알아차린 김환석이 좀 더 정상적인 대화를 진행시켰다.

"어쨌든 군이 나를 보고 인사를 하러 왔다니 고맙군."

"별말씀을요."

곽기현은 말하고 싶었다.

'아닌데요. 걔, 왕자님 보러 온 거 아니고 김상희 보러 온 것 같은데요.'

곽기현이 물었다.

"왕자님, 그런데 왕자님은 김상희를 제법 아끼시는 것 같던데요?"

김환석이 곽기현을 쳐다봤다.

"내가? 그 계집을?"

"네, 보니까 그런 것 같던데."

김환석이 피식 웃었다.

"아무리 그래 봐야 한낱 똥개일 뿐이다."

그때, 한진수가 움찔했다. 정말 모르겠다. 마음속에서 뭔가가 울컥 솟아올랐다. 하마터면 '그래도 똥개는 너무 심하지 않습니까?' 하고 말할 뻔했다. 초인적인 인내심으로 겨우 참아냈다.

김환석이 말했다.

"그러는 한진수 너야말로 그 계집을 많이 아끼는 것 같더군."

"아무리 그래 봐야 한낱 약혼녀일 뿐입니다."

한진수는 김환석이 그랬듯 똑같은 대사를 단어만 바꿔서 되받아쳤다. 그러자 김환석은 괜스레 기분이 나빠졌다. 정확하게 뭔지는 몰라도 하여튼 기분이 안 좋았다. 사실 한진수의 얼굴을 볼 때부터 기분이 별로였다. 왜 그런지는 몰랐다.

곽기현은 괜스레 침을 꿀꺽 삼켰다. 아무래도 괜히 말을 꺼낸 것 같다. 잘은 모르겠는데 김환석 왕자와 한진수 사이에 보이지 않는 불꽃이 튀고 있는 것 같은 기분이 들었다.

'아씨, 뭐야. 이상해. 분위기 어쩔 거야.'

겉으로는 적대감을 보이고 있지 않지만 괜히 긴장됐다.

"하하하! 자, 자. 귀하신 분들이 이곳에 모였는데 하찮은 계집 얘기는 그만두죠?"

김환석과 한진수가 동시에 곽기현을 쳐다봤다. 곽기현은 머리털이 쭈뼛 서는 느낌을 받았다. 김환석의 눈빛과 한진수의 눈빛이 심상치 않았다.

'내, 내가 뭘 잘못했나?'

김환석이 믿을 수 없는 말을 했다.

"네 생각만큼이나 하찮은 계집은 아니다."

"……예?"

곽기현은 믿을 수 없었다. 후작가의 막내아들 앞에서 여자를 두둔하다니, 이건 있을 수 없는 일이 아닌가. 김환석은 스스로도 민망했는지 한마디를 덧붙였다.

"똥개치고는 괜찮다는 뜻이었다."

곽기현은 납득하며 차를 홀짝였다. 그러나 한진수의 예리한 눈은 순간의 변화를 놓치지 않았다.

'왕자님의 귓볼이…… 조금 빨개진 것 같다. 내 착각인가?'

전날에는 김상희가 황제를 만났다. 이번에는 김상아가 황제를 만날 차례다. 상희는 상아에게 당부하고 또 당부했다.

"상아야, 꼭 필요한 상황이 아니면 절대로 입을 열지 마. 알겠지?"

제국에 오기 전부터 신신당부했던 말이다. 상아는 어리다. 어려서 실수를 할 가능성이 높다. 그렇다면 차라리 말을 아예 안 하는 게 좋다. 상아는 상희의 말을 굉장히 잘 따른다. 제국에 온 이후로 거의 입도 뻥긋하지 않았다. 상아는 대답하는 대신 고개를 열심히 끄덕거렸다.

"우리 예쁜 상아, 긴장하지 말고 조심히 잘 다녀오렴."

상아는 김형석의 손을 잡고 황제를 만나러 갔다. 호텔 앞까지 그들을 배웅한 상희는 왜 자신과 상아를 따로 불렀는지 모르겠다고 생각했다. 같이 보는 게 황제에게도 시간적으로 이득이 될 텐데. 황제의 1분 1초는 일반 사람들의 1분 1초와는 다르다. 일반 사람들의 1분이 100원의 가치를 가진다면 황제의 1분은 100만 원의 가치를 가진다. 정확한 수치라고 보기에는 힘들었지만 하여튼 김상희는 그렇게 생각했다. 그러니까 이상할 수밖에 없었다. 굳이 타국의 공주들을 불러 얼굴을 보고 얘기하다니.

'그나마 형석이가 같이 가줘서 정말 다행이야.'

상희는 형석을 떠올릴 때마다 미소를 짓는다. 그녀의 말을 빌리자면 '엄마 미소', 조금 더 우겨본다면 '누나 미소' 정도쯤 되겠다. 형석도 상아가 걱정되었는지 함께 가겠다고 말했다.

'우리 첫째 망나니도 좀 배워야 할 텐데. 세심하고 부지런하고 다정하고 자상하고.'

하기야 첫째 망나니가 자상하다니, 그건 있을 수 없는 일이지. 첫째 망나니야말로 망나니의 이름에 가장 잘 어울리는 망나니가 아니던가. 김상희는 그렇게 생각하고선 초조한 마음으로 상아를 기다렸다.

한참의 시간이 흐른 후, 황제와의 접견을 끝나고 돌아오는 형석이 보였다. 김상희는 한달음에 달려갔다.

"오라버니!"

김형석이 상아의 손을 잡은 채 천천히 걸어왔다. 형석이 무릎을 쪼그리고 앉아 상희와 눈을 마주쳤다.

"걱정 많이 했구나, 우리 공주님?"

"제국의 태양, 황제 폐하께서 상아에게 어제와 같은 분부를 내리시면 어쩌나 하고 계속 가슴 졸이고 있었어요."

황제는 어제의 일을 반면교사로 삼았는지 대뜸 김상아를 마력으로 띄워 가까이 오게 만든 뒤 상아의 팔목을 잡았다고 했다. 그러고 나서, '흠, 그렇군' 하고 뜻 모를 말을 중얼거린 다음 밖으로 내보냈다고 했다.

"다행히 별일 없었어."

형석은 아무래도 황제가 세계의 '유이'한 마력 운용 가능 여성을 보고 싶었던 것 같다고 생각했다.

커다란 일이 하나 끝나자 김상희는 또 물밑 작업(?)에 들어갔다.

"소녀는 자상하고 다정하신 오라버니와 또 떨어질 생각을 하니 가슴이 미어져요. 오라버니가 너무너무 보고 싶으면 소녀는 어떡하죠?"

형석은 그 말에 기분이 좋아진 듯 환하게 웃었다. 아주 사랑스러워 죽겠다는 듯 상희를 쳐다봤다.

"그땐 오라버니가 우리 공주님을 보러 왕국으로 가면 되지요."

"오라버니, 소녀 부탁이 한 가지 있어요. 감히 말씀드려도 될까요?"

"그러엄, 당연하지. 말만 해보렴."

김형석은 1초의 망설임도 없이 바로 대꾸했다.

"3초만 소녀에게 오라버니를 빌려주시어요. 3초만 시간을 허락해 주시면 좋겠어요."

"내가 어떻게 하면 될까?"

"3초 동안 눈을 감고 가만히 계시면 될 것 같아요. 너무 무리한 부탁이라면 안 들어주셔도 괜찮아요. 소녀는 상처받지 않아요."

김상희는 속으로 생각했다.

'무리한 부탁일 리 없지.'

언제나 김상희는 자신의 위치를 잊지 않는다. 그 위치 내에서 당돌해 보이기는 할지언정 선을 넘는 행동은 절대 하지 않는다. 언제가 됐든 땅바닥까지 추락할 수 있는 위치라는 걸 분명히 자각하고 있기 때문이다. 아니나 다를까, 김형석이 고개를 끄덕이고 눈을 감았다.

"절대 눈을 뜨시면 안 돼요."

송수진은 그런 김상희를 부럽다는 듯 쳐다봤다. 어쩜 저렇게 앙큼한 공주님이 있을 수 있나 싶다. 감히 고려 왕국의 첫째 왕자에게 '3초 동안 가만히 있어'라고 말할 수 있는 계집이 있다고 누가 상상이나 하겠는가. 김상희를 보고 있으면 언제나 신세계다. 내용을 살펴보면 명령인데 그게 명령 같지 않게 느껴진다는 것이 참으로 신기한 일이다.

'공주님은 보면 볼수록 신기하단 말이야.'

김상희가 걸음을 옮겼다. 그러곤 쪼그리고 앉아 있는 김형석의 귓가에 아주 작게 속삭였다.

"소녀는 오빠가 정말 좋아요. 너무나 의지가 되어요. 항상 감사해요."

김상희는 말하면서도 흐뭇했다. 사실 김환석과 김환성 혹은 김훈상에게 애교를 부릴 때에는 자기 스스로에 대한 모멸감(?)을 느낀다. '아냐, 이건 내가 아냐'라고 수없이 되새긴다. 그러나 김형석을 대할 때는 느낌이 약간 다르다.

'그래, 누나야 누나. 아, 마음 같아선 누나라고 해보라고 시키고 싶다.'

오히려 흐뭇하다. 3초의 시간이 흘렀다. 김상희는 부끄러움을 타는 12세 소녀를 연기했다. 마음속으로는 '나 누나야. 들어와'라고 말하고 있지만 겉으로는 괜히 고개를 푹 숙이고 발가락을 꼼지락거리면서 부끄러운 척 연기했다. 누가 봐도 부끄러움을 타는 어린아이의 모습이었다.

김형석은 김상희를 높이 안아 들었다. 김상희는 깜짝 놀랐다.

"오, 오라버니!"

"그거 말고."

높이 들려진 김상희의 눈에 환하게 웃고 있는 김형석의 얼굴이 보였다. 김상희는 직감했다. 이 아이도 남자긴 남자구나. 오빠 소리가 듣고 싶은가 보다. 그렇게 생각했지만 쉽게 줄 수는 없었다. 이 세계에서 밀당은 필수다.

"소, 소녀는 오라버니께서 무슨 말씀을 하시는지 잘 모르겠어요."

김형석은 조금 아쉽다는 듯 김상희를 다시 내려줬다. 사실 '오빠'라는 단어는 잘 쓰는 단어도 아니고 격식 있는 단어도 아니다. 더 정확하게 말하자면 거의 사장된 단어다. 옆에서 송수진이 보고 있는데 제 입으로 '오빠라고 해봐'라고 할 수도 없는 노릇이다.

어쨌든 김형석은 흐뭇해졌다.

"우리 공주님 어떻게 시집보내지? 겨우 3년밖에 안 남았네."

황제의 밀실. 사실 '밀실'의 존재에 대해서 정확하게 알려진 것은 없었다. 황궁 내 어딘가에 황제와 그 최측근만이 사용하는 '밀실'이 있다고 알려지기는 했으나 그것이 어디에 있는지 규모는 어떻게 되는지, 어디로 들어가는지 구체적으로 알려진 것은 하나도 없었다. 그러나 그 밀실은 분명히 존재했다.

황제가 말했다.

"고려 왕국의 두 계집아이를 관찰해야 할 거다."

주위에는 아무도 없었다. 황제는 단지 허공에 대고 그렇게 말했을 뿐이다. 그랬는데 누군가가 나타났다.

"김상아와 김상희를 말씀하시는 겁니까?"

"그래."

그 누군가가 말했다.

"그 계집아이들에게는 현재 김유신이 붙어 있습니다. 접근하기 힘듭니다."

황제는 인상을 살짝 찡그렸다. 공주를 불렀는데 왕자가 따라올 줄은 몰랐다. 하기야 제국에 큰 형님뻘인 김형석이 있으니 만나 뵙고 인사를 하러 오겠다는데 막을 명분이 없었다. 둘째 왕자가 움직이니 김유신이 같이 움직였다는 것도 어느 정도 납득이 된다. 설마하니 김상희나 김상아 때문에 그런 거물이 움직였을 리는 없을 테니 말이다.

"지금 당장 붙으라는 말은 아냐. 향후 수년 이내로 변화가 일어날 가능성이 높다."

"알겠습니다."

"말하지 않아도 알겠지만 다른 놈들은 몰라도 스페셜 나이트는 조심해야 해."

"최대한 거리를 두고서 관찰하겠습니다."

황제는 고개를 끄덕였다. 그리고 또 말했다.

"김상아보다는 김상희라는 계집을 더 유심히 살펴야 할 거야."

"알겠습니다."

"1차 각성이 시작되면 바로 보고하도록 해."

1차 각성이 이루어질지, 이루어지지 않을지는 알 수 없다. 그러나 황제는 1차 각성이 이루어질 거라고 거의 확신하고 있는 듯했다. 남자가 사라졌다. 황제는 의자에 앉아 생각에 빠져들었다.

"하필이면 고려 왕가의 계집이라니."

한진수가 직설적으로 얘기했다.

"나는 네가 싫다."

곽기현은 한진수를 쳐다봤다. '아닌데. 프리지아쯤 되는 여자 진짜 흔치 않은데. 몸매도 훌륭하고 게다가 마력도 있어서 노화도 느리고. 프리지아 어떻게 해보고 싶어서 안달 난 애들도 널리고 널렸는데, 너 혹시 눈알이 삐꾸냐?' 하고 묻고 싶었다.

프리지아는 별로 충격 받지 않은 듯했다.

"그래도 저는 당신이 좋아요. 결국 당신은 절 받아들일 수밖에 없을 거예요. 전 당신과 결혼하고 말겠어요. 당신의 아이를 낳고 싶어요."

"넌 내 스타일이 아냐."

곽기현은 이번에는 절대 동의할 수 없었다. 프리지아는 애초에 '스타일'을 운운할 사람이 아니다. 그냥 호불호가 갈리지 않고 누가 봐도 아름다고 예쁘다. 곽기현뿐만 아니라 학원생들 모두가 그렇게 생각했다. 괜히 제국의 꽃이라 불리는 게 아니다. 아무리 마력을 사용할 수 있다지만 남자도 아니고 한낱 계집에게 '꽃'의 칭호가 붙었다는 건 정말로 아름다워야만 가능한 칭호였다.

'애초에 프리지아는 호불호가 갈리는 미모가 아니잖아. 그냥 누가 봐도 미인인데.'

일전에 얘기를 나눈 적도 있다. 한진수도 프리지아가 아름답고 예쁘다는 것에는 동의했다. 그런 주제에 지금은 '넌 내 스타일이 아냐'라고 말하고 있다. 참 앞 다르고 뒤 다른 놈이라고 생각했다.

'언제는 프리지아가 예쁘긴 정말 예쁘다며? 예쁘면 장땡이지 뭐.'

언제나 그러했듯 한진수는 등을 돌렸다. 프리지아는 그 등을 보며 배시시 웃었다.

"어쩜 저렇게 멋있을까?"

한편, 한진수는 또 머릿속이 복잡해졌다.

'왜 그 계집아이가 떠오르는 거냐?'

상식적으로 생각해도 스스로가 이해가 안 된다. 이건 있을 수 없는 일이다. 능력 있는 남자가 여자를 여럿 거느리는 건 당연한 거다. 아니, 여자들도 오히려 그걸 바란다. 그렇게나 당연한 일인데 자꾸 알지 못할 거부감이 들었다. 프리지아가 이렇게 적극적으로 다가올 때면 항상 어김없이 김상희의 얼굴이 아른거렸다. 아직 12살밖에 되지 않은 그 꼬맹이가 말이다.

3년이 흘렀다.

송수진이 아침부터 호들갑을 떨었다.

“공주님! 공주님! 공주님! 성년식 준비는 잘 되어가고 계시나요?”

지난 3년, 그러니까 제국의 태양, 제국의 황제가 나를 불렀을 그때 이후로 3년 동안 가장 큰 변화를 꼽아 보자면 한진수를 들 수 있겠다. 한진수는 제국의 마력학원을 수석으로 졸업하였으며 귀국하는 대신 제국의 나이트로 길을 잡았다. 우리 왕국과 제국의 군사 협조는 제법 긴밀한 편이었는데 제국의 나이트로 오래 활동하게 되면 왕국으로 돌아와서도 요직을 맡기가 굉장히 쉽단다.

한진수는 전 세계에서도 손꼽히는 수재답게 지금의 제국이 있을 수 있도록 만들어준, 전 세계의 군대와 싸워도 지지 않는다는 엄청난 화력과 무력을 지닌 제국의 ‘프리온 나이트’에 들어가게 됐다.

언젠가 우리 송수진 씨가 내게 물었던 적이 있다.

“공주님, 그런데 도대체 프리온 나이트가 무엇인데 사람들이 그렇게 난리일까요?”

나야 도서관이라도 자주 이용할 수 있지만 시녀들은 아니다. 시녀들은 시중드는 것 외에 다른 일은 거의 아무것도 못 한다고 보면 된다. 이들은 지구와는 달리 별다른 교육도 받지 않고 어릴 때부터 시녀로 커서 시녀로 생을 마감하게 된다. 그러다 보니 시녀들은 그 유명한 프리온 나이트에 대해서도 잘 몰랐다.

“프리온 나이트는 제국 내에서 가장 강한 나이트라고 보면 돼. 우리 왕국의 스페셜 나이트처럼.”

“우와! 그럼 한진수 님은 정말 엄청난 분이시군요!”

단순히 엄청나다라고 표현하기에도 좀 그랬다. 왜냐하면 기본적으로 프리온 나이트는 자국민, 그러니까 제국 출신의 사람만 뽑는다고 들었다. 사실 프리온 나이트는 철저하게 베일에 가려진 집단이다. 이들이 어떤 방식으로 뽑히게 되는지, 어떻게 수련을 하는지, 또 평소에 어디에 있는지는 전혀 알려진 바가 없다. 다만 프리온 나이트는 확실히 존재하는 집단이었다.

'92년 전, 프뤼앙뜨 멸망. 40년 전, 몽베르크 멸망. 16년 전, 도르긱 멸망. 그리고…… 4년 전, 푸릭스 멸망.'

프뤼앙뜨, 몽베르크, 도르긱, 푸릭스. 최근 멸망한 국가의 이름이다. 특히 4년 전에 멸망한 푸릭스는 제법 강대한 힘을 가진 나라였다. 군사 규모나 경제 규모가 아주 큰 왕국이라 하기에는 힘들었지만 그렇다고 약소국은 절대 아닌 나라였다. 그러나 그 왕국은 불과 30일 만에 멸망했다. 바로 프리온 나이트에 의해서 말이다.

'프리온 나이트가 전면에 나서는 일은 별로 없지만…….'

프리온 나이트는 전면에 나서질 않는다. 평소에는 모습조차 관측되지 않으니까. 그런데 어떠한 일이 생기면 그 문제를 직접적으로 해결하는 집단이기도 했다. 그들은 제국의 창이자 방패였다.

'사실인지 확인할 길은 없지만 프리온 나이트 80명이 왕국 하나를 지도에서 지워 버렸다고 했어.'

프리온 나이트의 숫자는 대략 300명. 이 역시 공식적인 숫자는 아니다. 호사가들이 그냥 이 정도 되겠거니 하고 예측하고 있을 뿐이다. 어쨌든 프리온 나이트가 움직이면 그 자리엔 개미 한 마리 남지 않는다고 했다. 그 주변을 완전히 초토화시켜 버리는 엄청난 화력을 가지고 있다고 전해지니까. 그러한 괴물들이 모여 있는 곳에 바로 한진수가 들어가게 된 거다.

나는 지난 3년간 한진수의 얼굴을 본 적이 없다. 솔직히 그립지 않았다면 거짓말이다. 그 한진수가 내가 아는 한진수가 아니라는 것을 알고 있음에도 불구하고 밤은 자꾸만 그의 얼굴을 떠올리게 만들었다.

오늘따라 이상하게 진수가 보고 싶었다.

'보고 싶어.'

3일 뒤면 김상희의 성년식이 진행된다. 하지만 김상희는 그 성년식에 딱히 기대를 하지 않았다. 왜냐하면 김상희의 성년식 1주일 후, 왕국의 경사가 있기 때문이다. 바로 김환석의 결혼식. 공주의 성년식은 여차하면 생략해도 되는 하찮은 행사다. 그냥 으레 해왔기 때문에 해주는, 거의 그 정도 수준. 그러나 왕자의 결혼은 완전히 다른 얘기다. 주변 국가는 물론이고 심지어 제국에서도 축하 사절단을 보낸다.

김환석의 첫 번째 아내가 될 여자는 바로 최승욱 공작의 맏딸이었다. 이름은 최지수, 나이는 16세였다.

"어이."

"오, 오라버니? 언제 오셨어요?"

김상희는 벌떡 일어섰다. 진수가 너무나 보고 싶었던 그 순간, 하필이면 김환석이 김상희를 찾아왔다. 시각은 저녁 8시.

'아씨, 하필이면 왜 또 재야?'

김상희는 얼른 웃어 보였다. 저도 모르게 눈물이 나왔었는데 그걸 몰래 훔쳤다. 김환석은 그걸 발견한 건지 못한 건지, 그냥 터벅터벅 걸어와 김상희의 침대에 앉았다.

"야."

"네, 오라버니."

김환석은 시크하게 물었다.

"왜 우냐?"

"우, 울지 않았어요. 소녀의 눈에 이물질이 들어가서 그만……."

김환석이 피식 웃었다.

"공주는 거짓말하면 사형이다."

"오, 오라버니!"

제발, 네 입장에서는 장난일지 몰라도 나는 아니라고. 진짜 심장이 철렁해. 김상희는 그렇게 말하고 싶었지만 꾹 참았다.

김환석이 말했다.

"걱정 마라. 자주 와 줄 테니."

김상희는 순간 귀를 의심해야 했다. 솔직히 눈도 의심했다. 왜냐하면 김환석의 모습에서 김환성의 모습이 얼핏 보였기 때문이다. 김환성은 종종 '오빠가 진짜 멋있지?'라고 주장하는 듯한 표정으로 매우 우쭐대며 어깨를 으쓱거릴 때가 있는데, 방금이 딱 그랬다. 물론 분위기 자체가 약간 다르기는 했지만 어쨌거나 김상희가 느끼기엔 비슷했다.

'뭐야? 나 방금 잘못 본 거 맞지?'

김상희는 차분히 생각해 봤다. 무슨 말인가 고민을 해보니 그 답은 의외로 어렵지 않았다.

'야, 너 설마…… 지금 엄청난 착각을 하고 있는 것 같은데.'

아무래도 김환석은 오해를 해도 단단히 한 것 같았다. 그리고 김상희는 김환석의 오해를 풀어줄 생각이 전혀 없었다. 오히려 이 기회를 이용하기로 했다.

"소녀는 오라버니께서 궁을 떠나시면…… 너무나 슬플 것 같아요. 오라버니가 보고 싶으면 소녀는 어떻게 하죠?"

김환석이 오해한 게 맞다. 김상희는 항상 김환석에게 '보고 싶다' 혹은 '와주셔서 감사하다' 등 마음에도 없는 말을 매우 자연스럽게 한다. 그래서 김환석은 생각했다. 내가 결혼을 하게 되면 김상희는 나를 못 보게 될까 두렵겠지, 슬프겠지. 그렇게 생각하게 됐다. 그리고 별 생각 없이 김상희의 방에 왔는데 김상희가 무척이나 외로운 얼굴로 울고 있지 않은가. 생각해 보면 엄청 단순한 문제였다.

'날 엄청나게 좋아하는군.'

김환석이 피식 웃었다.

다음 날 아침, 김훈상이 김환석을 불렀다. 역시 주제는 김환석의 결혼에 관한 이야기였다.

"아들아."

"네."

"내가 늙어 죽으려면 아직 멀었구나."

"네."

김환석은 아버지가 무슨 말을 하려는 건지 이해했다. 하지만 잠시 참았다. 아버지의 말을 끊을 수 없었으니까. 아니나 다를까, 김훈상이 말했다.

"분가해라."

왕이 왕자에게 분가하라는 말은 별거 아니다. 왕국 하나를 새로 건립해서 나가라는 뜻이다. 물론 모든 왕국이 그렇게 할 수 있는 건 아니다. 무엇보다도 왕국을 새로이 건립하려면 자본이 굉장히 많이 든다. 또한 제국에게 허락도 받아야 한다. 그 과정에서 돈과 인력이 엄청나게 들어간다.

"저는 괜찮습니다. 아직 배울 것이 많습니다."

"비용은 걱정하지 않아도 된다. 까짓것 왕국 하나 세우는 게 뭐 그리 대수라고."

그렇게 얘기가 진행됐다. 시간이 흘렀다. 김훈상은 몇 번이고 되물었다.

"……정말이냐? 정말로 싫어?"

이상했다. 원래대로라면 싫어할 리 없다. 비록 고려보다 규모는 훨씬 작겠지만 일국의 왕이 되는 건 평범한 사람들의 염원이자 꿈이라고 해도 과언이 아니다. 그런 꿈의 지위를 왜 마다하는 건지 잘 모르겠다. 김환석이 대답했다.

"예, 아직은 때가 아닌 것 같습니다."

김훈상은 인상을 살짝 찡그렸다. 그는 아들을 안다. 아들은 제법 야망도 있고 능력도 있었다. 김환성만큼 무력이 강한 건 아니었지만 일국을 세운다면 능히 다스릴 수 있는 능력이 있다고 판단했다. 그래서 이런 제안을 했는데, 거부했다. 아직 능력이 부족하고 아버님 밑에서 배울 것이 많다는 것이 김환석의 논리였는데 김훈상은 왠지 께름칙했다.

그래서 김환석을 내보내고 알렉스에게 물었다.

"알렉스, 환석이가 스스로에 대한 자신감이 많이 없는 것 같은데 네가 지켜본 바로는 어때?"

알렉스의 견해는 달랐다.

'어제 김상희 공주님 방에 갔다 온 다음 마음을 굳히신 것 같은데요.'

알렉스는 송수진과 상당히 많이 친해졌다. 주변 학자들에게는 괴짜 소리를 듣지만 송수진과 친해져서 좋은 점은 실시간으로 정보를 받을 수 있다는 것이었다.

'제 생각에는 왕자님이 분가하지 않으려는 건…… 김상희 공주 때문인 것 같은데요.'

아닌가? 아무리 그래도 그건 너무 나갔나? 왕자님이 김상희 공주를 아끼는 게 맞기는 맞지만 그 정도는 아닌가? 알렉스도 정확한 이유는 알 수 없었다. 물론 김환석의 말에도 일리는 있었다. 아직 왕국을 세우기엔 나이가 어리긴 했다. 경험도 없었고. 김환석의 말이 틀린 건 아니었다. 그러나 알렉스 역시 뭔가 찜찜했다.

김환석은 김상희의 방을 찾았다.

"오라버니!"

김환석이 피식 웃었다. 그러곤 김상희의 입장에서 도무지 이해할 수 없는 말을 했다.

"걱정 마라. 하찮은 네가 걱정하는 일 따윈 일어나지 않을 테니."

그리고 등을 돌려 나가 버렸다. 김상희가 송수진에게 물었다.

"수진아, 오라버니께서 뭐라고 말씀하신 거야?"

"공주님께서 걱정하시는 일은 일어나지 않는다고 말씀하셨어요."

"내가 걱정하는 일?"

김상희는 열심히 생각해 봤다. 아무리 생각해 봐도 알 수 없었다. 어쨌든 김환석의 강력한(?) 반대로 인하여 분가는 나중으로 미뤄졌다.

김상희 공주의 성년식과 김환석 왕자의 결혼식 일정이 겹쳤다. 그래서 왕궁의 대소사를 관리하는 관리들은 주장했다. 성년식은 가볍게 넘기고 결혼식에 집중하자고. 왕자의 결혼식은 제국에서도 사신을 파견하는 대행사다. 그 준비에 소홀할 수는 없었다. 겨우 공주의 성년식 때문에 시간과 인력을 허비할 수는 없는 노릇이다.

그런데 알렉스가 주장했다.

"김상희 공주의 성년식은 매우 중요한 행사입니다!"

"아, 알렉스 학자님, 또 이상한 데서 고집 부리시네."

학자들은 인상을 찡그렸다. 요즘 알렉스가 너무 이상하다. 사실 이상해진 지 벌써 몇 년 됐다. 예전부터 '딸바보'라는 해괴망측한 단어를 사전에 등재하자고 주장하질 않나—심지어 이건 왕에게 로비하여 실제로 등재시켰다. 물론 실생활에서는 전혀 쓰이지 않는 필요 없는 단어였다—시녀인 송수진에게 살갑게 대하고 공주들과도 친하게 지내질 않나. 학자로서 격이 떨어지는 행동, 괴짜 같은 행동들을 자꾸만 했다. 한편에서는 알렉스가 이제 은퇴할 때가 됐다고 말하기도 했지만 왕이 허락하지 않았다.

학자인 오광수가 불만스레 말했다.

"폐하와 돈독한 친분이 있는 건 알지만…… 알렉스 학자님, 쓸데없는 얘기로 우리 시간 낭비하지 맙시다."

그는 조금 불만이었다. 알렉스가 왕과 사적으로도 친분이 깊다는 사실을 알고 있다. 그래서 '딸바보'와 같이 얼토당토않은 단어가 사전에 등재되지 않았던가. 오광수의 입장에서 그런 단어는 정말 쓸모도 없고 있어서도 안 되는 해괴한 단어였다. 그래서 오광수는 알렉스를 별로 좋아하지 않았다.

"공주의 일에 신경을 쓰기에는 인력과 시간이 너무나 부족합니다."

일정이 겹쳤다고 해도, 충분한 인력과 예산이 있다면 괜찮다. 그러나 왕궁에 놀고먹는 사람은 별로 없었다. 다들 원래 바쁘다. 거기에 일정이 두 가지나 겹치면 정신없어진다. 왕자의 결혼식에는 절대 실수가 있으면 안 되니, 왕자의 결혼식에 집중하는 것이 논리적으로 맞는 일이었다.

신하들의 의견이 듣고 있던 김훈상이 말했다.

"그럼 인력 충원해."

관리들은 자신의 귀를 의심했다.

"……예?"

"인력 충원하면 되잖아."

"하오나 폐하……."

문제가 한두 가지가 아니다. 며칠간의 행사를 위해 인력을 충원한다는 건 왕실 재정에 상당한 무리가 된다. 예산도 이미 잡혀져 있는 상태다. 인력 충원에 예산을 쓰면 다른 곳에 구멍이 생긴다. 김훈상이 말했다.

"예산이 많이 부족한가?"

"예, 그러한 인력들을 고용하고 꾸준히 유지하려면 최소 연간 300억 이상의 비용이 발생할 것으로 예측되고 있습니다."

김훈상이 피식 웃었다.

"별거 아니네."

"……예?"

“연 300억 지원해 줄게, 사비로.”

왕의 사재로 연간 300억 원을 지원해 준다고 했다. 김훈상은 속으로 생각했다.

‘그래도 많이 남네.’

원래 둘째 왕자인 김환석 때문에 연간 500억 원 정도는 사용할 생각이었다. 최소한 나라의 기틀을 갖추고 제대로 운영할 때까지 10년을 예상했고 10년간 총 5,000억의 예산을 잡았었다. 그런데 거의 절반 수준으로 줄어들었다. 아들이 장사를 안 하니 남는 장사가 되어 버렸다. 정말 남는 기분이다.

“폐, 폐하!”

“어, 어찌 그런 결단을……!”

관리들은 감동했다. 역시 왕은 괜히 성군이 아니었다. 역대 왕들 중에서 이렇게 개인 사재를 왕국에 헌납하는 왕들이 있었던가. 어떤 이는 눈물까지 줄줄 흘렸다. 왕의 선행에 감동을 받아 자신도 재산을 일부 국가에 환원하겠다고 했다. 하나의 바람이 불었다. 왕을 본받아 관리들이 기부를 하기 시작한 거다. 아름답고 훈훈한 기부의 폭풍이 왕궁을 휩쓸었다. 그 사실이 알려지자 백성들도 왕을 칭송하기 시작했다. 역시 성군은 성군이었다.

그런데 다들 성군의 성군다운 행동 때문에 잠시 자각하지 못했다. 딱 한 명, 알렉스만 그 점을 놓치지 않았다.

‘다들 연 300억 원 지원 때문에 잊고 있는데…….’

왜 300억 원을 지원해 주게 되었느냐, 하는 문제가 남아 있다.

‘김상희 공주님 성년식을 제대로 치러주려고 저러시는 건가? 아니면 진짜 왕국을 사랑하셔서?’

그렇다면 또 의문이 남는다. 왕국을 사랑했다면 진작에 돈을 풀었어도 됐다. 그간 관리들이 인력이 부족하다고 하소연을 해오지 않았던가.

'요즘은 정말 모르겠군.'

김환석 왕자가 분가를 하지 않은 것도, 왕이 300억을 지원해 주겠다고 한 것도 그 명확한 이유를 제대로 알 수가 없었다.

'내일이면 공주님의 성년식이 진행되겠어.'

같은 시각, 시녀들은 서로 내기를 하고 있었다.

"이번에는 한진수 님께서 오실까?"

"그분은 너무 바쁘셔서 못 오시지 않을까? 최근 3년 동안 안 오셨잖아. 사실…… 오실 필요도 없으시고."

겨우 약혼녀의 성년식에 무려 프리온 나이트인 한진수가 올 리는 없다고 생각했다.

"그래도 보배 수여식 때는 오셨잖아."

"에이, 그때는 그냥 겸사겸사 오셨는데 행사가 겹쳤던 것뿐이겠지."

"역시 그렇지?"

"하긴…… 겨우 공주님의 행사 때문에 그런 분이 오실 리 없을 거야."

한진수는 아마 오지 않을 거다, 라고 생각하는 시녀들이 대부분이었다.

한편, 김상희는 복도에서 새로운 얼굴을 만났다. 처음 보는 여자였다. 그 여자가 말했다.

"너, 제대로 인사 못하겠니? 건방진 계집 같으니라고."

김상희는 이 여자를 처음 보지만 누군지는 짐작할 수 있었다.

제8장
김상희의 성년식

"너, 제대로 인사 못하겠니? 건방진 계집 같으니라고."

그로부터 이야기가 시작됐다. 무슨 말인가 하면, 내가 우리 첫째 망나니를 '오라버니'라고 부르는 것이 문제라고 했다. 뭐, 솔직히 말하자면 이 여자의 말이 틀렸다고 보기에는 조금 힘들었다. 8세 소녀식 이후로 공주는 왕자에게 극존칭을 쓰는 것이 일반적이며 보통은 '오라버니' 대신 그냥 '왕자님'이라고 부르는 것이 관습이니까. 그러나 그렇다고는 해도 8세가 넘어가면 무조건 '왕자님'이라고 부르라는 법 같은 건 없다. 말 그대로 관습이다.

이 여자는 나를 죽일 듯 째려봤다. 그렇다면 이 여자가 누구냐고? 우리 첫째 망나니와 약 1주일 뒤 결혼을 하게 될 여자였다. 이름은 최지수. 자, 그럼 이제 나는 어떤 대응을 해야 할까? 저 여자의 말이 반드시 틀렸다고 보기에는 힘들지만 또 그렇다고 아주 맞다고 보기도 힘들었다. 약간 애매했다. 따지고 보면 저 여자는 그런 예법 따위가 별로 중요한 건 아니었다.

'서열을 확실히 하기 위해서겠지.'

공주들은 왕자들과는 눈도 못 마주친다. 그게 현실이다. 그런데 이 공주 혹은 여자라는 아가씨들은 황당하게도 저희들끼리는 서열이 아주 군대보다 빡세다. 나야 뭐, 다른 공주들과의 접촉이 거의 없었기 때문에 실제로 경험한 것은 얼마 안 되지만 공주들 간의 서열과 위계질서는 일반 사람들이 상상하는 것 이상이라고 보면 된다. 그러니까 내가 한숨을 쉬지. 남자들한테는 찍소리도 못하면서 저희끼리 언니니 뭐니 하면서 군기를 잡는 게 얼마나 황당한 일인가.

'김환석의 아내가 된다면 일반 공주들에 비해 꿀릴 것도 없어. 원래대로라면 왕비가 되고도 남았을 여자니까. 그런 만큼 왕궁 내에서 서열을 확실히 잡고 싶겠지.'

그건 비단 공주들에게만 해당하는 문제는 아니었다. 우리 첫째 망나니는 경험 부족을 이유로 하여 분가를 하지 않겠다고 결정을 했다고 들었다. 아니, 솔직한 말로 그건 무조건 받아들여야 하는 거 아닌가?

잠깐 다른 얘기를 해보겠다. 한국에 있을 때에 결혼을 하게 되면 보통 남자는 집을, 여자는 혼수를 장만한다. 다 그렇다는 얘기는 아니다. 우리 때만 하더라도 조금 다를진 모르겠지만 우리 부모님 세대에선 그런 경향이 더 두드러졌다. 어쨌거나 여자 입장에서 남자가 집을 장만해 온다면 솔직히 나쁠 게 없다. 아니, 좋은 게 좋은 거 아니겠는가. 나 같은 경우, 진수도 나도 부유한 편이 아니어서 단칸방에서 시작하긴 했었지만 말이다.

'그런데 집도 아니고 나라를 해주겠다는데 그걸 왜 마다해?'

진짜 이해가 안 된다. 왜 자기 스스로 복을 차버리는 건지. 흠흠, 너무 이렇게 말하면 속물같이 보이려나. 아니, 왜? 좋은 게 좋은 거지. 다시 한 번 강조하고 또 강조하지만 나는 진수랑 단칸방부터 시작했다. 속물처럼 보일까 봐 괜히 자꾸 강조하는 거 아니다. 절대로 아니라고. 진짜야, 믿어줘. 엉엉.

다시 본론으로 돌아오자면, 나는 이 여자가 이해된다. 이 세계는 한국이 아니고, 이 세계 나름대로의 법칙과 룰이 있다. 이 여자가 내게 요구하고 있는 것, 그러니까 서열 관계를 확실히 하려고 하는 것은 사실 이곳의 관습상 틀렸다고 보기에는 힘들었다.

'올케언니라고 해야 하나?'

지구에서라면 올케언니나 새언니라 부르는 게 맞다. 하지만 여기엔 다른 선택지가 있다. 형님이란 호칭이다. 올케언니와 형님 중에서 무슨 호칭을 사용할까 고민했다. 아무래도 이 여자는 '형님'이란 단어를 더 좋아할 것 같았다. 그 단어가 좀 더 존경의 칭호를 담은 표현이었으니까.

"형님 말씀에 한 점 틀린 부분이 없어요. 제가 조심할게요. 김환석 왕자님을 부를 때에 좀 더 신경 쓰고 유의하도록 하겠어요."

내가 한 수 굽히고 들어가자 최지수는 그게 당연한 거라는 듯 고개를 끄덕였다. 나를 향한 적의의 눈초리는 변하지 않았다. 그리고 그녀는 얄밉게 한마디를 덧붙인다.

"이제야 주제 파악을 하는구나."

"죄송해요."

"그러게 죄송할 짓은 왜 하는 거니? 듣자 하니 네가 보배라는 칭호를 가지고 있다던데."

내가 보배의 칭호를 가지게 된 것은 꽤나 유명한 일이다. 상당히 이슈가 되었었으니까.

"겨우 그런 허울뿐인 칭호를 믿고 그렇게 기고만장한 건 아니겠지?"

"절대 그렇지 않아요. 제가 세상 물정을 잘 모르고 예법에 어두워 실수를 하였어요. 앞으로는 정말 조심할 테니 형님께서는 노여움을 푸세요."

그래그래, 네가 해달라는 대로 다 맞춰줄게. 적을 만들기에는 내가 너무 바빠. 할 일이 산더미처럼 많다고.

'그런데…… 불길하다……?'

나는 불길한 기분이 들었다. 이 불길한 기분, 나는 이제 이 기분을 거의 예지력이라고 부른다. 다른 건 예측할 수 없는데, 이상하게도 이거 하나만큼은 예측이 된다. 이딴 거 예측하고 싶지 않다고. 엉엉.

"훨훨 날아라, 우리 우리 헝거비!"

젠장, 내가 언젠가 기필코, 기필코 저 되도 않는 '헝거비'란 이름을 가진 저 헝겊 인형을 반드시 반토막 내고 말리라. 물어왔은 점점 더 진화하여 이젠 심지어 운율까지 갖췄다. 이름하여 '훨훨 날아라 우리 우리 헝거비'. 이 노래가 나오면 헝거비는 언제나 허공을 힘차게 가른다.

헝거비가 허공을 갈랐다. 그런데 오늘은 좀 이상했다.

어, 어, 어라? 헝, 헝거비가 너무 빨라!

눈 깜짝할 사이에 헝거비는 허공을 가르고 날아가더니 최지수의 복부에 정확하게 꽂혔다. 단순히 그랬다면 전혀 문제가 안 된다.

퍽! 무언가가 터지는 듯한 소리가 났다. 좋아, 소리가 났다는 것까

지는 그렇다 칠 수 있다. 별다른 문제라고 보기 어려웠다. 그런데 정말 문제는,

"꺄아아악!"

비명이 터져 나왔다는 거다. 그래, 정말 좋게 마음 써서 비명이 들린 것도 문제가 아니라고 치겠다. 정말 정말 문제는 최지수가 약 10미터를 날아가 벽에 쾅! 부딪쳤다는 것 정도. 이게 말이 10미터지 정말 엄청난 거다. 사람을 10미터 넘게 던지는 거 본 적 있는 사람? 아마 없을 거다. 10미터를 날아가려면 엄청 빠른 자동차에 쾅! 하고 부딪쳐야 10미터쯤 날아갈 거다.

"아이코, 실수. 미안"

그리고 나는 직감할 수 있었다. 저 망나니 자식, 전혀 미안해하지 않고 있다. 설마 우리 얘기를 들었나?

"내가 그래도 실수한 거 깨닫고 마력 보호 걸어줬어."

우리 둘째 망나니는 마력 보호를 걸어줬다면서 생색을 냈다. 아니, 그럼 애초에 안 날렸으면 됐잖아. 마력 보호를 걸어줬다고 주장을 하기는 하는데 최지수는 전혀 괜찮아 보이지 않는다. 비틀비틀 일어서서 몇 걸음 옮기다가 풀썩 쓰러졌다. 아무래도 충격이 상당히 컸던 모양이다.

"어라? 넌 뭐야? 공주는 아닌 것 같은데."

누구긴 누구야, 네 형 아내가 될 사람이지. 저놈의 망나니는 형수님 얼굴도 모른다. 아니, 솔직한 말로 자기 동생들 얼굴도 아마 모를 거다. 공주가 워낙 많으니까. 봤어도 기억도 안 하겠지.

"아, 네가 그 계집이야?"

김환성은 전혀 몰랐다는 듯 걸어와서 낄낄대고 웃었다.

"이야, 그래도 다행이다. 결혼식 때 얼굴 망가졌으면 형아한테 조금 미안할 뻔했는데."

김환성은 쓰러져 있는 최지수의 앞에 쪼그리고 앉아 턱을 잡고 얼굴을 살짝 들어 올렸다. 이모저모 열심히 뜯어보는 시늉을 했다. 최지수는 충격이 정말 컸는지 말도 제대로 못했다.

"다행히 얼굴은 안 상했네. 역시 내 마력 보호는 탁월했어. 피도 안 났고. 난 천재야. 그렇지, 똥개?"

어서 천재라고 대답해, 라고 주장하는 듯한 저 순진한 표정을 보고 있자니 열불이 뻗친다. 어휴, 저 망나니. 진짜 망나니 아니랄까 봐.

김상희 공주의 성년식은 역대 최대 규모로 진행되었다. 학자들과 관리들은 이 괴현상을 두고 잠깐 동안 갑론을박 토론을 벌였다.

"왕께서 도대체 왜 그런 쓸데없는 것에 투자를 하시는 건지 모르겠습니다."

그들은 그들 나름대로 합당한 이유를 찾기 위해 노력했다. 그들은 도저히 왕의 결정과 행동을 납득할 수가 없었으니까.

알렉스가 허허 웃고는 말했다.

"왕께서 이번에 수백 억, 그것도 매년 수백 억을 사비로 기부하신다는 사실, 모두 알고 계실 겁니다."

"그렇죠."

"개인으로는 엄청난 액수입니다. 그러나 일반 백성들은 그 사실을 잘 모르는 경우도 많죠."

아무리 광고하고 떠들어봐야 어차피 익숙한 광고질이겠거니 하고 생각하는 사람이 많다는 논리를 폈다.

"그런데 이번에 쓸모도 없는 행사인 공주의 성년식에 예산을 많이 쏟게 되었습니다."

"그러니까 그게 문제죠. 쓸모도 없는 행사에 어찌……."

"반대로 생각하면 어떨까요? 쓸모도 없는 행사에 이 정도로 투자를 하실 수 있으시다면…… 정말 중요한 행사들에는 더더욱 투자와 지원을 아끼지 않으실 수 있지 않겠습니까?"

관리들은 그 설명에 납득했다. 왕이 어디 보통 왕이던가. 과거부터 천재라고 칭송받던 왕이다. 배포부터가 남다른 성군. 최근에도 연간 300억을 지원해 주겠다고 하지 않았던가. 왕가 재산으로 말이다. 생각해 보니 그럴 수도 있겠다.

"하긴…… 겨우 그런 행사의 격을 한층 높이셨으니 정말 중요한 다른 행사들은 더더욱 신경을 쓰시겠군요."

모두들 반성했다. 왕의 의도를 제대로 파악하지 못했다. 뛰는 신하 위에 나는 왕 있다고, 왕의 배포는 역시 남달랐다. 신하들 생각으로는 하나를 잘하려면 하나를 포기해야 했는데, 왕의 생각으로는 하나를 잘하고 또 다른 하나를 '더' 잘하면 된다는 것이 아니겠는가. 격이 달랐다.

한편, 알렉스는 김훈상을 따로 찾았다.

"폐하, 폐하께서 어련히 잘하시겠지만…… 저는 걱정이 됩니다."

"네가 걱정하는 게 뭔지 알 것 같다. 제국 때문이냐?"

"예, 폐하가 왕국에 지출하시게 될 예산과 금액. 그리고 이후 행보를 예측해 보자면…… 제국에서도 관심을 가질 수밖에 없습니다. 왕가 재산이라는 것이…… 마르지 않는 우물은 아니니까요."

김훈상은 피식 웃었다. 어차피 예상했다.

"신경 쓸 테면 쓰라고 해."

"……그 사실이 알려진다면 제국의 프리온 나이트가 움직일 수도 있습니다."

"그렇다면 황제는 목숨을 내놓을 각오를 해야겠지."

알렉스는 김훈상을 쳐다봤다. 제국의 프리온 나이트를 상대로도 전혀 기죽지 않는 모습. 하긴 저래야 왕이다. 만약 더 어릴 때였으면, '그 전에 내가 황제 목을 따고 만다!'라고 말했겠지. 그때 어찌나 놀랐던지, 지금 생각하면 아찔하다. 그때 아무도 못 들어서 다행이다. 옛날과 말투는 많이 바뀌었지만 기본 사고방식은 별로 안 바뀐 모양이다.

'변함이 없으시군.'

김훈상이 다시 말했다.

"프리온 나이트의 검이 고려를 향한다면……."

알렉스는 김훈상을 올려다봤다. 무슨 말을 할지 벌써 두려워졌다.

"고려는 멸망하겠지만 황제는 몰락한 고려를 볼 수 없을 거다."

왜냐하면 황제의 목은 이미 땅에 떨어졌을 테니까. 김훈상은 그 말을 하지는 않았지만 알렉스는 무슨 뜻인지 충분히 이해했다.

"폐하의 뜻은…… 충분히 알겠습니다. 그러나 씀씀이에 있어서 조금 더 주의를 해주시면 좋겠습니다. 늙은이의 지나친 간섭이라 생각하지 마시고 부디……. 그 사실은 절대로 제국에서 알면 안 되니까요."

훈상이 피식 웃었다.

"생각해 보도록 하지."

김환성은 최지수에게 가까이 걸어갔다. 그러곤 쪼그리고 앉아 말했다.

"다행히 얼굴은 안 상했네. 역시 내 마력 보호는 탁월했어. 피도 안 났고. 난 천재야. 그렇지, 똥개?"

이건 김상희더러 들으라고 한 말이다. 그리고 아주 작게 말했다.

"뒤지고 싶니?"

이 말은 김상희에겐 안 들렸다. 안 그래도 충격 때문에 멍해 있던 최지수는 더더욱 충격을 받았다. 낯빛이 핼쑥하게 질렸고 몸에 힘이 쭉 빠졌다.

"남의 똥개를 건드리려면 주인한테 허락을 받아야지. 응?"

김환성이 피식 웃었다.

"실수로 죽이려다가 형 결혼식 파토 나면 안 되니까 봐주는 거야. 알아서 기어. 내 똥개 또 건드리면 그땐 진짜 죽여 버릴 줄 알아. 대답은 필요 없고 알겠으면 눈 두 번 깜빡거려."

최지수는 눈을 빠르게 두 번 깜빡거렸다. 김환성은 언제 그랬냐는 듯 활짝 웃으며 '얼른 천재라고 해!'라고 이상한 말을 해댔다. 완전히 다른 사람처럼 말이다.

잠시 후, 김환성이 김환석을 찾았다. 낮에 있었던 일에 대하여 간략하게 얘기해 줬다. 주된 골자는 형수 될 계집년이 똥개를 훈계하기에 헝거비를 날려줬다 정도.

"미친 듯이 패려다가 형 결혼식 때문에 봐줬어."

김환석은 칭찬해 줬다. 애초에 김환석은 약혼녀라는 계집의 얼굴도 모른다. 사진을 보기는 했는데, 어쩌면 실제로도 봤을 수도 있는데 기억도 안 난다.

"잘했어."

계집애 하나 죽는 것쯤은 일도 아니지만 문제는 결혼식 때문에 먼 나라에서 남자 사신들이 오고 있다는 것. 그들을 물 먹이는 행위는 아무래도 좀 곤란하다.

최지수는 충격에 충격의 연속이었다. 애초에 계집으로 태어났으니 남자에게 대접받을 수 있을 거라는 생각은 전혀 하지 않았다. 계집의 역할은 그저 남자아이만 잘 낳으면 되는 거니까. 그런데 이렇게 결혼 전부터 고난길이 펼쳐질 줄은 몰랐다.

예비 신랑인 김환석이 찾는다기에 곱게 차려입고 찾아갔다. 아, 저게 내 약혼녀구나. 처음 알았다. 김환석이 대뜸 말했다.

"네가 뭐라도 되는 줄 아냐?"

"저, 저는……."

무슨 말인지 모르겠다. 이 남자가 왜 갑자기 이런 모습을 보이는 건지. 자신은 딱히 잘못한 것이 없지 않은가. 그러나 이유야 어찌 됐든 왕자님이 화가 났다. 그렇다면 자신은 무조건 빌어야 했다.

"죄송해요. 다시는 그러지 않을게요."

뭔지는 모르지만 일단 그러지 않겠다고 말했다. 그렇게 말하지 않으면 정말 죽을 것 같았다. 그런 기분이었다. 남자들은 마력을 통해 살기라는 것을 내뿜을 수 있다고 들었는데 정말로 그런 게 있는 것 같았다. 괴로웠다. 김환석이 말했다.

"꺼져."

"네, 물러가겠습니다."

최지수는 방으로 돌아와서 한참을 소리 죽여 울었다. 뭘 잘못했는지 모르겠다. 시간이 좀 더 흘렀다. 이를 바드득 갈았다. 감히 왕자님들에 대한 분노는 할 생각도 못했다. 분노의 대상은 따로 있었다.

'이게 다 그년 때문이야.'

생각해 보니 그 건방진 계집아이를 만나고 난 이후로 모든 것이 꼬여 버리고 말았다. 아무래도 그 계집은 셋째 왕자 김환성의 '똥개' 노릇을 하고 있는 모양이었다. 자신은 그 똥개를 주인 허락 없이 훈계해서 주인에게 혼이 나게 된 거고.

분노의 대상을 김상희로 잡았다. 왕자님들께는 감히 화를 낼 수 없으니 이렇게 됐다. 그렇지 않고서는 미칠 것 같은 두려움과 공포, 그리고 분노를 이겨낼 수가 없었다. 누군가에게 쏟아내기라도 해야 했다.

'성년식 때 두고 보자고.'

소녀식 때와 마찬가지로 성년식이 끝나면 여자들끼리 시간을 갖는다. 그건 암묵적인 룰이었다. 어차피 남자들은 여자들이 뭘 하든 딱히 신경 쓰지 않는 분위기였고 여자들은 그 시간을 통해 다시금 서열을 확실히 정하게 된다. 곧 김환석과 결혼을 하게 되기 때문에 그녀 역시 성년식 이후 여자들끼리의 만남에 초대되었다.

'모두가 보는 앞에서 처참히 밟아주겠어.'

하루가 지났다. 김상희 공주의 성년식이 시작되었다.

나도 시녀들이 얘기하는 걸 들었다. 우리 송수진 씨는 당황했다.

“죄, 죄송해요, 공주님. 제가 입을 너무 함부로 놀렸죠?”

그러게 당황할 짓을 왜 하고 그래요.

“괜찮아. 하지만 다음부터는 조심해 줬으면 좋겠어.”

적절한 핑계도 대줬다.

“내가 아니라 그분께 폐가 된다면 나는 수진이라도 화를 낼 거야. 나는 수진에게 화내고 싶지 않아.”

한진수에게 폐가 된다라는 말이 나오자마자 송수진은 얼굴이 핼쑥하게 질렸다. 조심하겠다고 연거푸 사과했다. 괜히 겁을 줬나? 나랑 오랫동안 같이 있어서 나한테 물 많이 들었을 줄 알았는데 그건 또 아닌 것 같았다. 따지고 보면 우리 강서영 씨가 좀 특이한 케이스이긴 했지. 아참, 여담이지만 나는 예전에 강서영 씨가 지르던 비명을 아직도 잊지 못했다. 아직도 가끔 생각난다. 어떻게 하면 그런 엄청난 소리가 날 수 있는 건지 지금도 미스터리다. 솔직히 좀 궁금하기도 하다. 개차반이 얼마나 엄청난 사내(?)면 그런 소리가 날 수 있는지.

흠흠. 어쨌든, 결과적으로 말하자면 한진수는 내 성년식에 오지 않았다.

‘섭섭하지 않아.’

이건 당연한 거다. 오히려 약혼녀의 성년식이랍시고 제국의 프리온 나이트가 왕국까지 찾아오는 게 더 이상하다. 분명히 당연한 건데 이상하게 기분이 묘했다.

'정말이야. 난 하나도 서운하지 않아.'

서운하지 않아. 아무렇지도 않아. 어차피 이 한진수는 그 한진수가 아니니까. 생김새만 닮았을 뿐이니까.

'아니…… 단순히 닮은 건 아니야.'

그렇다면 이 세계에 없는 된장찌개라든가 그가 내게 했던 마지막 말 같은 것을 기억하고 있을 리 없다. 아, 또 머리 아파 온다. 나중에 생각하자. 오늘은 내가 기뻐해야 하는 날이니까.

내 드레스를 치장해 준 송수진 씨가 말했다.

"공주님, 오늘 너무너무 예쁘셔요. 저는 공주님이 이렇게 어엿하게 자란 것을 보면 정말 뿌듯하고 감격스럽답니다."

"사실은 내가 도중에 죽을까 봐 조마조마했지?"

어라, 당신 지금 움찔했어. 내가 다 봤다고. 나는 피식 웃었다. 그럴 만도 했다. 이 세계의 여자들이 보기에 내 행보는 파격에 가까웠으니까. 하여튼 나는 잘 살아남았고 어찌어찌 성년을 맞이했다.

성년식이 시작됐다.

공주들은 충격에 빠졌다. 단순한 충격을 넘어서서 소위 말하는 '멘붕(멘탈붕괴) 상태'에 빠져들었다. 그것도 집단 멘붕. 아니, 이건 멘붕조차도 넘어선 집단 코마 상태였다.

"어떻게…… 폐하께서 직접 인도를 하실 수가 있지……?"

충격적인 일은 그것뿐만이 아니었다. 결혼식 준비로 한창 바쁠 김환석 왕자와 김환성 왕자 역시 김상희의 성년식에 참여했다. 보통 소녀식과 성년식은 여자들의 축제(?)다. 남자들은 아주 잠깐 참여할 뿐, 나머지는 너희끼리 알아서 해라, 그런 주의다.

"왕자님들께서도 참석하셨어요. 이건 정말……."

"폐하께서 김상희 공주를 아끼신다고 들은 것 같아요."

공주들은 잘 모른다. 소문으로 어찌어찌 들을 뿐이다. 애초에 그들에게는 정보가 제한되니까. 아니, 왕이 공주를 예뻐한다는 그 말을 누군가 진짜로 전해 준다고 해도 아무도 안 믿는다. 이곳은 그런 세계다. 멘붕 상태에서 벗어나자 그들은 나름대로 합리적인 이유를 찾아냈다.

"다음 주에 김환석 왕자님의 결혼식이 있으니 경거망동하지 말라는 주의를 주시기 위하여 직접 오신 것 아닐까요? 김환석 왕자님의 결혼식은 국가의 중대사니까요."

"아…… 그럴 수 있겠네요."

한편, 공주들이 합리적인 이유를 찾아내고 있든지 말든지 김환성은 신경 안 썼다. 그에게는 매우 중요한 거래가 하나 있었으니까. 김상희는 머리를 짚었다.

'아이고, 두야. 망나니야, 우리 둘째 망나니야. 너 진짜 나 죽는 꼴 보고 싶니? 너는 아니? 네 얼굴은 명존세를 부르는 얼굴이란걸.'

김환성은 김상희의 성년식에서 그녀의 잘못을 짚어줬다.

"똥개, 네가 잘못한 게 맞아. 사실."

김상희는 저도 모르게 고개를 갸웃할 뻔했었다. 하지만 필사의 의지로 고개를 부여잡았다. 왕자님께서 잘못한 게 맞다고 말하는데 고개를 갸웃할 수는 없지 않은가.

“제가 정말 나빠요. 정말 반성하고 있어요.”

“그러니까 문제는 네가 형아를 오라버니라고 불러서 그런 거잖아?”

“네, 예법에 많이 어긋나는 행위라고 배웠어요.”

“당연하지.”

김상희는 충격에 빠졌다. 김환성은 여자들의 세계에 대해서 모른다. 모르는 것을 넘어서서 아예 개념 자체가 없다. 그런 개념을 가질 필요도 없는 위치의 사람이고. 아예 사는 세계가 다르지 않은가.

‘망나니가 이제 좀 여자에 대한 개념을 갖춘 건가?’

김상희가 그런 생각에 빠졌을 무렵, 김환성이 씨익 웃으며 말을 이었다.

“그러니까 오라버니 말고 오빠라고 불렀으면 그런 사단은 안 일어났을 거 아냐?”

아뇨, 그런 거 아닌 거 같은데요. 그것만큼은 완전 다른 것 같은데요.

김상희는 말해주고 싶었다. 문제는 김환성이 진심으로 그렇게 생각한다는 것. 오빠는 오라버니보다도 더욱더 안 쓰이는 단어다. 거의 사장되다시피 한 단어. 이 세계에서 오빠는 여동생이 자신보다 나이가 많은 남자를 부를 때 사용하는 말이긴 한데, 약간의 친근감을 가진 표현이다. 성별이 곧 권력인 이곳에서는 어지간하면 쓰이지 않는 말이다. 그 단어 자체를 모르는 사람도 많다. 그런데 공주가 왕자에게 대놓고 오빠라고 부를 수는 없지 않은가. 왕자들이 기분 좋을 때, 눈치를 잘 살피고 타이밍을 잘 잡아서 오빠라고 한 번씩, 그것도 다른 사람 몰래 할 수 있는 정도다.

그리고 김상희는 오늘 정말로 뒷목을 잡고 싶어졌다. 이유는 이러했다.

"야, 똥개. 너 성년이잖아, 이제."

"네, 왕자님."

왕자님이란 말을 듣는 순간 김환성이 아주 잠깐 인상을 찡그렸다. 주위를 둘러봤다. 주위엔 공주가 많았다. 이 똥개가 아무래도 눈치를 살피는 것 같다. 아이 씨, 안 그래도 되는데. 그냥 다 쫓아내 버릴까 하는 마음이 들었지만 여기엔 형과 아버지가 있다. 마음 내키는 대로 경거망동할 수 있는 자리는 아니었다. 아주 잠깐 짜증이 치밀었지만 김환성이 다시 생글생글 웃었다.

"나 진심으로 묻는 거야. 물어왓 하지 말까?"

엄청난 발전이다. 여기엔 충격적인 점이 두 가지가 있다. 하나는 김상희의 진심을 조금이나마 알아차렸다는 거고—김상희는 물어왓을 할 때마다 행복한 표정으로 그걸 했으니까—또 하나는 왕자가 공주에게 '하지 말까?' 하고 의사를 물어본 거다.

옆에서 대화를 훔쳐 듣게 된 공주들은 또다시 멘붕 상태에 빠져들었다.

'왕자님께서 물어주셨어.'

'김상희 공주는 도대체 뭘 어떻게 한 거지? 어째서 김상희에게 저런 특권이 주어지는 거야?'

김상희는 지혜롭게 대답했다.

"제가 어찌 감히 왕자님의 행동에 왈가왈부할 수 있겠어요. 저는 그저 왕자님과 대화를 나누고 있다는 사실만으로도 감격스러워요."

그리고 속으로 외쳤다. 그래, 제발 그거 좀 하지 마. 나 이제 성인이라고. 생각해 봐. 다 큰 어른한테 물어왓! 날아랏 헝거비! 따위를 지껄이면서 헝겊 인형을 저 높은 하늘로 날리면 그걸 주워오는 성인은 어떤 심정이겠니. 제발 그런 개념을 탑재해 주면 안 되겠니, 망나니야. 우리 망나니야.

김환성이 충격적인 제안을 하나 더 했다.

"그럼 안 할게."

김상희는 속으로 쾌재를 불렀다. 15년 만에 둘째 망나니가 변한 것 같은 기분이 들었다. 그래, 그거야. 물어왓은 좀 아니었어. 김상희의 속마음이 계속 절실하게 외쳤다.

"하지만 사람은 실수라는 걸 하잖아?"

김상희는 입에 침도 안 바르고 멘트를 날렸다.

"왕자님처럼 대단하신 분도 실수를 하시나요?"

이게 다른 공주들과 김상희가 다른 점이다. 다른 공주들은 기가 눌려서 그저 예, 아니오밖에 말을 못한다. 이렇게 왕자와 단둘이 대화를 섞는 것조차도 부담스러워하며 무서워한다. 그러면서도 또 다른 공주가 왕자와 얘기를 하고 있으면 부러워한다. 상당히 이중적인 마음인데, 하여튼 그랬다.

김환성은 김상희의 아부에 또 어깨를 활짝 펴고 턱을 높이 들었다. 가슴도 넓게 폈고 우쭐거렸다.

"물론 나는 실수 같은 거 안 하지만 만에 하나라는 게 있잖아."

멘트, 다시 말해 조련에 또다시 성공한 김상희는 웃음을 가리기 위해 따뜻한 우유를 조금 마셨다.

"그러니까 조건을 걸게. 내가 그런 실수를 한다면 벌칙으로……."

공주들은 아무런 말도 못 했다.

'와, 왕자님께서 벌칙이라니, 있을 수 없는 일이야.'

'설마 김상희 공주를 어떻게 하시려고……?'

왕자에게 벌칙을 내리는 공주, 이건 사형당해도 싸다. 어찌 감히 그럴 수 있는가. 눈으로 보면서도 무슨 일이 벌어지고 있는 건지 머리가 이해를 못했다.

"벌칙으로 네가 날 오빠라고 부르는 거야. 어때?"

김상희는 생각했다. 네 명치를 기필코 매우 세게 치고 말리라. 몇몇 공주가 들은 걸 확인했다.

'오라버니로도 그 난리를 쳤었는데 오빠라 부르라고? 날 죽일 셈이냐 넌?'

그렇다고 또 왕자님이 그렇게 하겠다는데 내가 뭐 어떻게 할 수 있는 것도 아니다. 제기랄. 저쪽 최지수와 눈이 마주쳤다. 아무래도 오늘 재 뭔가 단단히 벼르고 온 모양인데, 느낌이 안 좋다. 일단 김상희는 겉으로는 웃었다.

"저는 왕자님의 뜻이라면 언제나 따를 것이어요."

"야, 똥개, 물어왓! 아참, 이거 하면 안 되지. 실수했네, 나 원 참."

김환성이 굉장히 과장된 태도로 입을 가렸다. 누가 봐도 어색했다. 어릴 때부터 한국의 드라마에 익숙해 있던 김상희는 생각했다. 김환성은 무력에 있어선 천재일지 몰라도 연기는 취약이라고 말이다. 연기는 절대 하면 안 되는 아이였다. 저 아이는 발연기에 탁월한 재능을 가졌어. 김상희는 속으로만 한숨을 내쉬었다.

"아이고, 실수를 해버렸네."

마치 어떤 남자가 초등학교 교과서를 무미건조하게 읽는 것 같은 느낌이 났다. 김환성이 김상희를 쳐다봤다.

"자, 벌칙을 받아야겠어."

나는 속으로 절규했다.

아, 진짜! 얘를 어떻게 하면 좋니. 아니, 야, 망나니. 솔직히 우리 인간적으로 얘기를 해보자. 그래, 나도 인정할게. 일부러 오빠 소리 안 했어. 너무 쉽게 주면 안 되니까. 정말 어쩌다가 한 번씩 기분 좋으라고 썼다는 건 인정할게. 그런데 이건 너무하잖아. 지금 듣는 공주도 많은데.

그리고 인간적으로 벌칙도 이렇게 이기적인 벌칙이 어디 있냐. 이딴 게 무슨 벌칙이야. 아, 진짜 넌 명존세다. 명존세의 선택을 받은 인간이야.

'그런 주제에 생글생글 웃지 말란 말이야.'

주먹을 불끈 쥐고 싶었다. 마음 같아선 명치에 주먹을 꽂아 넣고 싶었다. 하지만 참았다. 다행히 우리 개차반 씨가 나를 구해 주셨다. 나이스 타이밍.

"자자, 주목."

김환성은 뭔가 불만이라는 듯 머리카락을 한 번 쥐어뜯었지만 어쩌랴, 너는 망나니지만 재는 개차반이야. 그리고 왕이고. 재가 너보다 세잖아.

우리 개차반 씨가 말했다.

"갖고 싶은 걸 말해봐라."

공주들은 또다시 충격에 빠졌을 거다. 안 봐도 뻔하다. 다들 비슷한 생각을 하고 있을 거다. '나라면…… 빨간 루비를 박은 산호 조개의 진주를 달라고 하겠어'라든가 '나라면 크롬 왕국에서만 생산되는 에메랄드빛 다이아몬드를 달라고 하겠어' 같은 생각을 하고 있을 거다. 이 나라 여자들을 욕할 생각은 없다. 계속해서 강조하는 거지만 이건 세계가 여자들을 이렇게 단순하게 만들어버린 거니까. 그리고 그 세계의 왕이 원하는 것을 말하라고 했으니까 말해야 하는 것이 상식이다.

'장기 투자가 최고지.'

나는 대답했다. '제발 명치 좀 대주세요. 겁나 세게 때려 버리게'라는 말은 속으로만 했고 겉으로는 이렇게 말했다.

"폐하를 이렇게나마 먼발치에서 뵐 수 있다는 사실 자체가 저에겐 가장 큰 선물이고 행복이어요."

으, 내 거북한 속. 이런 아부는 아무리 많이 해도 익숙해지질 않는다. 개차반이 피식 웃었다.

"그럴 줄 알았다."

……때려주고 싶었다. 그래, 너 짱 먹어라. 하여튼 우리 개차반 씨는 '생각해 보도록'이라고 말하고서 성년식을 진행시켰다. 많은 음식과 음료가 쉴 새 없이 주어졌다.

'이제 시간이 다가오네.'

여자들끼리의 시간이 다가오고 있다.

'분명 뭔가 하기는 할 텐데.'

공주들은 크게 걱정이 안 된다. 공주보다도 저 여자, 그러니까 한쪽 구석에서 나를 계속 힐끔거리며 적의를 내뿜고 있는 저 여자가 신경 쓰인다.

그리고 그 시간이 다가왔다. 여자들만 남게 됐다. 성년의 공주들 중 아직 시집을 못 간 공주들과 함께 이야기를 나누는 시간. 거기에 한 명이 더 추가됐다. 곧 왕궁의 식구가 될, 우리 첫째 망나니의 아내가 될 여자 말이다. 그 여자가 말했다.

"여러분께 꼭 드릴 말씀이 있었어요. 이제야 기회가 왔네요."

그녀의 눈빛은 나를 향하고 있었다.

최지수가 말했다.

"여기 계신 여러 공주님의 잘못이 가장 크다고 봐요."

현재 이곳에 모여 있는 공주들의 평균 연령은 16세다. 보통은 18세 이전에 결혼을 한다. 그래서 이 모임에 남아 있는 공주들의 연령은 15세에서 18세가량이라고 보면 된다. 최지수의 나이가 몇 살이라더라? 16살이라고 한 것 같은데.

공주들은 침묵했다. 얼씨구, 최지수의 기세가 점점 더 살아났다.

"8살이 넘은 공주가 왕자님께 오라버니란 호칭을 사용하는 모습을 보고 제가 얼마나 충격에 빠졌는지 공주님들은 아시나요?"

"……."

공주들은 최지수의 눈을 피했다. 재네도 나름 억울하기는 할 거다. 애초에 예절 교육을 시킬 수 있는 기회조차 없었다. 내가 기거하는 기록의 관에는 일반 공주들이 출입할 수 없었으니까. 나는 아마 저 아이들에게 있어서 베일에 가려진 공주일 거다. 그리고 무엇보다 교육할 수도 없었겠지. 왕자들 눈치가 보여서 나를 어떻게 할 수 없었으니까.

'하기야, 좀 특별 대우를 받기는 했지. 내가.'

왕으로부터 직접 보배의 칭호를 받았고 또한 거창한 성년식-그것도 김환석 왕자의 결혼식 전(前) 주에-을 받은 특별한 공주라는 사실은 저들도 안다. 그런데 그 특별함이 좋은 건지, 나쁜 건지는 잘 모를 거다. 수진으로부터 전해 들은 소문 중에서 내가 들었던 가장 황당한 소문은 내가 모종의 실험체로 사용되고 있다는 말이었다. 그 모종의 실험이라 함은 바로 '중성화 작업' 혹은 '중성화 실험'이었다. 그리고 그 중성화가 어느 정도 진행되었고 마력을 다룰 수 있게 되었기 때문에 특별 대우를 받고 있다고 들었다.

'심지어 그 소문의 시작이 7년 전이었다지?'

나는 정말 몰랐다. 송수진 씨한테 전해 듣고 어찌나 어이가 없었는지. 하기야 걔네들의 기분이 이해가 안 되는 건 아니다. 상식적으로 공주가 예쁨을 받으려면 저런 극단적인 방법밖에 없으니까. 적어도 상식선에서는 말이다.

공주들 중 한 명이 입을 열었다. 이곳에 모인 공주들 중 서열이 가장 높은 18세 최유선이었다.

"영애가 오해하고 있는 것이 하나 있어요. 우리는 저 아이를 볼 기회가 거의 없었어요. 교육을 할 기회조차 없었다는 뜻이에요."

"그건 핑계에 불과해요. 결과적으로 저런 아이가 공주들 사이에 있다는 것은…… 여기 계신 공주님들의 잘못이라고 생각해요. 저 아이는 자기가 잘못하고 있는 건지도 모르고 있는 것 같으니까요."

아, 그러니까, 내가 뭘 그렇게 잘못하고 있냐고. 내가 너희들처럼 왕이나 왕자들이 말하면 그저 예 아니면 아니오만 대답해야겠니? 가끔 드는 생각인데 이곳 여자들, 내가 봐도 너무 답답하다. 이 세계가 여자들을 그렇게 만들었다고 머리로는 이해해도 답답한 것까지 어떻게 할 수 있는 건 아니었다.

'아니, 상식적으로 생각을 해봐. 내가 왜 예쁨받는지, 내가 왜 총애받는지, 좀. 어휴, 진짜 답답해 죽겠네.'

아니지. 이 세계의 상식으로 생각하면 내가 잘못한 게 맞긴 맞다. 나도 매일매일 아슬아슬한 줄다리기를 해왔었으니까. 요즘에야 좀 괜찮아졌지만. 나는 최지수가 왜 저러고 있는지도 이해가 된다. 우리 첫째 망나니가 분가를 거부했다. 그러면 저 여자는 이곳에 와야 했다. 왕자의 아내가 되면 이곳 여자들과도 분명 부대껴야 한다. 다른 공주들과의 접점이 없는 내가 정말 특별한 경우다.

'기선 제압을 하려는 거겠지.'

이곳 여자들 사이에서 서열은 굉장히 중요했다. 왜 저렇게 서열을 따지는 건지는 나도 모른다. 아마 쟤네도 모를 거다. 나는 이것을 일컬어 '똥 군기'라고 표현하는데 쟤네들은 이런 짓이 쓸모없다는 걸 도대체 언제 깨달을까. 그렇다고 '니네들 이거 완전 바보 찐따 같은 짓이야'라고 말할 수도 없고.

가만히 있으면 중간이라도 간다. 아직은 내 앞가림하기도 벅차다. 저들을 인도(?)해 주기보다는 적을 만들지 않는 게 중요하다. 그래서 사과했다.

"제가 못나서…… 여러 언니분께 폐를 끼치고 말았어요. 반성하고 있어요. 다시는 이런 물의를 일으키지 않도록 주의하고 또 주의하겠습니다."

그때, 목소리가 들려왔다. 첫째 망나니 김환석의 목소리였다.
“네가 뭘 잘못했는지 구체적으로 설명해 봐.”

김환성이 김환석을 쫄래쫄래 따라갔다. 나이를 먹어도 김환성은 김환석 앞에서 여전히 동생이었다. 다른 사람 앞에서는 이제 제법 의젓한 모습을 보이기도 하지만 김환석에게는 애교도 곧잘 부렸다.
“형아. 아니, 형.”
그래도 이제 제법 ‘형아’라는 말 대신 ‘형’이라는 말을 사용한다. 참고로 첫째 왕자인 김형석에게는 아직도 ‘형아’라는 호칭을 사용한다.
김환석은 김환성을 쳐다봤다. 여전히 시크한 표정이다.
“…….”
“어디 가?”
“있어.”
“나도 따라가면 안 돼?”
“안 돼.”
김환성은 힝 하고 입술을 삐죽 내밀었다. 이잉이잉 하고 어깨를 흔들며 애교를 부려봤지만 역시 씨알도 안 먹혔다.
‘형이 왜 말을 안 해주지?’
문득 궁금증이 일었다. 그래서 김환성은 자신이 생각하는 가장 똑똑한 학자 알렉스를 찾아갔다. 알렉스는 허허거리고 웃었다.
“아마 김상희 공주에게 갔을 겁니다.”
“똥개한테?”

"소녀식 때 불미스러운 일이 발생했었거든요."

"아, 그때 그거?"

김환성은 고개를 끄덕였다.

"그럼 왜 형은 나한테 말을 안 해줘? 어디 간다고?"

알렉스는 생각했다.

'그거야 자기가 김상희 공주를 신경 쓴다는 걸 보여주고 싶지 않아서겠죠.'

알렉스는 노학자답게 지혜롭게 대답했다.

"글쎄요. 열 길 물속은 알아도 한 길 사람 속은 모른다고 했습니다. 저도 잘 모르겠군요."

"알렉스도 모르는 게 있어? 생각보다 안 똑똑하네."

문이 벌컥 열렸다. 공주들의 얼굴이 핼쑥하게 질렸다. 이 장면, 어디서 본 적이 있는 것 같다. 그녀들에겐 생생한 공포였다. 7년 전, 그러니까 김상희가 소녀식을 치를 때에 공주들은 김환석을 봤었다. 그때부터 김환석은 공주들에게 있어 공포의 대상으로 군림했다.

"네가 뭘 잘못했는지 구체적으로 설명해 봐."

김환석이 걸어 들어왔다. 김상희는 당황했다. 아니, 재는 여길 또 왜 왔어. 암묵적으로 금남의 시간이잖아. 김상희가 말을 더듬었다.

"와, 왕자님."

김상희의 '왕자님' 소리를 듣고 나서 김환석의 미간이 꿈틀거렸다. 워낙에 미세하게 꿈틀거려서 공주들은 몰랐지만 말이다. 김환석이 주위를 둘러봤다.

"너희들, 내 경고 잊었냐?"

공기가 싸늘하게 가라앉았다. 아니다. 공주들은 똑똑하게 기억하고 있다. 7년 전, 소녀식 때의 일. 7년 전, 김환석은 이렇게 말했었다.

"남의 똥개 새끼를 건드리려면 주인 허락을 맡아야지. 안 그래?"

"정말 죽고 싶은 계집이 있다면 어디 마음대로 해봐."

김환석이 피식 웃었다. 그리고는 최지수를 향해 싸늘하게 물었다.

"너, 내 경고가 말 같지 않아?"

최지수는 이해하지 못했다. 왜냐하면 그녀는 7년 전 그 자리에 없었으니까. 생각하지도 못한 상황에 최지수도 당황했다.

"와, 왕자님."

이거 이러다 진짜 큰일 나겠다. 김상희는 이번엔 조금 위험을 무릅쓰기로 했다. 지금 김환석의 모양새를 보아하니 진짜로 화났다. 안 돼. 저놈은 진짜로 죽이고도 남을 놈이야. 저 망나니 성격에 경고를 한 번 준 것만으로도 이미 큰 관용을 베푼 거라고. 김상희가 황급히 말했다.

"와, 왕자님!"

공주들은 침을 꼴깍 삼켰다. 김상희 공주가 약간 특별한 위치에 있다는 건 안다. 그러나 감히 왕자가 무언가를 하고 있는데, 심지어 그 왕자가 김환석 왕자인데 중간에 끼어든다는 건 말도 안 되는 짓이다.

'도, 도대체 뭘 어쩌려고…….'

최지수는 속으로 욕했다.

'미친 계집애 같으니라고! 가만히 있어야 할 것 아냐! 분위기 파악도 못하는 머저리 같은 년!'

김상희는 더욱더 황당한 소리를 해댔다. 최지수는 정말 미칠 것 같았다.

"저 사람은 공주가 아니어요."

심지어 저 공주는 왕자를 가르치려 들고 있지 않은가. 최지수는 하늘이 노랗게 보이는 것 같았다. 감히 하늘같은 왕자님을 가르치려 들다니. 정말 미쳤다, 저 공주는.

김상희는 확신했다.

'저 망나니 자식, 자기 약혼녀도 못 알아보고 있어.'

처음에는 긴가민가했는데 이젠 확신이었다. 김환석은 아무래도 공주들의 얼굴 따윈 기억도 하지 않는 것 같았다. 그래서 자신의 약혼녀마저도 자신의 동생들 중 한 명이라고 오해를 한 거다.

'아무리 그래도 약혼녀인데 얼굴 정도는 기억해 주지.'

사실 그렇게 이상한 일이라고 보기에는 힘들었다. 다 그런 건 아니지만 상당히 많은 수의 남자가 약혼녀의 얼굴을 잘 모른다. 김환석처럼 여자에 관심 없는 남자라면 더더욱 그랬다. 그렇게 따지고 보면 한진수 역시 엄청 특별한 경우라고 할 수 있겠다. 한진수는 파이널 승급 시험을 앞둔 상태에서도 김상희를 보러 왔었으니까.

공주들이 경악하거나 말거나, 최지수가 속으로 절규하거나 말거나, 김환석이 말했다.

"그러냐?"

공주들은 더더욱 경악했다.

'기, 김환석 왕자님께서…… 되물으셨어?'

아무리 생각해도 이상하다. 있을 수 없는 일이 자꾸만 벌어지고 있다. 맏언니인 최유선은 침착하려 애썼다. 생각을 정리해 봤다.

'그러니까…… 김환석 왕자님은 이미 밖에서 상황을 다 알고 계신 상태로 들어왔어. 그리고 최지수를 공주들 중 한 명이라 착각하셨어. 그리고 그걸…… 김상희 공주가 가르쳐 줬어. 감히…… 어떻게 그럴 수 있지? 그런데 왕자님께선 아무렇지도 않아 하셔. 말도 안 돼. 내가 지금 꿈을 꾸고 있는 걸까?'

김환석은 자각하지 못하고 있지만 상당히 많이 변한 셈이다. 비록 티는 많이 나지 않지만, 김상희의 십수 년간의 노력이 헛되지만은 않은 셈이다. 실제로 김환석은 김상희에게 화를 내지 않았다. 누가 봐도 화를 내도 될 상황인데 말이다. 아니, 상식적으로 화가 나는 게 맞다. 그만큼 김환석은 김상희에게 익숙해져 있었다.

자리가 자리이니만큼 김상희는 압존법도 철저하게 지켰다.

"저 여자는 왕자님의 약혼녀예요."

김환석은 고개를 돌려 최지수를 쳐다봤다. 최지수의 몸이 사시나무 떨리듯 떨리고 있었다. 김환석은 그제야 저 얼굴을 떠올렸다. 그래도 표정은 여전히 시크했다.

그러고 보니 며칠 전에 봤었다. 정확하게 기억은 안 나도 대충 욕을 했던 것 같기는 했다. 최지수에겐 큰일이었지만, 김환석에게 있어서는 별거 아닌 일이었다. 보통 사람들은 자기가 지나다닌 길에 몇 개의 돌멩이가 있는지 기억 못한다. 그거랑 비슷했다. 최지수를 기억도 못했다.

김환석이 다시 물었다.

"야, 똥개."

"네?"

"얘 죽여줘?"

김상희는 황당했다. 이봐요, 저 사람 당신 약혼녀라니까.

나는 방으로 돌아왔다. 송수진이 차를 내왔다.

"공주님, 성년식은 어떠셨어요?"

"버라이어티했어."

"네?"

"그런 게 있어. 피곤해. 자고 싶어."

"목욕물 데워놨는데 그냥 주무실 거예요?"

"응."

목욕이고 뭐고 모르겠다. 일단 좀 자야겠다. 아, 머리 아파. 우리 첫째 망나니는 '첫째 망나니'의 이름값을 톡톡히 했다. 와, 나는 생각도 못했다. 마력 폭발이란 걸 일으킬 줄은. 책으로만 봤지 실제로 보는 건 처음이었다. 첫째 망나니가 마력 폭발을 일으켰다. 눈에 보이지 않는 마력으로 충격파를 만들어 인체의 내장을 뒤흔드는 거라고 하는데, 공주들은 굉장히 괴로워했다. 엄청난 공포 분위기를 조성했다. 나조차도 무서워서 다리가 덜덜 떨렸었으니까. 김환석은 확실히 왕자였다. 그 압도적인 카리스마, 나는 아마 평생 잊지 못할 거다. 공주들은 더했겠지.

'그래도 안 죽인 게 어디야.'

김환석이 나를 아끼는 건 알긴 안다. 그러나 김환석이 화를 낸 건

온전히 나 때문만은 아니었다. 김환석의 입장에서는 공주들이 자신의 명령을 무시한 것처럼 보였을 테니까. 그래서 화를 더 많이 냈을 거다. 자존심에 살고 자존심에 죽는 우리 김씨 왕가 남자들 아닌가.

어쨌든 공주들과 최지수는 목숨은 건졌다. 한참 동안이나 콜록대며 괴로워하기는 했지만. 약 세 명 정도의 공주는 자기가 죽는 줄 알고 눈물을 펑펑 쏟으며 살려 달라 비는 광경까지 연출됐다.

'나는…… 마력 보호를 받은 걸까?'

결과적으로 말하자면 나는 아프지 않았다. 아무래도 김환석이 나는 조금 봐준 모양이다.

'아니, 그래도 어떻게 며칠 전 본 자기 약혼녀 얼굴도 기억 못해?'

아무리 세계가 이렇다지만 아무래도 좀 또라이가 아닌가 싶다. 어머, 미안, 망나니야. 속마음이 나와 버렸어.

'하, 어쨌든 잘 끝났어.'

걱정했던 성년식은 어찌어찌 끝났다. 이제 내 일생에 있어서 중요한 사건-미리 정해져 있는 것들 중-은 결혼식 하나 남았다. 내 결혼식은 약 6개월 뒤다. 한진수 측에서 일정 변경을 공지하지 않는 이상, 6개월 뒤에 결혼을 하게 될 거다.

피곤해 죽겠다. 좀 자야겠다. 그런데 누군가 찾아왔다.

"누나! 누나! 누나!"

이제 7살이 된 우리 환혁이.

"나랑 놀자!"

아니, 나 너무 피곤해. 자고 싶어. 성년식에 이어, 이후에 있을 결혼식에 대해서도 생각하다 보니 너무 피곤했다. 정말 자고 싶었다.

"왕자님, 저 너무 졸려요."

환혁이의 표정이 변했다. 나는 말하고 나서 화들짝 놀랐다. 나도 모르게 실수를 해버렸다. 김환석 같은 무시무시한 망나니 옆에 있다가 와서 그런지 환혁이가 귀엽게 보였다는–만만하게 보였다는–게 핑계라면 핑계였다. 방금은 정말 넘어선 안 되는 선을 넘어버렸다. 아, 진짜 내가 미쳤지. 야, 너 15년 살았다고 벌써 이렇게 긴장 풀리면 어떡해. 아 진짜. 아, 아, 미쳤어 진짜.

나는 난생처음으로 환혁이의 굳은 얼굴을 봤다. 환혁이의 목소리가 조금 가라앉았다.

"명령이야. 나랑 놀아."

솔직한 말로 나는 충격을 받았다. 요새 환혁이가 예전과는 약간 다르다는 건 알고 있다. 어쩔 수 없다는 것도 알고 있다. 환혁이는 왕자고 자신의 위치를 조금씩 자각해 가고 있었으니까.

'신분의 격차는 어쩔 수 없어.'

나는 자리에서 일어섰다. 왕자님이 말씀하시는데 공주가 피곤하다고 말한다? 있을 수 없는 일이다. 인정한다. 나는 아까 진짜 큰 실수를 저질렀다.

정말 놀라운 일이 2시간 뒤에 벌어질 거라는 것은 상상도 하지 못한 채 말이다.

제9장
음습하는 사형의 그림자

나는 환혁이랑 열심히 놀아줬다. 문득 또 서글퍼졌다. 나는 언제쯤 이런 생활에서 벗어날 수 있을까? 만약 환혁이가 지구에서 태어났다면 나는 아마 혼을 냈을 거다. 하지만 여기는 지구가 아니다. 환혁이는 내 마음을 아는지 모르는지 누나가 최고야! 라고 연신 외치면서 장난감 자동차를 가지고 놀았다.

보통 애 보는 일을 중노동이라고 말한다. 애가 어디로 튈지 몰라 항상 신경을 쓰고 있어야 한다. 전업주부는 집에서 놀기만 한다? 절대 아니다. 내 주변에 결혼하고 애 낳은 친구들 얘기 들어 보면 거짓말 조금 보태서 화장실 갈 시간도 없다고 했다. 하여튼 애 보는 일은 힘들다. 그런데 이 애는 그냥 애도 아니고 심지어 남자애다. 남자애인 게 무슨 상관이냐고? 남자는 마력을 갖고 있다. 지치지도 않는다.

나는 환혁이랑 두 시간을 놀아줬다. 진이 다 빠진다. 나는 정말로 기절하듯 침대에 쓰러졌다.

"공주님, 고생 많이 하셨어요. 어휴, 얼마나 힘드실까 우리 공주님."

내 마음을 잘 알아주는 건 역시 우리 송수진 씨밖에 없다.

"괜찮아, 수진. 수진도 가서 쉬도록 해."

"저는 공주님 잠드는 거 보고 갈게요."

수진은 이불을 덮어줬다. 수진에게 말했다.

"고마워."

수진은 사실상 내게 큰 도움이 된다고 말하기는 어려운 위치의 사람이다. 여자이면서 또 시녀다. 도움이 되려야 도움이 될 수가 없는 사람이다. 그러나 나는 수진에게 많은 도움을 얻었다. 적어도 내 얘기를 들어주고 나랑 같이 얘기할 수는 있잖아. 별거 아닌 것 같아도 나는 수진이 없었다면 외로움을 버티지 못하고 나쁜 생각까지 먹었을지도 모를 일이다.

"어휴, 별말씀을 다 하세요. 공주님, 불 끌게요. 편히 주무세요."

수진은 그렇게 말했지만 불은 끄지 못했다. 환혁이 다시 방을 찾아왔기 때문이다. 환혁이 말했다.

"목말라. 물 줘."

"네, 왕자님."

수진이 황급히 물을 뜨러 갔다.

"누나."

"네, 왕자님."

비록 몸은 천근만근 무거웠지만 감히 왕자님을 앞에 두고 누워 있을 수 없던 나는 몸을 일으켰다. 환혁이의 표정이 뭔가 어두웠다. 좀 불길해졌다. 도대체 무슨 얘기를 하려고. 아까 내 실수 때문인가?

'제발…… 그건 내가 정말 실수했어. 잊어줘.'

환혁이가 입을 열었다.

"누나."

"네, 왕자님. 말씀하셔요."

환혁이는 고개를 푹 숙였다.

"……."

뭐라고 말은 했는데 잘 안 들렸다.

"죄송해요. 잘 못 들었어요. 목소리가 안 들려요."

그렇게 빨리 말하면 못 알아들어. 나는 너희처럼 마력이 없어. 천천히 좀 말해줄래? 환혁이가 또 뭔가를 말했다. 말했는데 또 못 들었다. 이쯤 되자 나는 또 긴장할 수밖에 없었다. 왕자가 두 번이나 말했는데 무슨 뜻인지도 모르고 또 두 번이나 되물었다. 아무것도 아닌 일처럼 보이지만 공주 입장에서는 긴장할 수밖에 없다.

환혁이 두 눈을 질끈 감았다. 눈만 질끈 감은 게 아니고 주먹도 불끈 쥐었다.

"미안해!"

그와 동시에 쨍그랑 소리가 났다. 수진의 목소리도 들려왔다.

"죄, 죄, 죄송합니다! 죄송합니다!"

수진 씨가 실수했다. 쟁반에 물을 받쳐서 가져오고 있었는데 쟁반을 놓쳤다. 나는 수진 씨를 이해할 수 있었다. 지금 나도 패닉 상태니까.

"와, 와, 왕자님?"

왕자가 미안하다고 말했다. 그것도 공주에게. 이건 있을 수 없는 일이다. 왕자가 공주에게 한 일은 무조건 옳다. 옳고 그름이 없다. 왕자가 시키면 공주는 해야 한다. 뭐가 됐든지. 환혁의 볼이 붉게 물들었다. 귓불도 새빨개졌다. 나는 진심으로 충격에 빠졌다.

"미안해, 누나. 환혁이가 나빴어. 진짜 나빴어. 환혁이가 잘못했어!"

"와, 왕자님, 제게 그런 말씀을 하시면 안 돼요. 누가 들어요. 큰일 나요. 제가 잘못했어요. 제가 나빠요."

환혁이는 내게 와락 안겼다. 마력이 있어 성장 속도가 빠르긴 하다지만 환혁이는 아직 어리다. 겨우 8살밖에 안 됐다. 아직 초등학교 고학년 정도로 보인다. 나보다 머리 하나만큼은 더 작다.

"와, 왕자님?"

큰일이다. 내 머릿속이 하얗게 변해 버렸다. 환혁이의 어깨가 움찔움찔 떨리고 있었다. 달래야만 해! 울면 안 돼! 네, 네가 울면 나는 왕자님을 울린 천하의 몹쓸 계집년이 되고 만다고! 제발! 환혁아!

그러나 내 마음속 외침과는 별개로 환혁이는 결국 울음을 터뜨렸다.

"나는! 그니까 환혁이는! 누나랑 있는 게 너무 좋아서, 누나가 너무너무 좋아서 막 땡깡 부리고 그랬는데, 누나가 환혁이 말 안 들어줘서 나는, 그니까 막 명령 같은 거 하고, 막 누나 힘들게 하고 막 그랬는데, 막 그래서 나는…… 그게……."

환혁이는 횡설수설하다가 이내 으아아아앙! 하고 크게 울었다. 나는 환혁이가 귀엽다는 생각은 하지도 못했다.

……망했다. 이 정도 울음소리면 정문에 있는 나이트도 들었을 거다. 환혁이는 계속해서 훌쩍거렸다.

"나는 누나가 너무너무 좋은데, 누나 괴롭혀서 미안해. 환혁이는 이제 누나한테 명령 같은 거 절대로 하지 않을 거야. 나는 맨날 맨날 부탁만 할 거야. 환혁이 엄청 후회했어. 누나한테 명령 같은 거 하는 거 너무 나빠. 진짜 안 그럴 거야."

끅끅대며 말하는 환혁이를 보며 나는 가슴이 타들어갔다. 환혁이의 의도와는 상관없이, 나는 쳐 죽여도 시원찮을 년이 되어버렸다. 왕자님을 울린 미친 계집아이 말이다.

망했어.

소문의 시작은 기록의 관에서부터였다.

"그거 알아? 김상희 공주가 김환혁 왕자님을 울렸대."

"헐, 대박. 그게 진짜야?"

시녀들이 소문에 소문을 옮기기 시작했다.

"어떻게 그럴 수가 있어? 똥개라고 예쁨을 좀 받는가 싶더니 정말 막나가는구나?"

"에이, 그래도 뭔가 속사정이 있겠지."

"속사정이든 뭐든 공주 따위가 어떻게 왕자님을 울려?"

시녀들은 이때가 기회라고 생각하는 듯 김상희에 대한 험담을 늘어놓았다. 송수진을 제외한 대다수의 시녀는 김상희를 별로 좋아하지 않았다. 김상희가 이들에게 잘못을 했다거나 한 것은 아니었다. 그녀들은 김상희가 본능적으로 싫었다. 이유는 잘 모르겠지만.

"김상희 공주가 예쁘다, 예쁘다 하긴 하는데 솔직히 내 눈엔 별로거든?"

"아니, 예쁜 건 맞지. 예쁘긴 한데 매력은 없어. 그냥 예쁘기만 해.

그거 진짜 별로거든.”

김환혁을 울린 사건과는 별개로 김상희에 대한 욕을 늘어놓다가 또 다른 얘기도 했다.

“그럼 어떻게 될까? 김상희 공주는 이제 사형당하려나?”

“서, 설마 사형까지 당하겠어?”

“혹시 모르지. 7년 전에 공주 처형식 있었잖아. 이번에는 그러지 않으리란 법 있어?”

그때, 송수진이 버럭 소리를 질렀다.

“야! 이 못된 년아! 너는 꼭 김상희 공주님이 사형이라도 당했으면 좋겠다는 식으로 얘기하네! 이 몹쓸 년 같으니라고! 천하에 벼락 맞을 년!”

험담을 하던 시녀 이예진은 얼굴을 붉혔다.

“아니, 그런 건 아니고요. 그냥 넘기기엔 너무 큰일이잖아요.”

“너희가 김상희 공주님을 안 좋아하는 거 알아. 근데 뒤에서 이런 저런 말은 좀 옮기지 말아줄래? 김상희 공주님이 얼마나 많이 노력하고 또 노력하고 또 노력하는지 알지도 못하면서! 천박한 년들 같으니라고!”

“아니, 언니! 말이 너무 심한 거 아니에요? 솔직히 김상희 공주에 대한 여론 안 좋은 거 아시잖아요.”

“여론은 개뿔.”

시녀들에게는 시녀들의 세계가 있다. 원래 아는 만큼 보이는 법이다. 시녀들의 눈으로 보면 시녀들의 세계밖에는 안 보인다. 그래서 그들의 의견이 곧 여론이며, 그들의 생각이 곧 대다수의 생각처럼 느껴진다.

그딴 건 그저 너희 계집년들 생각이지 절대 여론 같은 게 아냐! 라고 외치고 싶었지만 그러지 못했다. 근처에 김환석 왕자님이 지나가고 있다는 알림이 들려왔기 때문이다. 그래서 입을 꼭 다물었다. 그래도 아주 매서운 눈길로 이예진을 노려봤다. 이예진 역시 송수진을 노려봤다. 시녀들 사이에 보이지 않는 불꽃이 튀었다.

그리고 하루 뒤.

결국 일이 벌어졌다. 나이트의 제9대대장 김환성 대대장이 나이트 3명을 이끌고 김상희 방을 찾았다. 시녀들은 구석에 숨어 속닥거렸다.

"결국 그때 그 일이 커졌나 봐요. 김상희 공주는 어떻게 되는 거죠?"

"잡혀가겠지. 왕자님을 울렸으니."

어떻게 될지는 모르겠지만 일단 잡혀가는 건 확실해 보였다.

"야, 똥개."

김상희의 방문이 열렸다. 송수진은 기겁했다. 김환성 왕자 뒤에는 나이트가 무려 3명이나 있었다. 이거, 심상치가 않다.

"고, 공주님은 아무런 잘못이 없어요. 그때 제가 실수로 유리잔을 깨뜨리는 바람에, 그래서 그런 일이 벌어졌어요. 저를 죽여주세요."

김환성이 인상을 살짝 찡그렸다. 나이트들은 대놓고 인상을 찡그렸다.

'감히 시녀 주제에 왕자님을 막아서? 그것도 죽여 달라고? 완전히 미친년이구만.'

나이트 중 한 명이 나섰다. 이깟 건방진 시녀를 죽이는 건 일도 아니다.

"제가 죽이겠습니다."

송수진은 고개를 돌렸다. 김상희가 보였다.

"공주님, 공주님을 모시게 되어 정말 행복했어요. 정말 영광이었어요. 저는 공주님이 정말 좋아요. 공주님께서 하시는 노력, 저는 전부 알아요. 하늘나라에 가서도 저는 공주님을 언제나 응원하고 또 응원할게요."

여기까지 말하고 나서 송수진은 뭔가 이상함을 느꼈다. 유언이랍시고 했는데 유언이 너무 길었다. 목이 떨어지고도 남았을 시간인데 말이다.

김환성이 키득대고 웃었다.

"뭐야, 이거? 너 여자 좋아해?"

김환성은 깔깔대고 웃었다. 나이트도, 송수진도, 김상희도 영문을 몰라 고개만 갸웃거렸다.

두 시간 전.

김훈상이 알렉스에게 말했다.

"김상희를 데려와."

알렉스는 순간 고개를 번쩍 들었다. 아무래도 이거 큰일이 날 것만 같다.

"폐하, 저도 소문을 들었습니다."

"소문?"

"예, 저 역시 소문을 듣기는 했으나 김상희 공주의 잘못이라고 보기엔 좀 어려운 것 같습니다."

김훈상이 인상을 찡그렸다.

"도대체 무슨 소리를 하는 거냐?"

그제야 알렉스도 뭔가 이상함을 느꼈다. 김상희를 데려오라는 게 김상희에게 어떤 해코지를 하기 위해 그러는 줄 알았는데 그게 아닌 것 같다는 느낌이 들었다.

"예전 딸바보부터 시작해서…… 알렉스, 너는 좀 휴식이 필요할 것 같다. 도무지 이상한 소리만 늘어놓는군."

김훈상은 여전히 세상에 '딸바보' 같은 등신은 절대 없을 거라고 확신했다.

"그럼 도대체 왜 김상희 공주를 부르시는 겁니까?"

"내가 명령했으니까."

알쏭달쏭한 말에 알렉스는 머리를 열심히 굴렸다. 그리고 한 가지 사실을 떠올렸다. 김상희 공주의 성년식 때, 왕은 김상희에게 선물을 말하라고 했다. 당시 김상희는 아버님만 있으면 돼요, 라고 말했다고 들은 것 같다. 그리고 김훈상이 그럼 나중에 말하라고 했다고 들었다.

'아, 선물.'

그럼 그렇지. 내가 폐하를 너무 얕잡아 봤어. 그런 소문 때문에 김상희 공주를 죽이시진 않을 거야.

알렉스는 놀란 가슴을 쓸어내렸다.

"아, 그러니까 폐하께선 김상희 공주에게 선물을 생각해 놓으라고 명령을 내리셨고, 김상희 공주가 그 명령을 잘 이행했는지 확인하러 부르시는 겁니까?"

"그렇지."

아니, 애초에 그딴 게 명령입니까? 이게 '안 때리면 사형이다'랑 뭐가 다릅니까? 알렉스는 속으로 항변했지만 역시 왕 앞이라 말할 수는 없었다.

알렉스를 비롯한 수많은 시녀, 그리고 송수진이 오해하고 있는 동안 왕은 김상희를 기다렸다. 김훈상은 의자에 앉은 상태로 주위를 둘러봤다. 아무도 없었다. 이제 김상희에게 선물을 주면 된다. 선물을 생각하라 명령을 내렸었으니 김상희는 그걸 착실히 이행할 거다.

히죽.

이유는 모르겠는데 헤벌쭉 웃음이 나왔다.

'나는 왜 기쁜 거냐?'

여전히 이유는 몰랐다. 하여튼 뭔지 모르겠는데 기뻤다.

같은 시각, 송수진이 말했다.

"고, 공주님은 아무런 잘못이 없어요. 그때 제가 실수로 유리잔을 깨뜨리는 바람에, 그래서 그런 일이 벌어졌어요. 저를 죽여주세요."

김환성이 칼을 빼 드는 나이트를 제지했다.

"야, 똥개."

"네, 왕자님."

"얘 죽일까, 살릴까?"

당연한 걸 묻냐. 아무리 여자라지만 너는 사람 목숨을 도대체 어떻게 생각하는 거야! 김상희는 외치고 싶었다. 하지만 말 못했다. 김환성이 사리사욕을 채웠기 때문이다.

"오빠 해봐."

나이트 중 한 명이 칼을 떨어뜨렸다. 지금 왕자님이 뭐라고 한 거야? 김환성이 키득키득 웃었다. 웃으면서 협박했다.

"오빠 하면 살려주고 아님 죽이고."

김상희의 얼굴이 붉어졌다. 이봐, 네 뒤에 나이트가 3명이나 있다고. 그런데 오빠라고 하라고? 나 지금 안 그래도 환혁이 울린 소문 때문에 가뜩이나 이미지 안 좋은데, 무려 왕자님을 그런 호칭으로 부르라고? 미쳤어? 진심이야? 네 입장에서는 장난이지만 나는 죽을 맛인데! 저 자식, 내가 진짜 언젠가 패주고 말 테다.

김환성이 진지한 표정으로 말했다.

"싫으면 그냥 죽이지 뭐."

김환성이 나이트를 막아서던 팔을 내렸다. 나이트가 칼을 빼 들었다. 그 칼이 높이 올려졌다. 날이 번쩍거렸다. 송수진은 이제 죽는구나, 하고 눈을 질끈 감았다.

김상희의 입술이 옴짝달싹 움직였다.

"오……."

김환성의 미소가 짙어졌다.

지금은 밀당이고 뭐고, 뒤에 나이트가 있고 없고 그런 게 중요한 게 아니었다. 일단 원하는 건 들어줘야 했다. 안 그러면 저 망나니, 우리 송수진 씨를 진짜로 죽일 거다.

"오……."

저 망나니, 지금 웃었다. 씨익 웃는 저 모습, 진짜 명존세를 부르는 표정이다. 아오! 내가 이러니 제 명에 못 살고 죽지.

"오빠……."

"진작 하면 좋잖아? 좋아, 넌 살려줄게."

이 망나니, 요즘 들어 조금씩 더 노골적으로 변해 간다. 예전에는 대놓고 오빠라고 하라고는 못하더니 이젠 사람 목숨을 가지고 오빠를 요구한다. 그깟 호칭이 도대체 뭐라고. 물론 내게도 명분은 있다. 다른 사람이 보기에 너무 안 좋다. 그래서 일부러 오빠라고 잘 안 부르며 아슬아슬한 줄타기를 이어가고 있는 중이다. 줄타기를 조금이라도 잘못하면 진짜로 사람 목숨이 날아가게 생겼다.

우리 송수진 씨는 한참이나 눈을 감고 있다가 조심스레 눈을 떴다. 얼마나 무서웠을까 생각하니 어휴, 저 망나니를 한 대 더 때려주고 싶다. 언젠가 기회가 온다면 젖 먹던 힘을 다해 쥐어 패고 말리라.

둘째 망나니가 날 찾아온 이유는 별거 아니었다.

"아부지가 너 오래."

"저, 저를요?"

순간 당황했지만 이내 대답했다.

"알겠어요. 바로 준비하도록 할게요."

그렇다면 저 나이트들은 왜 온 거죠? 질문은 하지 못했다. 우리 개차반 씨, 다시 말해 이 왕국의 하늘인 왕이 부르는데 내 사적인 궁금증으로 몇 초의 시간을 허비할 수는 없는 노릇이니까.

나는 재빨리 준비를 끝마치고 김훈상 씨를 보러 갔다. 저 개차반, 저 높은 단상 위에서 나를 내려다보는데 아주 거만하기 그지없다. 뭐, 그걸 탓하는 건 아니다. 왕이면 좀 거만해도 되지. 특히나 상대가 공주 앞이면 말이다. 저 삐딱한 자세, 누가 봐도 허세인데 쟤는 허세가 아니다. 쟤는 센 척하는 게 아니라 진짜로 세니까.

왕이라는 작자가 물었다.

"그래서 생각은 해봤냐?"

"네?"

제길, 또 무슨 생각을 해봤냐는 거야? 나는 한참을 생각했다. 내 머릿속에선 1초가 한참이었다. 감히 왕을 기다리게 할 수는 없지 않은가. 그런데 아무리 생각해 봐도 뭘 말하는 건지 도무지 모르겠다. 이 자식아, 좀 더 설명을 해주고 말해. 제발.

그나마 짐작 가는 게 하나 있긴 있다. 내가 환혁이를 울리고 만 것. 그건 이미 알게 모르게 소문이 퍼져 있는 상태였다. 그런데 그것도 좀 이상한 것이, 만약 그런 일이 있었다면 김환성이 아니라 나이트들이 나를 포박해서 왔을 거다. 분위기를 보아하니 그것도 아닌 것 같다. 아, 진짜 모르겠다. 나 여기서 죽는 거 아니겠지?

아니나 다를까, 개차반의 표정이 확 굳었다. 아, 망했어. 도대체 저 입에서 무슨 말이 나올지 벌써부터 두렵다. 어쩔 수 없다. 나는 재가 '싫증났으니 죽어' 하고 말하면 죽을 수도 있다. 그런 상황이니 두려울 수밖에.

'제발…….'

그땐 진짜 내 실수였다. 아무리 상대가 환혁이라지만 귀찮은 티를 내다니. 열 번 죽어도 할 말이 없다.

개차반이 입을 열었다.

"내가 선물 생각해 놓으라고 했잖아. 왕명 무시하냐?"

……그거, 왕명이었어요?

나는 한참을 고민했다. 도대체 뭘 말해야 할지 모르겠다. 사실 개차반의 인내심을 긁으려는 의도도 포함되어 있었다. 원하는 걸 너무

덥석 말하면 안 된다. 나는 인내심을 살살 긁으며 아슬아슬한 줄타기를 이어갔다. 개차반이 약간 신경질적으로 말했다.

"선물 말할래, 사형당할래?"

말한다, 이 자식아!

두 시간 전.

나이트 제9대대장 김환성이 말했다.

"너랑 너, 나 따라와."

"어디 갑니까?"

나이트 제9대대 소속 나이트 중 한 명인 최욱현이 고개를 갸웃했다. 공식적인 훈련 일정도 없다. 갑자기 따라오란다.

"기록의 관 갈 거야."

"아, 혹시……?"

"엉. 김상희한테 갈 거야."

김상희 공주가 그래도 제법 예쁨을 받고 있는 것 같기는 했다만 그것도 여기서 끝이라는 생각이 들었다. 하기야 나이 어린 왕자를 울렸으니 죽어 마땅한 죄이긴 했다.

욱현이 바로 옆, 동료인 홍경석에게 속삭였다.

"죽이는 건 네가 해라. 피 보는 거 싫다."

"아씨, 네가 해."

마력을 활성화 중이던 김환성이 고개를 갸웃했다.

"죽여? 누굴?"

"음? 김상희 죽이려던 거 아니었습니까?"

남자들 간의 신분 차이는 남녀 간의 신분 차이만큼 엄격하지는 않다. 물론 계급 자체가 아예 없는 건 아니지만 말이다. 남자들끼리는 어느 정도 친밀감을 형성할 수 있다. 굳이 지구와 비교해 보자면, 미국을 예로 들 수 있겠다. 미국은 대통령과 환경미화원이 인사로 하이파이브를 하기도 한다. 가볍게 반말로-물론 미국에는 존댓말의 개념이 거의 희박하지만-얘기를 나누기도 한다. 그 정도까지는 아니라 하더라도 하여튼 남자들끼리의 계급은 남녀 간의 계급만큼 심각하지는 않았다.

그런데 분위기가 가라앉았다.

"죽이긴 누굴 죽여? 너 맞을래?"

"예?"

나이트 제9대대장 김환성, 나이는 18세. 어릴 때에는 그저 철부지 어린아이였지만 이젠 아니다. 성년식도 지났다. 게다가 무력에 관한 한 천재라고 불린다.

욱현도 긴장했다.

"죄송합니다."

"헛소리하면 죽는다! 진짜."

욱현은 도대체 자기가 뭘 그렇게 잘못했는지 잘 모르겠다. 김상희를 죽이려고 가는 거 아니었던가. 그래서 굳이 나이트들을 데리고 가는 거 아니었던가. 억울했다. 하지만 어쩔 수 없었다. 김환성은 왕자이자 대대장이었고, 결정적으로 주먹도 자신보다 강했으니까. 그러니까 계급장 떼고 한판 붙을 수도 없다.

"기록의 관 갈 거야. 가서 아무도 죽이지 마. 내가 무슨 명령을 내리든 그건 장난치는 거니까 너네도 시늉만 해."

"……예?"

"아씨. 알았어, 몰랐어? 적어도 기록의 관 내에서는 내가 죽이라고 해도 죽이지 말고 시늉만 하라고. 척 말이야 척. 그런 척."

욱현은 황당해졌다.

'아니, 그러니까 지금 우리 나이트들을 그냥 겁주기용으로 데려간다는 겁니까?'

욱현뿐만 아니라 경석 역시 황당했다. 무려 고려 왕국의 나이트를 겨우 그런 용도로 데려간다니.

'나이트가 이런 식으로 사용된 적이 있었나?'

기분이 나빠졌다. 환성도 그 사실을 안다. 남자 입장에서는, 그것도 나이트 입장에서는 당연히 기분 나쁜 명령이다.

"너네 내가 보너스 줄게. 100퍼센트."

두 나이트는 보너스에 마음이 풀렸다. 무려 100프로다. 조금 귀찮은 일 하고서 100프로 봉급 받으면 정말 많이 남는 장사다. 기분이 많이 좋아졌다.

"역시 대대장님은 통이 크십니다."

기록의 관 근처, 욱현이 물었다.

"그런데 저희는 진짜 왜 데려가는 겁니까? 보너스까지 줘가면서."

"응. 그런 게 있어."

김환성이 씨익 웃었다. 이유는 모르겠는데 오늘따라 김환성의 기분이 굉장히 좋아 보였다. 김환성이 우쭐대면서 말했다.

"너네 오빠라는 단어 알아?"

"오빠요?"

오빠, 들어본 단어다. 분명 오라버니 비슷한 단어였는데…… 하고 경석은 고개를 갸웃했다. 몰라도 되는 단어다. 잘 쓰이는 단어도 아니고. 그런데 오빠랑 지금 이 상황이랑 무슨 연관성이 있는 건지는 도무지 모르겠다.

김환성이 또 씨익 웃었다.

“와 보면 알아.”

나는 고민하고 또 고민했다. 사실 내가 원하는 게 있기는 있었다. 퓨리어스 한 방울. 이미 나는 그걸 섭취했기 때문에 아플 일은 아마 없을 것이다. 퓨리어스가 괜히 보물이라 불리는 건 아니었으니까. 한 병이 어지간한 왕국 하나 값이다. 이 세계 최대의 보물이라고 해도 과언이 아닌 그 보물을 먹었다. 그걸 또 먹으면 노화도 느려진단다. 나도 여자다. 퓨리어스는 당연히 탐이 난다. 그도 아니면 좀 더 많은 책을 볼 수 있는 기회도 갖고 싶었다. 내가 정보와 지식을 얻을 수 있는 방법은 책 말고는 없었으니까. 그 외에도 공주들과도 교류를 갖고 싶었다. 공주들의 세계, 나는 잘 모르니까. 뿐만 아니라 한진수에 대한 소식도 알고 싶었다. 이렇다더라 하는 소문 말고 왕에게 직접 말이다. 하지만 난 그 모든 것을 포기했다.

‘그래, 나를 버리는 거야.’

눈을 질끈 감았다. 자, 이제부터 나는 내가 아니다. 내가 아냐. 그러니까 쪽팔릴 거 없어. 제길, 그래도 쪽팔려 엉엉.

“저는 아버님을 하루만 빌리고 싶어요. 저에게 있어 아버님은 가장 큰 선물이니까요."

아냐, 넌 가장 큰 선물이 아냐. 가장 큰 선물은 우리 형석이지. 너는 아니라고. 엉엉. 내 속마음을 알 리 없는 저 개차반은 피식 웃었다.

그리고 또 영문을 알 리 없는 말을 해댔다.

"이제부터 자신을 지칭하는 표현은 소녀로 통일하기로 한다."

무슨 말인가 잠시 생각해 봤다. 답은 어렵지 않았다. 그러니까 '저는' 대신 '소녀는'이라는 말을 사용하라는 거다. 나는 성년식 이후로 '소녀는'이라는 말을 사용하지 않게 됐다.

뭔 놈의 왕이 자꾸 이상한 명령을 내려. 저 이상한 개차반이 다시 말했다.

"그럼, 다시 말해봐."

"소녀는 아버님을 하루만 빌리고 싶어요. 소녀에게 있어 아버님은 가장 큰 선물이니까요."

개차반은 만족한 듯 고개를 끄덕였다. 아니, '저는'이나 '소녀는'이나 뭐가 그렇게 다르다는 거냐. 저 자식, 뭔가 이상하다.

"당돌한 계집이군. 감히 이 몸을 빌리고 싶어 하다니."

"소, 소녀가 아버님을 너무나 사랑하는 마음에 불경한 짓을 저지른 것 같아요. 용서해 주세요."

아니, 불경하지 않아. 분명 넌 속으로 좋아하고 있을 거야. 내가 수많은 것을 포기하고 널 선택했어. '선택'이라 쓰고 '장기 투자'라고 읽는 거지. 말이 좋아 장기 투자지 아부다. 하, 잠깐만, 눈물 좀 닦고.

"나를 빌려서 어쩌려는 거지?"

"소녀는 아버님과 바깥세상을 구경하고 싶어요."

전후 사정을 알게 된 왕궁이 발칵 뒤집어졌다. 학자들 사이에서 또 열띤 논쟁이 오갔다.

"뭐라고요! 폐하께서 김상희 공주와 바깥나들이를 가신다고요! 그게 무슨 해괴한 말입니까! 있을 수 없는 일입니다!"

알렉스도 흥분했다.

"있을 수 없는 일이긴요! 지금 버젓이 일어나지 않았습니까!"

"안 그래도 지금 김환석 왕자님의 결혼식 준비 때문에 정신없으실 텐데, 어떻게 하루를 뺍니까?"

"예산 지원해 주셨잖아요. 그 정도 예산이면 하루 빼셔도 시간은 충분하실 겁니다. 돈이면 귀신도 부립니다."

"공주와의 바깥나들이를 왕께서 직접 하시다뇨? 전례가 전혀 없는 일입니다."

알렉스는 답답했다. 이들을 탓할 생각은 없었다. 이들은 수십 평생을 저러한 마인드를 가지고 살아왔다. 지금 와서 저들의 사고방식을 뜯어고칠 수는 없는 노릇이다.

'아니, 애초에 이해를 하려는 최소한의 노력조차 안 하고 있어. 하여튼 고정관념이 이래서 무서운 거라니까.'

알렉스가 말했다.

"하여튼 폐하께서 직접 명령하신 겁니다. 내일 대회의는 모레로 미뤄졌습니다. 따지려면 나한테 말고 폐하한테 따지세요."

황제의 밀실, 황제는 아무도 없는 허공에 말했다.

“무슨 일이지? 파악됐나?”

“파악하기 어렵습니다. 고려 왕궁 내에서도 이런저런 얘기가 많이 나오고 있는 모양입니다.”

황제는 생각했다.

‘아무런 이유도 없이 왕이 직접 공주를 데리고 밖으로 나갈 리는 없다.’

인상을 찡그렸다.

“김훈상이 그 사실을 알아차렸을 확률은?”

“거의 0퍼센트에 가깝다고 볼 수 있습니다. 그 이유 때문은 아닌 것 같습니다.”

그러나 그것 말고는 왕이 직접 공주를 데리고 밖으로 나갈 이유가 없었다. 애초에 공주는 필요 없는 짐짝 같은 것 아니던가. 그런데 김환석 왕자의 결혼식을 앞두고 그런 시간 버리는 짓을 한다? 있을 수 없는 일이다.

“뭔가 분명히 있을 것이다.”

그러나 더 면밀히 파악하기는 어려웠다. 제국은 물론 강하지만 그래도 경계하는 왕국이 몇 있다. 그중 하나가 바로 고려다. 절대적인 화력에서는 제국이 우세하지만 개개인의 무력은 신경 쓰인다. 특히 왕인 김훈상과 스페셜 나이트는 절대 무시할 수 없는 전력이었다. 그들이 있는 이상 김상희에게 지나치게 가까이 접근할 수는 없었다.

‘도대체 뭐지?’

명령을 내렸다.

"조심히 인력을 더 풀어서 이유를 알아내. 무슨 방법을 써서라도. 들키지 않도록 하고. 정보력을 좀 더 동원하도록 해."

"들키면 자결하겠습니다."

그냥 별 이유 없이 왕이 공주와 나갔을 리 없다.

'분명 뭔가 있다. 그게 도대체 뭐지?'

제국의 정보부가 움직였다.

한편, 김훈상이 알렉스에게 말했다.

"그냥 가는 건데."

알렉스가 대답했다.

"그럴 줄 알았습니다."

그러게, 데이트라는 단어를 사전에 넣자고 했잖아요. 알렉스는 기회를 틈타 말해봤지만 김훈상이 거절했다. 안 그래도 '딸바보' 등재 때문에 말이 많다. 별생각 없이 수락해 줬는데 아무래도 해괴망측한 단어인 것임에는 틀림없었다. 알렉스를 편애한다는 소문이 있는 판국이라 좀 조심하는 게 좋을 법했다.

"알렉스, 그런 쓸데없는 걸 누가 한다는 거냐?"

알렉스는 말하고 싶었다. 지금 당신이 하려는 게 데이트 아니면 뭡니까? 좀 더 완곡하게 돌려서 물었다.

"폐하께서는 어째서 이번에 김상희 공주와 나들이를 하시게 되신 겁니까?"

"내가 명령을 내렸거든."

"……예?"

"죽음과 삶의 경계에서 발칙한 계집아이가 한다는 말이 나를 하루만 빌려달라더군."

죽음과 삶의 경계, 그 말이 맞긴 맞다. 선물 받을래, 죽을래? 물어봤었으니까.

'아, 그래서 폐하께선 넓디넓은 마음으로, 직접 명령을 내리셨으니 어쩔 수 없이 들어준다. 이런 겁니까? 진짜 그런 겁니까?'

알렉스의 이마에 주름살이 하나 더 생겼다. 하여튼 김상희 공주의 세 번째 바깥나들이가 시작됐다. 왕이 함께하는 약간 특별한 바깥나들이였다.

나는 바깥세상에 나와 본 적이 별로 없다. 공식적으로는 총 세 번이었다. 두 번은 바깥나들이였고 한 번은 제국행이었다. 사실상 제국을 갈 때에는 밖을 구경했다기보다는 왕궁에서부터 황궁으로 이동했다는 게 더 맞는 말이었다. 어쨌든 내게 있어서 왕궁 밖 세상은 낯선 세상임에는 틀림없다. 결과적으로 나는 무서운 척을 했다.

"아, 아버님, 저를 떼어놓고 가지 말아주시어요."

이름하여 연약한 척이다. 아, 내가 생각해도 재수 없다. 무섭긴 뭐가 무서워, 주위에 아무도 없구만. 모르긴 몰라도 아마 왕의 호위로 스페셜 나이트들도 따라붙었을 거다. 그 대단하다는 프리온 나이트마저도 경계하는 능력을 가진 스페셜 나이트들이 뒤에 붙어 있을 거고, 개차반의 말을 빌리자면 그 스페셜 나이트보다 '더 센' 왕이 있는데 별일이 일어날 리 없다. 그걸 알고 있음에도 불구하고 나는 약한 척을 했다. 이 역시 이 세계 여자와는 완전히 다른 행동이다.

여자가 어찌 자신의 감정을 남자에게 말할 수 있을까. 엄청 건방진 일이다. 이 세계의 남자들은 상당히 단순한 면이 있어서 이렇게 약간만 약한 척해 줘도 허세에 찌드는 모습들을 보이곤 하지만 어쩌랴. 여자들은 이런 걸 이용할 줄 모른다. 알려줘도 절대 못할 거다. 남자가 무서워서 말이다.

"소녀는 너무나 두려워요. 아버님께 꼭 붙어 있을래요."

슬쩍 눈치를 봤다. 기분이 좋나 안 좋나 열심히 파악을 해봤는데 개차반의 기분은 좋은 것 같았다. 조금 위험하기는 해도 좀 더 끼를 부리기로 했다. 슬쩍 개차반에게 팔짱을 꼈다.

'제발……!'

내 나름대로는 모험이었다. 지금 모습은 보이지 않지만 스페셜 나이트들은 분명 이쪽을 보고 있을 거다.

'스페셜 나이트들이 건방지다고 나 죽이려 드는 건 아니겠지?'

다행히도 스페셜 나이트들은 모습을 드러내지 않았다. 우리 개차반 씨는 나를 힐끗 쳐다봤다. 그리고 내 손도 힐끗 쳐다봤다. 나와 내 손을 번갈아가면서 보다가 이내 어이없다는 듯 피식 웃었다.

"건방진 계집, 감히 내 몸에 손을 댄 거냐?"

여기까진 예상했다. 네가 아무리 천재여도 우리가 살아온 세상이 다른 이상 너는 내게 있어서 단순한 개차반이다! 나는 두려움을 잊기 위해 '단순한 개차반!'을 속으로 계속 되뇌었다.

'좋아. 예상대로 되고 있어.'

나는 화들짝 놀라는 척을 했다. 얼른 두 걸음 뒤로 물러섰다. 자, 가라. 필살기. 일단 말도 한 번 더듬어주면 더 당황한 것처럼 보이겠지.

"죄, 죄송해요. 저, 저, 아니, 소녀가 아버님을 너무나 사랑한 나머지 실수를 하고 말았어요. 소녀가 정말 큰 잘못을 저질렀어요."

개차반의 눈에는 내가 엄청나게 당황해서 아무렇게나 막 횡설수설하고 있는 것처럼 보일 거다. 이 짓도 15년이나 해왔다. 대충 감이 온다.

'엄청 진심인 것처럼 보이겠지.'

아니나 다를까, 개차반은 또 피식 웃었다. 기분 나빠 보이지 않았다. 휴, 다행이다. 15년 내공으로 내가 저 표정을 해석해 보자면 '그래, 나는 엄청 믿음직스런 아버지지. 그 마음 이해한다. 건방진 계집'이란 뜻인 것 같다. 15년 동안 눈치만 살피다 보니 표정도 읽는 능력(?)이 생긴 것 같다. 이러다 돗자리 까는 거 아냐?

개차반은 엄청 선심 쓰듯 말했다.

"건방지고 미친한 계집이니 모든 것이 두렵겠지. 내 몸에 손을 대는 것을 특별히 허락한다."

마치 '너는 건방지고 또 미친하기 짝이 없는 계집이라 위대하신 내가 옆에 있어야 하겠지'라고 말하는 것 같은 표정으로 말이다.

스페셜 나이트들은 특별한 은신법을 사용하여 몸을 숨긴다. 같은 스페셜 나이트가 아니라면 상대가 바로 옆에 있어도 잘 모른다. 그들은 왕과 공주 주위에서 보조를 맞추어 걷고 있는 중이다.

스페셜 나이트의 대대장 김유신은 생각했다.

'저 계집이 폐하의 옥체에 손을 댔다.'

왕이 마력으로 끌어당겨 안는 것은 본 적이 있다. 그러나 이건 완전히 다른 문제다. 왕의 의지와는 상관없이 공주 따위가 감히 옥체에 손을 댄 거다.

'죽여야 하나?'

원래대로라면 즉결 처분해도 될 일이다. 그러나 이상하게 그러고 싶은 기분이 들지 않았다.

'이상한 기분이군.'

다른 공주가 그랬다면 김유신은 가차 없이 칼을 빼 들었을 거다. 그의, 왕에 대한 충성심은 지나칠 정도로 올곧았고 강직했다. 감히 공주가 왕의 팔을 잡았으니 이건 죽여도 되는, 아니, 죽여야 한다.

그런데 이 기분, 도무지 설명을 못하겠다.

'왕께서도 기분이 좋아 보인다.'

그리고 이상한 기억이 떠올랐다. 김상희가 자신더러 '정말 믿음직한 나이트셔요'라고 온갖 칭찬을 늘어놓던 그때, 김상희의 예측대로 김유신은 그 모든 말을 듣고 있었다. 그리고 김유신은 그때 자기가 슬며시 웃고 있었다는 사실도 전혀 모르고 있었다.

김유신은 고개를 절레절레 저었다.

'왕께서 기분이 좋으실 리 없지.'

그렇다. 이건 착각이 분명했다. 공주가 왕의 몸에 손을 댔는데 기분이 좋다면 그건 정말 이상한 일이다.

'그래, 분명히 착각이야.'

김유신은 걸음을 옮기다가 문득 이상한 느낌을 받았다. 스페셜 나이트들에게 수신호를 보냈다.

-누군가 있다.

—알아보겠습니다.

스페셜 나이트 둘이 사라졌다. 김훈상은 고려 왕국의 왕이다. 고려 왕국은 제국에서도 함부로 하지 못하는 힘을 가진 왕국이다.

객관적으로 제국보다 약한 것은 틀림없다. 제국의 화력은 전 세계를 전부 합친 것보다 강하니까. 집단전에 특화된 프리온 나이트가 있는 이상, 전쟁에서 제국을 이길 수 있는 국가는 없다고 봐도 됐다.

그러나 고려는 약간 특별했다. 고려가 가진 무기는 두 가지로 압축할 수 있다. 한 가지는 경제력. 고려는 퓨리어스의 유일한 생산국임과 동시에 지리상 각종 무역의 요충지라 할 수 있다. 덕분에 고려의 경제력은 막강한 편이었다. 그리고 또 한 가지, 고려 왕국의 힘은 바로 고려 왕국의 나이트들이다. 프리온 나이트에 비해 화력은 떨어지지만 그들은 은신, 기습, 침투에 특화된 이들이다. 즉, 게릴라전을 펼치기에 더없이 훌륭한 인재라는 뜻이다.

그러니까 황제가 마음만 먹으면 고려 왕국 전체를 쓸어버릴 수는 있겠지만, 황제 스스로도 목숨을 장담하지 못하게 된다는 뜻이다. 고려 왕국의 나이트가 제국에 몰래 침투하여 게릴라전을 펼치면 제국 역시 엄청난 피해를 입을 수밖에 없다.

어쨌든 그 정도의 힘을 가진 고려 왕국의 왕을 누군가 미행한다? 분명히 뭔가 있을 것이다. 적어도 김유신은 그렇게 생각했다.

'왕께서도 알고 계시겠지.'

그런데 별다른 반응을 보이지 않고 있었다. 김유신은 말도 안 되는 가정을 하나 했다.

'설마 김상희 공주가 무서워할까 봐서 신경 써주고 계신 건가?'

아니다. 절대 그럴 리 없다. 왜 그런 생각이 드는 건지 스스로도 이해하지 못했다. 하여튼 김상희를 보고 있으면 자꾸 이상한 기분이 든다.

하지만 김훈상의 반응은 확실히 평소와 달랐다. 평소라면 누군가 미행하고 있다는 사실을 알아차리자마자 데려오라고 명령을 내렸을 거다. 김유신은 한참을 생각하다가 겨우 알아냈다.

'우리를 믿고 계시다는 것을 보여주시는 거구나.'

김유신은 자기 멋대로 해석하고 감동했다. 왕이 직접적인 명령을 내리지 않는 것은 그만큼 스페셜 나이트와 자신을 믿어주는 것이 아니겠는가. 거기까지 생각이 미친 김유신은 주먹을 불끈 쥐었다.

'반드시 저 믿음에 보답하고 말리라.'

세상에는 신경 쓰지 않아도 될 것이 꽤 많다. 단적인 예로, 길을 지나치면서 몇 명의 사람과 마주쳤는지, 길거리에 보이는 가로수가 몇 그루였는지 그런 것들은 아무도 기억 안 한다. 기억할 필요도 없고 신경 쓸 필요도 없는 문제니까. 지금의 경우가 그랬다.

"거기 서라."

김유신은 어이가 없어 피식 웃고 말았다. 아예 신경조차 안 쓰고 있었다. 느껴지는 마력은 겨우 일반인 수준. 길거리의 돌멩이보다도 무가치한 자가 감히 왕을 막아섰다. 어처구니가 없었다. 사실 이건 김유신의 실수라고 보기에는 힘들었다. 왜냐하면 그 대단하다는 김훈상조차도 황당해하는 표정이었으니까.

김훈상이 말했다.

"넌 뭐냐?"

"남자 망신 죄다 시키는 새끼. 대낮 길거리에서 계집년을 붙잡고 이동하는 꼴이 쪽팔리지도 않냐?"

김상희는 찔끔 놀랐다. 정확히 말하자면 놀라는 척을 했다. 놀라는 척과 더불어 무서운 척도 했다. 김훈상의 뒤로 살짝 숨었다. 김훈상의 팔이 김상희의 앞을 살짝 막아주며 자신의 몸 뒤로 끌어당겼다. 김유신도 그걸 분명히 봤다.

'왕께서 이상하시다!'

저 남자의 말이 틀린 건 아니었다. 왕의 행동은 분명 이상했다. 남자 망신이라는 말도 그렇게 틀린 말은 아니었다. 다만 상대가 너무 나빴다. 하필이면 그 사람이 이 나라 왕이다. 김훈상은 어깨를 으쓱했다.

"험한 꼴 보지 않게 처리해."

남자는 이상한 공간에 갇혔다. 필드, 스페셜 나이트의 스페셜 필드다. 김훈상이 말을 이었다.

"혹시 모르니까 배후 있나 캐는 거 잊지 말고."

김상희는 지금 무슨 일이 일어나고 있는 건지 알 수 없었다. 애초에 그녀의 눈에는 김유신의 모습도 안 보이고 스페셜 필드도 안 보인다. 지금 스페셜 필드 내에서 남자가 고래고래 소리를 질러 대고는 있었지만 김상희의 귀에는 그 고함도 안 들렸다.

스페셜 필드 내, 김유신이 말했다. 다짜고짜 말했다.

"배후가 누구냐?"

"배, 배후라니! 무슨 개소리야!"

남자도 상황이 심상치 않음을 느꼈다. 이거, 느껴지는 중압감이 장난이 아니다. 이 정도의 필드를 구사한다는 것은 적어도 일반인은 아니라는 뜻이다. 최소 귀족 이상, 어쩌면 나이트일지도 모른다.

김유신은 직감했다. 이놈에게 배후 따위는 없다. 거창한 배후가 있었다면 아마 자결이라도 했겠지. 이놈은 정말로 여자가 남자와 팔짱을 끼고 있다는 그 사실 자체에 순수하게 분노하고 있는 모양이었다.

'하긴 이런 덜떨어진 놈을 미행으로 붙일 리는 없겠지.'

애초에 미행도 아니었다. 그냥 길거리에서 흔히 볼 수 있는 남자였고 미행한 것도 아니고 보자마자 대뜸 불만을 말한 것이었으니까.

김유신은 칼을 뽑았다.

"뭐, 뭐, 뭐, 뭡니까!"

남자의 얼굴이 새파랗게 질렸다. 김유신이 칼을 휘둘렀다. 남자가 풀썩 쓰러졌다. 김유신은 칼을 갈무리했다. 남자의 바지가 축축하게 젖었다. 바람결에 남자의 머리카락이 마구 휘날렸다.

남자는 홀로 중얼거렸다.

"사…… 사…… 살려줘…… 사, 살려주세요……."

김유신은 스페셜 필드를 빠져나갔다. 뒤에서 구경하고 있던 나이트 중 한 명이 바닥에 주저앉아 오줌을 질질 흘리고 있는 남자의 어깨를 탁탁 쳤다.

"머리 깎으니까 훤칠하고 좋네. 아따, 멋있다."

"인마, 그래도 살았다. 우리 대장 성격에 죽이고도 남았을 텐데, 오늘은 좀 너그럽네. 운 좋은 줄 알아. 상대 봐가면서 덤비고."

죽음의 공포를 경험한 남자는 그 자리에서 기절을 해버렸다.

황제의 밀실, 황제가 허공에 말했다.
"죽었다고?"
"예, 스페셜 나이트들에게 발각되었습니다."
"우리와의 연결 고리는?"
"없습니다. 철저하게 잘 처리했습니다."
"자결이었나?"
"예, 다행히 제압당하기 전에 자결했습니다."
황제는 황금 의자에 앉았다.
'따라붙기가 더 힘들어지겠어.'
미행을 들켰다. 역시 김훈상과 스페셜 나이트는 만만치 않았다. 상당한 거리를 두고 조심하며 미행했는데 아무래도 들킨 모양이다.
'역시 스페셜 나이트인가.'
그래도 다행이었다. 자결을 했다고 했다. 제국과의 연결 고리도 찾지 못할 거다. 위험부담이 조금 늘어나기는 했지만 김상희에 대한 감시는 포기할 수 없었다. 1차 각성 이후에 그녀에 대한 최종 결정이 내려질 테니까.
"김상희를 계속 주시하도록 한다."
"알겠습니다."

한편, 김훈상은 앞을 보면서 말했다.
"누굴까?"
김상희는 움찔 놀랐다. 무슨 말인지 모르겠다.

"소, 소녀는……."

김훈상은 귀찮다는 듯 손을 한 번 휘저었다. 김상희가 무어라 무어라 말은 했지만 말이 안 나왔다. 김상희의 입과 귀를 막아버렸기 때문이다. 김상희의 귀를 막아버린 김훈상이 말을 이었다.

"자결했다고?"

"예, 숫자는 2명. 상당한 훈련을 거친 자들이라 생각됩니다."

"제국인가?"

"확실하지 않습니다만 염두에 둬야 할 것 같습니다."

스페셜 나이트가 제압하기도 전에 자결했다고 했다. 사실 웃기다면 웃긴 말이지만, 그 정도 실력자는 드물다. 스페셜 나이트가 제압하기 전에 자결할 수 있으려면 상당히 움직임이 빨라야 하니까. 그 정도 실력자를 미행으로 쓸 수 있는 단체는 그렇게 많지 않다. 당장 떠오르는 곳은 제국. 그러나 제국에서 미행을 붙일 이유는 그리 많지 않았다.

'내가 왕가 재산을 풀었기 때문인가?'

알렉스의 충고가 떠올랐다. '그 사실'이 밖으로 새어 나가는 순간, 고려는 제국과 전쟁을 치러야 할지도 모른다.

'아니, 지나친 비약이야.'

고려 왕국의 왕이 밖으로 나왔다면 미행 붙일 집단은 많다. 단순히 실력자들이 있었다는 이유로 제국을 의심하기는 힘들었다.

김훈상은 옆을 힐끗 쳐다봤다. 뭐라고 말을 하고 있는 김상희가 보였다. 모르긴 몰라도 '아버님! 목소리가 안 나와요! 어쩌죠! 무서워요!' 하고 외치고 있을 거다. 당황한 티가 확 났다. 김상희와 눈이 마주친 김훈상은 저도 모르게 피식 웃고 말았다. 김유신은 이번에도 그 미소를 놓치지 않았다.

'왕께서 기분이 좋아 보이신다. 미행이 따라붙었는데도. 어째서?'

김유신은 또다시 의문으로 가득한 구덩이에 빠져들었다.

"미행이 따라붙는지 더 신경 쓰도록 해. 제국 쪽에 무게를 좀 더 두도록 하고."

"알겠습니다."

"김상희 같은 하찮은 계집은 몰라도 되는 얘기이니 발설하지 말고."

김유신은 일단 알겠다고 대답했다. 어차피 그런 말 안 해도 말 안 하려고 했다. 예전부터 왕이 조금 이상하다. 스타디움에서는 김상희의 귀에 마력 보호를 걸라고 하질 않나. 어차피 말 안 할 건데 하지 말란다. 하지만 김유신은 감히 왕의 말에 토를 달지 않았다.

김훈상은 그제야 김상희를 제약하고 있던 마력을 풀어줬다.

"아버님!"

김훈상이 앞장서서 걸었다. 김상희는 종종걸음으로 김훈상을 따라갔다. 그리고 그날 저녁, 김상희가 뒷목을 잡고 쓰러질 뻔한 일이 생겼다.

바로 고려 왕국 내, 최고급 중에서도 최고급이라 불리는 '아리시아 호텔'에서 말이다.

아리시아 호텔, 고려 왕국 내 최고의 시설을 자랑하는 상위 1퍼센트만을 위한 초호화 호텔이라고 할 수 있겠다. 그 왜, 드라마에서 보면 재벌들이 가출했을 때 묵는 그런 곳. 참고로 말하자면 이곳 하룻

밤 숙박비가 약 400만 원쯤 한단다. 만약 여기가 지구였다면, 나는 이 개차반에게 폭풍 잔소리를 퍼부었을지도 모른다. 무슨 뭐, 400만 원짜리 스위트룸에서 하룻밤 자고 나면 똥이 황금으로 나오냐! 도대체 그 거액을 주고 왜 이런 곳에서 자는 건지 나는 도통 이해할 수가 없었다.

'쾌적하긴 하네.'

이곳은 마력으로 운용되는 최첨단 시스템이 많이 적용되어 있다고 했다. 대표적인 예로 '풀 오토 쾌적 시스템'이 있다. 온도, 습도 등을 자동으로 쾌적하게 맞춰주는 획기적인 시스템이라는데, 전 세계적으로도 이 시스템이 적용된 호텔은 딱 다섯 군데라고 했다. 운용비가 엄청나게 많이 든다나 뭐라나.

특별한 점이 하나 더 있다. 이곳엔 남자밖에 없다. 여자들은 미천한 존재라서 취업조차 안 된다. 참고로 말하자면 남자들은 일을 거의 안 한다. 대부분의 생산 활동은 남아도는 인력이라 할 수 있는 여자들이 한다. 굳이 비유하자면 남자는 귀족, 여자는 노예인 곳이니까. 그런데 이곳은 다르다. 여자가 있으면 부정이라도 타는 건지, 전부가 남자다. 딱 한 곳, 로얄 스위트룸을 빼고 말이다.

개차반이 프론트 데스크 앞에 걸어가서 말했다.

"로얄 스위트룸."

프론트 데스크의 직원이 개차반을 쳐다봤다.

"저…… 손님."

우리 개차반 씨는 시크한 표정으로 직원을 쳐다봤다. 이유는 잘 모르겠는데 개차반의 표정, 뭔가 우쭐대고 있는 것 같은 표정이다. 아마 다른 사람들은 눈치 못 챌 거다. 15년간 눈치를 보며 살아온 나니까 보이는 표정이다. 재 분명 이유는 모르겠는데 우쭐대고 있다. 어찌 보면 김환성이랑 비슷한 것 같은 느낌이 든다는 건 내 착각일까?

"이 호텔에 계집은 출입 금지입니다."

김훈상이 인상을 살짝 찡그렸다.

"그런 규정이 있다고?"

"네."

호텔 직원은 나를 쳐다봤다. 나를 완전히 경멸하는, 바퀴벌레 쳐다보는 듯한 그런 눈빛이다. 아, 그래, 이해한다. 금녀의 신성한 호텔에 저급한 계집아이가 들어왔으니 기분 나쁠 법도 하지. 만약 나 혼자였으면 쫓겨나도 진작 쫓겨났다. 인정하긴 싫지만 우리 개차반씨는 개차반만의 아우라를 가지고 있다. 이 세상은 나를 중심으로 돌아간다. 그걸 온몸으로 말하는 듯한 여유와 아우라. 나도 얘를 실제로 보기 전엔 그런 게 있는지 몰랐다. 그런데 얘는 그랬다. 하여튼 그런 아우라를 가지고 있어서 이곳의 다른 남자들이 개차반한테 시비를 걸지 않은 것 같다는 기분이 들었다.

"그런 규정 없을 텐데."

"손님, 이곳은 아리시아 호텔입니다."

직원은 애써 웃음을 지었다. 애쓴다 애써. 기분 나쁜 거 훤히 보인다. 개차반이 말했다.

"그런 규정 없으니까 손님이나 받아."

"손님, 안 됩니다. 규정은 저도 어쩔 수 없습니다."

"그 규정, 확실하냐?"

"예, 손님."

개차반이 또 피식 웃었다.

"고창식 불러와."

고창식은 이 호텔의 관리인이자 지배인이다. 김훈상과는 잘 아는 사이이기도 했다. 왜냐하면 김훈상이 이 호텔의 관리자로 채택했으니까. 참고로 말하면 세계 최고의 호텔 중 하나로 손꼽히는 이 아리시아 호텔은 고려 왕가의 재산이다. 더 정확히 말하자면 고려의 현재 왕, 김훈상의 개인 사재들 중 하나다. 물론 아무도 모른다. 호텔 지배인과 왕족들, 그리고 몇몇 관리만 알고 있을 뿐이다. 비밀 사재들 중 하나니까.

"손님, 지배인님께서는 현재 자리에 안 계십니다."

직원은 답답해졌다. 어디서 굴러먹던 개뼈다귀인지 모르겠다. 짜증 나는 어린 계집아이를 데리고 온 것부터가 마음에 안 든다. 아마도 어디 한자리 차지하고 있는 귀족이겠지. 살다 살다 이런 미친놈은 처음 본다. 이곳이 어디라고 감히 계집을 데려오는 거야? 이곳은 아리시아 호텔이라고!

김훈상은 피식 웃었다.

"김유신."

"네."

직원은 기겁했다. 분명 옆에 아무도 없었는데 남자가 튀어나왔다.

'으, 은신인가……?'

이토록 완벽한 은신이 있다니. 그리고 저런 은신을 할 줄 아는 남자를 경호로 데리고 다니는 것 보면 그냥 미친놈은 아닌 것 같았다. 아무래도 돈이 썩어나는 미친놈일 것이 분명했다. 하기야, 이곳은 돈 많은 귀족이 오는 곳이긴 했지만.

"고창식 끌고 와."

"네."

김유신이 사라졌다. 주변의 사람들은 김훈상을 힐끗 쳐다봤다. 아무래도 진상 손님 하나가 찾아온 것 같다. 그러나 크게 신경은 안 썼다. 어차피 이 호텔은 대부분 귀족 혹은 부호들이 찾는 곳이다.

직원은 속으로 욕을 퍼부었다.

'미친놈, 지배인님이 그렇게 한가한 줄 알아? 지배인님 찾는 놈들이 하루에도 10명은 넘는다!'

고창식은 어지간한 VIP가 아니면 만나주지도 않는다. 콧대 높은 지배인이다. 그리고 그 지배인에게는 24시간 경호가 붙어 있다. 어디서 굴러먹다 온 뼈다귀들인지는 모르겠지만 아마 지금쯤 눈물 콧물 쏙 빼고 있을 거다.

약 30초가 지났다. 믿을 수 없는 일이 벌어졌다.

"아, 안녕하십니까!"

직원이 눈을 크게 떴다. 콧대 높은 관리인 고창식이 헐레벌떡 뛰어오고 있었다. 저 뚱뚱한 몸이 달리는 것은 거의 3년 만에 처음 보는 것 같다. 이유는 모르겠는데 왼쪽 눈이 퉁퉁 부어 있었다. 누구에게 맞기라도 한 것처럼 말이다.

'심지어…… 마력까지 사용해서 뛰어오고 있어?'

김훈상 앞에 선 고창식은 거친 숨을 몰아쉬며 고개를 조아렸다.

"폐……."

고창식은 말을 잇지 못했다. 김훈상이 마력으로 입을 막아버렸기 때문이다.

"난 여자를 이곳에 들이지 말라는 규정 만든 적 없는데."

직원은 머릿속이 혼란스러워졌다. 저 남자는 도대체 누구인가? 규정을 만든 적이 없다느니, 어쩐다느니. 저 인간이 이곳 사장은 아닐 테고. 그가 알기로 이곳의 가장 높은 사람은 고창식이다.

"고창식, 말해봐라. 이곳에 여자가 오면 안 되나?"

고창식은 울고 싶어졌다. 마력으로 입을 막아놓고 말해보란다. 심지어 '나는 여자 오지 말란 규정 만든 적 없다'라고 말해놓고 '여자 오면 안 되나?' 하고 묻는다. 이건 답이 정해져 있다. 답은 정해져 있고 넌 대답만 하면 돼, 라고 강요하고 있는 것 아니겠는가. 물론 저 왕이 원하는 대답을 하지 않으면 지금 그나마 멀쩡한 오른쪽 눈도 팅팅 붓게 생겼다.

김훈상이 마력을 풀어줬다.

"절대 그렇지 않습니다!"

직원의 얼굴이 새파랗게 질렸다. 갑자기 지배인이 나타나서 그런 규정 없단다. 솔직히 말하면 그런 규정 자체가 정확하게 '글자로' 명시되어 있는 건 아니었다. 그러나 거의 십 년간 지켜온 전통이며 암묵적인 룰이다.

'뭐, 뭔가 잘못되고 있어.'

김훈상이 말을 이었다. 직원을 향해 손을 내밀었다.

"잔말 말고 로얄 스위트룸 내놔."

"어, 얼른 드리게!"

도대체 이 남자가 누군데 예약 안 하면 절대 안 받아주는 로얄 스위트룸을 내주라는 말을 저렇게 쉽게 한단 말인가. 후작 이상의 엄청난 귀족이라도 되는가 싶다.

'도대체 누구길래…….'

일단 방은 내줬다. 고창식은 소리치고 싶었다.

'좀 더 빠릿빠릿하게 움직이란 말이야! 이 자식아! 누구 모가지 달아나는 꼴 보고 싶어!'

이 호텔은 김훈상의 개인 사재다. 쉽게 말하면 김훈상이 사장이다. 그런데 하필이면 그 사장이 또 이 나라 왕이다.

'어휴, 내가 저 자식 자르고 만다!'

김상희는 쏟아지는 눈길을 뒤로한 채 42층, 로얄 스위트룸으로 향했다. 최상층이다. 창이 통유리로 되어 있어서 밤하늘이 보이는 구조였다.

김훈상이 명령했다.

"씻고 나와라."

"네, 아버님."

로얄 스위트룸에는 기본적으로 시녀가 제공된다. 오로지 로얄 스위트룸만 그렇다. 로얄 스위트룸의 시녀들 중 한 명인 크리스탈은 고개를 갸웃했다.

'여자……?'

여자의 모습을 한 남자가 아닐까 싶었다. 그럴 수밖에 없다. 이곳은 여자는 절대 못 오는 곳이다. 그 유명한 아리시아 호텔, 그 안에서도 로얄 스위트룸이니까. 남자들도 못 오는 엄청난 곳인데 거기에 여자가 있을 수는 없는 법이다.

'뭐지?'

그런데 시중을 들다 보니 느꼈다. 이 여자, 진짜 여자다. 남자가 아니다. 머리가 복잡해졌다.

'남자가 아닌데 이곳에 있다고? 나라가 망하려는 거야? 도대체 뭐야?'

시녀는 소위 말하는 멘붕 상태에 빠져들었지만 그걸 내색하지는 못했다.

'혹시 마력 사용이 가능한 여자인가?'

어쩌면 그럴 수도 있겠다 싶었다. 시녀들은 바깥 얘기를 잘 모르지만 그래도 손님들이 이야기하는 것들을 주워듣기는 했다. 그중에는 제국의 황녀 이야기도 있었는데 제국의 황녀들 중 한 명은 마력을 쓸 수 있다고 했다.

'아, 그러면 이 여자는 마력 사용이 가능한 황녀일까? 그런데 아버님…… 하고 부르는 걸 봤는데.'

황녀가 아버님이라고 부른다면 답은 하나다. 저 남자는 제국의 태양, 제국의 황제인 것이다!

'화, 화, 화, 황제!'

시녀는 제대로 오해했다. 잔뜩 긴장했다. 정말 조심스레 정성을 다해서 김상희가 씻는 것을 도와줬다. 김상희가 말했다.

"고마워."

"아닙니다. 당연히 해야 할 일을 했을 뿐이어요."

그리고 그 시녀는 방에 들어가서 펑펑 울었다. 다른 시녀가 물었다.

"크리스탈, 왜 그래? 왜 울어? 또 손님이 말도 안 되는 변태짓 했어?"

변태들은 그 종류가 굉장히 다양했다. 심지어 자신의 인분을 먹으라는 놈들도 있다. 그런데 이번엔 아니었다.

'고마워'란 말을 태어나서 처음 들었다. 시녀로 태어나서 시녀로 컸다. 매일 남자들의 시중을 들고 무시만 받으며 살아왔다. 밤에는 성 욕구를 풀어주는 노예로, 낮에는 그냥 노예로 17년을 살아왔다. 그런데 제국의 황녀께서 고맙다고 말해줬다. 단순히 한 마디뿐이었는데 그게 얼마나 심장을 때리던지. 그게 눈물로 튀어나왔다.

한편, 김상희는 욕하고 싶었다.

'방 많은데 왜! 굳이 여기냐고!'

로얄 스위트룸에는 방이 많았다. 테마별로 방이 꾸며져 있었다. 당연히 각 방마다 침대도 놓여 있다. 그리고 각 침대마다 또 효용이 달랐다. 하여튼 로얄 스위트룸은 비싼 값을 했다. 그런데 김훈상의 행동이 조금 이상했다.

그냥 귀찮다는 듯 손가락을 휙휙 움직였는데, 김상희의 몸이 구속됐고 침대에 눕혀졌다. 김훈상은 그 침대에 걸터앉아 김상희를 멀뚱멀뚱 쳐다봤다. 김상희는 당연히 잠을 잘 수가 없었다. 왕이 자신을 쳐다보고 있는데 잘 수 있는 계집이 있다면 그건 사형감이다. 왕이 눕지도 않았는데 누워 있다니.

'왕께서 왜 저러시지?'

나이트들도 집단 멘붕 상태에 빠졌다. 아무래도 왕께서 제정신이 아닌 것 같다. 마력으로 공주를 눕히시다니. 그것도 저렇게 편안한 상태로. 정작 김상희는 불편해 죽겠지만 하여튼 나이트들이 보기엔 정말 편해 보였다.

"안 자면 사형이다."

김상희는 필사적으로 자는 척했다. 어쩌랴, 안 자면 죽인다는데. 어떻게든 열심히 자야 했다. 어떻게 안 자면 사형이냐! 가슴 철렁하니까 아무 데나 그렇게 사형 갖다 붙이지 마라, 이 개차반아! 김상희는 속으로 욕을 퍼부었다.

은신으로 몸을 숨긴 김유신은 왕이 정말 제정신이 아닌 것 같다는 느낌을 받았다. 자는 건지, 자는 척을 하는 건지 심장 소리는 크지만 일단 눈은 감고 있는 김상희 공주를 뚫어져라 쳐다보며 히죽히죽 웃고 있는 게 보였다.

왜 웃고 있는 건지, 어디에 웃긴 게 있는 건지 김유신의 상식으로는 이해할 수 없었다. 아마 평생 가도 이해 못할 것 같았다.

그러니까 김훈상의 행위를 해석해 보자면, 자고 있는 딸래미의 모습을 흐뭇한 눈으로 지켜보고 있는 것쯤이 되겠다. 물론 그렇게 되기까지에는 모든 움직임의 구속과–마력을 사용하여–더불어 안 자면 사형이라는 무시무시한 명령이라는 과정이 포함되어 있기는 했지만 말이다.

'제발 좀 어디론가 가버리라고!'

결국 김상희는 한숨도 못 잤다. 김훈상이 말했다.

"계집아이 주제에 내 앞에서 잘도 자더군."

김훈상은 뭔가 만족한 듯 보였다.

나는 왕궁으로 돌아왔다. 죽을 것 같았다. 하룻밤 내내 긴장하고 있었다. 기록의 관에 돌아오니 긴장이 풀려 쓰러질 뻔했다. 그놈의 개차반, 매일 하는 다짐이지만 언젠가 패고 말리라. 반드시 패주고 말겠어.

송수진 씨가 달려와 나를 부축해 줬다.

"어맛? 공주님? 괜찮으셔요?"

다른 목소리도 들려왔다.

"공주님? 괜찮아요?"

요즘 송수진 씨와 부쩍 친하게 지내고 있는 알렉스 학자님이었다. 알렉스 학자님은 내 이야기를 듣더니 수염을 쓰다듬으며 껄껄대고 웃었다.

"저는 그 이유를 알겠군요."

"네?"

"보통 아버지들은 사내아이를 낳았을 때, 그 아이를 가끔씩 밤새 지켜보곤 합니다. 마력이 활성화되기 전에는 육체가 약하기 때문이죠. 혹시 모를 위협으로부터 아들을 보호하고자 하는 행위입니다. 의학과 마력이 발달한 지금 시대에 이르러서는 거의 없어진 풍습이긴 하지만요."

송수진 씨가 물었다.

"하지만 공주님은 여자아이인걸요?"

"그러게요. 그것 참 미스터리군요."

그렇게 껄껄 웃으면서 미스터리라고 말해봐야 전혀 미스터리 같지 않거든. 이 아저씨야!

알렉스 씨가 말을 이었다.

"어쩌면 그냥 잠든 딸 얼굴을 밤새도록 보고 싶었던 것 아닐까요? 이를테면 사랑스럽다든지."

그럴 리가요. 그 작자는 내게 안 자면 사형시킨다고 명령한 작자라고요. 두 번 사랑했다가는 제 명에 못 죽겠네.

다음 날, 나는 김훈상에게 불려갔다. 김훈상이 내게 물었다.

"너, 제국에 가고 싶냐?"

나는 또 머릿속이 혼란스러워졌다. 왜 내게 저런 질문을 하는 건지 모르겠다. 아니, 왕이 나한테 질문을 한다는 것 자체가 우습다. 제국에 보낼 거면, '제국에 가라' 하고 말하든지 아니면 '기록의 관에 박혀 있어라'라고 말하면 된다. 그런데 내 의사를 묻고 있다.

'도, 도대체 무슨 일을 꾸미고 있는 거야……?'

개차반의 표정이 제법 심각해 보였다. 그래서 나는 눈치를 보느라 빠르게 대답하지 못했다.

"물었잖아. 제국에 가고 싶냐고."

아씨, 뭐라는 거야. 이유를 좀 말해달라고.

제10장
늦게 와서…… 미안하다

제국의 태양, 황제는 황금 의자에 앉아 곰곰이 생각하다가 이내 입을 열었다.

"감시가 많이 힘들어졌다고?"

"예, 저번에 들킨 이후로 감시가 심해졌습니다. 특히 스페셜 나이트들이 지척에서 경호하고 있습니다."

황제는 고개를 갸웃했다.

"고려는…… 그 계집이 가치 있는 계집이라는 사실을 알고 있나?"

"그건 모르고 있는 것 같습니다. 다만 그 계집은 왕자들과의 교류가 활발합니다. 때문에 스페셜 나이트들이 각별히 신경 쓰고 있는 것 같습니다."

아무래도 어렵겠다. 김상희 공주가 언제 1차 각성을 할지 모르겠지만 1차 각성 이후에 김상희에 대한 처분이 내려지게 될 거다. 고려는 김상희 공주가 어떠한 가치를 가지고 있는지 잘 모를 거다. 제국 내에서도 아는 사람은 손에 꼽을 정도니까.

"김훈상이 확실히 그 계집의 가치를 모르고 있는 게 맞겠지?"

"확실합니다."

황제가 다시 말했다.

"그렇다면 그 계집을 제국으로 부르지."

"계집을 말입니까?"

"그 계집에게 특별한 능력이 있다 들었다."

고대어를 해석할 수 있는 특별한 능력을 가지고 있다고 했다. 덕분에 고려 왕국의 고대어 해석 능력은 비약적으로 발전했다.

'그냥 내놓으라 하면 반발이 있을 테니.'

일반 다른 왕국들이라면 그냥 내놓으라고 해도 된다. 어차피 한낱 계집아이일 뿐이니까. 그런데 고려는 약간 다르다. 고려의 왕은 밟으면 밟을수록 고개를 더 드는 성격이다. 절대 함부로 대할 수 없다.

'산다고 해도 싫어하겠지.'

그래도 한 나라의 국왕이다. 그 왕에게 여자를 팔라고 하는 건 노예 상인과 동일시하는 것이다. 참고로 노예 상인은 그다지 대우받지 못하는 하층민들이다. 돈은 많이 벌지언정 사람들의 인식이 별로다.

'그렇다면 명분은 이쪽에서 만들어줘야겠지.'

그래서 선택한 것이 김상희를 제국으로 불러들이되 제국의 마력 학원에 입학시키기로 했다.

'마력을 느낄 수 있고 또한 특수한 행위를 통해 마력을 증폭시키는 계집이다. 그 희소성을 높이 사 마력학원에 입학시켜 준다고 한다면 김훈상도 거절할 명분은 없을 거야.'

그래서 서신을 보냈다. 김상희 공주를 제국의 마력학원에 입학시키라고 말이다.

김훈상은 그 서신을 받았다.

'김상희를 입학시키라고?'

김훈상은 인상을 찡그렸다. 갑자기 왜? 저번에는 두 공주를 부르더니 이번에는 김상희를 부른다. 그때는 황제가 개인 면담을 했고 이번에는 마력학원에 입학이다.

'어째서지?'

황제의 행동은 심지어 기침하는 것 하나라도 놓치면 안 된다. 그것 하나하나가 외교적, 정치적 계산이 깔려 있을 확률이 높다. 김훈상이나 황제의 위치에 있는 사람들은 사소한 행동 하나하나에도 조심하고 또 생각해야 한다.

'어떻게 생각하더라도 고려에는 이득이다.'

제국의 마력학원은 아무나 못 들어간다. 엘리트 중에서도 엘리트, 날고 기는 천재들이 모이는 곳이다. 그러한 곳에 한낱 계집아이가 들어가게 된다? 그것도 마력을 제대로 다루지도 못하는 계집이. 고려 왕국에 있어서는 경사나 다름없다. 버리는 패로 커다란 득을 볼 수 있기 때문이다. 이를테면 가치 없는 10원을 투자하여 100만 원을 벌어들이는 효과와도 같았다.

'뭐가 됐든 배워서 온다면 도움은 많이 되겠지. 그런데 황제가 왜 김상희에게 좋은 일을 해주려는 거지?'

아무리 생각해도 모르겠다. 황제가 아무런 이득도 없이 그냥 김상희를 보내라고 했을 리는 없다.

'뭔가 있다.'

뭔지는 모른다. 뭔가가 있다고만 생각했다. 하지만 '뭔가 있을 것 같다'라는 것이 황제의 제안을 거절할 명분은 안 된다. 황제가 김훈상을 함부로 대하지 못하는 것과 마찬가지로 김훈상 역시 황제를 함부로 대하지 못한다. 서로가 적이 되면 서로 다칠 수 있다는 사실을 잘 알기 때문이다.

김훈상은 하룻밤을 꼬박 고민한 뒤 알렉스에게 물었다.

"알렉스, 진지하게 묻겠다."

"예, 폐하."

알렉스도 간만에 긴장했다. 김훈상의 표정이 오늘따라 진지했다. 왕이 진지하게 나온다면, 신하된 입장에서 신하 역시 진지해야 했다.

"제국에서 이런 서신이 왔다."

알렉스는 그 서신을 읽어봤다. 김상희를 보내라는 내용의 서신이었다.

"김상희를 제국에 보내는 것은 분명히 이득이다."

"예, 맞습니다."

필요 없는 계집을 제국으로 보내, 제국의 문물을 배워 오게 하는 것은 분명 나쁘지 않은 거다. 어차피 밑져도 본전이다.

"이제 진심으로 묻겠다."

"예, 말씀하십시오."

김훈상은 한참이나 뜸을 들였다. 알렉스는 침을 꿀꺽 삼켰다. 도대체 무슨 말씀을 하시려고 저러는 건지 모르겠다. 왕국 하나의 값에 해당하는 퓨리어스를 뿌릴 때에는 고민 한 번 없이 뿌려 대던 작자 아닌가.

'도대체 무슨 말씀을 하시려고…….'

김훈상이 입을 열었다.

"나는 도대체 왜 김상희를 보내기 싫은 거냐?"

"그, 그건……."

그렇게 분위기 잡아놓고서 한다는 말이 그겁니까. 알렉스는 한숨을 내쉬고 싶어졌다. 이제야 때가 왔다. 왕이 자각하지 못하고 있을 때에 나서서 알려준다면 그건 오만이자 교만이고 건방진 행동이지만, 왕이 직접 물었을 때에는 대답해도 된다.

그래서 이번에야말로 말해주려고 했다. 그건 당신이 이 세상에는 절대 없는 생물이라 주장하는 등신 '딸바보'가 바로 당신이기 때문입니다. 그렇게 말해주려고 했는데 김훈상이 말을 끊었다.

"아니다. 내가 싫을 리 없지."

"……예?"

"김상희를 불러와라. 계집의 의중을 물어보겠다."

……애초에 계집의 의중이 뭐가 중요합니까? 설마 저는 아버님이 이곳에 계시기 때문에 다른 곳으로는 가고 싶지 않아요. 이런 말을 듣고 싶으신 건 아니시겠죠. 설마 그 정도까지 타락하신 건 아닐 거라 믿습니다.

"분부를 받듭니다."

한진수는 침대에 누웠다.

"김상희……."

지난 3년간 보지 못했다. 원래대로라면 3개월 후에 결혼식을 올려야 한다. 그러나 그게 조금 미뤄질 것 같다. 힐끗 옆을 봤다. 옆엔 아무도 없었다. 예전이었다면 친구인 곽기현이 미주알고주알 떠들어댔을 텐데, 이젠 곽기현도 옆에 없다. 문득 외로워졌다. 외로워지면 외로워질수록 자꾸만 김상희의 얼굴이 아른거렸다.

'많이 변했겠지.'

분명히 많이 변했을 거다. 여자 나이 15세면 이제 갓 성년이며 가장 예쁠 나이다.

'하…….'

달빛이 새어 들어왔다. 달빛이 오늘따라 유난히 파랗게 보였다. 한진수는 눈을 감아 봤다. 그러면 김상희의 얼굴이 안 보일 줄 알았는데 오히려 더 선명해졌다. 정말 이상한 일이다. 그깟 계집아이가 뭐라고 도대체 자꾸 눈에 아른거리는 건지. 이런 날이면 또 괜스레 스스로에게 짜증이 치밀어 올랐다.

'정신 차려, 한진수.'

언제부터인가 김상희의 얼굴이 자꾸 보고 싶었다. 눈을 뜨고 있어도 그랬고 눈을 감고 있어도 그랬다. 심지어 귀를 막기까지 했는데 그래도 김상희가 자꾸만 보였다.

언제부터 김상희의 얼굴이 계속 보고 싶었는가를 생각해 보니 아무래도 김상희의 성년식 때 가지 못한 이후인 것 같다. 엄밀히 말하자면 그날, 한진수는 가지 않은 게 아니라 가지 못했다.

바로, 프리온 나이트의 장교 훈련 때문이었다. 한진수도 입대를 하고 나서야 알았지만 프리온 나이트는 제법 세분화되어 있는 집단이었다. 한진수의 경우는 기본 훈련을 받은 뒤에 보직을 결정하게 되었는데, 그 훈련 기간에는 외부로의 출입이 절대 불가능하고 연락도 할 수 없었다.

'나는 무엇을 선택해야 하는가?'

한진수는 프리온 나이트의 기본 군사 훈련을 역대 최고 성적으로 수료해 냈다. 그리고 선택의 기로에 놓였다.

프리온 나이트의 작전 지휘과의 장교로 발령을 받을 것이냐, 그도 아니면 제국 마력학원의 무력 및 전술 관련 최연소 수석 교관으로 발령을 받을 것이냐 그 두 가지를 놓고 고민했다. 어차피 한진수는 경력을 쌓은 뒤 고려로 돌아갈 생각을 하고 있다. 그 두 가지 모두 각자의 장점이 있다.

아직까지 선택을 하려면 1주일 정도 남았다. 생각에 빠져들었다. 생각하는 그 와중에도 김상희의 얼굴이 자꾸만 떠올랐다.

프리지아는 여자이면서 마력 운용이 가능한 사람이다. 그래서 일반적인 여자들보다는 인권이 훨씬 높다. 애초에 여자가 하찮아진 가장 큰 이유가 바로 마력을 사용하지 못하기 때문이 아니었던가. 물론 그녀의 능력 자체가 출중하다고 보기에는 힘들었지만 그녀는 재능의 부족을 노력으로 메웠다. 제국의 마력학원에서도 당당히 졸업장을 따냈다. 아주 좋은 성적은 물론 아니었다. 그러나 여자의 몸으로 마력학원을 졸업했다는 것 자체가 일단 대단한 일이다. 천재들이 모이는 곳에서 경쟁을 한 거고, 그 천재들 사이에서도 졸업을 해냈다는 거니까. 참고로 제국의 마력학원은 약 30퍼센트의 인원이 졸업을 하지 못하고 떨어지게 된다.

프리지아가 말했다.

"폐하, 저는 마력학원의 교관으로 부임하고 싶습니다."

"교관으로? 어째서 그런 생각을 하게 됐지?"

프리지아는 논리정연하게 자신의 생각을 말했다. 이 세계는 분명히 남성 위주의 사회이며 그것이 당연한 세계라는 것을 먼저 짚었다.

"그러나 비록 하찮은 여성의 성을 가지고 있더라도, 또한 재능이 부족하더라도 노력을 통하여 충분히 성공할 수 있음을 보여주고 싶기 때문입니다. 저 말고도 지식과 무력을 전달할 수 있는 훌륭한 교관은 많을 겁니다. 그 교관님들은 물론 대단합니다. 그러나 그 교관님들이 저보다 더 열등한 환경에서 더 열심히 노력했는지에 대해 묻는다면 대답하기가 힘들 것 같습니다."

"그러니까 네 말은 노력의 가치를 일깨워줄 수 있는 교관이 될 수 있을 것 같다. 이 얘기냐?"

"그렇습니다."

황제는 피식 웃었다.

"나쁘지 않은 생각이군. 생각해 보겠다."

나는 순간 당황했다.

'나, 뭐라고 대답해야 해?'

눈치를 열심히 살펴보니, 가고 싶지 않다고 대답하라는 것 같기도 한데 이게 또 애매했다. 오늘은 뭐라고 대답해야 할지 도무지 알 수가 없었다. 그래도 일단 평소대로 하기는 했다.

"소, 소녀는 아버님께서 제게 원하는 방향대로 움직일 것이어요."

"아니, 그러니까 가고 싶어, 안 가고 싶어?"

아니, 그니까 그걸 왜 나한테 묻냐고. 진짜 죽고 싶냐? 아, 짜증나. 이런 경우 대부분 답은 당연히 정해져 있다. 내가 어떻게 말하든 그건 중요하지 않다. 생각해 보라. 옆에서 강아지 한 마리가 왈왈대고 짖는다고 해서 주인이 그 짖음을 알아들을 수 있나? 난 그 정도 수준도 안 된다. 나는 그냥 재가 앉아! 하면 앉는 거고, 손! 하면 손 내미는 거고, 기다려! 하면 기다려야 한다.

나는 머리를 열심히 굴렸다. 지혜로운 대답을 하나 떠올렸다.

"소녀는 아버님을 너무나 사랑하기 때문에 아버님과 떨어지는 것이 죽기보다 더 싫어요."

아니, 싫지 않아. 오히려 반기는 편이야. 내 속마음을 아는지 모르는지 개차반의 표정이 약간 풀렸다.

"그건 나도 물론 알고 있다."

저 표정은 마치, 하찮은 계집아이 주제에 감히 날 사랑하다니. 아주 건방지구나. 하고 말하는 표정인 것 같았다. 정말, 저 표정을 보고 있노라면 김환성이 자꾸만 떠오른다.

"이만 가봐."

이것 봐. 역시 답은 정해져 있었어. 넌 입에 발린 아부를 듣고 싶었을 뿐이야. 나는 그렇게 생각했지만 사실 그렇게 간단한 문제는 아니었나 보다. 실제로 내 제국행이 결정되었으니까. 어라? 나 진짜로 제국 가는 거야? 내가 왜? 어째서?

방문이 열렸다. 느낌이 안 좋다. 그런데 오랜만에 내 느낌이 틀렸다. 물어왓! 소리가 안 들려왔다. 저 자식, 엄청 진화했다. 물어왓! 하고 나서 내가 헝거비를 주워오면, 아주 기대가 가득한 눈빛으로 날 쳐다보는데, 그 눈빛의 의미는 '내가 실수로 물어왓을 했으니 넌 벌칙으로 오빠라 불러!'라는 의미였다.

'오늘은 웬일로 물어왓을 안 시키지?'

우리 둘째 망나니, 제9대대 나이트 김환성이 내게 물었다.

"야, 똥개, 너 제국 간다고?"

"그렇게 되었답니다. 황제 폐하께서 저를 어여삐 여겨주신다는 것 같았어요."

쾅!

방문이 닫혔다. 어래? 쟤 왜 저래? 김환성이 고래고래 소리를 질렀다. 그 목소리가 들렸다.

"내가 아부지한테 따질 거다!"

헉, 쟤 미쳤다. 아무리 왕자라지만 저렇게 오만불손한 태도로 왕한테 따지러 간다니. 이건 애초에 따질 문제도 아니잖아. 야! 거기 서! 나는 황급히 방문을 열었다.

"없다……?"

그사이, 김환성의 모습은 사라지고 없었다. 서둘러 창가로 가서 내려다보니 어느새 지상으로 내려간 김환성이 엄청난 속도로 흙먼지를 일으키며 달려가고 있었다. 맙소사.

11층에 있는 내 귀에까지 김환성의 목소리가 들려왔다.

"아부지!!!"

……어쩌려고 그래, 네가 아무리 왕자라도 감히 왕께 따진다니. 큰

일 나면 어쩌려고.

김상희는 기겁했다. 김환성은 남자가 맞다. 남자는 여자보다 권리 자체가 훨씬 높다. 남자끼리라면, 아무리 신분의 격차가 있다 해도 남녀 간의 차이만큼 극심한 격차는 아니었다. 그러나 일단 김훈상은 왕이다.

"내가 아부지한테 따질 거다!"

김상희도 김환성의 이런 격한 반응은 예상하지 못했다. 말씀을 드리러 가는 것도 아니고 따지러 간다니, 걔가 저렇게 극단적인 반응을 보일 줄은 미처 몰랐다.

김환성은 엄청난 속도로 달렸다. 김훈상은 관리들과 함께 회의를 하고 있었다. 회의장 앞에서 김환성은 발을 동동 굴렀다. 회의장 앞을 지키고 있던 나이트 중 한 명이 고개를 갸웃했다.

'왕자님이 왜 저러시지?'

김환성은 제자리에서 인상을 팍 썼다가 또 좌우로 움직였다가 '으, 이건 아닌데' 하고 영문을 알 수 없는 말을 중얼거렸다.

'마력을 풀풀 풍기시면서…….'

왕자님께 이런 표현이 어울릴지는 모르겠지만 일단 그가 본 김환성은 꼬리에 불이 붙은 강아지 같았다. 적어도 정상처럼 보이지는 않았다.

"왕자님, 무슨 일 있으십니까?"

"이거, 회의 언제 끝나?"

"1시간 20분 정도 후에 끝날 예정입니다."

그러나 예정은 언제나 예정에 그친다. 특히나 회의 같은 경우는 그 시간 내에 끝나는 경우가 거의 없다. 김환성 역시 그 사실을 안다. 적어도 2시간은 잡아야 할 거다.

"아씨, 기다릴 시간이 없는데."

그러나 그렇다고 무턱대고 회의장 안으로 들어갈 수도 없었다. 김환성은 이러지도 저러지도 못한 채 발을 동동 굴렀다.

나이트는 또 감탄했다.

'저렇게 은연중 새어 나오는 마력이 저 정도면, 체내의 마력은 어느 정도지?'

역시 고려 왕가의 핏줄은 뭐가 달라도 달랐다. 김환성의 현재 나이는 18살, 아직 2차 각성을 하지도 못했다. 그런데 저 정도의 마력을 흘릴 수 있다니. 고려 왕가의 핏줄이 대단하다는 것을 다시 한 번 느꼈다. 저러니까 최연소 대대장이 됐지.

'저 능력을 완전히 컨트롤하고 갈무리할 수만 있다면 제국의 프리온 나이트와도 싸울 수 있을 거야.'

문득 부러워졌다. 그런데 회의장 문이 열렸다. 김훈상이 말했다.

"들어와라."

"아부지!"

아버지의 허락도 떨어졌겠다, 부리나케 회의장 안으로 들어갔다. 회의장 내에 관리들은 의아한 눈으로 환성을 쳐다봤다. 그들도 느꼈다. 어마어마한 마력이 앞에서 서성거리고 있다는 것을.

'그 엄청난 마력의 근원지가 김환성 왕자님이었구나. 대단하다.'

그러나 김훈상의 생각은 관리들과는 다른 모양이었다.

"왜 이렇게 어린아이 같은 짓을 하는 거냐? 마력을 갈무리하는 것이 마력 컨트롤의 첫 번째라고 했거늘. 내 가르침을 벌써 잊은 거냐?"

"아부지!"

관리들은 뜨끔했다. 김환성의 대단한 마력량에 집중한 나머지 다른 걸 놓치고 있었다. 고려 왕가의 진정한 능력은 강대한 마력이 아니라, 마력을 컨트롤하는 힘에서 나온다는 것을 말이다.

'역시 폐하의 그릇은 다르다. 단순히 마력량에 놀란 내가 부끄럽구나.'

관리들이 감탄하는 것과 별개로 김환성은 지금 아무 말도 안 들렸다. 김환성이 물었다.

"김상희, 제국 가요?"

회의는 잠시 중단됐다. 대신 토론으로 이어졌다.

"불가한 일입니다. 이미 첫째 왕자님께서 제국에 계십니다. 셋째 왕자님께서도 제국으로 가실 수는 없습니다."

김환성이 버럭 소리를 질렀다.

"그니까 왜 안 되냐고!"

김환성의 주장은 황당했다. 나이트의 9대대장 자리 따위 필요 없으니 제국의 마력학원에 입학하여 배움의 길을 걷겠다고 한 거다. 이를테면 난데없는 유학 결정이다. 결과적으로 말하자면 김환성은 지금 김훈상에게 따지러 온 게 아니라 같이 보내 달라고 땡깡 부리려고 왔다.

'아니, 상식적으로 그게 말이 되냐! 이 왕자야!'

회의에 참석하고 있던 관리들은 소리치고 싶었지만 참았다. 상식적으로 이해가 안 되는데 또 어이없는 건 왕이 별다른 제지를 안 하고 있다는 거다. 이유를 도무지 알 수가 없었다.

관리 중 한 명이 말했다.

"이는 민감한 사항입니다. 왕자님의 배움의 열정은 충분히 이해하는 바이나, 자칫 잘못하면 두 왕자님께서 볼모로 잡혀 있는 상황처럼 인식될 수 있습니다."

그것은 충분히 문제가 될 만한 사항이었다.

"그것은 곧 고려 왕국의 외교력 약화로 이어질 수 있습니다."

속사정이야 어찌 됐든 결과만 놓고 보면 그랬다. 왕국으로선 매우 중요한 인물인 왕자 두 명이 왕국을 떠나 제국에 머물고 있다? 이건 왕국이 제국에게 지나치게 약한 모습을 보이는 것처럼 비춰진다. 그것은 곧 고려 왕국의 힘이 약화되었다는 인식을 심어주게 되고, 그렇게 되면 외교력과 정치력이 약해질 수밖에 없다. 별거 아닌 거 같지만 국제사회에 있어선 이런 사소한 행동마저도 조심해야 했다.

관리들은 상식적으로 생각했다.

'김상희 공주는 보내도 상관없는 쓸모없는 패지만…… 왕자님은 아니시지.'

10원을 투자해서 100만 원을 얻을 수 있다면 당연히 투자하는 게 좋다. 그러나 100만 원을 투자해서 10만 원을 얻는 투자라면 하지 말아야 한다. 지금의 경우가 그랬다. 김환성 왕자를 제국에 보내는 건 투자의 가치가 전혀 없는 행위였다.

김훈상이 손을 살짝 들었다.

"그 말, 기분 나쁘군."

관리들은 잠시 벙쪘다. 왕이 무슨 말을 하고 있는 건지 모르겠다. 왜 갑자기 기분이 나쁘다는 거지.

"우리 고려가 겨우 그 정도로 흔들릴 왕국인가?"

아, 관리들은 그제야 자신들의 실책을 알아차렸다. 김훈상이 피식 웃었다.

"너희는 너희를 이끌고 있는 나를 믿어라."

"……."

"내가 이 나라를 책임지겠다."

다른 왕이 그렇게 말했다면 관리들은 속으로 욕했을지도 모를 일이다. 그러나 김훈상은 저런 말을 하기에 충분한 왕이었다. 그 능력은 스페셜 나이트에 비견되는, 아니, 더 강한 무력과 지력을 갖추고 있었고 담대했다. 결단력도 있었고 무엇보다도 외교력에 있어서는 타의 추종을 불허했다. 오만함과 자신감 사이. 그 사이의 교묘한 줄타기를 잘하는 왕이다.

그런데 알렉스는 약간 다른 시각에서 접근했다.

'포장이야 어찌 됐든 김환성 왕자님을 제국으로 보내시겠다는 것 같은데……?'

고개를 갸웃했다.

'설마 진짜 보내실 건가? 큰 이득은 없는 것 같은데.'

이득이 없다고는 하기 힘들겠지만 그렇다고 또 이득이 있다고 보기엔 더 어려웠다. 해도 그만, 안 해도 그만이라면 안 하는 게 낫지 않겠는가.

'설마 김상희 공주님이 걱정돼서 그러나?'

에이 설마, 아무리 딸바보 왕이셔도 그 정도는 아니겠지. 알렉스는 고개를 저었다. 아닐 거라고 생각했다.

'에이, 아무리 그래도 진짜 그 정도로 딸 등신은 아니시겠지.'

김훈상은 김상희를 보내겠다는 서신을 제국으로 전달했다. 지금 당장은 아니고 약 한 달 후에 제국으로 보내겠다고 했다. 김환성 역시 함께 움직인다는 내용도 포함되어 있었다.

황제는 서신을 다시 읽어봤다.

"김훈상이 어째서 이런 결정을 내렸지?"

"……파악하기 어렵습니다."

"고려왕이 왕자를 제국으로 보내서 얻을 수 있는 이득이 도대체 무엇이 있나?"

황제에게도 유능한 신하가 많이 있다. 다들 날고 긴다 하는 남자들이다. 그런데 그 남자들은 왜 고려왕이 이런 결정을 내렸는지 이해할 수 없었다.

"소신의 생각으로는…… 김환성 왕자가 배움에 대한 열정이 큰 것 같습니다."

"단순히 그 열정 때문에…… 마력학원에 입학하기를 원한다고? 김환성은 이미 고려의 나이트 대대장이 아니던가? 그 자리를 포기하고 오겠다는 건가? 나는 도무지 이해가 안 되는군."

관리들은 긴장했다. 황제가 이해되지 않는다고 말했다. 합당한 이유를 찾을 수 없었기 때문이다. 그렇다는 말은, 그 이유를 이제 자신들이 찾아야 함을 의미했다. 못 찾으면 관리로서의 능력이 없는 거다.

황제는 밀실에 들어섰다.

“정말 고려는 김상희의 가치에 대해서 전혀 모르고 있는 게 맞나?”

“……그렇습니다.”

보고를 올리는 남자는 아주 잠깐 망설였지만 그가 파악한대로 대답했다.

“네가 그렇게 말했다면 그런 거겠지. 네가 실수를 할 리는 없을 테니.”

“……그렇게 말씀해 주시니 감사합니다.”

“정보부 인력이 부족하면 충원해 줄 테니 말하도록 해.”

“아닙니다. 어중이떠중이들은 오히려 방해만 됩니다. 김환성 왕자가 움직인다면 스페셜 나이트 중 몇이 움직일 가능성도 배제할 수 없습니다. 함부로 접근하기 어렵습니다.”

“그래도 마력학원 내에서라면…… 감시가 좀 더 쉬워지겠지. 그래도 여전히 이해할 수가 없군. 어째서 김환성 왕자를 제국으로 보내는 걸까?”

김훈상은 결코 만만히 볼 상대가 아니다. 다른 왕들과는 다르다.

‘김훈상, 무슨 꿍꿍이냐.’

한편, 제국의 정보부에서는 난리가 났다. 아무래도 김상희 공주에게 뭔가 있는 것이 맞는 것 같기는 한데 아무리 뒤져 봐도 답이 안 나왔다. 제국 정보부, 김상희에 관한 정보를 맡은 김국현 국장은 미칠 것 같았다.

‘젠장, 도대체 뭐냐!’

고려 왕국에는 커다란 경사가 하나 있었다. 뭐냐고? 바로 우리 첫째 망나니, 이름하여 김환석의 결혼식이었다. 우리 첫째 망나니는 엄청나게 화려하고 성대한 결혼식을 치렀다. 신부의 이름은 최지수. 왕자의 신부로 간택된 만큼 예쁘고 몸매도 나름 나쁘지 않다. 아참, 한 가지만 짚어보자면 이 세계의 여자들은 몸매가 별로다. 피부와 얼굴은 그렇다 치더라도 이들은 몸매를 관리하는 법을 잘 모른다. 나야 매일같이, 얼마 있지도 않은 요가 지식과 몸매 관리 비결들을 총동원해 가며 열심히 관리 중이지만 다른 여자들은 아니다. 그나마 이곳 여자들 체형이 서구적이어서 다행이지 아니었다면 짜리몽땅한 어린애들처럼 보였을 거다.

'나는 밤마다 가슴 마사지도 한다고.'

흠흠, 어쨌든 내가 말하려고 하는 건 이게 아니다. 내가 밤마다 가슴 마사지를 한다는 게 중요한 게 아니고, 내가 가슴 마사지를 하려고 하는데 우리 첫째 망나니가 내 방에 들이닥쳤다는 게 중요했다.

와이? 어째서? 이 자식아. 신혼 첫날밤이잖아. 근데 왜 신부랑 있지 않고 나랑 있는 거냐? 이 망나니야! 신부가 얼마나 뻘쭘하겠어.

"어이."

"네, 왕자님. 말씀하시어요. 귀를 기울이고 있답니다."

김환석은 나를 한참이나 노려봤다. 이봐, 그러지 말라고. 나 진짜 무섭다니까. 한참의 시간이 흘렀다. 김환석이 그제야 입을 열었다.

"제국 가냐?"

"저는 아버님의 결정에 따를 뿐이어요."

나는 어떻게 됐는지 아직 모른다. 그냥 시녀들이 말하는 소문에 의하면 내 제국행이 결정되었다는 것 같기는 한데 아직 확실하지는 않았다. 어차피 시녀들이 말하는 소문은 반쯤은 맞고 반쯤은 틀리는 거니까.

첫째 망나니는 또 나를 한참이나 쳐다봤다. 별다른 말없이 노려보고 있는데 무서워 죽는 줄 알았다.

'신부한테 가라고! 첫날밤 안 치르냐고!'

여담이지만, 나는 강서영 씨의 비명을 아직도 잊을 수 없다. 보배수여식 때, '저를 드리겠어요' 하고 말했던 그날 밤, 기록의 관 전체를 쩌렁쩌렁 울렸던 강서영 씨의 비명. 그래, 그건 비명이었지. 결코 신음 같은 게 아니었어. 어떻게 하면 그런 소리가 날 수 있는 건지 나는 아직도 미스터리다. 좀…… 궁금하기도…… 훠이, 훠이. 아니다. 취소. 음란 마귀야, 물렀거라.

나는 새벽 3시까지 잠을 못 잤다. 새벽 3시까지 김환석이 나를 노려보고 있었으니까. 나는 긴장한 상태로 침을 꼴깍꼴깍 삼키며 망나니를 쳐다보기만 했다.

그리고 아침이 됐다. 여전히 나는 잠을 못 잤다. 망나니가 그제야 일어섰다. 제발, 가줘. 너는 마력이 있어서 괜찮겠지만 나는 진짜 쓰러질 것 같으니까. 나랑 내 몸이 다르다는 걸 언제쯤 인식해 주겠니.

'아마…… 평생 못 하…… 아니, 안 하겠지.'

망나니가 대충 한 마디를 던졌다.

"편지해라."

알렉스는 생각했다.

'왕자님이 작정하신 모양이군.'

아무래도 왕자님은 최지수가 마음에 안 드는 모양이었다. 신부가 마음에 안 드는 경우, 남자는 초야를 갖지 않기도 했다. 그런데 이번에는 약간 경우가 달랐다. 아예 김상희의 방에서 하루를 꼬박 새웠다고 들었다.

'너 따위보다는 김상희 공주가 더 중요한 사람이니…… 알아서 기라는 뜻인가?'

알렉스는 요즘 신세계를 맛보고 있다. 새로운 학문이라고 해도 좋을 정도였다. 왕과 왕자들을 살펴보고 있으면 기존의 상식과는 벗어나는 행동들을 관찰할 수 있었다. 그리고 그 행동들은 알렉스의 학구열을 불태워줬다. 상식적으로는 이해되지 않는데, 생각의 연결 고리에 '딸바보' 혹은 '동생 바보' 같은 말도 안 되는 단어를 끼워 넣으면 모두 이해가 된다. 정설로 받아들이기에는 아직 너무나도 갈 길이 멀지만 하여튼 알렉스는 열심히 공부하고 또 공부했다. 재미있었다.

알렉스는 흥미롭다는 듯 고개를 끄덕이며 물었다.

"공주님, 그러니까 김환석 왕자님께서 밤새도록 공주님을 쳐다보고만 계셨다는 건가요?"

"네, 그러셨어요. 제가 뭔가 잘못한 건 아닌지 두려웠답니다."

알렉스는 수염을 쓰다듬었다.

"제 생각에는 아마 부끄러우셨던 것 같습니다."

"네?"

그건 또 무슨 소리예요, 학자님? 김상희는 이해할 수 없었다. 부끄러워한다니. 부끄러움, 이 단어야말로 첫째 망나니와 제일 안 어울리는 단어가 아니었던가. 그런데 또 그렇게 생각해 보니 이해 못 할 일도 아니다.

'설마, 진짜……?'

알렉스가 말을 이었다.

"편지하라고 하셨다고 하셨죠?"

"네, 그러셨어요."

김상희는 설마, 설마, 설마를 외쳤다.

"제 생각에는 김환석 왕자님께서 밤새 머뭇거리신 것 같습니다."

김상희는 손에 들고 있던 찻잔을 놓칠 뻔했다. 그러니까, 그 망나니가 부끄러워서 하룻밤 동안 머뭇거린 거라고? 머뭇거림의 스케일 한번 겁나 크네. 편지하라는 그 말이 부끄러워서? 에이, 말도 안 돼. 아닐 거야. 뭔 놈의 머뭇거림 스케일이 6시간이 넘냐?

알렉스가 말했다.

"아참, 공주님의 제국행은 이미 결정되어 있습니다. 김환석 왕자님은 이미 알고 계셨어요."

"그, 그랬군요."

김상희는 그제야 알 수 있었다. 그래서 편지하라는 말을 남긴 거구나, 그 망나니가. 그런데 충격적인 말이 들려왔다.

"김환성 왕자님과 함께요."

뭐, 뭐라고! 김상희는 소리칠 뻔했다. 어쨌든 김상희 공주의 제국행이 결정됐다. 김상희, 그리고 김환성이 제국의 마력학원에 입학하게 되었다.

제국의 마력학원에 신입생 두 명이 편입해 온다는 사실이 알려졌다. 그 두 명은 다른 의미로 굉장히 유명해졌다.

"그 얘기 들었어? 계집아이가 마력학원에 들어온다던데?"

"설마? 그 마력 운용이 가능하다는 김상아 공주?"

"아냐. 그게 아니고 김상희라는 이상한 계집아이야."

마력학원 학생들은 고개를 갸웃했다. 김상아라면 그럴 수도 있다. 그러나 김상희라니. 그들은 김상희의 이름을 처음 들었다.

"그러고 보니 예전에 황제 폐하께서 김상희 공주를 불러서 직접 봤다는 것 같은데."

"에이, 설마."

남자들도 뵙기 힘든 분이 아닌가. 겨우 공주 따위가 어떻게 황제 폐하를 뵐 수 있겠어. 다들 헛소문이라고 생각했다.

"학원 질이나 떨어뜨리지 않으면 좋겠는데."

학원생들의 김상희에 대한 인식은 별로 안 좋았다. 안 좋은 수준이 아니라 적대적이었다. 제국의 마력학원은 남자들, 그중에서도 엘리트들만 모인다. 그런데 일반 남자도 아니고 천하디 천한 계집아이가 입학을 한다니 그들의 입장에서는 아니꼬울 수밖에 없었다.

"김상희는 마력이 없는 게 확실해?"

"그렇다니까?"

"젠장."

불만은 있었지만 황제 폐하의 결정이라니 딱히 불만을 표할 수는 없었다. 황제의 뜻에 거스를 수는 없었으니까.

"그리고 김환성 왕자님도 입학하시는 모양이야."

"뭐라고? 그게 정말이야?"

김상희에 대한 여론은 정말 안 좋았지만 김환성에 대한 여론은 달랐다.

"그 고려 왕국의 나이트 대대장?"

"맞아!"

"와, 대박이네. 한진수 이후로 또 천재야?"

적어도 무력에 관한 한 한진수보다도 강할 수도 있다고 알려진 김환성이다. 고려 왕국의 나이트라 하면 제국의 나이트와도 맞먹는 실력을 가졌다고 알려져 있다. 세계에서 가장 강한 나이트 집단을 두 군데 꼽아보자면 바로 제국의 나이트와 고려의 나이트를 들 수 있다. 그러한 곳의 대대장이 직접 학원에 원생으로 입학한단다.

"도대체 왜 오시는 거지?"

"글쎄……."

그들은 이유를 알 수 없었다. 고려 왕국의 커리큘럼을 착실히 이행해도, 아니, 전 세대의 천재라 칭송받는 성군 김훈상에게 교육을 받더라도 제국에서 교육받는 것보다 더 나을 수 있는데 말이다.

"생각해 보면 고려 왕국의 왕자님 두 분이 제국에 있게 된 거네."

"고려는 무슨 생각을 가지고 있는 거지? 혹시 뭔가 제국에 약점이라도 잡힌 것 아닐까?"

두 명의 왕자가 제국에 있다. 한 명은 볼모고 한 명은 원생이다. 그러나 제삼자의 입장에서 보자면, 둘 모두 볼모라고 볼 수도 있다. 원생으로서 얻는 메리트가 별로 없으니까. 메리트도 없는데 굳이 원생으로 입학했다는 건 쉽게 추측이 가능하다.

"제국에서 그래도 고려 왕국의 체면을 세워주기 위해 원생으로 입학시켰을 수도 있어."

나는 제국행 비행기에 몸을 실었다. 긴장이 많이 된다. 나는 앞으로 일어날 일에 대해서 쉽사리 예측할 수 있었다.

'분명히 미움을 많이 받겠지.'

이미 마음의 준비는 하고 있다. 나는 황제의 특명으로 인하여 제국의 마력학원에 입학하게 됐다. 나는 굴러온 돌이다. 그냥 굴러들어 온 돌도 아니고 자격도 없는 돌이다. 마력 한 움큼 없는 주제에 엘리트만 모이는 학원에 들어간다.

'마음 굳게 먹어야 할 거야.'

자격이 없다면 힘이라도 있으면 된다. 그런데 그 힘도 없다. 나는 철저한 약자다.

'이 악물고 버텨야지.'

나는 이제 성년이 됐다. 내가 앞으로 부딪칠 세상은 겨우 학원이 아니다. 남존여비로 점철되어 있는 무서운 세상이다.

'겨우 이 정도에 기죽을 수는 없어. 힘내자, 상희야.'

한데 생각하면 생각할수록 이상하다.

'왜 나를 불렀을까?'

이유는 나도 모른다. 다만, 내게 관심을 가지고 있다는 건 확실했다. 예전에도 나를 불렀었으니까.

'혹시 나한테 반했나?'

고개를 절레절레 저었다. 그럴 리 없다. 황제가 날 봤을 때 난 겨우 12살이었다. 그리고 나한테 반했다면 나를 아내로 맞아들였겠지. 한진수의 가문에 양해를 구하고서 말이다. 물론 이 '양해'라는 것에는 막대한 이득, 이를테면 돈이라든가 지위라든가 명예라든가 하여튼 뭔가 대단한 보상이 있을 테지만 말이다.

우리 둘째 망나니의 목소리가 들려왔다.

"야, 똥개."

"네?"

사실 나는 얘가 나랑 같이 간다는 말을 듣고 좀 황당했다. 얘가 아쉬운 게 뭐가 있어서 제국의 마력학원에 입학을 할까? 나이트의 제9 대대장 자리를 때려치우고서 말이다. 하지만 막상 같이 가게 되자 마음이 조금 놓이기는 했다. 물론, 학원에 가서도 '날아라 헝거비!'라든가 '물어왓!'같이 짜증 나는 말을 많이 듣기야 하겠지만 그래도 얘가 없는 것보단 있는 게 훨씬 낫지 않겠는가.

"가서 괴롭히는 놈 있으면 말해."

너 지금 설마 나의 상황을 정확하게 이해하고 있는 거니? 네가, 망나니 네가 정말로 나의 상황을 이해하고 그렇게 말을 하고 있는 거니? 나는 아주 잠시 어떤 기대감을 품고 망나니를 쳐다봤다. 그러자 망나니는 우쭐거리면서 말을 이었다.

"내가 제일 세니까."

……아, 그럼 그렇지. 다시 한 번 말하는 거지만 이 망나니에게 내 생활에 대한 이해를 바랄 수는 없다. 인간이 개미의 생활과 습성에 대해서 안다면 얼마나 알까? 거의 그런 거다. 개미를 전문적으로 연구하는 곤충 학자가 아닌 이상에야 일반인들은 개미에 관해서 잘 모

른다. 밟으면 죽는다. 그 정도만 안다. 얘가 날 생각하는 것도 그 정도 개념이다. 얘는 여자에 대해 이해할 생각도 없고 의지도 없고 필요성도 못 느끼는 아이니까.

결론만 말하자면 얘는 나의 상황을 이해하고 나를 지켜주려는 것이 아니라 '내가 제일 세다'라는 걸 강조하고 싶은 거다.

"소녀는 오라버님이 함께 계셔서 정말 든든해요. 오라버님이 함께 가시다니, 소녀에게 이런 행운이 올 줄은 꿈에도 생각하지 못했어요."

"역시 그렇지?"

그러고 보니 나는 왜 망나니가 제국에 가게 됐는지 잘 모른다.

'개차반은 도대체 무슨 생각인 거야?'

제국의 마력학원은 각 사람의 특징에 맞추어, 혹은 특기 선정 시험을 통하여 특기가 세분화되어 있다. 김상희는 고대어 및 암호 해석에 관한 특기를 얻게 됐다. 고대어 및 암호 해석, 사실 가장 인기 없는 특기다. 다들 기피하는 특기. 다시 말해 이 반은 열등한 반이라고 할 수 있겠다. 김환성은 '개인 전투' 특기를 받았다.

김상희는 '고대어 및 암호 해석' 특기 반에 입학하게 됐다.

"안녕하세요? 소녀……."

김상희는 속으로 아차 싶었다. 고려 왕국 때의 버릇 때문에 소녀라고 지칭했다. 김훈상이 자신을 지칭하는 말을 '소녀'라 하라고 명령을 내렸었기 때문이다.

'내가 너무 긴장했어.'

15세가 넘은, 성년이 된 여자가 자신을 일컬어 소녀라고 부르면 사실 좀 꼴불견이긴 하다. 아니나 다를까, 남자들이 키득키득 웃었다.

"저는…… 고려 왕국에서 온 김상희입니다."

간단한 인사를 마치고 김상희는 자리에 앉게 됐다. 김상희는 쏟아지는 눈총을 묵묵히 감내했다. 제국의 마력학원에 시녀가 아닌 여자가 학원생으로 들어온 경우는 이제 겨우 2번째다. 그리고 마력 운용도 못 하는 여자가 들어온 건 사상초유의 일이다.

수업이 시작됐다.

'어라?'

교관이 들어왔고 이런저런 설명을 하고는 있는데 그 내용이 김상희에게 너무도 낯이 익었다.

'역시나 한글이잖아?'

고려 왕국에서 고대어를 해독하는 방법을 세계에 공표하지 않은 건가? 고려 왕국 학자들은 한글을 해석하는 법을 알았을 텐데. 하고 김상희는 고개를 갸웃했다.

'아냐. 분명히 한글을 해독하는 법을 공표했다는 기록을 본 적이 있어.'

그렇다면 어째서, 왜 제국의 마력학원에서는 아직도 풀지 못한 고어라면서 한글을 소개하고 있을까? 왜일까? 김상희는 도무지 영문을 알 수 없었다. 그러나 자리가 자리인 만큼 괜스레 손을 들고 발표하거나 하는 짓은 하지 않았다.

'지금 당장 너무 눈에 띄는 행동을 할 필요는 없어.'

이제 겨우 첫날이다. 분위기를 좀 살피기로 했다. 잘난 척하면 절대로 안 된다. 이들은 남자다. 기본적으로 여자보다 훨씬 우월한 존재들이다. 사실관계야 어찌 됐든 남자들의 인식은 그렇다. 그들 앞에서 잘난 척을 하면 오히려 역효과다. 능력을 드러내려면 은밀하게, 그리고 겸손하게 드러내야 한다. 지혜가 필요한 시점이었다.

쉬는 시간이 됐다. 김상희는 순식간에 동물원 원숭이 신세가 됐다.

"야, 네 이름이 김상희냐?"

"네, 제 이름은 김상희이어요."

"도대체 어떻게 여기 들어온 거냐?"

……나도 몰라요. 김상희는 말하고 싶었다.

"황제 폐하께서 명령을 내리셨다고 들었어요."

황제 폐하께서 명령을 내리셨다라는 말속에는 '저도 몰라요'라는 의미가 포함되어 있었다. 결국 '저도 몰라요'라는 말을 돌려서 완곡히 표현한 셈이다.

김상희는 몇 살이냐부터 시작해서 별별 질문을 다 받았다.

"계집들은 생리라는 걸 하면 아프다는데, 그게 사실이냐?"

"사실이어요."

"그게 오줌처럼 찍 하고 나오는 거야?"

김상희는 고개를 살짝 숙였다. 숨을 참아서 일부러 얼굴을 빨갛게 만들었다. 사실 그녀는 이 정도 수준의 말을 듣는다고 해서 얼굴이 빨개지거나 부끄럽지는 않다. 지구로 따지면 애들은 어린애들이다. 이런 애들이 성적인 질문을 아무리 한다고 해도 부끄럽지 않았다. 하지만 속으로나마 한숨을 내쉬었다.

'오줌? 장난하냐? 오줌으로 맞아보고 싶냐?'

김상희는 쉴 새 없이 대답을 해야만 했다. 그녀는 열심히 학원생들의 비위를 맞춰줬다. 이곳은 새로운 세계다. 개차반도 망나니도 없다. 홀로서기를 해야 하는 시점이다.

"건방진 계집, 감히 여기가 어디라고 들어와?"

"죄송해요. 저도 자격이 없다는 사실을 알고 있어요."

김상희는 이들이 몹시 어려워하는 고어 해독을 모두 할 수 있다. 한글이니까. 하지만 스스로 자격이 없다고 말했다.

"황제 폐하께서 내리신 명령이 아니었다면 미천한 제가 이곳에 와서 여러 학원생분을 뵙는 영광스런 자리를 얻지 못했을 것이어요."

김상희는 자리에서 일어나 가슴을 살짝 손으로 가리고 허리를 숙여 보였다. 그 모습은 마치 '너희처럼 대단하고 훌륭한 사람들'을 만나서 기쁘고 행복하며 또 영광이다고 말하는 듯했다.

'어, 뭐야, 얘?'

학원생들은 뭔가 이상함을 느꼈다. 다른 여자들이랑 다르다. 보통 여자들은 남자가 말하면 '예' 아니면 '아니오'와 같은 짧은 답변만 할 뿐이다. 말을 한다 하더라도 겨우 질문에 대답하는 정도다. 이 계집애, 뭔가 신기하다. 신기한데 기분이 또 묘했다.

"제게 이런 영광을 주신 황제 폐하께 정말 감사드려요."

그리고 공식적으로 김상희는 이 반의 막내다. 나이가 제일 어리다는 뜻이다.

"오라버님들의 존안을 뵙게 되어 저는 너무나 기쁘고 행복해요."

김상희는 쉴 새 없이 아부를 퍼부었다. 이곳의 남자들은 새롭게 접하는 생물체(?)에 묘한 호기심을 느꼈다. 어느 여자가 이런 말을 한단 말인가. 신기하고 또 신기했다.

'오라버님?'

오라버님이라는 말도 거의 처음 듣는 남자가 많았다. 그런데 이 단어, 뭔가 괜찮다. 이유는 잘 모르겠지만.

그러나 모두가 김상희를 반기는 건 절대 아니었다. 오히려 김상희를 반기는 쪽보다 김상희를 적대하는 쪽의 남자가 훨씬 많았다. 그들에게 있어서 김상희는 자격 없는 미천한 계집일 뿐이었으니까.

김상희는 넘어졌다. 비명이 나올 뻔했으나 억지로 참았다.

'비명 지르지 말자.'

입술을 꽉 깨물었다. 누군가 일부러 발을 걸었다.

"이런 거에 자빠지기나 하고. 마력 운용을 못 한다더니, 그게 진짜였냐?"

"죄송해요. 제가 미처 주위를 살피지 못했어요. 조심하고 또 조심하겠어요."

"그래, 네 더러운 발이 내 발에 닿으면 소름이 돋아. 짜증 나니까 저리 꺼져."

"……."

김상희는 고개를 숙여 보였다. 사자 우리 속에 갇힌 토끼가 된 느낌이었다. 그런데 누군가 말했다.

"이봐, 말이 너무 심하잖아."

김상희의 발을 건 남자는 찔끔 놀랐다. 김상희도 놀랐다. 이럴 리 없다. 이곳에서 자신의 편을 들어주기 위해 다른 남자에게 딴죽을 걸 남자가 있을 리 없다. 그게 상식이다.

'도대체 누가……?'

김상희는 이곳에 오기 전에 인상착의를 최대한 열심히 외워 놨다. 이 자리까지 거저 놀면서 온 거 아니다. 매일매일이 공부의 연속이었다. 덕분에 제법 많은 정보를 가지고 있었고 저 남자의 인상착의와 간단한 특징들도 떠올릴 수 있었다.

'펜릴 왕국의…… 윌리엄 제2왕자.'

제국의 마력학원에서 김상희가 겪게 될 몇 가지 커다란 사건들 중 하나가 시작됐다.

"괜찮냐?"

펜릴 왕국의 윌리엄 왕자, 그가 김상희의 옷을 툭툭 털어줬다. 김상희는 충격을 받았다. 도대체 이게 무슨 일이야? 남자가 여자의 옷을 털어주다니. 있을 수 없는 일이라고.

윌리엄 왕자가 피식 웃었다.

"따라와. 좋은 거 보여줄게."

이 반에서 제법 힘이 있는 건지, 다른 남자들은 아무런 말도 못 했다. 김상희는 철저한 약자다. 윌리엄 왕자가 따라오라고 말했으면 따라가야 했다.

"네, 왕자님."

김상희가 걸음을 옮겼다.

나는 걸음을 옮겼다. 펜릴 왕국의 제2왕자라는 건 안다. 그러나 개인적으로 아는 사람은 아니다. 다만 인상착의를 외우고 있었을 뿐이니까.

'무슨 생각이지?'

엘리베이터 앞이다. 복도에서 마주치는 몇몇 남자가 나를 힐끗힐끗 쳐다봤다. 저 눈빛들 속에서 호의를 찾아보기는 힘들었다. 반쯤은 호기심이고 반쯤은 적대감이겠지.

엘리베이터 문이 열렸다.

"타."

"네, 왕자님."

좋은 걸 보여준단다. 그게 실제로 좋은 건지 아닌지는 모르겠다만 나는 감히 반항할 수가 없다. 처음 온 날부터 남자의 말을 거스르는 모습을 보인다면 안 그래도 쉽지 않을 내 학원 생활이 절대 평탄치 않을 테니까.

엘리베이터 안에는 이미 사람이 있었다.

"계집 따위가 뭔데 엘리베이터를 타?"

마력학원의 엘리베이터는 수동으로 구동된다. 그 말인즉, 엘리베이터를 탄 남자가 자신의 마력을 사용해서 엘리베이터를 움직인다는 소리다. 그러니까 저 남자의 말을 해석해 보자면, 내가 내 힘을 사용해서 움직이고 있는 엘리베이터에 하찮은 계집년이 타는 거냐? 라고 욕을 하는 거라고 볼 수 있겠다.

나는 얼른 남자를 쳐다봤다.

'아, 누구지?'

나는 이곳에 오기 전, 원생들에 대한 정보를 최대한 머릿속에 많이 넣어 놨다.

하지만 나도 사람인 이상 모든 정보를 머릿속에 넣지는 못했다. 모든 원생의 정보를 구할 수 있는 것도 아니었고.

'어떻게 말을 해야 하나?'

매 순간순간이 긴장의 연속이다. 만약 저 남자가 윌리엄 왕자보다 높은 계급-학원 내에는 등급을 구분하는 '클래스'라는 것이 있다-이라면 나는 정중히 사과를 하고 이곳에서 빠져나가야 했다. 그러나 저 남자가 윌리엄 왕자보다 낮은 계급이라면 '정말 죄송해요. 윌리엄 왕자님께서 타라고 하셔서요'라고 말을 해야 한다.

'누구지? 윌리엄보다 높을까? 낮을까?'

확률은 반반. 어떻게든 입을 열려고 했는데 윌리엄이 먼저 말했다.

"이봐, 내가 운전할게. 그럼 불만 없지?"

남자는 윌리엄을 힐끗 쳐다봤다. 아무래도 윌리엄과 동급 정도 되는 클래스의 사람인 것 같았다. 윌리엄이 마력 구동장치에 손을 댔다. 그리고 말했다.

"그래도 같은 원생이 됐는데 너무 몰아붙이지는 말자고."

어라? 윌리엄 저 자식, 뭔가 좋은 놈인가? 아니, 솔직히 말하면 좋은 놈은 아니다. 좋은 놈이 아니라 이상한 놈이 맞다. 이 세계에서 여자에게 신경을 써주자고 말하다니. 그것도 같은 남자에게.

"같은 원생이라니. 저급한 계집아이와 같은 곳에서 숨을 쉰다는 것 자체가 불쾌한데."

"죄송해요. 숨을 꾹 참고 있도록 하겠어요."

나는 숨을 꾹 참았다. 약간 과장된 태도를 보였다. 남자는 어이없다는 듯 나를 쳐다봤다. 자, 봐. 내 얼굴 엄청 시뻘개졌지. 나는 솔직히 잘 이해 안 되는데, 이런 모습을 보면 남자들은 귀엽다고 생각한단다. 진짜 이해 안 되는데 하여튼 그랬다. 이게 이 남자한테 통할지는 모르겠지만 어쩌랴. 이게 내가 할 수 있는 최선이다. 아, 머리가 어지러워온다. 이대로는 진짜 죽겠어.

윌리엄이 나를 툭 쳤다.

"야야, 그러다 진짜 죽어."

마력을 살짝 실은 건지는 모르겠지만 나는 캑캑대며 기침을 했다. 내 기침조차도 더럽다는 듯 남자는 몸을 슥 피했다. 윌리엄은 피식 웃었다.

“이거 아주 재미있는 계집이네.”

그래, 그럴 거야. 이런 계집은 처음이겠지. 예 혹은 아니오밖에 말 못하는 계집들만 봤을 테니까. 하여튼 날 싫어하는 티를 팍팍 내던 남자는 밖으로 나갔고 엘리베이터엔 나와 윌리엄만 남게 됐다.

윌리엄이 말했다.

“너, 처녀야?”

한진수는 소파에 앉은 상태로 주위를 둘러봤다.

“프리온 나이트께서 직접 오시다니, 영광입니다.”

제국 마력학원의 원장, 틸레반은 환하게 웃었다. 불과 얼마 전까지만 해도 이 학원을 졸업한 졸업생이었다. 하지만 이젠 단순히 졸업생이 아니었다. 제국의 프리온 나이트가 됐다. 프리온 나이트 중 신분이 밝혀져 있는 이는 몇 없다. 대부분은 베일에 가려져 있다. 그런 만큼 신분이 드러난 프리온 나이트는 모든 대외적 활동을 감당하며 최상의 예우를 받는다.

한진수가 말했다.

“오랜만에 뵙는군요.”

“예, 그때는 졸업생 신분이었는데 지금은 프리온 나이트가 되셨군요. 제가 다 기쁩니다.”

"……."

한진수는 이곳에 부임하게 됐다. 최연소 수석 교관이다.

"이곳에 대한 설명은 듣지 않아도 됩니다."

어차피 잘 알고 있는 곳이니까.

"저는 제 방으로 가도록 하겠습니다."

"아, 네. 시녀는 몇 명 배정할까요?"

"시녀는 됐습니다."

보통 시녀는 무조건 두는 편이다. 시녀는 여러 가지 용도로 쓰인다. 틸레반은 고개를 갸웃했다.

'이상하군. 저 나이라면 성욕이 들끓을 텐데.'

여자는 남자에 비해 열등한 존재다. 남자가 몇 초면 할 수 있는 걸, 여자들은 몇 시간이 걸린다. 마력 컨트롤 능력이 극에 달한 한진수에게는 시녀가 별로 필요 없다.

그러나 성욕이 걸린 문제라면 다르다. 마력 컨트롤 능력이 뛰어나다고 해서 성욕을 풀 수는 없는 노릇이니까. 사실상 수석 교관쯤 되는 남자의 시녀의 용도는 그것 하나라고 해도 과언이 아니었다.

'그러고 보니 한진수는 프리지아도 마다했었지.'

생각해 보면 참 이상한 일이다. 저 외모에 저 능력이면 원하는 여자는 모두 가질 수 있을 터인데, 한진수는 그런 낌새를 전혀 보이지 않았으니까.

'혹시 남자를 좋아하는 건가?'

흉이라고 볼 수도 없다. 원래 육체적인 성욕은 여자에게 풀고, 정신적인 교감은 우월한 생명체인 남자끼리 하는 건 하나의 문화라고도 할 수 있었으니까 말이다. 틸레반은 한진수를 이해할 수 없었다.

'어떻게 된 20대 남자가 여자한테는 일절 관심도 안 보이지?'

한진수는 걸음을 옮겼다.

'김상희, 네가 진짜 여기 있는 거냐?'

그도 모르는 사이 걸음이 빨라졌다. 이유는 알 수 없었다.

나는 직감했다. 이거, 좋은 일은 아닌 것 같다. 윌리엄 왕자, 아무래도 조심해야 하는 게 맞겠다. 조심한다고 해서 내가 뭘 어쩔 수 있는 것도 아니지만 나는 최대한 머리를 짜내서 대답했다.

"저에게는…… 결혼을 약조한 약혼자가 있어요."

"아니, 그거랑 상관없이, 물었잖아. 처녀냐고?"

지구라면 말도 안 되는 질문이다. 해서도 안 되는 질문이고. 그러나 여긴 다르다. 저놈이 좋은 놈으로 보이지는 않지만, 저놈의 말은 충분히 용납될 수 있는 수준의 말이었다.

솔직히 말해 나는 예쁜 편이다. 엄청나게 우월한 유전자를 물려받았으니 당연하다.

여자가 예쁘다는 건 처녀일 가능성이 별로 없다는 뜻도 된다. 예쁘면 남자들의 먹잇감이 되기 딱 좋으니까.

제길, 머리로 이해는 한다지만 역시 기분은 더럽다. 이 상황에서 아무것도 할 수 없는 내가 답답했다. 마음 같아선 저 얼굴에 죽빵이라고 날려주고 싶지만 나는 차분히 대답했다.

"저는 처녀가 맞아요."

"흠, 그래? 김환성 왕자랑 같이 왔던데?"

아오, 진짜. 그게 너랑 무슨 상관이야? 그렇게 상품 품평하는 듯한 눈빛으로 날 쳐다보지 말라고. 윌리엄은 위에서부터 아래로 나를 슥 훑어봤다. 으, 소름 돋는다. 기분 나쁘다.

'이 자식, 뭔가 느낌이 안 좋아.'

이 자식의 말에는 뼈가 들어 있다.

우리 둘째 망나니는 망나니이긴 하지만 내 몸을 건드린 적은 없다. 지구에서라면 오빠가 여동생의 성을 가져가는 건 있어서는 안 되는, 말 그대로 미친 짓이다. 그러나 여긴 아니다. 오빠가 정말 원한다면 여동생은…… 여기까지만 말하겠다. 끔찍하게도 그런 일은 자주 일어났다. 나는 전혀 모르고 있는 일이긴 하지만 어쩌면 김환석이나 김환성도 다른 공주들을 어떻게 했을지도 모를 일이다.

'그건…… 한진수도 마찬가지겠지.'

막말로 한진수가 길을 가다가 예쁜 여자를 발견했다면 한 번 자는 건 일도 아니다. 물론 그 여자가 결혼이나 약혼을 했다면 얘기는 달라진다. 적어도 상대 집안의 눈치는 봐야 했으니까. 괜히 가슴이 아려왔다.

'여기는…… 그런 세계니까.'

나는 건방지지는 않게 그러나 최대한 또박또박 말했다.

"저는 제 약혼자 이외의 다른 남성을 접해 보지 못했어요."

"그것 참 불쌍하네."

아, 진짜 뭐라는 거야. 내가 힘만 있었으면 이 자식 진짜 패버렸다. 아무래도 수작질을 벌이는 것 같다.

"남자 맛을 아직 전혀 모르겠네."

나는 머리를 굴렸다. 이 상황을 어떻게든 빠져나와야 했다. 힘으로는 절대 못 이긴다. 소리를 질러봤자 악영향밖에 없을 거다. 신성한 학원에서 계집아이가 소리를 질러댈 수는 없으니까. 누가 도와주러 온다는 보장도 없다. 그나마 우리 둘째 망나니가 있기는 한데 나랑 건물 자체가 다르다. 상당히 멀리 있다. 이곳에 내 편은 아무도 없다.

'내 힘으로는 빠져나갈 수 없어.'

입술을 살짝 깨물었다. 윌리엄이 비릿하게 웃었다.

"네 처녀는 내가 가져가는 게 좋을 것 같은데."

정신 차려야 해. 여기 내 편은 아무도 없어. 나는 최대한 침착을 가장한 채 말했다.

"비록 내세울 것 없는 천박한 계집아이지만 제 순결은 제 약혼자에게 드리는 것으로 약조가 되어 있다고 알고 있어요."

손발이 덜덜 떨려왔다. 이런 상황, 평민들이면 언제든지 마주하는 상황이다. 호랑이 굴에 들어가도 정신만 바짝 차리면 된다고 했다.

"그런 거 알 게 뭐야? 따라와."

옥상으로 갔다. 윌리엄이 옥상 문을 닫았다.

'싫어……!'

침착해. 침착해, 상희야. 괜찮아. 빠져나갈 수 있어.

'어떻게……?'

윌리엄이 내게 가까이 다가왔다. 씨익 웃고 있었다. 소름이 돋았다.

"거기 똑바로 누워."

나는 움직이지 않았다. 윌리엄의 표정이 조금 나빠졌다.

"누우라니까? 내 말 안 들려?"

"왕자님, 곧 수업이 시작될 시간이어요."

윌리엄은 그런 건 아랑곳하지 않는 듯했다. 정확하게 표현하기는 힘들어도 이놈의 눈이 활활 타오르고 있는 것 같은 기분이 들었다. 마치 발정 난 개새끼 같았다.

'젠장……!'

눈물이 나올 것 같았다. 이런 상황 아예 예상하지 못했던 건 아니다. 그러나 제발 일어나지 않았으면 좋겠다고 생각했었다. 다른 건 다 참아도 이건 정말 못 참겠다. 단순히 무섭다거나 그런 건 아니었다.

'진수야.'

한진수의 얼굴이 떠올랐다. 사실상 이 세계에 와서 나를 가장 많이 도와준 사람은 아이러니하게도 개차반과 망나니들이다. 한진수는 날 도와준 적이 거의 없다. 그런데 한진수의 얼굴이 가장 먼저 떠올랐다.

과거에 진수는 드라마를 보면서 이렇게 얘기했었다.

"걱정 마. 무슨 일이 있어도 내가 널 지켜줄게."

드라마 속에서는 여자 주인공이 조폭들에게 괴롭힘을 당하고 있었다. 그래서 나는 웃기지 말라고, 저런 조직폭력배들이 날 괴롭히면 네가 날 어떻게 지켜줘? 하고 핀잔을 줬었다. 그리고 이렇게 말했었다.

"그러지 말고 그냥 경찰에 신고해."

그러자 진수는 이렇게 대답했었다.

"경찰 오기 전에 너 다치면 어떡해? 나 그 꼴은 절대 못 봐. 차라리 내가 죽으면 죽었지."

나는 겉으로는 핀잔을 줬었지만 기분은 좋았었다. 저 말이 진짜든 아니든 진수의 진심이 느껴졌었으니까. 여느 커플이 그러하듯 우리는 그런 듯 안 그런 듯, 알콩달콩한 듯 알콩달콩하지 않은 듯, 오글거리는 듯 오글거리지 않는 듯한 대화를 많이 나눴었다. 그날도 진수는 나한테 말해줬었다.

"사랑해."

진수가 떠오르자 결국 눈물이 차올랐다. 울지 않으려고 그렇게 노력했는데, 학원에 오면 많은 일이 있을 거고 그 모든 일을 당당하게 헤쳐 나갈 수 있을 거라고 생각했는데 첫날부터 눈물이 삐져나왔다.

윌리엄의 미소가 더 짙어졌다.

"어라? 너 우네?"

킥킥대고 웃었다.

"그러니까 더 괴롭히고 싶잖아."

윌리엄이 내 얼굴을 손으로 쓰다듬었다. 반항하고 싶었다. 어떻게든 하고 싶었다. 그러나 할 수 없었다. 알 수 없는 힘, 남자에게만 허락된 힘인 마력이 내 몸을 구속했다.

'제발…… 제발…….'

상황이 이렇게까지 흐르자 나는 아무것도 할 수 없었다. 진수의 얼굴만 자꾸만 떠올랐다. 이런 내가 나도 밉다. 어떻게든 탈출하고 싶다. 내 몸을 진수가 아닌 다른 누군가에게 준다는 생각은 단 한 번도 해본 적이 없다. 머릿속이 텅 비어버렸다. 내 몸은 이미 마력으로 구속됐고 반항은 생각도 할 수 없었다.

눈물이 흘러내렸다.

'지켜준다고 했잖아…… 진수야 제발…….'

진수가 여기 없다는 건 알지만 진수가 자꾸만 떠올랐다. 이래 봤자 소용없는 거 아는데 진수의 얼굴이 눈에 어른거렸다. 그때, 옥상 문이 열렸다. 목소리가 들려왔다. 낮게 깔린 목소리.

"……죽여 버리겠다."

한진수의 목소리였다.

제국 마력학원의 교장은 상당히 뿌듯했다. 제자라면 제자일 수 있는 이가 학원을 수석으로 졸업하여 제국의 영광 프리온 나이트에 입단했다. 그것도 대단한데 또다시 마력학원의 수석 교관으로 부임하게 됐다.

신분이 드러난 프리온 나이트는 그 중요도가 대단히 높다는 점에서, 한진수가 이곳에 부임하게 된 것은 제국 마력학원의 이름을 더욱더 드높이는 계기가 될 수 있을 것이라 생각했다.

그런데 뭔가 이상했다.

'이게 무슨……?'

땅이 울렸다. 뭐랄까, 말로 표현할 수 없는 엄청난 무게를 지닌 무언가가 대기를 짓누르고 있는 것 같은 느낌이다.

'어마어마한 중압감이다!'

이 정도의 중압감은 팔십 평생을 살아오면서 거의 처음 느껴본다. 애초에 이 정도의 중압감을 내뿜을 수 있는 사람은 그다지 많지 않다. 당장 떠오르는 것은 프리온 나이트 정도.

'도대체 뭐냐……!'

전설 속에서나 나오는 악마 같은 것이라도 튀어나온 게 아닌가 싶을 만큼 거대한 힘이 느껴졌다. 교장만 느낀 것이 아니었다. 교장실 문이 열렸다.

"교장 선생님!"

"자, 자. 진정, 진정. 도대체 무슨 일이 일어난 건가?"

"지금 파악 중입니다!"

이곳은 마력학원이다. 전 세계의 수재들이 다 모여 있다. 저 정도의 엄청난 마력이 느껴진다면 모르긴 몰라도 무슨 일이 일어나긴 할 거다.

"학생들은?"

교장으로선 학생들의 안전을 최우선으로 생각해야 했다.

"지하 대피 시설로 황급히 이동하고 있습니다!"

"좋아. 잘 대처하고 있어."

교장은 몸을 부르르 떨었다. 그는 이곳의 책임자다.

"이 힘이 느껴지는 곳은…… 위쪽인가?"

제국의 마력학원은 넓다. 지구식으로 표현하자면 빌딩만 한 건물이 무려 12채에 이른다. 그중에서도 제8관 쪽에서 거대한 힘의 파동이 느껴졌다.

"제국에 어서 긴급 지원을 요청하고 강한글, 홍영식, 펠튼 세 교관은 나를 따라오세요."

"교, 교장 선생님!"

"이러고 있을 시간이 없습니다. 만에 하나 무슨 일이라도 생기면 저는 교장의 책임감에서 결코 자유로울 수 없을 겁니다. 가서 무슨 일인지 파악해야 합니다."

이 힘의 근원지, 저곳을 찾아가야 했다.

'도대체 뭐냐!'

오랜만에 긴장했다. 온몸에 힘이 잔뜩 들어갔다. 현역 시절, 전쟁터를 누비던 기억이 떠올랐다. 간만에 피가 들끓어 올랐다.

학생들은 서둘러 대피했다. 몇몇 학생은 이상함을 눈치챘다. 팔에 소름이 돋았고 몸이 부르르 떨렸다.

'이건……?'

그런데 또 어떤 학생들은 그렇지 않았다. 거대한 힘을 느끼기엔 그 능력들이 너무 부족해서 그랬다. 김환성의 경우는 전자도 후자도 아니었다. 김환성은 씨익 웃었다.

"이거 뭐야?"

"모두 대피하세요! 지하 대피소는 이쪽입니다!"

교관들이 소리치고 있었다.

교관들의 입장에서 학생들은 절대 다치면 안 된다. 각국의 중요한 수재들이다. 이들에게 무슨 일이라도 생긴다면 외교 문제로 번질 가능성이 매우 농후했다. 제국은 학생들의 안전을 책임지지 못한 책임을 져야 할 거고, 제국의 마력학원은 직접적인 배상을 해야 할 거다. 그리고 그 모든 것을 떠나서 교관들에게 있어 이들은 훌륭한 제자들이기도 했다. 특히 이곳 제3관의 학생들은 더더욱 중요한 학생들이었다.

"김환성 학생! 어서 대피하세요!"

김환성의 웃음이 짙어졌다.

"내가? 내가 왜?"

"그, 그거야 당연히……!"

교관이 당황했다. 사실, 저 학생은 이미 학생 수준을 뛰어넘었다. 아무리 봐도 교관급이다. 그것도 최소 중간 이상의 교관. 그 유명한 고려 왕국 나이트의 대대장이 아니던가. 물론, 스페셜 나이트의 대대장은 아니지만 그래도 고려 왕국의 나이트라 하면 제국의 나이트와도 어깨를 견주는—비록 그 성격은 다르지만—실력을 겸비하고 있다.

"어라?"

그런데 김환성의 모습이 눈앞에서 사라졌다. 교관은 김환성의 움직임을 제대로 보지도 못했다. 김환성은 하늘을 날았다.

"끼얏호! 신난다!"

김환성은 힘이 느껴지는 곳으로 향했다. 그런데 가까이 다가가면 다가갈수록 뭔가 이상했다. 왠지 익숙한 느낌이었다.

'착각이겠지?'

착각이라고 치부했다. 이 정도의 거대한 힘, 그것도 이토록 불안정한 힘은 처음 본다. 김환성은 비록 나이트의 대대장이었지만 실전 경험은 그리 많지 않았다. 현시대에 이르러 괴물 혹은 마물이라 불리는 것은 많이 사라진 상태다. 그래서 그것들과는 싸워볼 기회가 거의 없었다.

"이야, 엄청 기대된다. 기대돼."

김환성은 절벽이나 다름없는 고층 건물 외벽을 일직선으로 달리다가 하늘로 솟구쳐 올랐다. 태양이 빛났다. 김환성의 그림자가 태양을 덮었다. 김환성은 왼쪽 허리춤에 매달린 검을 뽑아 들었다.

"괴물 자식! 형아 왔…… 응?"

괴물은 거기 없었다. 대신 괴물 같은 놈이 하나 있었다.

"한진수?"

나는 내 스스로가 한심했다. 속 나이가 많다고 해서 이런 상황에서까지 견딜 수 있는 건 아니다. 나도 여자다. 비록 이 세계에서 살아남겠답시고 남자들에게 애교를 부리고, 하고 싶지도 않은 말을 해대면서 자존심 죽여가면서 산다고 해도, 내가 여자라는 사실은 변하지 않는다.

나는 단지 여자이며, 그 여자는 아직도 사랑하는 사람과의 추억에서 헤어 나오지 못한 채 그 안에서 살고 있다. 비록 그 사람은 이 세계에 없지만 나는 그 사람이 아닌 다른 누군가에게 나를 줄 것이라고는 생각해 본 적이 없다. 아니, 생각하기도 싫었다.

하지만 나는 무력했다. 아무것도 하지 못했다. 이렇게, 단둘만 남은 상황에서 내가 할 수 있는 거라곤 아무것도 없었다. 차라리 죽어버리고 싶었지만 그것도 안 됐다.

이 지긋지긋한, 이 빌어먹을 마력이 내 몸을 완전히 구속해 버렸기 때문이다. 내가 할 수 있는 거라곤 그저 눈물을 펑펑 쏟는 것 말고는 없었다. 한심하게도 말이다.

"……죽여 버리겠다."

그때, 나는 봤다. 사람의 몸에서 아지랑이가 피어오르는걸. 김환성이 가끔 마력을 완전히 방출시키면 저런 현상이 나타나곤 했었는데, 저 사람이 저러는 건 처음 본다.

'한진수……?'

나는 제대로 보지도 못했다. 아니, 마력이 없는 내 눈으로는 무슨 일이 벌어지고 있는 건지 보이지도 않았다. 검은색 그림자가 휙휙 지나다니고 가끔씩 붉은 피가 허공에서 마구 떨어져 내리는 것 정도. 그리고 또 다른 목소리도 들려왔다.

"끼얏호!"

많이 듣던 목소리다. 나는 이 목소리가 이렇게 반가울 수 없었다. 우리, 우리 망나니 목소리다. 언제나 명존세를 부르는 놈이지만 오늘만큼은 반가웠다.

"괴물 자식! 형아 왔…… 응?"

우리 망나니는 이 상황이 눈에 보이나 보다. 이제는 뭐 놀랍지도 않을 정도다. 망나니는 칼을 집어넣었다. 망나니의 표정이 굳어졌다. 망나니가 가라앉은 목소리로 나를 불렀다.

"야, 똥개."

"……."

나는 대답하지 못했다. 마력이 내 입을 막고 있으니까. 눈물만 줄줄 새어 나왔다.

"야, 똥개. 너 오빠가 부르는데 대답 안 할래?"

"……."

"너, 왜 울어?"

망나니가 입술을 깨무는 게 보였다. 눈이 시뻘겋게 달아올랐다. 망나니가 소리를 버럭 질렀다.

"야이 개좆같은 새끼야!"

옥상 바닥이 쩍쩍 갈라졌다. 마치 거미줄처럼 말이다.

교장은 걸음을 옮기는 내내 불안했다. 그런데 더 불안해졌다.

'거의 비슷한 크기의 힘이 또 느껴진다.'

교장과 함께 걸음을 옮기고 있는 교관들의 표정이 더욱 어두워졌다.

"교장님, 하나가 더 늘었습니다. 아무래도 나이트의 도움을 얻는 것이 좋겠습니다."

"그러다가 사고라도 나면요? 우리는 학생들을 보호해야 할 의무가 있습니다. 뭐가 됐든 먼저 부딪쳐야 합니다."

"나이트가 1분이면 도착합니다. 위험합니다, 교장 선생님."

"교관들은 여기 있도록 해요. 나라도 갈 테니. 1분은 결코 짧은 시간이 아닙니다."

교관들도 하는 수 없이 걸음을 옮겼다. 그런데 가까이 다가가면 다가갈수록 아무래도 불안하다. 이 정도로 불안하게 만드는 힘의 파동은 처음 느낀다. 힘 자체도 거대한데 그 안에 내재되어 있는 불길한 기분이 흡사 악마 같았다.

교관 중 한 명인 강한글은 침을 꿀꺽 삼켰다.

'설마, 진짜 그런 건 아니겠지?'

교장은 옥상에 도착했다. 악마는 없었다. 교장은 소리쳤다.

"그, 그만두세요! 수, 수석 교관님!"

있어서도 안 되고 있을 수도 없는 일이 벌어졌다. 수석 교관이 학생 한 명을 쥐 잡듯이 패고 있었다. 한진수의 몸에서 아지랑이가 피어오르는 게 보였다. 마력을 완전히 방출하고 있다는 소리다.

"제, 젠장!"

교장은 몸을 날리려 했다. 저대로 두면 윌리엄은 반드시 죽는다. 그런데 몸을 날리지 않아도 됐다. 고려 왕국 나이트 제9대대장, 괴물이라면 괴물인 김환성이 칼을 뽑아 들고 한진수를 막아섰기 때문이다.

"야, 한진수. 너 비켜."

"그럴 수 없습니다."

한진수의 눈에서 살기가 번뜩였다. 김환성을 향한 살기는 아니었다. 윌리엄은 이미 곤죽이 되어 바닥에 널브러져 있는 상태. 이쯤 되면 반쯤 시체라고 해도 과언이 아니었다. 간신히 숨만 붙어 있었다.

"……비키라고 했어. 명령이야."

"그 명령 못 듣겠습니다. 저는 지금 고려의 나이트가 아니라 제국의 프리온 나이트입니다."

교장은 무슨 말인지 이해할 수 없었다.

"교장 선생님, 저기 보십시오."

교장이 눈을 돌렸다. 여자가 한 명 보였다.

'김상희 공주?'

김상희였다. 상황을 보아하니 무슨 일이 벌어졌는지 대략 알 것 같았다.

'윌리엄 왕자가 김상희 공주의 처녀를 빼앗으려고 했나 보군.'

거기까진 알겠다. 그런데 저 두 남자가 왜 저렇게 미친 듯이 마력을 방출하며 화를 내고 있는 건지는 이해할 수 없었다. 어째서? 그나마 한진수는 약간이나마 이해가 된다. 약혼녀의 처녀는 뭐, 그래도 나름대로 제법 괜찮은 가치였으니까.

그러나 윌리엄을 저렇게 만드는 것에 대한 명분은 절대 안 된다.

보통 이런 경우, 상대 가문에 대한 예의를 지키기 위해 적정한 수준에서 적당한 보상이 이루어지는 경우가 대부분이다. 이건 누가 봐도 한진수의 잘못이다.

'심지어 당신은 지금 수석 교관이라고.'

수석 교관의 신분으로 학생을 저렇게 때리다니. 절대 있을 수 없는 일이다. 합당한 이유가 있어도 안 되는 일인데, 심지어 합당한 이유도 없다.

'김환성 왕자는 왜 또?'

한진수와 라이벌 의식을 갖고 있어서 그런 걸지도 모르겠다는 생각을 했다. 아니다, 그것도 아니다. 교장의 상식으로는 김환성이 왜 분노하고 있는지 이해할 수 없었다. 김상희 때문일 거라는 생각은 전혀 하지도 못했다. 약혼자인 한진수라면 몰라도 오라비인 김환성에게 있어 김상희의 처녀 같은 건 하등 중요한 게 아니니까.

"비키라고 했다."

"비킬 수 없다고 했습니다."

윌리엄이 으음…… 하고 신음성을 냈다. 정신을 차린 모양이다. 김환성이 버럭 소리를 질렀다.

"저 새끼는 내가 죽인다고!"

교장이 외쳤다.

"둘 다 그만두지 못하겠습니까!"

한진수가 내게 걸어오는 것이 보였다. 한진수가 손가락을 가볍게

까딱했다. 그제야 나는 내 몸의 자유를 찾을 수 있었다. 나는 한진수의 얼굴을 보게 되자 또다시 눈물이 쏟아져 나왔다.

"걱정 마. 무슨 일이 있어도 내가 너 지켜줄게."

"사랑해."

그렇게 내게 말해주었던 사람과 똑같은 얼굴, 똑같은 목소리, 그리고 똑같은 걸음걸이, 똑같은 분위기까지. 울음을 참아보려고 했는데 참을 수 없었다.

'정신 차려, 김상희. 이 나약한 계집애야!'

내 몸이 둥둥 떠올랐다. 내 의도는 아니었는데 나는 한진수의 품에 안기게 됐다. 한진수의 목소리가 들려왔다.

"너 괜찮아?"

나는 대답하지 못했다. 저 목소리, 또 듣고 말았다. 내가 사랑했던, 하지만 사랑한다고 단 한 번도 말해주지 못했던 사람의 그 목소리. 그 목소리가 내게 괜찮냐고 물었다. 이 세계의 한진수 느낌이 아니었다. 만약 그랬다면 '괜찮아?'가 아니고 '괜찮냐?'라고 물었을 거다. 아니, 아예 이런 건 묻지도 않았겠지. 내가 그토록 기다리던 목소리, 나를 향한 애정이 잔뜩 담긴 다정한 목소리였다.

"왜……."

머릿속이 새하얗게 변했다. 긴장이 풀리자 머릿속이 비어버렸다.

'왜 이제야 왔어…….'

보고 싶었다고. 나 네가 정말 너무 보고 싶었다고. 나는 그 말은 하지도 못한 채 울음을 참으려 노력했다.

한진수가 놀라운 말을 내게 속삭였다. 이 세계에서라면 남자가 여자에게는 절대로 하지 않을 말, 그런 말을 내게 했다.

"늦게 와서…… 미안하다."

거기까지 듣고서 난 기절하고 말았다.

2권에서 계속…